SV

Unverkäufliches
LESE-EXEMPLAR
Bitte keine Rezensionen
vor dem 28. Juli 2003

Ioanna Karystiani

Schattenhochzeit

Roman

Aus dem Griechischen übertragen
von Michaela Prinzinger

Suhrkamp

Die Originalausgabe erschien unter dem Titel *Koustoumi sto choma*
bei Kastaniotis, Athen

Übersetzt mit Unterstützung
des Griechischen Ministeriums für Kultur
Die Übersetzerin dankt dem Deutschen Übersetzerfonds
Berlin für die Förderung

Erste Auflage 2003

Satz: Libro, Kriftel
Druck: Freiburger Graphische Betriebe, Freiburg
Printed in Germany
ISBN 3-518-41472-0/1

1 2 3 4 5 6 – 08 07 06 05 04 03

Beredtes Schweigen

Das Tiefkühlgerät mit dem Aids-Virus, Mama.« Nachdem Kyriakos Roussias drei oder vier Stunden lang stumm über Notizen, Kontrollämpchen und Mikroskopen gebrütet hatte, wandte er sich um, zupfte das schwarze Kopftuch seiner Mutter ein wenig zur Seite und deutete auf die Aufschrift BL3 am Ende einer Reihe leerer Büros im hintersten Winkel des Korridors. Das war die verbotene Zone, wo das schwarze Kühlgerät von der Größe eines zweitürigen Schranks mit der gelben Aufschrift GEFAHR – AIDS – HIV stand. Darin befanden sich Milliarden von bei minus achtzig Grad in Ampullen tiefgefrorenen und durch zwei Sicherheitsschlösser verwahrten Viren.

Die Mutter legte ihren Finger an das Ende der Stricknadel, damit keine Maschen herabfielen, und folgte wortlos seinem Blick. Zwei Minuten später kehrten beide wieder in ihre Ausgangsposition zurück, er zu seinem Computer und sie zu ihrem kirschroten Wollknäuel.

Die Hände seiner Mutter und das eingetrocknete, geronnene Blut unter ihren Fingernägeln sah Roussias zum ersten Mal, als er sieben Jahre alt war und eine Brille bekam. Fünf Dioptrien wegen Kurzsichtigkeit auf dem linken Auge, dreieinhalb auf dem rechten. Bis dahin hatte er nur halb soviel gesehen wie die anderen.

Vieles, woran sie sich von klein auf gewöhnt hatten – die Bedeutung des Kampfgekreisches etwa, das den ganzen Himmel erfüllte, nachdem der Bartgeier eine Wildkatze in die Höhe gerissen hatte –, kam Kyriakos erst zu Bewußtsein, als er sieben war. Und der Junge war schwer beeindruckt, als alles gleichzeitig über ihn hereinbrach. Mit einem Mal erwies sich die Welt ringsum als mindestens viermal so weit und so hoch wie bisher. Sie bestand nicht nur aus einem Weinberg, einem Gemüsegarten und den bekannten Familien der Balirides, Pateri, Sgouri und Kladi.

Später, als Erwachsener, löschte er viele Menschen und Dinge wieder aus seinem Gedächtnis, ließ nur die Hände seiner Mutter und ein paar persönliche Gegenstände als Brücke zur Vergangenheit und der anderen Heimat bestehen. Wenn es ihm schlechtging, setzte er für gewöhnlich alles daran, in langen, zuweilen nächtelangen Telefongesprächen seinen Gesprächspartner daran zu hindern, sich zu verabschieden. Das Klicken des Hörers war ihm unerträglich. Es waren Telefongespräche mit Chatsiantoniou – sie nannten ihn Chatsiantoniou, da in ihrer kleinen, geschlossenen Clique allzu viele auf den Vornamen Jorgos hörten. Oder mit deutschen und japanischen Arbeitskollegen, selbst mit unbekannten Doktoranden, mit Patienten oder Angehörigen von Patienten aus Kreta oder aus anderen, über ganz Griechenland verstreuten Orten, die sich an ihn wandten, unabhängig davon, ob er der zuständige Ansprechpartner war oder nicht. Er zerfurchte sich mit dem goldenen Kreuz seiner Halskette fortwährend die Stirn und grub alte Geschichten aus, konstruierte Fragen, forderte Geständnisse heraus, zog erst den Dialog, dann den Monolog in die Länge, um dem Gesprächspartner noch eine Gnadenfrist abzuringen.

Am Tag vor seinem Geburtstag – am Freitag, den siebzehnten Juli 1998 – war Kyriakos Roussias' kleines Kreuz, sein Taufgeschenk, plötzlich verschwunden. Nachdem er die Sofakissen hochgehoben und umgedreht hatte, untersuchte er alle Ecken des Sofas, fuhr mit den Fingern durch den Flokati, durchwühlte sein Rasierzeug im Badezimmer, schüttelte seine Aktentasche aus, durchsuchte die überall verstreuten schmutzigen Hemden, tastete sich durch die Essensreste der kleinen Feier vom Vortag – ein Geburtstag jenseits der Vierzig. Komm schon, mein Goldstück, lockte er es tausendmal, doch das Kreuzchen ließ sich bitten.

Um zwanzig nach eins, mitten in der Nacht, machte er sich auf den Weg zum Labor, um auch dort zu suchen. Er ließ die hohen Bäume von Gaithersburg hinter sich und nahm die 270, eine Straße, die früher *Technologiemeile* genannt wurde. Zufrieden mit sich und seinen Arbeitsbedingungen, zog er an Comsat mit seinen Satellitenschüsseln vorbei, dem Forschungslabor für Gentechnologie mit seinen Reagenzgläsern, an Perkin-Elmer mit seinen Computern.

Es gibt Autostraßen von solch akkurater, langweiliger Ordnung, die wirken, als sei die linke Straßenseite der rechten überdrüssig geworden, und umgekehrt. So ein Fall war die 270.

Es war noch Nacht, der Puls des Verkehrs noch langsam. *Vom Christuskreuz einen Span in ihr Amulett getan*, die Kassette war ein Geschenk von Chatsiantoniou, der 1974 sein Studium in Chicago begonnen hatte, wo er sie seitdem immer wieder hörte und weiterverteilte. Durch ihn hatten sie Roussias und Genossen, Griechen der Diaspora und Amerikaner auswendig gelernt. Gesungen von Kalatsis, einer durchschnittlichen Stimme, die niemals in gehobener Stimmung oder ausgelassener Laune zu sein schien. Sie könnte genausogut die des Nachbarn sein, der im weißen Unterhemd am Fenster gegenüber stand. Vielleicht gefiel sie ihnen deshalb so gut, weil sie niemanden von der Arbeit abhielt.

Für meinen Schatz der Talisman, auch wenn sie mich nicht lieben kann, so fuhr die Kassette fort, und Roussias gab sich der Melodie hin. Kalatsis sang von einem Glücksbringer, er selbst hatte sein Kettchen im Sinn.

Die Stimme sollte ihn die sechsundvierzig Kilometer bis nach Frederick begleiten, wie eine imaginäre Ehefrau,

die gelassen und ein wenig gelangweilt mit ihm über Altbekanntes plauderte.
Seiner Mutter zuliebe legte er die Kassette zu Hause, im Wagen und im Labor ein, sooft ihn wegen seines hartnäckigen Schweigens Gewissensbisse plagten, selbst wenn es nicht an ihm alleine lag. Dorthin nahm er sie mit, damit sie unter Leute kam. »Kalatsis, Mama«, sagte er.
Als er achtundzwanzig war, hatte er sie zum ersten Mal einen Winter lang zu sich geholt, bislang insgesamt dreimal für jeweils vier oder fünf Monate. Immer wieder hatten sie die Lieder zusammen gehört – auch das Teil ihres Schweigens.
Sein Kopf war noch schwer.
Ein Landsmann aus Kolymbari hatte ihm aus gutem Grund eine große Korbflasche alten Weins aus Kissamos als Präsent geschickt, die sie zur Hälfte zu dem Hähnchen nach polnischem Rezept leerten, das Lilka, die Frau des Epiroten, zubereitet hatte. Komm lieber nicht mit, wir werden kein Englisch sprechen, und bestimmt wird dir keiner übersetzen, hatten sie, wie jedesmal, gesagt.

Kyriakos Roussias, der Kreter, vollendete sein dreiundvierzigstes Lebensjahr in Gesellschaft seiner beiden Arbeitskollegen namens Jorgos, des Molekularbiologen aus Volos und des Physikers aus Epirus, und Lilkas Hähnchen. Genau so, wie er bereits sein zweiundvierzigstes Lebensjahr, sein einundvierzigstes vor zwei Jahren und in gleicher Weise sein vierzigstes, sein neununddreißigstes und so weiter und so fort vollendet hatte.
In kargen Worten erzählten sie verschiedene unzusammenhängende Geschichten, erhoben ihr Glas zum Trinkspruch »Tod allen Frauen«, und mit der gesenkten Stimme von Verschwörern gaben sie Kalatsis' Lieder zum besten. Das war wie immer der schönste Moment,

und es war ihnen, als spazierten alle drei Arm in Arm durch eine lange, laue Nacht.
Draußen in Gaithersburg war überall Nacht und nirgendwo Mondlicht. Sie wußten nicht, wo es hin verschwunden war, es war in ihrer Trunkenheit versunken. Wir werden es finden und erhobenen Hauptes fortgehen, versprachen die beiden Gäste.
Zweimal im Jahr betranken sie sich, im April, am Namenstag des heiligen Georg, den sie entweder bei Chatsiantoniou in Chicago oder beim Volioten in Rockville oder – eine Autostunde entfernt – beim Epiroten in Baltimore verbrachten. Er wohnte dort, seitdem er an der Johns Hopkins-Universität arbeitete. Erneut betranken sie sich im Juli zu Roussias' Geburtstag.
Diese beiden Trinkgelage waren Pflicht, um den Konkurrenzkampf, die Anspannung und die Arbeitsüberlastung im Angesicht des Todes zu vergessen.
Die Trinksprüche gingen erst zum Fußball über, dann auf ihre Dörfer, schließlich durfte auch das Griechentum in Kleinasien nicht fehlen, dem diesmal abwesenden Chatsiantoniou zuliebe – oder Dior, wie sie ihren Freund, den Herzchirurgen, nannten, weil er unter dem Revers stets ein paar Nähnadeln angesteckt trug.
Dann erhob sich der Epirote, den sie den Noch-immer-Verheirateten nannten, als wollten sie ihm sagen, er solle sich endlich scheiden lassen, vom Flokati, der auch im Sommer immer vor dem Sofa lag, zog sich seine Socken und Schuhe an, sammelte Lilkas Tupperware ein und verkündete, er habe ein gutes Angebot von einer australischen Universität.
»Ein Jorgos weniger.« Etwas anderes fiel Roussias nicht ein.

Ein weiteres Mal überraschte Kyriakos Roussias Frederick im Schlaf.

In der kleinen Stadt waren die Straßen menschenleer, nur ganz wenige Fenster waren erleuchtet – eine Imbißbude vielleicht, eine eheliche Auseinandersetzung, ein Anfall von Unwohlsein oder Schlaflosigkeit. Es war ein klebrigfeuchter Juli mit achtundneunzig Grad Fahrenheit.
Frederick war nicht mehr als eine Handvoll Straßen, zweistöckige blaßblau, blaßrosa und cremefarben gestrichene Holzhäuschen, die wie ein Pappmodell von Kinderhand neben der gewaltigen, fünfzig Kilometer nördlich von Washington gelegenen ehemaligen Militärbasis chemischer Waffen wirkten, in der seit einigen Jahren dreitausend Forscher der NIH, der *National Institutes of Health*, untergebracht waren.
Etwa zweihundert davon waren Griechen, einer von ihnen Roussias.
»Die Nachteule schon wieder«, sagte der Wachmann und öffnete die Schranke, ohne einen Blick auf Roussias' Ausweis zu werfen.
Der silberfarbene Acura rollte gemächlich auf das flache Gelände zu, auf dieses langgestreckte Etwas, das durch eine Reihe etwa siebenhundert Meter entfernter Lichter wie ein mitten auf dem Festland errichteter Hafenkai wirkte. Als Leuchtturm fungierte das einzige hohe Gebäude, der vierstöckige dunkelrote Anthrax-Bau. »Das Geisterhaus, Mama«, beugte er sich zu ihrem Ohr, sooft er sie nach Amerika holte und zu seiner Arbeitsstelle mitnahm, damit sie nicht allein zu Hause hockte, besonders an den Wochenenden, wenn sich die Labore von den Wissenschaftlern, Sekretärinnen und Putzfrauen leerten. Dann, wenn sich kein Japaner oder Spanier mit duldsamem Lächeln Aufmerksamkeit abrang, fühlte sich Frau Polyxeni ganz wie zu Hause, saß wie festgenagelt und gleichzeitig abwesend auf ihrem Stuhl. Anwesend einzig und allein in ihrer Gedankenwelt, an den paar Orten, wo sich ihr Leben abgespielt hatte.

Frau Polyxeni hatte keine Sprachschwierigkeiten, schweigsam war sie auf Kreta, noch schweigsamer in Amerika, selbst mit ihrem Sohn mied sie das Gespräch, um ihn nicht zu stören.
So verbrachten sie ihre Tage zwischen den kleinen und großen Zentrifugen und Ultrazentrifugen, die wie Waschmaschinen aussahen, zwischen den Präzisionswaagen und den Geräten zur Polymerase-Ketten-Reaktion.
Die Alte stellte keine Fragen, so als wisse sie Bescheid, und Roussias, gebeugt über Knöpfe, Agarose-Gel und Luziferasen, meinte irgendwann augenzwinkernd: »Glühwürmchen, Mama.« Und sie strickte weiter und ließ das Wollknäuel zu Füßen ihres Sohnes, unter den Schreibtischen, zwischen den technischen Geräten und rund um ihre schwarzen Pantoffeln hin und her rollen.

Er parkte vor seinem Labor, der Parkplatz war leer. Er steckte die Kassette in die Jackentasche, schloß die Stahltür auf, tastete nach dem Schalter und knipste das Licht an.
Es war zehn vor zwei Uhr morgens. Er mußte gar nicht rufen: »Ist da jemand?« Wer sollte sonst noch hier sein außer den Griechen? Die Neigung zum Nachtleben war nur ihnen angeboren, doch heute würden selbst die beiden Jorgos, sonst standfeste Trinker, bereits in ihren Betten schnarchen.
Zunächst preßte er das Auge ans Mikroskop, stets seine erste Geste aus Gewohnheit, dann begann er blindlings draufloszusuchen, Stapel von Prospekten und Disketten hochzuheben, er durchkämmte die Schachteln mit den Heftklammern, drehte Bleistiftbehälter um.
Die Mülleimer waren leer, der Teppichboden gesäubert, der Korridor aufgewischt, die Zwischenwände aus Glas ohne Fingerspuren, die Toiletten blitzblank. Die Putz-

frau aus Puerto Rico war ein Muster an Reinlichkeit, ihr entging keine einzige Reißzwecke.
Sie hatte Roussias ins Herz geschlossen, weil er ihr in die Augen schaute, wenn er mit ihr sprach, während die anderen bloß in ihre Richtung sahen. Sie nannte ihn »Herzchen«, schüttete den kalten Kaffee weg und stellte ihm frischen hin, und nur seine Zerstreutheiten fanden vor ihren Augen Gnade. Sie fischte sein Brillenetui, weggeworfene Schlüssel und Zwanzigdollarnoten aus dem Mülleimer, machte alles sauber und legte es auf seinen Schreibtisch. Doch in dieser Nacht zum siebzehnten Juli blieb das, was er suchte, verschwunden. Und bevor er zum Telefonhörer greifen konnte, mußte er eine christliche Uhrzeit abwarten.
»Hallo Rita, du Doppelgängerin meiner Patentante«, würde er zu ihr sagen, denn tatsächlich standen sie einander im Brustumfang um nichts nach. »Mein kleiner goldener Anhänger, verdammt noch mal«, würde er sich bei ihr ausweinen, »das kann doch nicht sein, daß er zusammen mit der Halskette wie vom Erdboden verschwunden ist.« Doch die dicke Rita mit den geschwollenen Knien lag jetzt im Tiefschlaf, und so durchstreifte Roussias mit den Händen in den Jackentaschen die fünfzehn Büros seiner Kollegen. Überall hingen die Speisekarten des chinesischen Restaurants aus, Mahnungen an dringliche Fristen, die Ankündigung der amerikaweiten Tagung von Keystone vom März 2000, Fotografien der schwedischen Kollegin, die in ihre Heimat ans Karolinska Institut zurückgekehrt war, schlampig abgerissene Papierschnipsel mit Faxnummern, der sandverschmierte Hintern eines Topmodels, Fotokopien vom Verlauf der Experimente von San Diego, der deutsche Kollege mit der ganzen Familie in der Samaria-Schlucht und eine Aufnahme von Herrn Babis, dem Vater des Epiroten, wie er kerzengerade neben Jackie Onassis' Grab stand.

»Gefüllte Auberginen, grüne Bohnen, Schmorgemüse in Olivenöl, gefüllte Tomaten und das Übliche«, sagte der Kellner, ein kurz geratener Achilleas, sooft Roussias und die beiden Jorgos ins *Greek Islands* hinter dem Capitol fuhren, um essen zu gehen.
»Ich bin den Auberginen zugeneigt«, hob der Epirote an.
»Ich den gefüllten Tomaten«, fuhr der Voliote fort.
»Und ich den grünen Bohnen«, rundete Roussias die Bestellung ab.
Nachdem sie ihren innersten Neigungen Ausdruck verliehen hatten und der Kellner diese in seinem Gedächtnis notiert hatte, drehten sie, ohne die Ungeduld des Hungers, ihre Stühle zur Glasscheibe und betrachteten die dichten Trauben der Zwanzigjährigen auf der Straße.
Ab und zu ein Bissen von der Gabel, ab und zu ein Schluck, ab und zu ein Wort.
Das Triumvirat war passé, ein Jorgos weniger.
»Ihr Vater«, hatte ihn Herr Babis einmal gefragt, als sie ihn alle drei zum Essen ausführten, »hat Sie Ihr Vater einmal in Amerika besucht?«
Nein, er hatte ihn nie in Amerika besucht.
Und nun würde Roussias neben seinem Freund, dem Epiroten, auch Herrn Babis mit den hübschen vulgären Flüchen, die er in der Höflichkeitsform von sich gab, an Australien verlieren. Lilka, das Geburtstagshähnchen und das vertraute, unerläßliche Sprechen und Schweigen.

Was er mit den beiden Jorgos beim Wein nicht besprach, das beredete er mit Chatsiantoniou am Telefon.
Roussias hatte ihn einige Male in Chicago besucht, doch aus der Nähe konnten sie nicht so gut miteinander reden wie mit dem Telefonhörer am Ohr. Kaum ein Wort wollte im persönlichen Gespräch über ihre Lippen kommen,

die ganze Zeit hingen sie im Wohnzimmer oder in einer Bar herum, tranken Bier, sahen sich an und warfen einander ein »Ach ja, Roussias« oder ein »Ach ja, Chatsiantoniou« zu.

Das ging ihm durch den Kopf, als er auf allen vieren umherkroch und pedantisch alle Zimmerecken durchsuchte, ob Ritas Staubsauger das Kreuzchen nicht vielleicht doch übersehen hatte oder ob die kleine Kette sich nicht doch um ein Tischbein gewickelt hatte. Er ging bis zu dem schwarzen Tiefkühlgerät mit dem AIDS-HIV-Virus zurück und suchte auch dort, obwohl er vor dem Verlassen das Labors, wie eine gewissenhafte Hausfrau, stets noch einen letzten Blick auf seinen Kühlschrank warf, um sich zu vergewissern, ob er auch gut verschlossen war.

Der Anhänger hatte sich in Luft aufgelöst.

Er hörte in seinem Innern so etwas wie das Ächzen eines gefällten Baumes, der zunächst langsam knarrend, dann immer schneller werdend zu Boden stürzt.

»Bist du noch wach?« fragte er kurz darauf Chatsiantoniou, einen weiteren Schlaflosen.

»Ich ruhe mich gerade von einer neunstündigen Operation aus. Ich hatte dir doch erzählt, daß ich deswegen nicht zur Feier kommen kann. Hat es dir was ausgemacht?«

»Am Telefon reden wir ohnehin viel lockerer.«

»Hast du die Wohnung schon aufgeräumt?«

»Ich ruf dich aus dem Labor an.«

»Frederick ist dir in Fleisch und Blut übergegangen.«

»Ich hab mein Taufgeschenk, das kleine Kreuz, verloren.«

Er kam wieder auf seine Patentante zu sprechen, die den besten Lammrostbraten in der ganzen Verwandtschaft kochte und sich mit einemmal, nachdem sie halb Kreta

aus ihrem tönernen Kochtopf verköstigt hatte, in Lincoln, Illinois, niederließ und sich in schwierigen Zeiten um ihn kümmerte.
Was sich seine Mutter – nicht nur an Worten – vom Mund absparte, überwies sie per Scheck an ihre Schwester. Und die machte selbst aus dem Einlösen des Schecks ein Fest. Die Patentante redete, unterbrochen von ihrem heiseren Lachen, das Kyriakos zunächst erschreckte, und sang Lieder von Rita Sakellariou. Wenn sie stritt, wogten ihre Brüste, selbst der Mund, die Augen, die dicken Wangen und die Warze am Ohr zitterten. Sie bekämpfte das Schweigen, das ihrer Familie im Blut zu liegen schien. Sie war einer jener lebenslustigen Menschen, die am hellichten Tage sterben. Sie fand einen glücklichen Tod mit dreiundsiebzig Jahren, als sie gerade einen neuen Mantel kaufen wollte, einen mit Karomuster.
»Wie kommt das eigentlich?«
»Was denn?«
»Daß du von deiner Familie sprichst.«
Er hatte recht. Roussias' Familienangelegenheiten waren verbotenes Terrain. Das war ein weiteres Band zwischen ihnen. Auch Chatsiantoniou sprach nicht viel von seinen Leuten, die Nana die kalte Schulter zeigten. Nana, der geborenen Thessalierin, der gewieften Immobilienmaklerin aus Evanston, die seit ewigen Zeiten seine Frau war und ihm drei Söhne geboren hatte – Marios, Anastassios und Themistoklis, durch und durch kleine Amerikaner.
Schließlich gingen die beiden Freunde zu den Einsparungen im Forschungsbereich über, mit deren Ankündigung der Präsident eine Welle der Empörung ausgelöst hatte. Sie gingen Subventionen und private Investitionen durch, denn die Summen boten sich für langwierige, leidenschaftliche Diskussionen an. Nach und nach, fast ganz wie von selbst, kam der Augenblick, sich zu

verabschieden und einander »Guten Morgen« zu wünschen.

»Eine Frau muß her.« Roussias' Mutter hatte ihre versiegelten Lippen geöffnet und sich den beiden Jorgos und telefonisch auch dem dritten, Chatsiantoniou, während ihres letzten Besuchs in Amerika vor vier Jahren anvertraut. Ehrungen, Geld, offizielle Zeremonien, das war alles gut und schön, nur: Der einzige Sohn war auf dem besten Wege, ein Hagestolz zu werden. Sie sah, wie er mit übergeschlagenen Beinen dasaß und das nackte Bein sichtbar wurde, die ausgeleierte und hinuntergerutschte Socke, die schmutzigen Schuhe. Als ihr Blick nach oben wanderte, blieb er am abgeschabten Ledergürtel hängen, an der stumpfen Gürtelschnalle und schließlich an seinem Pullover, einem alten Stück, das zottelig geworden war und dem man seine einstige Schönheit nicht mehr ansah.

Sie warf ihn in den Müll und machte sich daran, eine kirschrote Weste zu stricken. Die Wolle dazu hatte sie als Geschenk aus Griechenland mitgebracht.

Bevor Flora kam, rackerten sich die Haushaltshilfen, die Roussias einstellte, nicht gerade zu Tode.

Da selbst der Hausherr, den das ganze unmittelbar betraf, kein Interesse zeigte, brachte keine von ihnen den Kleiderschrank in Ordnung, verstaute im Winter die Sommersachen, lüftete im Sommer die Winterkleidung, sortierte alte Wäsche aus. Roussias öffnete den Schrank und nahm heraus, was ihm gerade in die Hände fiel – Schuhe, die nicht in die Jahreszeit paßten, Anzüge, die aus der Mode gekommen waren.

Trotz alledem war er durchaus ein Mann, der mithalten konnte. Die großen zimtbraunen Augen und der lange, vornübergebeugte Körper gefiel den Frauen. Er war auf seltsame Weise anziehend und fand mit Leichtigkeit

Geliebte, verlor sie aber auch genausoschnell. Seine Verschlossenheit brachte sie zum Frösteln, er wurde ihnen unheimlich, und sie ließen ihn sitzen.

Als erste verließen ihn Intellektuelle, die er, wie sie behaupteten, durch seinen bemerkenswerten und ungewöhnlichen Sinn für Humor gefesselt hatte. Doch rasch wurden sie seiner überdrüssig, da er wesentliche Charakterzüge unter Verschluß hielt. Wütend empfanden sie es als Niederlage, daß er sich ihnen nicht bedingungslos hingeben wollte.

Roussias' letzte Beziehung war eine mollige Texanerin gewesen, ein Zwischenspiel, das nach siebenundzwanzig Monaten vorbei war.

Sie arbeitete in der Finanzabteilung der Smithsonian Institution, und ohne daß er sie darum gebeten hätte, stellte sie ihm Flora vor, die Haushaltshilfe, die seine Rettung wurde. Sie lernte bald, ihm jeden Dienstag Linsen zu kochen, jeden Freitag Pilaf mit Joghurt, und in der Nationalgalerie blieb sie vor dem grünlich schimmernden Gemälde des Evangelisten Markus, das ein Möbeltischler, ein gewisser Peratis, verfertigt hatte, genauso lange stehen wie die griechischen Besucher.

Wenn, was selten vorkam, die Jorgos ins Haus kamen, nahm sie die nächtelangen Sitzungen dieser Männer hin, ohne mit der Wimper zu zucken, während diese sich die ganze Zeit über Immunsysteme, Klassifizierung von Krankheitsstadien, Rückfallquoten unterhielten, pausenlos derselben Kassette lauschten, ununterbrochen rauchten und nur englisch mit ihr sprachen, wenn sie noch ein Bier oder Wasser aus dem Eisschrank wollten.

Mit Amerikanerinnen ging Roussias auf Nummer sicher, denn er konnte sie von vielen Dingen ausschließen. Das war leichter und mit weniger Gewissensbissen verbunden als bei Griechinnen.

Er erinnerte sich an einen heißen Sandstrand auf Kithyra, wo er stundenlang Anns Hand streichelte und den Flaum auf ihrem Unterarm auf und ab strich. Als sie immer wieder darauf zurückkam, warum sie denn nicht aufs nahe gelegene Kreta übersetzten, wo er doch zu Hause sei, antwortete er ihr nur mit einer beschwichtigenden Handbewegung.

Im vergangenen Mai, an einem Dienstag, an dem ein Tornado wütete, war Roussias wie immer zu später Stunde aus Frederick zurückgekehrt. Die Linsen waren im Kochtopf, doch die Frau war über alle Berge. Sie war fünfunddreißig und wollte ein Kind.

Am Morgen jenes Tages hatten sie eine erbitterte Auseinandersetzung geführt. Die Frau hatte ihm ihren Standpunkt mit lange gereiften Worten erläutert. Es schien tatsächlich so, als hätte sie ihn am Anfang nur geliebt, weil sie ihn nicht verstand, und sobald sie ihn aus der Nähe kennenlernte, nicht mehr lieben können. Er erinnerte sich an ihr schimmerndes Haar, das so leuchtend rot war, daß ihr niemand mehr ins Gesicht blickte. Das war Ann aus Corpus Christi, der kleinen Stadt am Golf von Mexiko, ungefähr fünfzig Kilometer südlich von Houston. Roussias war niemals dort gewesen.

Es gibt Hunde, zumeist mit braunem oder schwarzem Fell, deren Augen einem sofort ein schlechtes Gewissen machen. Joe war ein solcher Fall, er trieb sich in Frederick illegal herum, man warf ihn aber nicht aus dem staatlichen Forschungsgelände, wie es Vorschrift gewesen wäre, sondern manch einer bestellte ihm sogar Pizza.

Er lief draußen vorbei, blieb vor Roussias' Fenster stehen und jaulte vor Hitze. Völlig zu Recht.

Roussias knöpfte sich das Hemd auf, kochte Kaffee und setzte sich an seinen Schreibtisch, blätterte Papiere durch, ungelesene Berichte, halbfertige Arbeiten, drin-

gende Erledigungen. Ganz am Ende des Stapels lag eine Liste mit Bestellungen, es ging um Schreibmaterial und Disketten. Er setzte seine Unterschrift darunter.
An diesem Wochenende wollte er zwei Artikel beenden, daher bestand keine Veranlassung, die 270 rauf und wieder runter nach Hause zu fahren. Diese Route hing ihm zum Hals raus.
Er rief den ersten Text auf dem Bildschirm auf, den über die phosphoreszierenden Proteine, ging ihn noch einmal durch und überarbeitete ihn mit einer sonnabendlichen Nüchternheit, die ihresgleichen suchte. So erging es Roussias immer, die Arbeit renkte seinen verdorbenen Magen wieder ein, sie vertrieb seinen Kater und lenkte ihn mit Leichtigkeit von seinen privaten Sorgen ab.
Die Zeit verging, und seine Glückssträhne riß nicht ab. Wenn er seinen kleinen Anhänger gehabt hätte, mit dem er sich die Stirn zerfurchen, die Ohrmuschel entlangfahren, wie mit einem Kamm den Scheitel versetzen, wie mit einer kleinen Hacke sein Hirn umgraben konnte, um es dann bis auf den letzten Tropfen auszupressen, dann wäre der Computer schon längst heißgelaufen.
Dennoch konnte er zufrieden sein und gönnte sich eine Zigarettenpause. Ich werde mit dir Schluß machen, drohte er der Zigarette, bevor er sie anzündete.
»In den Nächten, in denen ihr nicht da seid, drehe ich diese nervende Klimaanlage ab und arbeite viel besser«, sagte er zu allen, ob sie nun Jorgos hießen oder nicht.
Jannakopoulos, der zumindest nicht Jorgos hieß und aus dem bergigen Akrata stammte, ein alter Freund aus der Studienzeit, als beide an ihrer Promotion arbeiteten, in verschiedenen Fächern zwar, aber immerhin am selben Ort, nämlich in Chicago, hatte vor Jahren ein Freisemester an der Universität Kreta verbracht und war auf der Insel den Bergen, den Pilafs und der Lyra, der kretischen Kniegeige, verfallen. Er brachte es zu recht guten Kennt-

nissen auf dem Instrument, und Professoren und Studenten luden ihn zu Festen ein, zu Abschlußfeiern und Hochzeiten.

Nach einem Jahr folgte auch die obligate Fotografie mit der Hochzeitskarosse, einem Niva mit weißen Schleifen, Tüll und dem Hochzeitsbukett auf der Kühlerhaube, mit dem er sonst die endlosen Feldwege der Weißen Berge befuhr.

Jannakopoulos' Frau stammte aus Souda, sie arbeitete in einem Wurstwarengeschäft in Chania, und innerhalb von drei Jahren gab's drei Kinder. Er bombardierte Roussias mit Faxen, in denen er von den Qualitäten der einheimischen Frauen in den höchsten Tönen schwärmte. Er selbst hatte in Amerika, als er noch rank und schlank war, keine Fete ausgelassen. Er war zuvorkommend gewesen und kein amerikanischer Schwerenöter; mit einem halben Kilo Pistazien aus Ägina und Ouzo aus Mytilini brachte er die Durchschnittsfrauen zu Fall, Vegetarierinnen und Antialkoholikerinnen mit Thymianhonig und Oliven aus Kalamata, die er in letzter Minute am Flughafen einkaufte.

Wieso erinnerte er sich jetzt nach ein paar Zigarettenzügen an ihn? Weil Jannakopoulos, als er Kreta bereiste, vor Ort das Wichtigste über die Familie Roussias in Erfahrung brachte und einen halbseitigen Brief nach Frederick schickte, der einen heftigen Vorwurf enthielt. Kyriakos, mein Freund, dein Schweigen ist auf der ganzen Insel zu hören.

Seit damals rief Roussias ihn nicht mehr am Namenstag des heiligen Charalambos an, um ihm alles Gute zu wünschen.

Schluß mit Jannakopoulos, auch Jorgos, der Epirote, war abgehakt. Im Labor würde nur mehr der andere, mittlerweile fünfzigjährige Jorgos übrigbleiben, der es in Amerika nicht weit gebracht hatte.

Vor einiger Zeit hatte das *Immigration Office* in Baltimore Roussias vorgeladen. Papiere und Lebenslauf waren in Ordnung, er hatte auch die Tests bestanden, also schwor er vor dem *Judiciary Court* auf die amerikanische Verfassung und hatte die amerikanische Staatsbürgerschaft in der Tasche.
Amerikanisches Flittchen, so meinte der zweite Jorgos jedesmal zu ihm, wenn er irgendeine Auszeichnung bekam, eine ehrenvolle Einladung erhielt, einem großen Fernsehsender ein Interview gab. Alles Dinge, denen er nicht nachjagte, denn er war wortkarg und gar nicht locker bei öffentlichen Auftritten. Das war stets Jorgos' erstes Wort, wenn er ihm gratulierte: amerikanisches Flittchen.
Zellulärer Wirkungsmechanismus des HIV-Virusproteins rev. Er setzte den Schlußpunkt an das Ende des ersten Textes und ging ihn noch einmal auf eventuelle Flüchtigkeitsfehler durch. Ist er gut, fragte er sich laut. Er ist gut, gab er sich selbst leise die Antwort.
Ein stechender Schmerz machte sich in seinem Magen bemerkbar. Das Klingeln der Telefons, das er nicht mehr erreicht hatte, dröhnte noch in seinen Ohren. Chatsiantoniou wahrscheinlich. Einige mit Rotstift verfaßte Notizen lagen herum, ebenso rot vollgekritzelte und mit Fußnoten versehene Seiten eines alten Textes, daneben fünf eingetrocknete braune Kreise, die seine Kaffeetasse auf der Glasplatte des Schreibtisches hinterlassen hatte.
In der gekippten Fensterscheibe erblickte er sein Ebenbild, einen strengen, fast fünfundvierzigjährigen Mann, mit hängenden Schultern und zerknittertem Hemd.
Er konnte sein Gesicht nicht richtig erkennen, jedenfalls war es kein lebenslustiges. Zimtbraune Augen, rote Lider und Brauen, die sanft und traurig herunterhingen wie der feuchte Haarschopf eines Maiskolbens, hell-

braune Haare, die nichts und niemand dazu bringen konnte, grau zu werden.

»Schöne weiche Farben«, meinte Ann zu ihm.

»Also bitte«, schnitt er ihr gleich das Wort ab.

»Ich gehe in den Museen ein und aus, ich kenne mich da aus.«

»Du arbeitest doch in der Buchhaltung.«

»Ein Grund mehr, mich auszukennen. Ich kann ungefähr einschätzen, was du wert bist.«

»Wieviel denn?«

»Ein hübsches Sümmchen.«

Ann würde ihm nie wieder über das nasse Haar streichen, und Roussias führte seine Hand an die Haut auf seiner Stirn und auf den Wangen, die bald faltig werden und sein Gesicht für die nächsten Jahre prägen würde. Er löschte die Mehrzahl der Lichter, um das Morgenlicht nicht zu verscheuchen. Draußen leitete ein unmerklich intensiver werdendes Rosa einen weiteren Sonnabend ein. Im Morgengrauen Frederick, dachte er und ließ den Kopf hängen, zu Mittag Frederick, am Abend Frederick, in der Nacht Frederick, ein ganzes Leben lang Frederick.

Im Jahr 1970 hatte ihn im Alter von fünfzehn Jahren das letzte Wetterleuchten der Familientragödie auf Kreta zu seiner Patentante, nach Lincoln, Illinois, getrieben. Eines Tages, als Wind aus Afrika roten Staub über das Land wehte, schickte ihn sein Vater, ohne ihn zu fragen, auf die Reise, gut verschnürt wie einen Kanister Olivenöl.

Der Überlandbus ließ die Hochebene hinter sich, und da sich viele Kurven um die leeren Berge wanden, schien es dem Jungen, als wäre der Fahrer vom Weg abgekommen, als wäre er in ein Labyrinth eingetaucht, an dessen Ende möglicherweise wieder das Dorf und ihr Haus mit

der riesigen Kermeseiche im Hof durch den Schleier der Staubwolken schimmern würde.
Auf dem mehrstündigen Flug hielt er die Augen geschlossen, ohne zu schlafen, ohne zu essen, ohne auf die Toilette zu gehen. So setzte er seinen Fuß auf amerikanischen Boden, und das erste Wort, das er an seine Patentante richtete, war: Abort.
Lincoln, Illinois, sei kein Dorf, es habe siebzehntausend Einwohner, so präsentierte sie ihm den Ort.
In Wirklichkeit waren es nur zwölftausend Einwohner, doch auch die fünftausend chronisch Kranken der psychiatrischen Anstalt zählte man zur ständigen Bevölkerung der Stadt.
Die Lincoln State School, das Irrenhaus, das Gerichtsgebäude aus dem Jahr 1850 auf dem Hauptplatz, die Eichenalleen, die Sitzbänke, die Barbecue Sandwiches, die ganz wenigen Schwarzen und die Handvoll Griechen sollten die neue Welt des jungen Mannes werden.
Er konnte kein Wort Englisch, zog sich in sich selbst zurück, verlor zwei Schuljahre, und wahrscheinlich war es damals, zwischen seinem fünfzehnten und seinem siebzehnten Lebensjahr, daß Augen, Lider und Schultern nach unten sanken und sich nie wieder aufrichteten.
Die Patentante, die – ohne eheliche Kontrollinstanz – ihr Leben nach dem Spruch »Gejammert wird später« ausrichtete, gab nicht auf. Alle Einnahmen aus ihrer Kleiderreinigung wurden für Nachhilfelehrer ausgegeben, und eines Tages gelang Kyriakos der Sprung vom Klassenesel zum Musterschüler.
Er löste sich von seinem eigenen Unglück und begann in den Bücherseiten nach etwas zu suchen. Die Bücher wurden seine Waffe, er fühlte sich sicherer, wenn er Lehrbücher für Physik, Chemie und Biologie in seiner ledernen Schultasche bei sich trug.
Eines Tages sagte die Patentante, nachdem sie ihm einen

Becher mit Schokoladeneis serviert und abgewartet hatte, bis er halb leer war: »Dein Vater«, sagte sie. »Was ist mit meinem Vater«, fragte er mit einer Augenbewegung. »Er ist nicht mehr«, antwortete sie ihm auf dieselbe Weise.

Der Brief mit den Einzelheiten war statt an ihn an ihren Namen, Athanassia Braou-Charleston, geschickt worden.

Er verkroch sich in sein Zimmer, und die für den nächsten Tag angesetzte Klassenarbeit wurde zu seinem Rettungsanker. Kyriakos hatte einen Halt gefunden. Er lernte mathematische Formeln auswendig und erwähnte den Brief mit keinem weiteren Wort.

Als er das Gymnasium beendete, war er Ende neunzehn, studierte danach Physik in New York und schrieb seine Doktorarbeit dort, wo sich alle ernst zu nehmenden theoretischen Physiker der Welt trafen, nämlich in Chicago. Später lehrte er in Boston, Philadelphia und Houston.

Das einzige, was er an Lincoln, Illinois, mochte, war seine Patentante, an New York waren es die Bagels um die Ecke, an Boston gar nichts, an Philadelphia war es die Arbeit, an Houston die Serviererin in der Cafeteria, in der er seinen Cappuccino trank, und an Chicago mochte er, bevor er sich mit Chatsiantoniou anfreundete, nur Alan Nossiter, einen kurzbeinigen Mann mit großen Ohren, überaus behaart und phlegmatisch, eine Kapazität auf dem Gebiet der Physikalischen Medizin, der Roussias am Arm packte und ihm den Weg zurück versperrte. Und das war gut so.

In Amerika mußte er für nichts anderes als für seine Arbeit Rechenschaft ablegen. Zudem waren etliche Mitglieder der Familie Roussias auf Kreta erleichtert, daß sich Kyriakos in die Wissenschaft geflüchtet hatte und nicht einmal seine Ferien auf Kreta verbrachte. Da war er auch nicht der einzige, andere hatten sich in die entlegensten Winkel der Erde verkrochen, einige schickten gar kein Lebenszeichen mehr, nicht einmal ihrer Mutter.

»Ich habe mit Antigoni und Keti gesprochen, man wird dir in der Präfektur einen Paß ausstellen«, hatte er 1986 seiner Mutter am Telefon erklärt.
»Soll ich auswandern?«
»Du sollst drei Monate zu mir kommen.«
»Gibt es dort auch Kreter?«
»Sind dir die anderen nicht gut genug?«
»Eine weite Reise. Eine sehr weite Reise. Wie soll ich das in meinem Alter überstehen?«
»Du bist doch noch sehr rüstig, Mama, außerdem wirst du deine Schwester wiedersehen.« So machte er ihr die Reise schmackhaft, und sie – dem Sohn, dem einzigen Sohn, hörig – gehorchte. Sie fuhr hin, immer wieder. Wurde zum Schatten, der sich auf alles legte, ohne in Kyriakos' Einsamkeit einzudringen.
Nossiter also, Nossiter und ein paar andere, ein gewisser Levin, einer namens Bird, früher Jannakopoulos und lebenslänglich die drei Jorgos, dazu noch der letzte im Bunde, Chatsiantoniou.
Was Frauenbekanntschaften betraf, so behalf er sich auf Tagungen mit irgendeiner Sekretärin, die üblicherweise am nächsten Morgen nicht einmal aus Höflichkeit mehr das Wort an ihn richtete. Ein schöner Mann, aber zu streng, so ließen die meisten nachher verlauten. Als er in Washington und in Frederick vor Anker ging, näherte sich im zuerst eine gewisse Judy, mit der er ein paar Monate verbrachte, danach eine Ärztin namens Mary, mit der er ein Jahr lang ohne besondere Höhen und Tiefen zusammen war, als dritte warf sich ihm eine gewisse Carol an den Hals, und schließlich warf er sich der Texanerin in die Arme.

In der ersten Verliebtheit nannte er sie Annio, Annaki und Annoula, dann bloß Anna, später Ann, noch später Texanerin, und am Schluß kam ihm fast gar nichts mehr über die Lippen, weil Roussias, nach achtundzwanzig Jahren in Amerika, in ihren Gesprächen nur mehr zu gebrochenem Englisch fähig war. *Ann* erinnerte ihn zu sehr an das *wenn*, das Bedingungen stellte. Selbst ihr Name machte seine bedingungslose Hingabe unmöglich.

Mit einer Griechin war er noch nie im Bett gewesen, obwohl seiner Beziehung mit Ann notgedrungen einer jener Flirtversuche mit Landsmänninnen vorangegangen war, die jedesmal im Sande verliefen.

In Chicago war er mit dem Ehepaar Chatsiantoniou und einer Cousine aus Piräus, die nur so, ohne besonderen Grund, in die Staaten gereist war, um bummeln zu gehen und – mit einer vagen Hoffnung auf ein kleines Abenteuer im Hinterkopf – ein bißchen Frischluft zu schnuppern, ins *Papagou* griechisch essen gegangen – mit der Absicht, die patriotischen und familiären Bande unter Genuß von Fischrogensalat enger zu knüpfen. Da begann die Cousine namens Vicky während des Vorspeisenganges unbefangen mit Roussias zu flirten: »He, Goliath, du hast ganz die Figur von Clint Eastwood«, sagte sie, setzte ihnen lang und breit ihre Meinung über das Zypernproblem, Aischylos und die idiotischen Maßnahmen der Griechischen Fremdenverkehrszentrale auseinander. Dabei ignorierte sie Nana und ihren Cousin geflissentlich und blickte nur Roussias geradewegs in die Augen, steckte ihm ein fritiertes Zucchinistück in den Mund, dann noch eins und ein drittes, trank auf sein Wohl: »Nächstes Jahr im Ehestand!« Doch sobald die Rede darauf kam, daß er aus Sfakia stammte, wurde sie ganz klein und holte eilig ihre Netze wieder ein, in denen

er bereits zappelte, und beim Hauptgang, Zackenbarsch mit Knoblauch-Tomatensoße, stieß sie bloß ein »Na ja, geht so« hervor und blieb fortan stumm.
Sie rechtfertigte sich, nachdem die Rechnung beglichen war, mit den Worten: »Immer wenn jemand aus Sfakia im *Sky Channel* auftaucht, geht es um Morde, nichts als schwarze Hemden, Rauschebärte, Revolver. Die Landschaft mit den Bergen ist schon beeindruckend, keine Frage, aber mich stößt das ab. Auch die Lyra halte ich nicht lange aus, dieser Garganourakis geht mir auf den Geist.«
Am nächsten Tag fuhr sie ein Verehrer, den sie in Reserve hatte, ein gewisser Nikos aus Patras, zum Einkaufen in die Magnificent Mall.
Es geschah nicht zum ersten Mal, daß Roussias mit neuen Bekanntschaften schon bei den ersten Begrüßungsworten solche Erfahrungen machte.
»Epirote«, sagte der eine Jorgos.
»Schön.«
»Voliote«, sagte der andere Jorgos.
»Prima.«
»Kreter«, kam Roussias an die Reihe.
»Ah! Die Kreter sprechen einen schönen Dialekt. Aus Heraklion oder Chania?«
»Sfakia.«
»Oje.«
Nur eine Frau aus Sfakia würde ihn nicht mit »Oje« und »O weh« abkanzeln.
Auf dem Geburtstagsfest hatte sich das Trio mit einem lachenden und einem weinenden Auge an uralte Liebesgeschichten erinnert: »O là là, diese Schlampen!« Doch beim nächsten Glas Wein waren sie den Frauen wieder gut.
Als sich in der Mani – in der Zeit vor Lilka – einmal ein Wüstenwind erhob und roten Regen brachte, hatte Jor-

gos unter seiner Windjacke einer Verheirateten Zuflucht geboten, und eine Stunde lang, bevor er sie wieder an ihren Gatten abtrat, schien die Welt dort stehengeblieben zu sein.
Doch auch in den kleinen Hafenbuchten von Varkisa erläuterte in einem ganz speziellen Juli, bei goldenem Sonnenschein, der zweite Jorgos mit Silberblick und unter stetigem Streicheln der Schenkel zehn Tage lang einer gewissen Argyro seinen Gemütszustand.
Roussias erinnerte sich an eine aus dem Dorf, Maro, zwei Jahre älter als er.
»Du hast da eine Schußwunde«, hatte er auf dem Schulhof angsterfüllt zu ihr gesagt. »Wo?« hatte sie gefragt. »Am Hintern«, stotterte er und wurde so rot wie ihre Schulschürze, die durchtränkt von ihrer Monatsblutung war.
Er beschrieb sie folgendermaßen: goldene Wimpern, volles, pfirsichfarbenes Haar und ein Muttermal auf der Wade in Form einer Träne.

An einem Freitag abend, bevor er die beiden Jorgos mit zu sich nach Hause nach Gaithersburg nahm, hatte er den fünfzehn Kollegen im Labor Napoleontorte, die gerade in Mode war, spendiert.
In anderen Jahren hatte er im letzten Augenblick irgend etwas gegriffen, das am Eingang oder Ausgang des Supermarkts in Frederick herumlag, üblicherweise Tüten mit Haselnußschnitten. Nicht aus Geiz – er machte sich einfach keine Gedanken darüber.
Am Vortag war er bis nach Washington gefahren, hatte einen zwanzigminütigen Umweg in Kauf genommen. Ein großes Opfer für ihn, da er sich im Zentrum nicht mehr auskannte, nachdem er es schon jahrelang mied. Er beschränkte sich auf die Tour Gaithersburg–Frederick–Gaithersburg.

Die Konditorei mit den Napoleontorten, Apfeltartes und Obsttörtchen im Untergeschoß des Watergate-Gebäudes hatte die Texanerin ausfindig gemacht. Sie war es auch, die den Konditor aus Istanbul aufspürte, bei dem man die beste Vanillecremetorte bestellen konnte. Wiederum war es sie, die im Frühling die Wege mit den spektakulärsten Magnolienbäumen und den pagodenförmigen *Dog-Woods*, den Blumenhartriegeln, herausfand, die wie elfenbeinerne, rosarote oder karamelfarbene Blütenbuketts wirkten. Roussias konnte ihnen jedoch nicht das Geringste abgewinnen.
»Hundebäume, Mama«, flüsterte er ihr ins Ohr, sobald er den zweiten Blick seiner alten Mutter auf die eindrucksvollen Baumreihen erhaschte. Sie blickte durch die riesigen Pflanzungen hindurch und ließ einzig und allein die spärlichen dunklen Kermeseichen der heimischen Hochweiden in den Weißen Bergen gelten, punktum.
Hatte er sein Kreuzchen etwa im Einkaufszentrum des Watergate-Gebäudes verloren?
Er würde später in der Konditorei nachfragen. Zudem erinnerte er sich an seine verstorbene Patentante: »In meiner Jugend hatte ich die ganze verrückte kretische Sippschaft am Hals. An jedem, der mit Dreck beworfen wird, bleibt etwas hängen. Aber in Amerika kann ich meine letzten Jahre angenehm verbringen«, sagte sie schließlich, während sie Lammrostbraten zubereitete oder Brot in das Öl auf dem Backblech tunkte, und zündete sich ihre Zigarette an. »Ist der Koch ein Arsch, ist das Essen auch Scheiße«, und mit einem »Gepriesen sei der Herr« setzte sie den Schlußpunkt.
Mitten in den fünfziger Jahren, als sie fünfunddreißig war, liebte sie einen verheirateten Mann. Fünf Jahre lang Schäferstündchen in verschiedenen Hotels in Chania, jedesmal kam sie mit einer anderen Frisur, dann wieder

mit einem Kopftuch, immer mit dunklen Brillen. Eines schönen Tages blieb dem Verheirateten, einem aalglatten Typen aus Larissa, die Spucke weg, als die Tür aufging und seine Ehefrau hereinstürmte. Morgenstund hat Gold im Mund – obschon übernächtigt von der Reise, versohlte sie der Patentante wutschnaubend den Hintern, verprügelte sie nach Strich und Faden. Einen Monat lang lag sie dann in der Paisis-Klinik, während sich die ganze Stadt und das ganze Dorf das Maul zerrissen.

»Er hat mir nichts davon gesagt, daß er verheiratet ist. Aber es war auch nicht seine Art, sich zu verstellen. Die Wahrheit lag in seinen Augen, damit gab er mir ein Zeichen.« So rechtfertigte ihn die Patentante, die sich einzig und allein deswegen in ihn verliebt hatte, weil er ein hübscher Kerl war und keinen Schnauzbart trug.

Nachdem sie sich in aller Öffentlichkeit lächerlich gemacht hatte, ließ ihr die Familie keine ruhige Minute, besonders die Schwiegermutter ihrer Schwester, die Rethymniotin, spie Gift und Galle. »Das Flittchen, das verdammte Flittchen!« So machte sie auch ihrer Schwiegertochter, Kyriakos' Mutter, das Leben zur Hölle. Er selbst war damals ein Dreikäsehoch, konnte sich nur schwach an heftige Wortwechsel erinnern – die brutalen Gesten und Blicke blieben ihm, aufgrund seiner Kurzsichtigkeit, glücklicherweise erspart. Erst als Athanassia ihren endgültigen Abschied von Kreta nahm, verstummten die Lästermäuler. Sie rächte sich an ihnen, indem mit ihr auch ihre Augen verschwanden – schöne, pechschwarze Augen ohne Spur von Traurigkeit. Kyriakos hatte im Kafenion die Männer über Verführerinnen reden hören, und mit gesenkter Stimme waren sie sich einig: Keine hatte so dunkle Augen wie sie.

»Hast du's wiedergefunden?«

Chatsiantoniou rief eigens deswegen noch einmal an,

und sie unterhielten sich eine Weile. Achtundneunzig Grad Fahrenheit in Chicago, und es wurde und wurde nicht kühler. Er erzählte, er zergehe vor Hitze und denke an die Strände in der Wohnung seines Freundes. Damit meinte er die Werbeplakate der griechischen Fremdenverkehrszentrale, denn Roussias hatte an seinen Zimmerwänden nur Strandaufnahmen aufgehängt – Karpathos, Kithyra, Kos.

Überall – in den Wäscheladen, in Aktenordnern mit notariellen Urkunden, in Schränken voll mit Gewürzsträußchen, die längst nicht mehr dufteten, und auf dem Regal mit den Medikamenten – waren Prospekte angehäuft, die griechische Hotels an Panoramastränden, in Terrassengärten und schattigen Buchten zeigten, deren morgendliche Meeresbrise sanft über Roussias' zusammengeknüllte, ungebügelte Wäsche wehte, über die in jedem Haushalt gleichen Lebensmittelvorräte und den Papierwust, der für den Abfalleimer bestimmt war.

Darüber hinaus blickte er beim Schreiben, Lesen und Essen stets auf einen kleinen Bilderrahmen auf dem Tisch, in dem eine Polaroidaufnahme von Rodakino steckte, der Sandstrand, das Libysche Meer und zwei Felsen am Rand. Die hatte Jannakopoulos im letzten Jahr geschickt, bevor sie sich in die Haare geraten waren.

In Roussias' Wohnung gewann man den Eindruck, man wäre mit einem Motorschnellboot durch Flur, Zimmer, Küche und Bad unterwegs. Überall Strände – hier dunkelgrüne runde Steine, die so groß wie Kürbisse wirkten, dort Haufen von rostroten Kieselsteinen im seichten Wasser, aber nirgendwo Familienporträts. In anderen Wohnungen hingen Bilder von Großeltern, Eltern, dem Heimatdorf, einer geliebten Mitschülerin oder dem griechischen Freundeskreis beim Verspeisen der Abschiedssouflaki.

Chatsiantoniou besaß eine solche Aufnahme: zwölf Hünen und drei pummelige Studienkolleginnen aus der Zeit des Medizinstudiums. Und alle hielten sie Gyros im Pitabrot in beiden Händen. Er hatte die Aufnahme vergrößern und einrahmen lassen und je einen Abzug in seinem Büro, im Schlafzimmer und im Wohnzimmer plaziert. Das war an dem Wochenende gewesen, als Litsa, das Busenwunder von Piräus, ihm die Kassette von Kalatsis geschenkt hatte. Glücklicherweise war Nana damals in Karditsa gewesen.

Sie sprachen nicht mehr über solche, beiden sattsam bekannte Dinge am Telefon. Doch sie waren in ihren Gedanken stets präsent, wie ein nie abreißendes, leises Säuseln unter der Oberfläche eines Gesprächs über wissenschaftliche Artikel in *Cell* oder *Science*. Jeder von ihnen wußte, was sie der Arbeit darbrachten und was die Arbeit ihnen abverlangte: persönliche Opfer.

Viele andere hatten diesen Druck nicht ausgehalten und waren in ihre Heimat zurückgekehrt.

»Roussias, du hast nicht nur durchgehalten, du hast sogar den Lasker-Preis bekommen.«

»Jetzt fängst du auch noch an mit dem amerikanischen Flittchen.«

»Amerikaner pur gefällt dir besser?«

»Vorläufig ja.«

»Grieche?«

»Früher und vielleicht mal in der Zukunft.«

»Das heißt in ein paar Jahren auf Kreta?«

»Vergiß es ...«

Am Schluß des Gesprächs stand ein nur halb fertig erzählter Witz. Es waren einmal ein Athener, ein Hinterwäldler und eine Landpomeranze, hob Chatsiantoniou an. Roussias memorierte die Schlüsselwörter lustlos, um den Witz nötigenfalls weitererzählen zu können. »Immer unterbrichst du mich und bringst mich aus dem Konzept, was bemühst du dich denn, ihn auswendig zu lernen, wenn du ihn ohnehin nie anderswo erzählst.« Und so ging es immer weiter, hundertmal Gesagtes. Schließlich legten sie auf.

Hatte er sein Kreuzchen vielleicht im Zentrum von Washington verloren? Er hatte am Foggy Bottom und am Dupont Circle angehalten, um Papiertaschentücher zu kaufen und sich zu versichern, daß es den guten Friseur in Washington noch immer an derselben Stelle gab. Was hatte er sich bloß dabei gedacht, als er wegen ein paar Tortenstückchen so weit fuhr, während er Ann selbst an Sonnabenden oder Sonntagen, wenn sie Überstunden machen mußte, nie aus dem Museum abgeholt hatte. Oder hatte er sie wenigstens ein einziges Mal abgeholt?

Er hatte es nicht getan. Soweit er sich erinnern konnte. Er schämte sich im nachhinein dafür.

»Zeig mir doch einmal ein Foto von deiner Familie«, hatte Ann gefordert. »Wo um Himmels willen hast du die Aufnahmen denn vergraben?«

»Nirgendwo. Es gibt einfach keine.«

Einmal holte er aus und erklärte ihr, er habe keine Fotografien, da er sich dagegen wehre, sich – wie auf Befehl – jedesmal beim Anblick einer Aufnahme zu erinnern, und zudem genau daran, was darauf abgebildet sei. Mit der Zeit werde unser Gedächtnis träge und oberflächlich, es beschränke sich auf das Wesentliche und begnüge sich mit dem, was auf der Fotografie zu sehen sei, so erläuterte er ihr seine Theorie.

Kyriakos Roussias wollte seine Erinnerung nicht vom Anblick der Aufnahmen abhängig wissen. Genausowenig wollte er die Erinnerung missen, wenn er keine Aufnahmen vor sich hatte. Denn schließlich kam es so

weit, daß die Menschen nicht mehr ihrem Gedächtnis trauten, sondern nur mehr dem, was auf dem Rechteck im Hoch- oder Querformat abgebildet war.
Es gab etliche Dinge, an die er sich erinnern, aber auch etliche, die er vergessen mußte.

»Ein gewisser Tsapas, schön wie ein kretisches Wildpferd, hatte ein Mädchen aus Vrisses geheiratet, zart wie ein Windhauch, deren Haar vom Goldton venezianischer Malereien war. Er hatte sie als Braut in sein Heimatdorf gebracht, und wir wurden Freundinnen. 1956 haben wir dein goldenes Kreuz gemeinsam bei Lourakis in Chania gekauft, wir aßen Sirupkrapfen und unterhielten uns den ganzen Tag über störrische Ehemänner und scheinheilige Schwiegermütter.«
Kyriakos war drauf und dran, auch die altehrwürdigen Mütter hinzuzufügen, doch die Patentante gab all das nur in seiner Einbildung von sich. Sie besuchte ihn im Labor in einem himmelblauen Kostüm und blieb am Fenster für eine Zigarettenlänge stehen. Nicht etwa, daß sie ihn wegen des verlorenen Anhängers gescholten hätte, aber sie schien enttäuscht. »Schade«, meinte sie bloß. Hätte sie weitergeredet, dann hätte sie gesagt, daß die kleinen Dinge manchmal große Geschichten erzählen. Und das Taufkind hätte ihr unumwunden zugestimmt.
Zehn vor acht. Draußen Totenstille. Nicht einmal der Hund rührte sich. Er kniete sich hin und hob den äußersten Rand des Teppichbodens in die Höhe, löste ihn sogar einen Fingerbreit vom Boden, doch der Anhänger blieb verschwunden. Er rief in der Konditorei an, eine frische, jungenhafte Stimme erklärte sich bereit nachzusehen. Aber wieder vergebens.
Nicht nur wegen des Kreuzchens, sondern aus etlichen anderen Gründen spürte er plötzlich, wie seine Augäpfel

schmerzten, schwer wurden und in den Augenhöhlen versanken. Dann schauderte er, als wäre ein Eiswürfel über seine Brust geglitten.

Es war bereits neun Uhr. Er stand auf, erfrischte sein Gesicht mit ein paar Tropfen Wasser, vertrat sich in den engen Korridoren ein wenig die Beine, streifte zwischen den mit Agar gefüllten Petri-Schalen umher, überprüfte die Brutschränke, die zum Wachstum der Zellen gleichbleibend bei siebenunddreißig Grad Celsius gehalten werden mußten, preßte sein Auge ans Mikroskop und machte eine kurze Notiz über den Verlauf des Experiments.

Er machte Türen auf und zu, lauschte ihrem Klappern nach und setzte sich wieder hin. Er druckte die erste Arbeit aus, dann rief er die zweite auf seinem Computerbildschirm auf. Seitdem er sie im April beiseite gelegt hatte, hatten sich einige Daten geändert. Er nahm Bücher, Disketten, Ordner aus Schubladen und informierte sich in Spezialzeitschriften im Internet, deren Nutzung sein halbes Gehalt auffraß, über die jüngsten Ansichten von Jones, Gail und etlichen anderen Forschern. Dann setzte er sich an seinen Aufsatz, doch ihm fehlte das goldene Dingsda. Aus alter Gewohnheit wollte er seine Stirn zerfurchen, sein Denkvermögen bis an die Grenzen herausfordern, auf seinem Grund vergessene Ideen ausloten, schließlich ans Ziel gelangen und den Artikel fertigstellen.

Die Texanerin hatte in den siebenundzwanzig Monaten ihres Zusammenlebens Roussias' Reaktionen in bestimmten Standardsituationen erfaßt: Lutschen am Kreuzchen bedeutete beruflichen Ärger, ein Kuß auf beide Seiten des goldenen Schmuckstücks und danach Versendung von Faxen bedeutete beruflichen Erfolg. Es waren Faxe an alle möglichen über die ganzen Vereinigten

Staaten verstreuten Griechen, auf denen mit Großbuchstaben stand »Wir haben sie fertiggemacht« – nur als ein Beispiel von vielen, das er ihr übersetzt hatte.
Wo jene roten Locken wohl jetzt gerade waren?
Auf dem Kopfkissen wahrscheinlich, gab sich Roussias selbst die Antwort auf seine Frage. Am Sonnabend morgen faulenzte die Texanerin bis zehn Uhr, und bei derartig stickigem Wetter würde sie, befreit von der Bettdecke, auf dem Bauch liegen, mit Schweißperlen auf der Stirn, dem Hals und im Rinnsal ihres Rückrats.
Er schloß für einen Moment die Augen und erinnerte sich an die Sommersprossen auf ihren Schulterblättern, die wie ein Geheimcode wirkten. Heimlich schielte er darauf und konnte sie nicht mehr entziffern, als hätte sich ihre Botschaft geändert.
Aber sie hatte sich nicht geändert. Er las ihre Botschaft noch einmal von Anfang an, und immer wieder sprang sie ihm mit demselben Inhalt in die Augen: Ann wollte ein Kind, nachdem sie bereits zwei Abtreibungen hinter sich hatte. Nach der zweiten hatte sich Roussias, als sie nach Hause zurückgekehrt waren und die Frau sich hingelegt hatte, ernst und bleich sofort an seinen Computer gesetzt, ohne auch nur kurz bei ihr zu verweilen.
Eine Viertelstunde später hörte er, wie sie nacheinander die Tür zum Schlafzimmer, zum Flur, zur Küche und zum Wohnzimmer aufriß und hinter sich wieder zuschlug, danach die Fernsehkanäle durchzappte und fahrig die Lautstärke laut und leiser stellte. Wahrscheinlich suchte sie nach einem Beruhigungsmittel, einer Eiskunstlaufübertragung etwa, um sich bei doppeltem Toeloop und Todesspirale abzulenken. Weder hatte sie jemals Schlittschuhe besessen, noch wollte sie wirklich fernsehen. Kyriakos und sie hatten bloß eine andere Art, ihre Traurigkeit zu bewältigen.
An jenem Nachmittag, als auf vierzig Kanälen nirgend-

wo Eiskunstlauf zu finden war, stopfte Ann Linsen, groben Grieß, Roussias' Kassetten und CDs in einen Müllsack, fuhr mit dem Wagen ans Ende der Welt und warf alles fort.
Als sie zurückkam, lag er mit verschwollenen Augen auf seinem Bett. Sie setzte sich neben ihn, rückte das Kreuzchen gerade, das in der kleinen Kuhle am Schlüsselbein lag, nahm seine Hand und massierte jeden Finger einzeln, als wäre er es, der eine Abtreibung hinter sich und ihre Fürsorge absolut nötig hätte.
»Kyriakos Roussias, Sohn des Myron und der Polyxeni, geboren auf Kreta im Juli 1955. Du bist über vierzig. Antworte mir. Warum willst du kein Kind? Warum hast du fünfundzwanzig Jahre lang keinen Fuß mehr in dein Dorf gesetzt?«
Doch er blieb die Antwort schuldig. Seine zimtbraunen Augen waren bloß an die Decke gerichtet, tränten und brannten, als hätte man tatsächlich Zimt in sie gestreut.

Er hatte alle Hände voll zu tun, doch immer wieder verlor er sich in Erinnerungen und Resümees. Zunächst einmal lag es am Verlust des Anhängers, dann kam die kürzliche Trennung von Ann hinzu, und drittens lag es an seinem Geburtstag, wie jedes Jahr im Juli. Nach der kleinen Feier, die zur Gewohnheit geworden war, saß er ein ganzes Wochenende lang allein in Frederick vor seinem Computer. Weniger mit der Absicht zu arbeiten, als sich selbst den Luxus zu gestatten, mehr oder weniger bedeutende Ereignisse aus seinem Leben Revue passieren zu lassen und zu rekapitulieren, sich in seine ungelösten persönlichen Probleme zu versenken und sich dadurch eine kleine Atempause zu gönnen.
Er war weder mürrisch noch hypochondrisch veranlagt, er liebte einfach seine Einsamkeit und seine Schlaflosigkeit, er achtete seine Routine und die ewige Monotonie.

All das erleichterte ihn, und er mochte es, seinen Kaffee immer zur selben Stunde zu trinken, Punkt acht Uhr morgens, einen weiteren um elf, dann abends um sieben und Sonderkaffees in den Nächten, in denen er durcharbeitete. Er mochte es, niemals seine Fahrtroute zu ändern, blindlings immer zum gleichen Haarshampoo zu greifen, immer dieselben Worte an Jorgos zu richten: »Besten Gruß, meine Verehrung.«

In der spiegelnden, gekippten Fensterscheibe konnte er die Gestalt des Sicherheitsbeamten erkennen, ein Militärangehöriger mittleren Alters, von niedrigem Dienstgrad und ebenso niedriger Körperhöhe, den man den Gartenzwerg nannte.

Weiter drüben, ungefähr vierzig Meter entfernt, spazierte er mit seiner Zeitung und einer Tasse Kaffee in der Hand in aller Gemütsruhe durch das leere Gelände. Das ist es, dachte Roussias, es sieht aus, als hätte man die Gegend von Azaleen, Magnolien, den Einkaufszentren und den riesigen Monumenten gesäubert und bis zum Horizont bloße, platt getretene Erde zurückgelassen.

Nur der seit 1967 versiegelte dunkelrote Anthrax-Bau stand immer noch gegenüber, in dem das mysteriöse Unglück mit den vier Toten passiert war, die an den dort gezüchteten Milzbrandbakterien gestorben waren.

»Mama«, zu gerne würde er sich jetzt an seine Mutter wenden. Vielleicht konnte er sie überreden, für einige Zeit zu ihm zu kommen, bei ihm zu überwintern.

Seine langen und krummen Finger mit den kindlichen Fingernägeln, die so reinlich waren, als würden sie ständig desinfiziert, eilten über die Tastatur. Er war in Schwung gekommen und beschloß, sich nicht mehr von seinem Stuhl zu rühren, bis er den Artikel unter Dach und Fach hatte.

Die Stunden vergingen, die Seiten füllten sich. Die Verpflichtungen waren schließlich erledigt, selbst seinen Vortrag an der Universität Tokio für Montag morgen hatte er halb fertig. Seine unsympathische Sekretärin würde den Japanern ein Fax schicken und ihm in dem Hotel, in dem er immer abstieg, ein Zimmer reservieren. Sie würde Vassos Triantafyllou von *Andromeda Tours* anrufen, um sein Flugticket zu buchen.

Ein verstohlener Blick nach draußen erinnerte ihn daran, daß es Abend wurde. An anderen Wochenenden ging Roussias mit einem in Alufolie verpackten Stück Käse, einer Tomate und einer Scheibe Brot zur Arbeit. Wenn ihm seine Mutter Gesellschaft leistete – »Du bist die beste Assistentin, Mama« –, gab es stets Tupperware mit vorgekochtem Essen, an diesem Tag hingegen gar nichts.

Im ersten Jahr in Frederick bestellte er immer drei Portionen Essen, auch wenn er allein war, denn er schämte sich, den Jungen aus dem chinesischen Imbiß wegen eines einzigen Reisgerichts auf das Forschungsgelände zu bestellen.

»Der Grieche aus Frederick«, sagte er am Telefon.

Dann würde er dem Wächter etwas abgeben, den Hund füttern und auch selbst etwas davon naschen.

Seine alte Mutter würde in ihrer Abwesenheit die Verschwendung nicht mitbekommen. Er hatte nämlich beobachtet, wie sie die Krümel vom Abendessen in einer Papierserviette aufbewahrte und am nächsten Morgen in ihren Tee kippte.

Sie hatten sich sechzehn Jahre lang nicht gesehen, und als er sie zum ersten Mal zu sich einlud, im Herbst 1986, fiel es ihm schwer, sich wieder an ihre Eigenheiten zu gewöhnen. Unter den ganz wenigen Dingen, die sie von sich erzählte, waren Klagen über Nachbarinnen im Dorf, die sich angeblich in ihr Haus schlichen und ihr die Chlorbleiche stahlen.

Auch auf dem Friedhof lasse sie beim Grab kein Öl, keine Zündhölzer, Kohlen und Weihrauch zurück, denn all das werde von anderen Witwen geklaut. »So muß ich jedesmal alles mitschleppen«, meinte sie.
An den Wochentagen stand seine Mutter stumm und reglos auf der Straße, unter der Leuchte des kleinen, überdachten Innenhofs in Gaithersburg, vor dem Blumenbeet des zitronengelben Hauses. Wenn Nachbarn vorbeikamen, ging sie mit zusammengekniffenen Augen auf sie zu, und kurz bevor sie sie über den Haufen lief, bremste sie, wackelte zur Begrüßung mit dem Kopf und hielt sich das Ende des schwarzen Kopftuches vor den Mund.
Kyriakos kam spät, sehr spät nach Hause, und er traf sie dabei an, wie sie draußen auf ihn wartete, mitten auf der Straße, schmal und hochgewachsen, wie einer der Lindenbäume. Er parkte, und sie traten gemeinsam in das dunkle Haus, die alte Frau sparte selbst bei der Beleuchtung.
»Was duftet denn da aus der Küche, Mama?«
Natürlich roch es immer nach Essen, doch oft köchelten in dem Kochtopf daneben Hirschhornwegerich, Wermutkraut, Myrte, Zypressenzapfen, Bitterorangenblätter und Zitronenblätter aus Kreta, die sie auf die Reise mitgenommen hatte und mit deren Sud sie ihre Knöchel einrieb, damit die Schwellung zurückging. Sie gab auch zwei Nachbarinnen davon, Linda Grey und Kitty Colorado, deren Beine dick wie Baumstämme aus den Shorts ragten.
Die fragten Kyriakos, was das zu bedeuten habe. »Meine Mutter macht den NIH Konkurrenz«, lächelte der Sohn.

Ihre Schwester – seine Patentante – war ein ganz anderer Mensch, selbst in Amerika erregte sie Aufsehen. »Ich bin aus dem verdammten Kreta«, so stellte sie sich vor, und immer wenn sein ehemaliger Mitschüler, der Schwachkopf aus Arkadien, anrief, der – nach zwei weiteren in Atlantic City – in Las Vegas sein drittes Hotel gekauft hatte, *twenty four hours gaming action*, und seine ehemaligen Kommilitonen – die Volltrottel, wie er sie nannte – zu einem dreitägigen Aufenthalt in eine seiner Hotelsuiten einlud, ging Roussias nie darauf ein. Aber die Patentante schnappte sich die Einladung und flog mit ihrem sanften Ehemann Mickey hin. Ihre Ehe dauerte gerade mal zweieinhalb Jahre, und später traf sie sich, mittlerweile lustige Witwe, mit einem der Jorgos direkt vor Ort.

»Komm doch wenigstens einmal mit, nur so zum Spaß, mein Junge«, schalt sie ihr Taufkind, sie neckte ihn mit der Bezeichnung »alte Jungfer« und rieb ihm immer wieder den Spruch »Wie man in den Wald hineinruft, so schallt es heraus« unter die Nase.

Genauso ist es, pflichtete ihr Kyriakos leise bei.

Sie hatte ihn zum Erben des Hauses in Lincoln, Illinois, eingesetzt und ihm bereits zu Lebzeiten etwa hundert Hefte der griechischen Zeitschrift *Die Frau*, die sie seit 1966 abonniert hatte, und vier teure Radioplattenspieler vermacht. Denn wie es sich für eine Sfakiotin gehörte, hatte auch sie ihren Spleen. Die Nachrichten allerdings hörte sie immer auf einem kleinen goldfarbenen Transistorradio, einem Geschenk von Mickey, das nun, fest verschnürt und mit Klebebändern versehen, die Zeiten überdauerte.

»Also hör mal, ich statte dich ganz umsonst mit so einer Mitgift aus«, hatte sie sich beim letzten Mal beschwert, als sie Gegenstände antransportierte.

Mitte der achtziger Jahre, als Roussias ihr zu ihrem Namenstag am Vortag des heiligen Athanassios telefonisch gratulierte, meinte sie: »Schätzchen, stell dir vor: Heute

ganz früh am Morgen kommt ein Eilbote, ich mache die Karte auf, da stehen Glückwünsche drin und daß mir ein Grundstück gehört, zweihundertfünfzig Quadratmeter groß und nach drei Seiten hin offen und ohne Nachbarhäuser, in Larissa, in der Gegend von Alkasar.«
Das hatte ihr Freund, der Verheiratete, geschickt, der nunmehr verwitwet war.
Einmal hatte die Patentante auch eine kurze Reise dorthin unternommen, wo die bekannten Schnabelschuhe aus Schweinsleder gefertigt wurden, doch die endlose thessalische Ebene stimmte sie traurig. Das sei ja ein Griechenland, platt wie eine Flunder, beklagte sie sich bei Kyriakos. »Die Berge, ach die Berge, die schönen Berge«, flüsterten sie sich zu und lächelten verschwörerisch.
Als er einmal auf einem Kongreß in Mexiko war, sollten die beiden Schwestern Polyxeni und Athanassia, Kyriakos' Mutter und die Patentante, eine Woche zusammen verbringen. Bereits am zweiten Tag, wie es schien, waren sich die alten Frauen in die Haare geraten. Als er abends anrief, fand er seine Mutter, die sich über die Vorkommnisse in Schweigen hüllte, alleine vor. Athanassia hatte noch die Einkäufe für die ganze Woche im Kühlschrank und in den Küchenschränken verstaut, dann ihr Köfferchen gepackt und war über alle Berge.
Da bat Kyriakos seine Nachbarin Kitty Colorado, die ihm noch einen Gefallen schuldig war, sich bis zu seiner Rückkehr, am Freitag abend, um seine Mutter zu kümmern.

Seiner Patentante war er darin ähnlich, daß er Amerika dankbar war, das ihn wie eine zweite nahe Verwandte aufgenommen und ihm ein Studium ermöglicht hatte. Und nicht nur das.
Seiner Mutter war er darin ähnlich, daß er das Brot liebte, die knappen Worte, den kurzen Schlaf. »Schläfst

du gut?« war immer ihre erste Frage, selbst am Telefon.
Worin war er seinem Vater ähnlich?
Er hatte ihn nur sehr kurze Zeit erlebt und ihn, mit halb geschlossenen Augen und flatternden Lidern, stets aus mindestens fünf Metern Entfernung betrachtet. Er erinnerte sich, wie er als Dreikäsehoch Mittel und Wege fand, von zu Hause auszubüchsen. Einmal gab er vor, das klägliche Meckern ihrer Ziege in weiter Ferne zu hören, und lief hin, um herauszufinden, was los war. Ein andermal hatte er, damals schon Brillenträger, einen Bulldozer entdeckt, der sich in den Berg fraß. Da lief er hin und fragte den Bulldozerfahrer nach seinem Namen und ob der gefräßige Bagger ihm gehöre. Und immer wenn er, als Sendbote seiner Schwestern Antigoni, Keti und Marina, deren Freundinnen Ort und Uhrzeit ihres sonntäglichen Treffpunktes überbrachte, verspätete er sich jedes einzelne Mal auf dem Rückweg, da er immer Umwege nach Hause machte, einmal über Charoupi, dann wieder über Charaki.
Der Vortrag für Tokio war fertig, vier Seiten lang. Er machte um zwei Uhr morgens Pause, um ein paar Bissen Reis zu essen und frischen Kaffee zu brühen. In drei Stunden packe ich alles zusammen und falle zu Hause wie ein Toter ins Bett, murmelte er vor sich hin. Er hatte es sich angewöhnt, Selbstgespräche zu führen.
Während er auf das Pfeifen der Kaffeemaschine wartete, trat er auf den Korridor, ging mit den Händen in den Hosentaschen ein wenig auf und ab und warf einen Blick in die anderen Labors. Nirgends war mehr Licht. Er schaute auf den Parkplatz, dort stand sein Acura ganz allein.
Er ließ sich auf der Türschwelle nieder und massierte seinen Nacken. Sowie sich die Verspannung löste, hob er den Kopf und betrachtete den Sternenhimmel über Frederick. Lauter kleine Sterne, die aussahen wie Tausende

silberner Fünfzig-Lepta-Münzen, wie ein Tohuwabohu winziger Zellen unter dem Mikroskop. Der Anblick besänftigte ihn, doch statt ihm neue Kraft für das nächtliche Durcharbeiten zu verleihen, fühlte er sich dermaßen entspannt, daß er auf der Stelle, mit dem Rücken am Türstock, einschlief.

Im Traum lief er vor sich hin, und seine Hosenbeine versanken bis zu den Knien in den blauen Blüten der über den Boden kriechenden Morgenfreude, bis er zu einer Kiefer gelangte. Dort schmiegte er sich in eine Astgabel knapp über dem Boden und fing an, nacheinander die Schuppen eines Fruchtzapfens herauszulösen und die holzigen Samen auf den Boden fallen zu lassen, wo sie mit lautem Knall aufschlugen.

»You Greek guy?«

Es war fünf Uhr morgens, er hatte drei Stunden draußen auf der Türschwelle im sommerlich stickigen Frederick geschlafen. Doch das verwunderte weder den Hund noch den Wächter, denn der Grieche – ein Gentleman durch und durch, obschon etwas eigenbrötlerisch und unberechenbar – hatte auch in anderen Fällen sein Nachtlager auf der Türschwelle aufgeschlagen.

»Please, come.«

Der Mann mittleren Alters mit der khakifarbenen Hose stand neben dem Acura und winkte Roussias heran. Das goldene Kettchen hing eingeklemmt an der Tür zum Fahrersitz. Der Gartenzwerg hatte Argusaugen, ihm entging nicht das Geringste.

»Na endlich«, seufzte Roussias und öffnete vorsichtig die Wagentür, das Kettchen glitt nach unten und kringelte sich auf dem Boden. Das Kreuz blieb jedoch verschwunden.

Er beugte sich über die Sitze, über die Fußmatten, auf denen eine dicke Schicht Krümel lag, er öffnete das Handschuhfach und durchforstete ein paar wissen-

schaftliche Zeitschriften, die schon lange Zeit auf dem ungenutzten Beifahrersitz herumlagen.
Er setzte sich hin und schöpfte Atem. Das Taufgeschenk, ein Kreuz aus vierzehnkarätigem, plattierten Gold, mit einer blauen, stecknadelgroßen Perle, war entweder auf der 270 oder in Frederick verlorengegangen. Wie sollte er es bloß in dieser verlassenen Gegend auftreiben! Kurzum, das Kreuz war und blieb verschwunden.
Er war genervt, griff sich aus der Jackentasche die Kassette mit dem allgegenwärtigen Kalatsis, schob sie in den Kassettenrecorder seines Wagens, spulte das Tonband vor und zurück, *Auf dem Rücken des Delphins* und so weiter. Schließlich fand er, was er suchte. Er drehte die Lautstärke bis zum Anschlag auf, ließ die Wagentüren offen und ging zum Labor, um seine Papiere zusammenzusuchen. Er würde bei sich zu Hause den Schlußpunkt unter den Vortrag setzen, nachdem er sich gemütlich geduscht und ausgeruht hätte.
»Schon wieder ein Morgengrauen in Frederick«, bellte er den Hund an, der sich nicht von der Türschwelle gerührt hatte.
Der Gartenzwerg war schon weit entfernt, er war auf dem Weg zum Eingangsportal, zum Schichtwechsel und dachte, daß der Grieche wieder mal einen seiner Gefühlsausbrüche hätte. Daher befremdete ihn die Lautstärke nicht, und ganz abgesehen davon hatte sein Ohr diese Melodie unzählige Male aufgeschnappt. Selbst Amerikaner, Brasilianer, sogar Chinesen hatten den Refrain auswendig gelernt, *Delphin, kleiner Delphin, schwimm schnell mit mir davon*. Und zwar nicht nur la-la-la, sondern mit Text.

Das Morgenlicht hatte eine gigantische, rosafarbene Schleife über Frederick gebunden, der Sonntag brach an, und Roussias war sich nicht sicher, ob im Kühlschrank noch ein Hähnchenflügel von seinem Geburtstagsessen übriggeblieben war. Sein dreiundvierzigster. Die Feier war nach einem genau festgelegten Protokoll verlaufen, obwohl diesmal sowohl er selbst als auch Jorgos der Erste und Jorgos der Zweite ein wenig müde die Rollen der begeisterten Zecher gespielt hatten. »Der Intellekt gibt uns noch den Rest«, hatte einer von den dreien beim letzten Glas aufgestöhnt.

In den Phasen intensiver Arbeit kam Kyriakos Roussias oft im Morgengrauen todmüde nach Hause, ließ sein Hemd oder Jackett auf einem Stuhl im Eßzimmer zurück, im nächsten Morgengrauen wiederum, im übernächsten genauso. Nach einer Woche betrat er seine Wohnung und meinte sechs oder sieben Gäste zum Essen eingeladen zu haben, die bereits rund um den Tisch Platz genommen hätten und auf ihn warteten.

Er setzte sich zu ihnen, auf den achten, leeren Stuhl, knabberte ein Stückchen Brotrinde und ging dann schlafen.

Montagmorgen kam Flora herein, jagte die Gäste vom Tisch, setzte die Waschmaschine und den Trockner in Gang, bügelte und brachte alles in Ordnung.

So würde er seine Wohnung auch am Sonntag morgen, den neunzehnten Juli 1998 vorfinden.

»Das Feiern ist eine Sache, der Abwasch eine andere«, so kommentierte die Patentante einst die nächtlichen Gelage von Eigenbrötlern.

Der Rohbau

Der Taxifahrer hatte Lust auf eine Unterhaltung, doch der Fahrgast nicht. So wurde der Kassettenrecorder in Gang gesetzt, und Angela Dimitriou kam um halb acht Uhr morgens zu Ehren.

An der Windschutzscheibe prangten Sängerin und Heilige Jungfrau in einem silbernen Doppelrahmen und leisteten dem Fahrer Gesellschaft, einem dreißigjährigen, knochigen Mann mit gewaltigem Schnurrbart und großen braunen Augen. In einer speziellen Halterung hatte er sein Frappée abgestellt, sein Wagen war gepflegt und mit dicken Reifen versehen. Er ließ die Olivenhaine hinter sich und begann die Serpentinen hochzuklettern.

In der Hochebene von Krapi ersuchte der Taxifahrer um die Erlaubnis, zu urinieren. Wie er dem Fahrgast ernst erklärte, handelte es sich um ein Gelöbnis, und immer wenn ihn ein Auftrag dorthin führe, mache er in jedem Fall hier eine Pause.

Er knöpfte seine Hose zu, und während er sich die Hände an der Quelle wusch, blickte er zu der abgelegenen Kapelle von Johannes dem Täufer hoch, schlug sein Kreuz und kehrte erfrischt und leichtfüßig zum Wagen zurück.

»Scheiß drauf«, meinte er zu seinem Handy und schaltete es ab, die Gegend forderte Stille.

Der Fahrgast war ausgestiegen und saß auf einem Stein, er wischte sich mit einem Taschentuch den Schweiß ab und murmelte vor sich hin.

Das Taxi fuhr los, ließ Krapi hinter sich zurück und folgte dem Zickzackkurs der Serpentinen. Der Fahrgast, der am offenen Wagenfenster hing, beschattete mit der Hand ein wenig die Augen und erblickte hoch oben einen Adler, der einzige bewegliche dunkle Fleck im unendlichen Grau. Die Berge ohne Spur von Grün, der Himmel ohne Spur von Blau.

Es war Freitag, der vierundzwanzigste Juli 1998, und Kyriakos Roussias kehrte nach achtundzwanzig Jahren in sein Dorf zurück.
Auf dem Flughafen von Washington, Dulles, hatte er mitten unter Tausenden von Fluggästen einen Griechen rufen hören: »Mach schnell, du Armleuchter!« Roussias war freilich nicht gemeint, doch er schien es, ohne in unnötiges Grübeln zu verfallen, auf sich bezogen zu haben. Er änderte auf der Stelle sein Flugticket, und nun war er in den Weißen Bergen, mit einem Koffer und seiner Aktentasche voll mit wissenschaftlichen Arbeiten, Schreibheften, Disketten und japanischen Adressen.

Der erste Sfakiote, den er zu Gesicht bekam, war das genaue Gegenteil eines Japaners – fast zwei Meter groß, mit Pumphose und Schaftstiefeln, hager und steinalt. Er war mitten in der Einöde auf einen Felsen geklettert und beschnitt mit einer Heckenschere den Stein, so schien es zumindest Roussias, denn es gab weit und breit nichts zurechtzustutzen.
Der Taxifahrer machte in Xylodema halt, obwohl er dort kein Gelöbnis geleistet hatte.
»Da kann man die Hochebene von Askyfou von oben sehen. Fremd hier, oder täusche ich mich?«
»Das wird sich zeigen.«
»Wenn man eine Weile weg ist, verliert man den Anschluß.«
»Ich möchte hier Ferien machen.«
»Dann hättest du dich am Meer einquartiert.«
Roussias stieg aus, fast wurde er fortgerissen – hier wehte ein anderer Wind, hochfahrend und schwer zu fassen.

Umgeben von aufgetürmten Felsen breiteten sich sieben Quadratkilometer flache Ebene aus, mit abgeernteten gelben, umgeackerten roten und frisch gedüngten schwarzen Feldern. Am Rand schimmerten die Siedlungen – ob sie alle gleich waren oder grundsätzlich verschieden, würde er erst in der Folge beurteilen können.
Dann saß er wieder im Wagen, Hochebenen und Steilküsten reihten sich aneinander. Im Hintergrund erhoben sich die Berge, die wie ausgebreitete Röcke wirkten, die durch die Mangel gedreht worden waren.
Es gibt Straßen, die sich in alle möglichen Richtungen winden, als wollten sie nicht ans Ziel kommen.
In der ärgsten Mittagshitze erreichten sie mit letzter Kraft die kleine Hochebene von Pagomenou mit den beiden benachbarten Orten Charomouri und Gouri, sowie Kamena, das abgeschieden gegenüber lag.
Neunhundertsiebzig Höhenmeter, vierhundertfünfzig Einwohner. Bei sechsunddreißig Grad im Schatten und der flimmernden, feuchten Hitze stellte sich der Eindruck ein, in einem Dampfbad zu sein.
»Einen kurzen Halt, bitte«, sagte Roussias und ließ seinen Blick rasch hinüberschweifen, zu der zweihundert Meter langen Strecke mit den Läden, Lokalen und den leuchtend hellgrün gestrichenen Fenstern und Türen. Ansonsten verschmolzen graue Mauern und Felsblöcke, Häuser und Felsen ineinander, nur ganz wenige Bauten waren weiß gekalkt.
Weiter drüben, einen Kilometer Feldweg entfernt, war sein Elternhaus zur Hälfte zu erkennen, halb blieb es hinter der Kermeseiche verborgen.
Er gab dem Taxifahrer den Weg an, kuschelte sich tief in den Sitz, als wollte er sich verstecken, und schloß die Augen. Nicht alles auf einmal, dachte er.
»Angela, großartige Angela«, stammelte der junge Mann und drehte noch einen Tick lauter. Diese Fuhre war of-

fenkundig ganz nach seinem Geschmack. Ihm war nicht entgangen, daß den Typen auf dem Rücksitz etwas Geheimnisvolles umgab. Im Rückspiegel erhaschte er, wie dieser die Tränen, die aus seinen geschlossenen Augen quollen, wegwischte und die Wangen mit den Fingern trocknete.

»An der Kermeseiche.«
Der Taxifahrer parkte im Schatten des Baumes, bestaunte ihn mit offenem Mund, nahm Roussias' Koffer heraus, während der in seiner Brieftasche kramte. »Bitte schön«, sagte er und überreichte dem jungen Mann einen kleinen Strauß Dollarnoten.
»Nektarios Patsoumadakis. Hier ist meine Karte, ich kenne Kreta so gut wie meine Ehefrau. Die Serpentinen nach Sfakia nehme ich im Blindflug. Wann immer du mich brauchst, nur anrufen und Nektarios verlangen, schon bin ich da wie ein geölter Blitz.«
Er fuhr gerade um die Kurve, als er noch einmal rief: »Nur Angela muß dir gefallen, alles andere findet sich!« Er winkte und preschte davon.
Roussias hob seine großen Füße in die Höhe und stampfte geräuschvoll hier und da auf die Erde, die trockene Erde an der Türschwelle seines Hauses. Er blickte auf die drei Steinstufen, stampfte mit den Schuhsohlen auch darauf, auf dem Zementboden im Hof ließ er jeden Schritt lautstark erschallen, um es tatsächlich zu glauben: »Ich bin da«, er wandte sich um und zwinkerte der Kermeseiche zu. »Ich bin da.«
Die Tür war im gleichen Hellgrün wie damals gestrichen. Sie war verschlossen, und der Schlüssel lag obenauf. Es war niemand zu Hause.
Es schien ihm, als hätte er kein Recht, einzutreten. Er wanderte um das Haus herum und traf auf fünf mit Studentenblumen bepflanzte Konservendosen und einen

Betonziegel. Er setzte sich. »Ganz schön aufwendig, einen vergessenen Ort wiederzufinden«, murmelte er, »ganz schön aufwendig.« Bekannte und unbekannte Leute, Orte, die etwas sagen, und solche, die etwas verschweigen, Kleinigkeiten aus der Vergangenheit und aus der Fantasie, die eine nach der anderen schlagartig auftauchen. An erster Stelle der glühend heiße Betonziegel, der sein Hinterteil mit einem Mal über Gebühr wärmte.

Früher war der Vater nach dem Essen immer in den Hof hinter dem Haus gegangen, hatte gerülpst, den Betonziegel hochkant gestellt und sich darauf gesetzt. Dann hatte er die Hosenbeine hochgekrempelt, seine Knie in der Sonne gewärmt und war in Gedanken versunken. Er schenkte den Hühnern keine Beachtung, die um seine Beine Krümel aufpickten, denn Antigoni, die große Schwester, schüttelte nach dem Essen dort immer das Tischtuch aus.

An Gespräche konnte er sich nicht erinnern, nur an Schweigen. Seine Eltern redeten nicht viel miteinander. Er, um ihr keinen Anlaß zum Schmollen, und sie, um ihm keinen Anlaß zum Schimpfen zu bieten. Sie hatten kein Vertrauen zu den Worten. Sie fürchteten, daß sie die Sprache nicht genügend gut beherrschten oder daß ein sprachlicher Mißgriff das Blut in Wallung bringen könnte. Sein Blut wohlgemerkt, denn die Mutter geriet nur bei Dritten in Wut, ihrem Mann gegenüber war es, vor den Kindern zumindest, ihre Aufgabe, das Schlimmste zu verhüten.

Nun würde Roussias all denen begegnen, die ihn gar nicht erwarteten. Er schloß die Augen und überließ alles andere seinen Ohren – die Vogelschreie, das Gebimmel unsichtbarer Herden, die jähen Windstöße, die einen Wolkenbruch über dem Meer der Berge anzukündigen schienen. Mit geschlossenen Augen lauschte er, wurde eins mit den Lauten der Hochebene von Pagomenou.

»Heilige Jungfrau Mutter Gottes, ein Koffer aus den USA. *Are you tourist?*«

Neben Roussias stand eine Kleine, die gar nicht erst versuchte, den sfakiotischen Akzent in ihrem Englisch zu unterdrücken. So stellte er sich schlafend, um die fröhliche Stimme nochmals zu hören: *»Mister, what is your name? My name is Metaxia.«*

Es war seine Nichte.

Er schlug die Augen auf. Sie hatten es aufgegeben, ihm Fotografien zu schicken. Sie wußten, daß er sie nicht einrahmte, sondern zwischen Prospekte technischer Geräte und Untersuchungsergebnisse unbekannter Patienten stopfte. So hatte er einen reizlosen, schwarzen Steinmarder in Erinnerung, der sich vor vier oder fünf Jahren in einer Kaffeekonditorei in Egaleo in der Gesellschaft von Erwachsenen zu Tode langweilte. Und jetzt stand eine Dreizehnjährige vor ihm, weitaus reifer, als ihr Alter ahnen ließ, mit veilchenblauen Augen, vollen Locken und Schwanenhals. Ihre Schönheit rührte ihn.

»Ich bin Onkel Kyriakos.«

»Huch! Das sogenannte amerikanische Flittchen?«

Die Kleine maß ihn mit ihren Blicken, und ihr war vom ersten Augenblick an klar, daß sie mit diesem Onkel über alles, wonach ihr der Sinn stand, reden konnte. Die beiden sahen sich mit bedingungsloser gegenseitiger Hingabe an, und schließlich fand sie enormen Gefallen an der Tatsache, daß ein ungewöhnlicher Verwandter, ein halber Amerikaner, weder mit Schnauzbart noch in Pumphosen, mit einem gelben Damenkoffer angereist war, um die ewig gleichen Augustferien gehörig durcheinanderzubringen.

»Warum hat mir keiner gesagt, daß du kommst?«

»Niemand weiß davon.«

»Surprise!«

»Genau.«

»Wir haben aber nichts zu essen fertig.«
»Macht nichts.«
»Möchtest du einen Raki?«
»Was ist mit der Großmutter?«
»Sie schiebt Wache im Gemüsegarten, weil man ihr vorgestern die Petersilie geklaut hat.«
»Und die anderen?«
»Vater ist beim Schlachten, und Mutter zieht die Häute ab.«
Das Mädchen schloß die Tür auf, ließ ihn eintreten und verkroch sich in eine Ecke. Sie ahnte, daß dieser Augenblick für den Onkel viel bedeutete, auch wenn er bloß auf dem brüchigen Zementboden umherging und nur kahle Wände und wertlosen Ramsch wiedersah. Die Großmutter jagte ihnen jedesmal hinterher, wenn sie ihr drohten, sie würden ihr all die alten Sachen zerschlagen, damit endlich eine ordentliche Matratze und ein Kochtopf, der noch beide Henkel hatte, ins Haus kam. Alles, was ihr der einzige Sohn aus Amerika mitgab, eine Nudelmaschine und einen chinesischen Reiskocher etwa, reichte sie schnell an die drei Töchter weiter, als Mitgift für die Enkelinnen. Für sich selbst behielt sie nur die herzförmigen Seifenstückchen.
Es genügte ein Blick, das Gefühl der feuchten Kühle, die von den dicken Mauern ausging, das Einatmen des Duftes, der von den bekannten Dingen ausströmte, um Roussias aus seiner Betäubung zu wecken.
Hier stand der furnierte Geschirrschrank mit den unpassenden Türgriffen, hier die Vase mit den blauen Plastiklilien, hier auch sein Fahrrad, das erste im Dorf, ein Geschenk seiner Patentante aus Amerika im Sommer '69, als Armstrong den Mond betrat, das Meer der Ruhe.
Er setzte sich in die Sofaecke und suchte nach einer Fotografie seines Vaters. Der Nickelrahmen war zum Spül-

becken gerichtet, was bewies, daß die alte Frau beim Abwasch auch den Verstorbenen reinwusch.
Die Kleine bewegte sich lautlos, sie drehte den Rahmen in Richtung ihres Onkels und verkroch sich wieder in ihre Ecke. Sie war auf der Hut, damit ihr nichts entging.
Roussias, der in Frederick den Gesichtsausdruck seines Vaters halb vergessen hatte, erinnerte sich im dunklen Wohnzimmer beim Anblick der grauen Augen, des dichten Haars, der zusammengepreßten Lippen wieder an dessen Gewohnheiten. Der Verstorbene hatte vollkommene Stille verlangt, um seine Zigarette zu rauchen, vollkommene Stille, um seinen Stockfisch zu essen, seine Zähne mit dem Zahnstocher zu säubern, sein Wasser abzuschlagen und die Zeitung im Schatten der Kermeseiche zu lesen. Drei hatte er insgesamt in seinem ganzen Leben gekauft, eine Nummer des *Boten* aus dem Jahr '54, eine der *Kriti* von '65, eine *Nationale Stimme* aus dem Jahr '68, und etwa zweimal im Jahr warf er einen neuen Blick auf die alten Neuigkeiten. Er war kein Geizkragen, mehr Nachrichten brauchte er einfach nicht.

Hatte er ihn je geliebt?
Als er ganz klein war, lief er hinter ihm her, um seine Aufmerksamkeit zu erhaschen. Später nahm er jedesmal die Beine in die Hand, wenn er ihn sah. Als er mit sieben Jahren eine Brille bekam und besser sehen konnte, fiel ihm auf, daß auch sein Vater – von kräftiger Statur, mit einer Truhe voll Patronen, Handgranaten und Glocken verzehrter gestohlener Schafe – die Anerkennung seiner eigenen Mutter suchte, die ihm wie eine pfiffige, aber ein wenig kühle Großmutter vorkam, die auf Reichtum und Intrigen aus war.
Er hatte den Vater beobachtet, wie er schwer daran schluckte, wenn sie ihn tadelte: »Was soll denn so ein gewaltiges Waffenlager, mein Goldjunge!« Er erinnerte

sich, wie sein Vater ihr am Küchentisch gegenübersaß, seinen Teller unberührt stehenließ und sie mit seinem Blick anflehte. Dann beobachtete er heimlich, wie der Vater sich zermürbt von ihrem Haus entfernte und seine Wut an den Eichenschößlingen ausließ.

Und was war das Urteil der Patentante in Amerika über das Naturell der Großmutter?

»Aus einem traurigen Arsch fährt kein fröhlicher Furz.« Das gab sie launig auch in englischer Übersetzung von sich und beendete jegliche Diskussion über Familienangelegenheiten.

Und Roussias, ein junger Mann, der in Lincoln, Illinois, immer die Hosen voll hatte, wie man so schön sagt, fragte nicht viel, da er sich an vieles nicht erinnern wollte.

Ohne daß Tritte zu vernehmen waren, kam die Mutter auf Gummisohlen herein. Draußen war es sonnig, drinnen dunkel – sie schloß die Augen, und blind vorwärts tappend, ging sie auf das Spülbecken zu und leerte den Inhalt ihrer Schürze, hellgrüne Einlegegurken und Weinblätter, auf das Mosaik.

Sie bemerkte die Besucher nicht. Sie zog sich die Schuhe aus, knöpfte das Kopftuch auf und wischte sich den Schweiß von Stirn und Hals. Roussias blickte sie wortlos an.

Sie sah in etwa so aus, wie er sie all die Jahre, zunächst in Amerika und dann in Begleitung der Komparsen in Egaleo in Erinnerung hatte. Eine hochgewachsene Siebzigjährige mit schütterem Haar, gebeugtem Rücken und zerfurchter Haut. Doch er hatte sich den Augenblick, wenn er sein Elternhaus betreten würde, anders vorgestellt. Er dachte, zumindest dann würde seine Mutter wieder zweiundvierzig Jahre alt sein und das petrolfarbene Kleid tragen, wie an dem Tag, als sein seliger Vater, im Angesicht der drei Töchter »Laß ihn endlich!« knurrte und sie ins Ohrläppchen biß, um den Sohn aus ihren Armen zu reißen und zum Bus zu scheuchen.

Die elf Schlachttiere hingen in den *Schwestern*, den fünf Maulbeerbäumen, die von allen so genannt wurden, weil sie Arm in Arm zu stehen schienen und die Äste bogenförmig ineinander verschlungen waren. Der exzellente Metzger Theofanis Melissinos, Roussias' Schwager, hatte den einen Auftrag erledigt und machte sich auf zum nächsten. Seit zwei Tagen waren die Bewohner der Hochebenen und der Küsten auf den Beinen, viele waren am Schlachten, und seine sichere Hand war gefragt.
Seine Frau Antigoni, nunmehr an die Fünfzig, deren einstmals schwarzes Haar und blaue Augen einträchtig ergraut waren, nahm alle Kraft ihrer schmalen, muskulösen Arme zusammen und zog den geschlachteten Tieren mit ihrer Neuerwerbung, dem Bajonett einer Kalaschnikow, die Haut ab. Danach warf sie die Schaffelle nacheinander auf die Ladefläche des Pritschenwagens. Neben ihr lümmelte der Pope mit seiner Limonade in der Hand auf einem Stuhl und murmelte zwischen den Zähnen, die Popin sei nach Chania gefahren, um sich ein neues Kostüm für die Taufe zu kaufen, wofür er wieder vierzigtausend springen lassen müsse.
Antigoni und Papa-Koutsoupas amüsierten sich, als die Kleine wie ein Wirbelwind dahergestürmt kam. »Mama, mach schnell, das amerikanische Flittchen ist bei Oma!« rief sie. Sie ließ sich die Gelegenheit nicht entgehen, den Spezialausdruck vor dem Popen auszusprechen, und sie durfte ihn sich noch zweimal auf der Zunge zergehen lassen, bis Antigoni endlich das Bajonett an ihrer Schürze abwischte.
»Ich zieh dir auch das Fell ab, wenn du mich zum Narren hältst«, sagte sie.
»Es ist Onkel Kyriakos, Mann. Oma ist umgekippt, als

sie ihn gesehen hat. Falls ihr nichts Schlimmeres passiert ist.«

»Halt den Mund. Bleib da und paß auf alles auf«, bedeutete sie dem Mädchen.

»War an der Zeit, daß der Gute sich an uns erinnert, aber er hat ganz schön lang dafür gebraucht«, meinte der Pope unsicher. Antigoni hörte es zwar, erwiderte jedoch nichts darauf. Sie preschte mit dem Pritschenwagen los, und fünf Minuten später parkte sie auf dem Feldweg vor dem Haus ihrer Mutter.

Im Hof zog sie die Schürze aus, drehte den Wasserhahn auf und spülte mit dem Schlauch Hals, Hände und Beine von den Blutspritzern sauber. Sie fuhr sich mit den Fingern zunächst durch die Locken, dann rannte sie barfuß ins Haus. Ohne stehenzubleiben und Kyriakos erst einmal in Ruhe anzusehen, drückte sie ihn an sich. »Mein Herz«, begrüßte sie ihn und brach in Tränen aus, ohne sich zu genieren. Sie war als einzige nie in Amerika gewesen. »Komm doch!« hatte Kyriakos sie gebeten. »Nur wenn auch die dreihundert Schafe mit mir ins Flugzeug steigen«, hatte sie ihm geantwortet, »wer soll denn nach so vielen Tieren sehen!« Über die Jahre hinweg war die Sehnsucht nach dem jüngeren Bruder wie ein sanft gurgelnder Brunnen gewesen, der ihr Herz besonders in den Abendstunden während der Schneestürme im Februar zu überfluten drohte.

Die Mutter saß wie versteinert auf dem Schemel und blickte mit trüben Augen auf das unerwartete Geschenk, das ihr im Alter zuteil wurde – in ihrem Haus wiederum einen Sohn zu beherbergen, den Warmwasserspeicher für ihn einzuschalten, ein Schnabelkännchen mit Wasser für ihn zu erhitzen, damit er sich rasieren konnte, ihm die Schuhe zu putzen. Doch etwas ließ sie nicht zur Ruhe kommen. Sie fächelte sich mit dem Kopftuch Luft zu und grübelte nach, warum der einzige Sohn so plötzlich im

Dorf aufgetaucht war, ohne sie um Erlaubnis zu fragen und gegen die ausdrückliche Anweisung seines Vaters, es bis in alle Ewigkeit nie wieder zu betreten. Hatte ihn vielleicht ein Dritter angestiftet, aber wer bloß? All das lag nur in ihrem Blick, denn die einzigen Worte, die aus ihrem Mund drangen, waren: »Ich brate schnell ein paar Auberginen.«

Die beiden anderen Schwestern, die benachrichtigt worden waren, trafen am frühen Abend ein. Zuerst Keti mit ihrem Ehemann Takis Ktenioudakis, mit dem sie auch beruflich zusammenarbeitete. Eine Ehe, die lange schon tot war, und zwar mausetot. Beide waren in Chania in der Präfektur tätig. Ihre einzige Tochter Jorjia war vierundzwanzig Jahre alt und Turnlehrerin, sie hatte nach Volos geheiratet und kam nicht einmal mehr in den Ferien nach Hause.

Gegen halb sieben parkte auch Marina vor dem Haus. Sie war Hotelangestellte in Rethymnon, alleinstehend, aber bereits jahrelang mit einem verheirateten Unternehmer liiert, der Klimaanlagen verkaufte und ihr die besten Jahre gestohlen hatte. Jedesmal – vor zwölf, vor neun und vor fünf Jahren – hatte sie in Amerika Dinge für ihre Aussteuer eingekauft. Für die Hochzeit, die immer noch nicht stattgefunden hatte, denn die Scheidung des werten Herrn stieß auf immer neue Hindernisse.

Die beiden Schwager nahmen kein Blatt vor den Mund. Der eine, ein Geizkragen, hielt sich stets für ruiniert, der andere, ein Verschwender, hielt sich stets für saniert.

Sie saßen im Schatten der Kermeseiche, bis die Sonne unterging, es kühler wurde und die Hochebene vor ihnen in zarten Tüll gehüllt war, unter dessen beigefarbenem Schleier gerade mal die Farbtöne der Äcker hindurchschimmerten.

Roussias umarmte an jenem Tag, Samstag, den fünfundzwanzigsten Juli, seine drei älteren Schwestern, er atmete den Duft ihres Haares ein, lauschte ihrem Herzschlag, der wie der Widerhall der Felsbrocken klang, die sich auf einmal aus den gegenüberliegenden Geröllhalden gelöst hatten. Für kurze Zeit war er wieder zum Benjamin geworden, für den sie immer schon eine Schwäche hatten. Besonders wenn ihr seliger Vater, mit dem Gürtel in der Hand, nach ihm fahndete. Dann drückten ihm die Schwestern ein paar getrocknete Feigen in die Hand und versteckten ihn bei Freundinnen in den Kelterbekken oder den Kellergewölben, bis sich der Sturm gelegt hatte.

»Noch immer dieselben zimtbraunen Augen«, meinten sie immer wieder. Es war noch zu früh für vertraulichere Gespräche und andere Themen. Sie achteten darauf, sich keinen groben Schnitzer zu leisten, denn verglichen mit dem gebildeten Kyriakos, wie ihre Mutter des öfteren bemerkte, wirkten alle drei – Antigoni, Keti und Marina – dumm wie Bohnenstroh.

Die kleine Metaxia, nach vielen Mühen und Opfern zustande gekommene Leibesfrucht der damals sechsunddreißigjährigen Antigoni, drückte sich eng an ihren Onkel und hörte Walkman, während sie mit einem Kamm seinen Scheitel versetzte und damit signalisierte, daß sie sich bei ihm alle Freiheiten herausnehmen konnte.

Versunken in den Anblick der Ebene, nickte die Mutter bestätigend, sobald der Sohn, trotz der jahrelangen Abwesenheit, die Häuser der Pateri, von Lefas, Baras und Athitis wiedererkannte. Sie teilte ihm mit, welche Neubauten fertiggestellt worden waren, welche Bauruinen geblieben oder welche Dächer eingestürzt waren. Und sie zählte die Wagen auf dem Fuhrweg weiter drüben auf. »Der dritte Lastwagen mit Stühlen«, sagte sie, »die drei gestrigen haben, wie es heißt, Tische hergebracht.«

»Auch die Kalogridaki, das Landei, hat mit ihrem Oldtimer Tische angeschleppt«, ergänzte Metaxia, doch keiner der anderen verzog eine Miene.

Als erster kam Tsapas vorbei, der mit Kyriakos auf die Grundschule gegangen war. Damals kein großes Kirchenlicht, heute jedoch der erfolgreichste Unternehmer der gesamten Präfektur Chania im eiligen Hausbau ohne Baugenehmigung. Obwohl ihn die Vorbereitungen für die Tauffeier seines Kindes in Atem hielten, begrüßte er Kyriakos gerührt und herzlich. Dann kam der Gemeindevorsteher Tsontos: »Wir heißen die Koryphäe aus unserm Dorf willkommen«, hob er lautstark an und zog das Zeugnis seiner Tochter aus der Tasche, das er – welch wunderbarer Zufall – dabeihatte, und las die Noten der Musterschülerin vor. Zwei unmittelbare Nachbarn, Ritsakis und Kapridakis, brachten Käse und Honig. Der junge Papadoulis, Polizeiobermeister in der Polizeistation der Provinz Sfakia, brachte Ölkringel, die seine Frau Rena zubereitet hatte. Schließlich kam auch Papadosifakis, sein mittlerweile hochbetagter Grundschullehrer, herbeigehumpelt. Damals kam er stets im Anzug, heute trug er khakifarbene Hosen und Schaftstiefel, scheuchte Metaxia mit seinem Stock beiseite und setzte sich auf ihren Platz. Den ganzen Abend über streichelte er still die Hand seines ehemaligen Schülers. Aufgrund seiner Schwerhörigkeit nahm er an den Gesprächen nicht teil, nur dann und wann improvisierte er in Kyriakos' Ohr: *O du schönes Frederick, tausender Diplome Hort, nahmst uns die besten Jünglinge, nur gegen ein karges Wort.*
Gegen acht Uhr wurden die Überbleibsel der gerösteten Kichererbsen und die Pistazienschalen zusammengesammelt, und die drei Schwestern servierten in der Küche gekochtes Fleisch auf große Teller, bereiteten Blätterteigpasteten zu und fragten sich, was wohl aus Ann geworden

sei, wie viele Tage Kyriakos im Dorf bleiben würde und ob irgend jemand etwas von einem gebuchten Hotel auf Kos, Kithyra oder anderswo gehört habe.

Draußen brach die Nacht herein, die Sterne blinkten, als wollten sie geheime Zeichen geben, und der bittere Duft des Oregano machte alle schläfrig.
Aus fernen Pferchen waren die Glocken der Herden zu hören. Sie untermalten auf fast übernatürliche Weise die neugierigen Fragen an den amerikanischen Neuankömmling, wie ihn der Bauunternehmer kurzerhand getauft hatte. Man wollte wissen, welches Menü es bei Clintons Abendessen zu Ehren berühmter Forscher gegeben hätte, welche Mikroben in der biologischen Kriegführung demnächst zum Einsatz kommen würden, ob er mit Michael Jordan persönlich bekannt sei.
Der junge Papadoulis, ein fanatischer Basketballanhänger, der den Fernseher der Polizeistation ständig auf Eurosport eingestellt hatte, hakte sich bei Roussias unter, und sie spazierten ein wenig im Hof umher. »Ihnen ist nicht ganz wohl«, meinte er vielsagend.
»Das liegt am Jetlag.«
»Vorhin haben Sie tadellos griechisch gesprochen.«
»Es war eine mehrstündige Reise, Herr Polizeiobermeister, und ich bin müde. Mir fallen die Augen zu.«
»Stimmt es, daß Sie die amerikanische Staatsbürgerschaft angenommen haben?« fragte Papadoulis, ohne seine Enttäuschung zu verhehlen.
»Das stimmt.«
»Also hat Rena recht gehabt.«
»Rena hat recht gehabt«, lächelte Kyriakos.
»Sie werden sie demnächst kennenlernen.«
»Mit Vergnügen.«
»Wann machen Sie denn Ferien?«
»Ich bin doch gerade erst gekommen.«

»Normalerweise fahren Sie doch auf die Kykladen.«
Kyriakos erwiderte nichts.
»Bis morgen oder übermorgen also. Bevor ich Ihnen Löcher in den Bauch rede«, schloß der Polizeiobermeister das Gespräch und wünschte eine gute Nacht.
Auch die anderen verabschiedeten sich. Zurück blieb die Familie, acht Personen auf nebeneinander an der Hauswand stehenden Stühlen, die wortlos in die Nacht starrten, die sich langsam über die Essensreste senkte.
Kyriakos Roussias ließ seinen Kopf auf die Schulter seines Schwagers Theofanis Melissinos sinken und fiel in tiefen Schlaf.
»Sobald er das Dorf verlassen hatte, ging es mit ihm bergauf. Wenn ihn doch der selige Vater noch gesehen hätte, dem es schwer auf der Seele gelegen hat, daß sein einziger Sohn nur eine halbe Portion war«, flüsterte Antigoni zärtlich, während sie ihrem Bruder übers Haar strich.
Ktenioudakis, der andere Schwager, mahnte Keti zum Aufbruch. Sie hätten eineinhalb Stunden Fahrt bis Chania vor sich und die Serpentinen seien nachts besonders nervenaufreibend, meinte er und blieb, solange sich Keti anzog, über dem Schlafenden stehen und betrachtete ihn schweigend.
»Achtundzwanzig Jahre war er weg«, sprach nun Theofanis. »Nach drei Tagen wird er die Nase voll haben.«

Ringsum nur ausgedörrtes Land, abgeerntete Felder, brachliegende Äcker. Häute, die auf Wäschetrocknern hingen, Widderschädel auf Drahtzäunen, zwei blaue Fässer, die aneinandergekettet in den Zweigen eines vertrockneten Feigenbaums baumelten, ein Hund auf einem Hausdach, ein anderer Hund auf einem Balkon mit verschlossener Balkontür, ein dritter Hund auf der Ladefläche eines Lieferwagens, Bussarde auf ihrem morgend-

lichen Rundflug. Eine Landschaft, die das Rosa der Morgenröte im ersten Grau des Tages nicht ertrug. Roussias hatte sein Bett vor Tagesanbruch verlassen und die Ziegenpfade eingeschlagen. Nun watete er durch das violette Dämmerlicht.
Er wußte nicht, ob es gut war, daß er zurückgekehrt war. Er wollte gar nicht daran denken. Er wanderte durch die Landschaft, und alles ringsum erschien ihm wie neu, da er lange Jahre abwesend gewesen war und vieles wohlweislich vergessen hatte. In seiner Erinnerung waren einige Bilder verblaßt und hatten sich wie Original und Durchschrift übereinandergeschoben.
Die Berge waren in seiner Erinnerung in andere Hochebenen gerückt, die Hochebenen hatten ihre Abfolge verändert, die Schluchten ihre Namen gewechselt, die Kirchen ihre Heiligen, die alten Dreschplätze ihre Bauern. Nun rückte alles nach und nach wieder an seinen Platz. Um sich die Veränderungen zu merken, markierte er in seinem Gedächtnis die Sonnenkollektoren, die geparkten Jeeps, die Tankstelle an der Hauptstraße und das Gebäude mit der überdimensionalen Aufschrift *Einbauküchen*. Geldgeber des Unternehmens der Familie Kountouras war, wie aus dem Schild hervorging, die Europäische Union.

Er ging den gepflasterten Weg hinauf, stieß das eiserne Türchen auf und fand sich inmitten von dreißig, vierzig Gräbern wieder. Er betrachtete die Nachnamen auf den Kreuzen, überwiegend Mitglieder der Familie Roussias.
Eines mußte das seines Vaters sein. Er suchte auf den brüchigen Marmorkreuzen nach einer Fotografie und fand ihn schließlich, der Blütenkelch einer Studentenblume neigte sich dem Ohr des Verstorbenen zu. Familiengrab Myron Roussias. Ermordet am zweiundzwanzigsten Mai 1972. Das Porträt, eine kolorierte Vergröße-

rung, war dieselbe Aufnahme, die neben dem Spülstein der alten Frau stand.
Anscheinend veränderte sich der Ausdruck einer Fotografie je nach dem Umfeld: Der Vater wirkte in der Küche mit Frau, Käse, Salz- und Pfefferstreuer, Tellern und Gläsern, als wäre er noch am Leben. Auf dem Friedhof von Pagomenou, an seinem Grab, neben all den Lämpchen, die nach ranzigem Öl rochen, schien er den Wert all der vergeudeten Leben ringsum abzuwägen und mit dem Dasein abgeschlossen zu haben.
»Hier bin ich, Vater«, sagte Roussias, aufrecht und die Arme vor der Brust verschränkt, als bräuchte er eine Erlaubnis, sich zum ersten Mal an das Grab seines Vaters zu setzen.
Er bückte sich und berührte zögernd das Kreuz. Unmittelbar danach zog er seine Hand wieder zurück. Er zündete das Öllämpchen nicht an, er suchte nicht nach einem Stückchen Kohle, er setzte sich nicht ans Grab. Statt dessen rauchte er eine Zigarette im Stehen. Die Morgenröte streckte ihre Finger nach dem Friedhof aus, färbte Marmor und Zement lila, und die Vögel flatterten von den beiden Apfelbäumen an der Friedhofsmauer. Früher stand dort ein roter Maulbeerbaum, doch als die Toten immer zahlreicher wurden und die Gräber bis in seinen Schatten reichten, fielen im Sommer die Maulbeeren auf die Marmorplatten. Vergeblich schmückte man sie mit Basilikum und Jasmin, den Verstorbenen blieb nur der Geruch der Chlorbleiche.
Roussias erinnerte sich an seinen letzten Sommer im Dorf, als eines Sonntags der Steinmetz aus Chania völlig entnervt ankam und, sobald die Totenmesse zelebriert war, den Maulbeerbaum umsägte. Es paßte ihm nicht, daß seine Werke voll kirschroter Flecke und saurem Spatzenkot waren.
Roussias ließ seine Blicke heimlich umherschweifen, er

las jedes *Hier ruht* im Umkreis, weit und breit nur Mitglieder der Familie Roussias. Auch er war ein Roussias, und doch ein Fremder, der selbst nicht wußte, was er dort eigentlich suchte und warum er trotzdem nicht loskam.
Er hatte gehört, daß der Sarg seines Vaters nicht durch die Tür gepaßt hatte, man mußte ihn durch das Fenster ins Haus befördern. Ein Mann wie ein Berg, der heute schon so gut wie vergessen war. Selbst sein eigener Sohn hatte Gedanken und Erinnerungen an ihn begraben. Was wäre ihm auch übriggeblieben? Sonst hätte er sich an die schallenden Ohrfeigen und das giftige Schweigen erinnern müssen. Das Nörgeln der Enttäuschung, wie es der Lehrer Papadosifakis seufzend nannte.

Mit den Kindern war der Vater nur ein einziges Mal am Meer, in Ilingas, gewesen – der einzige Familienausflug während seiner ganzen Kindheit. Er war elf, als er seine ersten Schwimmversuche machte. Die Mutter war nur bis zu den Knien ins Wasser gegangen, doch die drei Mädchen waren völlig aufgeweicht.
Der Vater war nicht ins Wasser gegangen, Stiefel und Pistolen wollte er keinen Augenblick ablegen. »Was für ein Sohn!« sagte er damals zu dem Kind. »Deine Griffel bringen nichts zuwege! Nicht einmal ordentlich ölen oder putzen kannst du die Waffen!« Kyriakos sah sich die Fotografie genau an. Der Mund ein Karabiner, die Augen Schrapnelle, die Hände Granaten – sein Vater war eine einzige geballte Panzerfaust. Selbst die morgendlichen Grußworte schien er mit Dynamit aufzuladen und sämtliche Gefühle damit in der Luft zu zerreißen. Er machte alles zu Kleinholz. Mittags oder nachmittags verwickelte ihn mancher Nachbar in ein harmloses Gespräch, und selbst da griff er, bevor er antwortete, stets nach dem Revolver in seiner Sakkotasche, streichelte die Patronen

in der Gesäßtasche, und erst danach unterhielt er sich in aller Ruhe über die ewig gleichen Themen – Ziegen, Frauen, Essen, Parteipolitik. Worte, nichts als Worte, meinten ein paar Schmalspurhelden hinter seinem Rücken.
Kyriakos Roussias griff nach seiner linken Brust, eine Geste, die er von seiner Großmutter geerbt hatte. Er streckte seine Finger durch und ließ die Handfläche in einer Verlegenheitsmassage auf seiner Haut kreisen. Es schmerzte, nicht nur körperlich.

Mit einem Aufseufzen wässerte er die Studentenblume und goß zwei Eimer Wasser über die Marmorplatte.
Er kehrte vor sieben Uhr nach Hause zurück. Die Mutter und sein Kaffee erwarteten ihn bereits. Die alte Frau wollte ihn berühren. Sie ließ ihre Hand über seine Wangen gleiten, strich seinen Hemdkragen glatt, befingerte seinen Hals.
»Was ist mit dem Kreuzchen passiert?« fragte sie. Schon am Vortag war ihr die nackte Brust des Sohnes nicht entgangen.
Als sie von dem Verlust erfuhr, schien es, als sei sie ein paar Minuten lang innerlich abwesend: »Mhm, deshalb also habe ich von deiner Patentante geträumt«, meldete sie sich zurück. »Sie trug einen weißen Morgenmantel, ich sagte im Traum Kimono dazu, und sie hat mich gescholten: Polyxeni, warum färbst du deine Haare nicht?«
Kyriakos überlegte, daß nur seine Patentante auf dem örtlichen Friedhof fehlte. Sie hatte ihn gebeten, sie in Alabama, auf einem Friedhof für Schwarze, beisetzen zu lassen. Die Genehmigung hatte sie selbst zeitgerecht eingeholt.
Sie tranken den Kaffee aus, und die Mutter erhob sich. Sie erklärte, sie gehe seit Jahren am frühen Morgen in Antigonis Metzgerei und lege den ersten Hundertdrach-

menschein des Tages in die Kasse, als Glücksbringer. Theofanis, der Schwiegersohn, küsse den Schein und bekreuzige sich sogar bei seinem Anblick.
Nachdem sie weggegangen war, öffnete Kyriakos den Kühlschrank auf der Suche nach kaltem Wasser, und fand ihn halbleer vor: nur ihre Medikamente, eine Plastikdose mit gebratenen Spitzpaprika und eine halbe Zuckermelone.
Er trank vom Wasserhahn und machte sich daran, seine Telefonate zu erledigen.
Zunächst einmal rief er seine Sekretärin an, aufgrund der Zeitverschiebung hinterließ er bloß die Nachricht, sie möge in seinem Namen mit Tokio Kontakt aufnehmen und erklären, daß er die Reise aufgrund einer Erkrankung seiner Mutter absagen müsse. Abschließend teilte er ihr mit, er sei auf Kreta und sie könne ihn unter der Telefonnummer seiner Mutter erreichen.
Das zweite Telefonat betraf Jorgos, den Volioten, und enthielt Anweisungen für das Protein p53, das für Metastasen bei der Hälfte der Krebspatienten verantwortlich war.
Schließlich riß er Chatsiantoniou aus dem Schlaf und erzählte ihm alles in groben Zügen. Zwischendurch machte sich Schweigen breit, denn Kalatsis war in diesem Fall nicht die passende Untermalung.
»Gut gemacht, Roussias.«
»Ich halte dich auf dem laufenden. Jetzt bin ich so etwas wie ein Besucher, ein Tourist. Gestern bin ich mit dem Taxi an meinem Gymnasium vorübergefahren. Es war so, als hätte ich die Schule in Lincoln, Illinois, wiedergesehen. Ohne irgendeine Gefühlsregung.«
»Kaum vorstellbar.«
»Und am Abend haben mich die Bekannten angeödet. Ich weiß nicht, was für einen Wert diese Reise nach so vielen Jahren haben soll.«

»Und dennoch hat sie einen Sinn. Bist du wegen deiner Mutter oder wegen deines Vaters hingefahren?«
»Was glaubst du denn?«
»Auf der Suche nach einer Braut«, lachte Chatsiantoniou, »oder um die Texanerin zurückzugewinnen.«
»Die Texanerin lebt doch nicht auf Kreta.«
»Mein Lieber, die Frau hat die Geheimnistuerei um deinen Heimatort einfach nicht verstanden.«
»Hast du das verstanden?«
»Ich auch nicht. Weder Nana noch deine Jorgos in Frederick. Wir haben, wie alle normalen Leute, von unseren Dörfern und Eltern erzählt. Aber dir mußte man jedes Wort aus der Nase ziehen.«
Nun verstummte auch Chatsiantoniou kurz, um dann, etwas sanfter, fortzufahren: »Also, Kapitel eins: Insel Kreta. Sprich!«
Roussias gab zu, die Landschaft sei nach wie vor der große Trumpf – Bergketten und aneinandergereihte Gipfel, die einen in eine andere Welt versetzten oder auch zuweilen tatsächlich ins Jenseits beförderten. Der Wind, das Licht und die Gerüche seien beispiellos. Das sei aber auch schon das erste und zugleich letzte Kapitel. Nur langsam kamen ihm die Worte über die Lippen. Er würde noch zwei bis höchstens drei Tage bleiben und dann abreisen, da im Experiment mit dem p53 etwas schiefgegangen sei und der Voliote damit allein nicht klarkäme.
»Mir hat der Voliote was ganz anderes über p53 erzählt.«
Roussias wünschte eine gute Nacht, Chatsiantoniou wünschte einen guten Morgen, und das Gespräch fand ein etwas abruptes Ende.
Es gibt Menschen, welche die Orte in sich tragen, die sie hinter sich lassen. Sie nehmen die Landschaft, die Stadt, den Fluß vom einen Ort zum anderen mit. Es gibt aber auch Orte, die sich nicht damit abfinden können, zu-

rückgelassen zu werden, und den Fahnenflüchtigen ein Leben lang verfolgen.
Auf die eine oder andere Weise mußten Roussias und Kreta mit tödlicher Sicherheit wieder aufeinandertreffen.

Die Familien Mantakas, Sifakas, Ritsis und Chatsis waren in alle Winde zerstreut, ihre Häuser verlassen, überall ragten graue Ruinen empor, und der Turm der Familie Daoukos schmiegte sich ohne Dach an den Hügel. Gouri war ein Dorf in den letzten Zügen.
Die Sonne war halb untergegangen, und Roussias besuchte die gegenüberliegende Siedlung. Zweihundertfünfzig Meter war das letzte Haus von Charomouri vom ersten Haus Gouris entfernt. Wie ein Ziegenbock kletterte er über die Pfade mit den zerborstenen Steinstufen, blickte sich um und spitzte die Ohren.
Auf dem Hof der Familie Daoukos balancierte er auf eingeknickten Holzstreben und sprang über umgestürzte Steinquader, schließlich gelangte er zu einer Gruppe von Oleanderbüschen und blieb mitten unter den Blüten stehen, während er siebzig Meter entfernt den von den Dorfbewohnern so genannten Rohbau erblickte – ein kleines ebenerdiges Haus ohne Blumentöpfe und schattenspendenden Baum, halbfertig und unverputzt. Auf der einen Seite die mit Eternit überdachte Garage und weiter unten ein Kubikmeter säuberlich aufgeschichteter Ziegel, ein Hügel mit feinem Schotter und ein Sandhaufen. An der Hauswand lehnte eine hochkant gestellte Geschirrspüle aus Nickel mit zwei Spülbecken und auf dem Fensterbrett ein weißes Bidet.
Eine spindeldürre Frau trat auf den Hof, streifte ihre Schuhe ab, stellte vier weiße Plastikstühle auf einen Tisch und ging daran, aufzuwaschen und den Feldweg mit dem Gartenschlauch naß zu spritzen.

Roussias versenkte sich in den Anblick der ausdruckslosen und unbekannten Frauengestalt. Er konnte nur Türen und Tore, aber keine weiteren Personen erkennen.
Es war gegen sieben, als ein langgezogenes Hupen ertönte und ein roter Fiat Punto in die Hochebene fuhr und bergab rollte. Roussias bemerkte, daß die Frau wie erstarrt auf der Türschwelle stehenblieb.
Der Wagen ließ die Kafenions und Charomouri hinter sich, Roussias beobachtete, wie er auftauchte und wieder verschwand, schließlich in den Feldweg nach Gouri einbog und ein paar Minuten später vor dem Rohbau anhielt.
Aus den beiden vorderen Wagentüren sprangen zwei kräftige, bärtige Männer in Jeans und schwarzen Hemden. Kurz darauf stieg mit bedächtigen Bewegungen ein dritter aus, kleingewachsen und mit khakifarbenen Shorts, nacktem Oberkörper und schulterlangem Haar. Vom Rücksitz und aus dem Kofferraum holten sie zwei Tortenschachteln, eine Kiste Bier und zwei beigefarbene Kartons, aus deren Größe und der Art, wie sie mit ihnen umgingen, man schließen konnte, daß sich darin Elektrogeräte befanden, ein Fernseher und noch etwas anderes.
Die Frau auf der Türschwelle rührte sich nicht einmal, als der halbnackte Typ neben ihr stehenblieb und ihr die Schulter streichelte. Die Männer in den schwarzen Hemden, deren Farbe verwaschen und durch die Sonne ausgebleicht war, öffneten die Tortenschachteln, nahmen sich ein Stück und machten sich mit ihrem Punto wieder auf den Weg, während die Frau auf die Veranda hochging, die Stühle von dem Tisch herunterholte und sich steif auf einen davon setzte, als wäre sie eine Besucherin.
Der Mann ging bis zum Ende des verlassenen Feldwegs, setzte sich auf einen Stein und begann, sich mit einem

Taschentuch den Schweiß von Stirn und Brust zu wischen. Den Kopf hielt er die ganze Zeit gesenkt, und die langen Haare fielen ihm vor die Augen, als hätte er es satt, immer dasselbe zu sehen – Frau, Haus und Dorf. Der eine stand gebückt hier, der andere ebenso gebückt dort, und die elf umliegenden Berge waren in die schwermütigen Farben der Abendröte getaucht, die Tausende Schwalben in das Steinhaus der Daoukos lockte. Kyriakos erinnerte sich noch aus Kindertagen daran, daß sie stets zu dieser Tageszeit den Himmel schwärzten, wie ein im Wind flatterndes schwarzes Halstuch, und den Turm, in dem sie nachts nisteten, umschwirrten.
Aus der Ferne war urplötzlich ein Klavier zu hören, ein Kind mußte Tschaikowsky üben und ließ das C und das D der Einleitung einer Etüde wie Pistolenschüsse durch die Luft peitschen.
So überließ sich Kyriakos Roussias dem Schwalbengezwitscher, dem Klavier und dem Anblick des Mörders seines Vaters.

Seine Mutter besaß keine Kaffeemaschine. Nach zwei Tagen hatte sich ihm das Bild eingeprägt, wie sie vor dem Campinggaskocher mit dem Schnabelkännchen stand, während der Kaffee der Marke Loumidis langsam aufkochte, wie sie den Kopf schüttelte und Selbstgespräche über falsch zubereitete Kolliva – Totenspeise aus Weizenschrot – und schlecht gebratene Hackfleischbällchen führte.
So gewöhnte sich Roussias das hektische Kaffeetrinken ab und ging zum Kaffeegenuß über. In Amerika schüttete man bei der Arbeit etliche Becher hintereinander in sich hinein. In Griechenland trank man Kaffee, wenn man die Arbeit unterbrach, um mit jemand anderem ein paar Worte zu wechseln oder in sich selbst hineinzuhorchen.

Ein geeigneter Ort dafür war der neue Liegestuhl im Schatten unter der Kermeseiche, den Theofanis seiner Schwiegermutter vor drei Jahren geschenkt hatte. Er war unbenutzt, denn sie begnügte sich mit altem Trödel.

Gemeinsam saßen sie vor ihren Kaffeetassen oder Schnapsgläsern – morgens breitete sich zu ihren Füßen die Hochebene aus, abends über ihren Köpfen der Sternenhimmel. Wiederholt faßte Kyriakos nach ihrer Hand und führte sie an seine Wange oder sein Herz, dann fühlte er ihren Puls und flüsterte ihr scherzhaft ins Ohr: »Du bist gut beisammen, Mama, du wirst uns noch allen ins Grab nachschauen.« Er war es aus dem Labor gewohnt, langsam und leise zu sprechen.

»Hör bloß auf«, fiel sie ihm ins Wort. Sein Tonfall befremdete sie, sie erschrak bei jeglicher Art sanft ausgesprochener Tatsachen, denn in der Hochebene erwartete man auch von den friedliebenden Männern, daß sie geradeheraus waren, laut redeten und mit ihren rauhen Stimmen bis zum gegenüberliegenden Berg zu hören waren.

Im Amerika fragte er nie nach den anderen Dorfbewohnern. Hier auf Kreta bemerkte sie, wie sein Blick an irgendeinem Haus, einer Mauer oder einem Pferch hängenblieb. Sie rief ihm die Namen wieder ins Gedächtnis und faßte die Ereignisse eines Zeitabschnitts von fünfundzwanzig Jahren in einem einminütigen Fazit zusammen.

Am nächsten Tag fügte Antigoni dieser Erkenntnis etwas hinzu, Theofanis nahm etwas zurück, Metaxia würzte etwas nach. Der Pope begleitete ihn zweihundert Meter auf seinem Spaziergang und legte ihm Gottes Version über den himmlischen Frieden und das Seelenheil der Menschen ans Herz. Papadoulis schlenderte weitere zweihundert Meter an seiner Seite und tat ihm einerseits die Ansichten des Ministers für Öffentliche Ordnung kund, andererseits die Lebensweisheiten seiner Frau Rena. Der Kafenionwirt Maris, ein Anhänger des verstorbenen kretischen Sängers Xylouris sowie seit vielen Jahren eine wandelnde Schnapsleiche, stieg unter beredtem Schweigen und mit halbgeschlossenen Lidern in den Zeugenstand. Und der Bauunternehmer Tsapas vertröstete Roussias aufgrund der Vorbereitungen für die Taufe auf später.

Roussias erfuhr, ob er wollte oder nicht, von den Veränderungen. Die eine Hälfte der Dorfbewohner war nicht wiederzuerkennen, und die andere war gleich geblieben. Einige waren mächtig vorwärtsgekommen, andere hatten sich zurückentwickelt.
Die Familie Strongilos war spurlos verschwunden. Die Baras ebenso. Die Vamvakas, damals im Besitz von zweitausend Schafen und Ziegen, hatten ihre Mutter im Dorf ohne auch nur eine einzige Ziege zurückgelassen.
Der Souraris-Clan unterhielt im Hafen von Chania Nachtlokale mit russischen Tänzerinnen, und jeden Dienstag kamen jeweils zwei von den Ausländerinnen ins Dorf und wuschen dem alten Vater die Wäsche.
Eine seiner Mitschülerinnen, eine gewisse Sofianou, hatte alle Zelte abgebrochen und war nach Piräus hochgefahren, um etwas aus sich zu machen. Schließlich fand sie sich mit ein paar Schafen auf dem Berg von Korydallos in Athen wieder.
Der Fahrer des Überlandbusses brachte täglich das Börsenjournal. Tsapas' Ehefrau, die den Sommer im Dorf verbrachte, hatte zwar nur Volksschulabschluß, aber Aktienpakete der Minoan und der ANEK Lines sowie der Wurstwarenfabrik Nikas und fuhr zweimal die Woche in ihrem Vitara, das Handy dicht ans Ohr gepreßt, zu den Banken an der Küste.

Heutzutage studierten die jungen Leute Informatik, Elektrotechnik, Wirtschaftswissenschaften und Tourismusmanagement. Was nicht schlecht war.
Die Sätze der anderen rauschten an Roussias vorbei, seine Blicke schweiften ringsum und seine Gedanken in die Vergangenheit. Im Verlauf der Zeit stellte er Lücken fest. Wörter, deren Bedeutung, und Dinge, deren Bezeichnung er vergessen hatte.
Störte es ihn? Wohl kaum. Das war nur natürlich.
Wenn er zwei Wochen bliebe, würde er sich auf seinen einsamen Spaziergängen nach und nach wieder daran erinnern, ohne jemand anderen fragen zu müssen. All das war Teil seines Lebens, und er brauchte keinen Vermittler, um es aufzufrischen. Das war allein seine Sache.
Und wenn er sich um einige Erinnerungen vergeblich bemühte? Auch das war nur natürlich. Das Leben ging weiter und zwang die Menschen zu der Entscheidung, bestimmte Dinge mitzunehmen oder zurückzulassen. Roussias war seit Jahren, so schien es, auf dem Holzweg gewesen. Doch nicht einmal jetzt würde er sich die Zeit nehmen, Vergessenes und Unvergeßliches abzuwägen und einzuordnen. Als hätte er den Verdacht, dieses Unterfangen ähnle jenen aufwendigen Experimenten, die er auf der ehrgeizigen Suche nach Heilungsmöglichkeiten in Gang setzte, bis der jährliche Forschungsetat erschöpft war und die Hälfte der Geräte den Geist aufgegeben hatte. Immer wieder war es ihm so ergangen.

Zwei Tage war er nun zu Hause, und den gelben Koffer hatte er immer noch nicht vollständig ausgepackt. Sein Bleiben hing an einem seidenen Faden.
Sein Herz öffnete sich nur bei Metaxia. »Jetzt bist du ein zweiundzwanzigprozentiger Kreter«, rechnete ihm die Kleine mit ihrem eigenen, geheimnisvollen Rechenschie-

ber vor. Sie brachte ihn dazu, ihren Busenfreundinnen Anna und Nina Coca-Cola auszugeben – zwei braungebrannte Mädchen mit von der Sonne versengten Nasen und goldglänzendem Flaum auf den Schenkeln, immer in Bewegung und geschwätzig, die kleine Gedichte über eine Mitschülerin schrieben, die dreizehnjährig schwanger wurde. Sie war dem dreißigjährigen Elektriker verfallen, der den öffentlichen Strommast vor der Schule repariert hatte. Drei Tage später war sie mit ihm durchgebrannt.

Roussias hatte keine Kinder, und seine Jugend lag weit hinter ihm. Dabei hatte er vergessen, daß es eine bestimmte Altersstufe – zwölf, dreizehn, fünfzehn – gab, in der das Auswendiglernen langatmiger Liebesgedichte dazu diente, den unausgereiften Verstand zu schulen. Doch Maro aus seinen eigenen Schuljahren hatte sich in Luft aufgelöst.

Nach den mittäglichen grünen Bohnen – »Eine wahre Köstlichkeit, Mama« – wusch die alte Frau die Teller ab, und der Sohn stand, die Hände in den Hosentaschen, neben ihr und sah ihr zu. Ja, die alte Frau war aus ihrer Starre erwacht.

Er war nicht sicher, ob er die Sache mit ihr besprechen sollte, er wußte nicht einmal, wie er nach jahrzehntelangem Schweigen anfangen sollte, doch der Satz kam ihm fast wie von selbst über die Lippen, als hätte er laut gedacht: »Gestern habe ich den Cousin von weitem gesehen.«

»Nun ja, Cousin ...«

»Was ist er dann?«

»Jedenfalls nicht ersten Grades.«

»Ein Blutsverwandter.«

»Dritten, vierten Grades, tut nichts zur Sache.«

»Wie lange war er im Endeffekt im Gefängnis?«

»Kurz«, erwiderte sie knapp und machte sich daran, den Kochtopf mit dem Drahtschwämmchen zu säubern.
»Wann hat er das Haus gebaut?«
»Lange her.«
»Und immer noch nicht verputzt?«
»Die bringen's nur zu einem Rohbau.«
»Verheiratet, nicht wahr?«
»So ist es.«
»Mit wem?«
»Mit irgendeiner.«
»Kinder?«
»Aber woher denn!«
»Die Mutter?«
»Tot.«
»Die Großmutter auch?«
»Die lebt. Aber sie ist stockblind.«
Die alte Frau hatte nicht vor, weitere Antworten zu geben. Also setzte sie sich mit dem feuchten Geschirrtuch in der Hand hin, musterte wortlos den Zementboden und wechselte das Thema. »Früher habe ich noch vor Sonnenaufgang den Fernseher angemacht, um Gesellschaft zu haben. Dann habe ich begriffen, daß ich für die im Scheinwerferlicht keine Bedeutung habe. Eine Zeitlang habe ich den Ton abgestellt, dann habe ich sie endgültig zum Schweigen gebracht, und jetzt bin ich mir selbst Gesellschaft genug.«
Roussias setzte sich ihr gegenüber hin. Für ein paar Minuten versanken beide in ein geruhsames Schweigen, und jeder hing seinen eigenen Gedanken nach. Schließlich hatten sie sich an einem Tomatensalat, der für zehn gereicht hätte, müde und satt gegessen.
In der Ferne waren Zikaden und ein paar Hornissen im Sturzflug zu hören, und es trat jener atemlose Stillstand ein, der für sommerliche Mittage auf dem Lande kennzeichnend ist.

Schließlich rückte Roussias damit heraus: Er müsse eilig nach Frederick zurückfahren, damit die mühsame Arbeit von sechzehn Monaten nicht verlorengehe, deshalb suche er nach einem Flug.
Glaubte sie ihm? Sie brauchte eine Weile, um zu antworten.
»Heute abend um sechs mußt du aber hiersein.«

Um fünf kam Keti. Allein, denn Ktenioudakis war an einer Virusinfektion erkrankt.
Im trauten Zwiegespräch mit ihrem Bruder fragte sie: »Sag mal, was ist denn mit Ann passiert?« Doch in Wirklichkeit war diese Frage nur eine Brücke zu ihren eigenen Angelegenheiten, zu ihrer Ehehölle, in der selbst der morgendliche Gruß der Eheleute mit unterschwelligen Anspielungen vergiftet war.
Keti war sechsundvierzig, wie immer modisch frisiert und gekleidet, das müde Gesicht verschönerten die – wie bei einer Inderin – bogenförmig geschwungenen Brauen.
Eine halbe Stunde später parkte auch Marina ihren Wagen, gutgelaunt und ganz in Weiß hatte sie ihrer Mutter die neueste Aufnahme von Parios und die Schokoladehäppchen mit der Walnuß, eine Spezialität aus Rethymnon, mitgebracht.
Sie zupfte eines aus der Hülle und steckte es Kyriakos in den Mund. »Komm schon, du Schwerenöter, komm schon, mein Schatz, nimm das alles nicht so schwer«, sagte sie ein ums andere Mal. Schließlich verfütterte sie ihm drei Stück.
Um sechs Uhr begann unter der Kermeseiche die Familienversammlung unter dem Vorsitz von Notar Belivanis, der in Begleitung seiner sechsjährigen Enkelin aus Chania angereist war. Und zwar ganz bequem dank seines neuen, klimatisierten Wagens, der mit seiner Servolenkung die Steilkurven fast von alleine genommen

hatte. Auf der Fahrt hatte er kurze Hosen getragen, bei der Familie Roussias wollte er sich jedoch umziehen. Hose und Hemd hatte er auf einem Kleiderbügel mitgebracht.
»Deinem Sohn zuliebe müßte ich eigentlich in Admiralsuniform in Begleitung einer Ehrenformation erscheinen«, meinte er liebevoll zu der alten Frau. Herzlich streckte er Kyriakos seine Hand entgegen, wollte sie gar nicht mehr zurücknehmen, schüttelte und drückte Roussias' Rechte mit beiden Händen, streichelte sie fast. Sein ganzer Körper bebte, was wohl heißen sollte: Du, mein Junge, bist etwas Besonderes.
Obwohl Belivanis an die Fünfundsechzig war, arbeitete er äußerst flink. Bestens vorbereitet kam er, mit seiner Enkelin auf den Knien, in logisch aufeinander folgenden Schritten dem Auftrag nach, den ihm Polyxeni, Myron Roussias' Witwe, anvertraut hatte.
Das Elternhaus wurde dem Sohn überschrieben, ebenso das Haus der Großmutter, zusammen mit dem angrenzenden Acker. Die Hochweide ging an Antigoni für ihre drei- bis vierhundert, zuweilen fünfhundert Schafe. Der große Weinberg an Keti, der kleine an Marina. Die kleinen Grundstücke, die in verschiedenen Küstendörfern außerhalb des Bebauungsplanes und über Steilhänge verstreut lagen, wurden auf die drei Schwestern aufgeteilt.
Der Notar erläuterte die Ausstellungsprozedur der Übertragungsurkunde und berechnete die Erbschaftssteuer.
»Das mußte in seiner Anwesenheit erledigt werden«, meinte die alte Frau und deutete mit den Augen auf den Sohn. Die Schwestern hatten bereits seit Jahren um die Aufteilung des väterlichen Erbes gewußt. Alle zeigten sich zufrieden, nur Kyriakos ließ jegliche Regung vermissen, als hätte er die Häuser weder erwartet noch gewollt.

Die übrigen mißdeuteten seine Haltung. Sie meinten, er fühlte sich übervorteilt, und so blieben ihnen die Koteletts, die ihnen Theofanis servierte, im Magen liegen. Die ganze Situation ging auch Belivanis so an die Nieren, daß er seine Enkelin auszuschimpfen begann, die beim Genuß einer vor Honig triefenden Pastete ihr Kleidchen bekleckert hatte. »Jetzt wird alles klebrig in dem neuen Wagen«, zischte er.

Was sollte er bloß mit den Häusern anfangen?
Roussias verbrachte die ganze Nacht damit, vom Bett aus auf die drei Zimmer und den Steinbogen in seinem Elternhaus zu starren. Mit einem so durchdringenden Blick, wie er nur in Wunschträumen möglich ist.
Sein innerer Blick schweifte bis zum gegenüberliegenden Berg, zur Ruine der Verbrannten. Als kleiner Junge war er zum Begräbnis seiner Großmutter mit einem Geheimnis im Herzen gegangen, das er all die Jahre über bei sich behalten hatte.

Es gibt den Nieselregen, der einen bespritzt wie das Sprühen von Meereswellen, es gibt den Regenschauer mit den wenigen schweren Tropfen, den stundenlangen Regen mit den dicht hintereinander prasselnden Tropfen, den fernen Regen, der ganz woanders den Boden aufschwemmt, den tropischen, afrikanischen Regen, bei dem niedrig hängende Wolken ihre Schleusen öffnen, und den örtlichen Regen – ein schneller Schauer, der gerade mal die Kermeseichen, die rohen Steinmauern, die Dachziegel abspült und sich zusammen mit dem Staub auf die Feldwege legt.
Im Morgengrauen wurde auch Kyriakos Roussias durch einen plötzlichen fünfminütigen Regenguß durchnäßt, der sich über dem Landstrich ergoß, den er gerade durchquerte. Der Regen weichte die Landschaft so weit

auf, daß sie sich ihm um halb sechs Uhr morgens in Grautönen darbot. Der Duft der Felsblöcke vermischte sich mit dem Geruch der Geröllhalden. Vor Roussias' Augen tauchte das einsame, knapp am Abgrund stehende Häuschen auf.

Noch vor Tagesanbruch hatte er das Haus seiner Mutter verlassen, um das zweite Erbteil zu besichtigen. Als er sich dem schnurgeraden Acker näherte, der neben dem zerfallenen Haus seiner Großmutter, der Rethymniotin, lag und in seiner Erinnerung dottergelb vor lauter Margeriten war, schlug er unbewußt einen Haken und fand sich noch vor Morgengrauen bei einer anderen Großmutter wieder, der Großmutter des Kurzen. Selbst das Haus war klein geraten und schien im grauen Meer der Berge zu versinken. Sein im beliebten Hellgrün blinkender Wassertank auf dem Dach trieb darin wie ein einsamer kleiner Kahn dahin.

Die Morgenröte tauchte alles in Lila.

Kyriakos setzte sich völlig durchnäßt auf einen dreißig Meter entfernten Felsen und wartete darauf, daß sich im Haus irgend etwas rührte. Gleichzeitig mit den Schwalben, die sich in ihren schwarzen Trikots wie Ballettratten über den Himmel ergossen, erschien ein anderer schwarzer kleiner Vogel – die alte, verhutzelte Frau, die knapp über dem Boden dahinflog, vom Wasserhahn im Hof zu einigen bepflanzten Kanistern und vom umgedrehten Waschtrog zur Felsenklippe, um ihren getrübten Blick auf die gegenüberliegende Geröllhalde und ein paar verstreute, vom Wind zerzauste Zedern zu richten.

Roussias brauchte nicht lange, um das klare Bild seiner Erinnerung wiederzufinden, das sich aus den heimlichen Expeditionen seiner Kinderjahre speiste. Das Haus war unverändert, mit Ausnahme des kleinen Hofs nebenan,

in dem neben der Klotür der Stiel einer Stockmalve mit zwei schwarzen Blüten emporwuchs, aus einem Samen, den Diakomanolis aus Kanada mitgebracht hatte. Die anderen verhungerten Pflanzen darbten in Konservendosen, die einst Pflanzenfett beherbergten, in grünen Plastikeimern, die einst Chlorbleiche enthielten, in einem verrosteten Metallbecher und in einem emaillierten Nachttopf vor sich hin.
Die alte Frau trat aus dem Abort, wusch sich am Wasserhahn die Hände, rupfte vier Studentenblumen ab und verschwand im Haus.
Als Roussias vorsichtig näher kam, sah er die Spuren an der Tür. Früher war ihre eigene Haustür auch zerkratzt gewesen, und zwar von den Hunden seines Vaters – Diavolos, Rommel, Beba, Xenia und Sultana. Nur daß die Kratzer an der Tür der alten Frau höher lagen, in der Mitte etwa. Wegen der Tiere mußte man immer wieder neu streichen.
Roussias blieb an der Schwelle stehen, durch die halboffene Tür sah er im Dunkeln etwas Helles schimmern. Es war die Ziege der Alten. Sie war also für die zerkratzte Tür verantwortlich. Die Frau begann, auf sie einzureden: »Diana, raus mit dir, ab in deine Ecke!« Doch das Tier mit dem Namen der toten Prinzessin, das einen fünf Meter langen Strick hinter sich her über den Zementboden schleifte, bockte. Frau und Ziege setzten ihr Zwiegespräch fort: »Ich faste, und du weißt das, ich trinke deine Milch nicht.« Die Stimme der Alten wurde schließlich lauter: »Ich werde dich gleich melken, Diana!« Sie stampfte mit ihrem Pantoffel auf den Boden, und die Ziege tappte davon.

Roussias und die Alte blieben allein zurück. Zunächst frisierte sich die alte Frau, dann packte sie die Brosche, die am Kragen ihres Hauskleids steckte, und begann mit der

Nadel ihren gelben Kamm zu reinigen. Im Widerschein der orangefarbenen Studentenblumen, die auf dem Regal unter dem Heiligenbild wie eine Girlande elektrischer Glühbirnen aufgereiht lagen, konnte Roussias vier Fotografien ausmachen: Sie zeigten den Ehemann, bekannt unter dem Beinamen *der Stöpsel*, ihre beiden Söhne, den Schafscherer und den Ziegenhirten, sowie ihren Enkel, den Sänger. Die letzte Aufnahme glänzte wie eine kolorierte Weihnachtskarte.

Die Alte knipste das Licht an, fast wie absichtlich, als spürte sie Roussias' Anwesenheit, als wollte sie dem Besucher ermöglichen, alles genau zu betrachten. Vor allem die Zeitungsausschnitte in den klobigen Gipsrahmen – Ausgaben, die in Athen oder Chania erschienen waren und die Wände ringsum pflasterten: Sifis' triumphale Auftritte mit der Lyra, dann der Kurze in Handschellen, auf der Anklagebank und im vergitterten Polizeiwagen.

Die Alte ging in die winzige Küche hinüber, und Roussias nützte die fünf Minuten, die sie zum Kaffeekochen brauchen würde. Er kam näher und blieb in einer Zimmerecke stehen, um seine Verwandten zu betrachten – die beiden Cousins, die Zwillingsbrüder waren. Ihre Gesichter waren ihm so gut wie unbekannt, ihr Anblick lange Zeit verpönt. Seine Cousins waren ungleiche Zwillingsbrüder, schon allein durch die Haarfarbe unterschieden sie sich. In gewisser Weise sahen sie einander ähnlich, andererseits auch wieder nicht.

Vor dem Heiligenbild prangten die orange-blaue Hülle der Plattenfirma Panivar mit der Aufnahme *Der Jüngling und der Tod*, die Rohrflöte und die Lyra des Toten, der himmelblaue Hornkamm, auf dem einige dunkle Strähnen von Sifis' Haar zurückgeblieben waren, ein Flakon Kölnisch Wasser und darunter zwei Paar Schaftstiefel, die abgetretenen schwarzen des Großvaters und

die weißen, unberührten des Enkels, kürzlich erst mit Bleiweiß gewichst.
Es hörte sich an, als sei ein Stuhl in der Küche umgestürzt, als draußen die Stimme der Alten *ssst* zischelte. Dumpf und heiser schien sie aus einer tiefen Höhle zu dringen. Roussias fühlte sich ertappt, doch die Alte hatte bloß ihrer Ziege zugezischt, die Stühle und Schemel umriß, da sich ihr Strick darin verfangen hatte.
Hatte sie ihn bemerkt? Durch Diabetes war sie halb erblindet. Jedenfalls gewann er den Eindruck, sie hätte es bewußt zugelassen, daß er die Gesichter der vier Männer musterte. Nur bei ihr konnte er sie sehen, denn auf dem Friedhof gab es keine Bilder von ihnen. Er betrachtete die Alltagsgegenstände und die weiblichen Ikonen daneben – die heilige Maria, die Ägypterin, die heilige Pelajia und Martha Karajanni, im Bikini und mit einer innigen Widmung an Sifis, den hübschen Jungen. Es war, als hätte die Alte Roussias höchstpersönlich die Betten gezeigt, in denen sie schliefen, und die Tische, an denen sie aßen, um ihm dadurch mit tödlicher Treffsicherheit Messerstiche zuzufügen, die bis in alle Ewigkeit nicht verheilen würden. Sie hatte begriffen, welche Art Mann er war – kein Draufgänger, sondern ein umsichtiger Denker, einer von denen, die mehr mit dem Verstand als mit dem Herzen litten.

Hatte sie ihn aus dem Haus gewiesen oder war er von selbst gegangen? Bevor sie aus der Küche mit dem Kaffee wiederkam, hatte sich Kyriakos Roussias davongeschlichen. Die Zunge klebte ihm am Gaumen, und ein Kloß saß in seinem Hals.
Was man im Dorf wohl hinter seinem Rücken klatschte? Wer weiß. Kümmerte es ihn? Kaum. Was der Cousin, der andere Kyriakos Roussias, wohl dachte? Der mach-

te sich bestimmt seinen Reim auf die Dinge. Kümmerte ihn das? Klar.

Die Hochebene lag im gewohnten Morgenlicht und hallte von den gewohnten Lauten wider. Ein unübliches Geräusch trat hinzu: das Keuchen des Mofas, das den Feldweg hochfuhr, während die braune Mähne des Fahrers wie die Flagge des anderen Zweigs der Familie Roussias im Wind wehte.

Kyriakos schaffte es gerade rechtzeitig, seinen langen Oberkörper hinter ein paar Steine zu ducken. Das Weitere beobachtete er notgedrungen von seinem Versteck aus.

Der Cousin ließ das Mofa auf die Seite gekippt liegen, beugte sich über die Hand der Alten und küßte sie. Die alte Frau war, alarmiert durch das Motorengeräusch, nach draußen gestürzt. Auch Diana, neugierig wie alle Ziegen, beeilte sich, an der Begrüßungszeremonie teilzunehmen.

Großmutter und Enkel wechselten ein paar Worte, er schlug sich mit der Faust an die Stirn und begann, unruhig wie ein Spürhund umherzublicken, während die alte Frau Leiter, Schaufel und Eimer herbeischleppte und an der Steinmauer der Zisterne abstellte.

»Hat sich denn kein Hurenbock gefunden, hier einmal Hand anzulegen, verdammte Scheiße noch mal? Sind denn alle drei Häuser die reinsten Bruchbuden?« schrie er und gab dem Eimer einen Tritt. Dann zog er sich bis auf weiße Boxershorts aus, die genauso weiß waren wie sein magerer Körper, nahm die Kaffeetasse, die ihm seine Großmutter gebracht hatte, und trank ein paar Schlucke. Währenddessen spähte er mit Adleraugen über die Feldwege und wasserlosen Äcker.

»Ihr drei Frauen in euren Häusern, die noch dazu in alle Windrichtungen zerstreut liegen, erwartet von mir, daß ich euch – der Großmutter, der Ehefrau und der Koum-

bara* – mitten in der hochsommerlichen Bullenhitze den Köhler, den Maurer und den Anstreicher mache. Der reinste Sklavendienst! Aber damit ist jetzt Schluß! Mit der Versklavung ist jetzt Schluß!« schnaubte er.
Doch es war keineswegs Schluß damit. Er strafte sich selbst Lügen, indem er in die Zisterne hinunterstieg, um sie zu reinigen. Dann trat wieder Stille ein.
Der Lange verließ den Felsen und entfernte sich mit schweren Schritten.

Marios Maris' Gemischtwarenhandlung und Kafenion, mit der Silberpappel als Markenzeichen, befand sich auf jener zweihundert Meter langen Strecke, auf der sich sämtliches Leben und Treiben Pagomenous abspielte. Dort waren ein weiteres Kafenion und die Fleischerei, die Bäckerei und die Tankstelle, *Die Alpen*, das Lokal für die ganze Familie, und das Gemeindeamt aufgereiht. Schließlich folgten die beiden Büros mit den verrosteten Vorhängeschlössern, von deren Türen die Farbe abblätterte. Dahinter hatte vormals die örtliche Leitung der *Pasok* und der *Nea Demokratia* residiert. Heute waren sie nur mehr Überbleibsel der jüngsten Vergangenheit, als die Parteien noch überall in Griechenland Zweigstellen unterhielten. Nun bewahrheitete sich der Spruch »Denen ist egal, welchen Esel sie satteln, Hauptsache, sie kommen an ihr Ziel«, den Antigoni mit Vorliebe von sich gab. Sie war nämlich die einzige, die täglich die Nachrichten verfolgte.

* Koumbaros, koumbara: Verwandtschaftsbezeichnung, die – abgeleitet aus dem lat. *compater* – dem deutschen Gevatter/in entspricht. Koumbara als eine Art »Gevatterin« oder »Patin« bezeichnet sowohl die Taufpatin als auch die Trauzeugin. Auch die Angehörigen der Taufpaten bzw. Trauzeugen werden als Koumbari bezeichnet. Sie bilden, speziell auf Kreta, ein wichtiges Phänomen sozialer Vernetzung und spielen eine oft größere Rolle als Blutsverwandte. (Anm. d. Übers.)

Es war fast Mittag, und Kyriakos Roussias blieb lieber im Inneren des Kafenions sitzen. Er war der einzige Gast zu dieser Tageszeit, und es zahlte sich nicht aus, Maris nur wegen seiner Limonade hin und her laufen zu lassen. Der erledigte nämlich gerade den Abwasch und reihte das abgespülte Geschirr in eine krumme Tellerablage.

Er wartete, bis Maris fertig war. Der Wirt war an die Fünfzig, schlank und gutaussehend, mit meerblauen Augen und goldbraunem, gewelltem Haar. Von der Spüle aus überblickte er sein ureigenes Reich – den langgezogenen Saal mit den hohen Wänden, der bloß zwei Tischchen beherbergte, da die anderen aufgrund der sommerlichen Hitze draußen standen.

Die Wände waren kahl. In der Kühlvitrine lagen zwei leere Spieße, auf dem dritten stak ein Laib Graviera-Käse. Auf dem langen Holzregal lagen Cannolicchi und Knabbergebäck, und am Rand, hinter den Schinkenkonserven und der Süßmilch stand Sifis Roussias' Schallplatte in ihrer verstaubten orange-blauen Hülle.

Maris wischte sich die Hände ab und verjagte mit dem Geschirrtuch die Fliegen. »Die Limonade ist aus«, meinte er kurz angebunden. Er stellte zwei Schnapsgläser auf Kyriakos' Tischchen und füllte beide mit Raki. »Herzlich willkommen in meinem Lokal«, sagte er, stieß mit ihm an und leerte sein Glas. »Der einundzwanzigste Schnaps heute«, zählte er Roussias vor und hielt sich die Hand vor den Mund.

»Ich habe einen Horror vor den Zahnärzten, und meine Zähne machen sich einer nach dem anderen davon.« Er wurde rot, denn tatsächlich fehlten ihm etliche Vorderzähne.

Der geschundene Mund schien ihn traurig zu machen, und in der Folge verbarg er seine Worte hinter der vorgehaltenen Hand.

Zusammen mit seinen Zähnen hatten sich auch seine

S-Laute davongestohlen. Zum Teil auch von den vielen Raki, die um seine tiefblauen Augen rote Äderchen hinterlassen und ihn anfällig für Geständnisse gemacht hatten.
Sie führten ein gutes Gespräch. Zunächst über Dolly, das Klonschaf, dann über Monica Lewinsky. Daraufhin gingen sie zu revolutionären Heilungsverfahren bei Knochenbrüchen und zur Behandlung der Tetraplegie über. Der Kafenionwirt war von einem Artikel beeindruckt, der von künstlichen, elektronisch gesteuerten Gliedmaßen berichtete, die in einem Krankenhaus in Edinburgh entwickelt worden waren. Sie wandten sich nicht nur dem Raki, sondern auch intimeren Themen zu. Maris war auf eine verheiratete Frau aus Merambelo hereingefallen. Als er sie kennenlernte, hatte sie gerade ein Baby zur Welt gebracht. Im Verlauf von zwölf Jahren, in denen sie drei weitere Kinder mit ihrem Mann – der von der ganzen Sache wußte – zeugte, hatte sie ihn bis aufs Hemd ausgezogen. Bis er ihr schließlich den *Sleier* vom Gesicht riß, wie er lispelte, hatte er ihr zuliebe zehn Stremma wasserreiches Ackerland in Apokoronas, eine Zweizimmerwohnung in Chania und eine Hochweide zu Geld gemacht. Sein Vermögen hatte sich in Rauch aufgelöst.
»Mitgehangen, mitgefangen, die einen sind ehrlich, die anderen *Slangen*«, reimte er nachdenklich.
»Jetzt ist deine Mitgift aufgebraucht, und du bist dem Ehestand entronnen«, lachte Roussias. Maris wurde erneut rot, er schien kein Mensch zu sein, der mit jedem Dahergelaufenen seine Privatangelegenheiten beredete. Unter dem Einfluß des Alkohols und aus Freude an der ausgesuchten Gesellschaft hatte er ihn in der größten Mittagshitze wahrscheinlich deshalb als Zuhörer ausgewählt, weil er nahezu ein Fremder und gleichfalls nicht verheiratet war.
»Jaja, ledig«, bestätigte Roussias.

»Aller Sorgen ledig«, verbesserte der Wirt, und beide lachten. »Und jetzt, zu dieser Tageszeit sind wir allein im Kafenion«, fügte er etwas gelöster hinzu, ohne sich weiter für seine lispelnden Zischlaute zu genieren. Denn Gjergj, ein junger Albaner, der bei ihm aushalf, erledigte in der Mittagspause einige kleinere Aufträge, die ihm ein zweites Einkommen sicherten.

Eine Frau in Schwarz trat in das Lokal und verlangte nach einem WC-Reiniger, doch sobald sie den Gast erblickte, entfuhr ihr ein ersticktes »O nein!« Sie rannte nach draußen und blieb am Fenster halb verdeckt, halb sichtbar stehen, nahm die Flasche dort entgegen und bezahlte. Sie machte sich eilig davon, hinterließ nur die weithin hörbaren Gewehrsalven ihrer Holzpantinen, die auf die Straße hämmerten. Als das Geräusch versiegte und sich der seltsame Eindruck verlor, den ihr Erschrekken bei Roussias' Anblick hervorgerufen hatte, meinte Maris: »Die Tote, so nennt sie ihr Mann.«

»Der andere Kyriakos Roussias? Der Cousin?«

»Genau der.«

»Ich habe kürzlich seine Frau von weitem gesehen, die dunkle Gestalt prägt sich ein.«

»Sie ist tatsächlich so gut wie tot«, seufzte Maris mitleidig.

So erfuhr Kyriakos Roussias, daß dem Kurzen elf Schafe gestohlen worden waren. Vor drei Monaten war er zum vierten Mal einem Schafdieb zum Opfer gefallen, worauf er alles aufgab, die wenigen verbliebenen Tiere verkaufte und das Geld in Fernsehgeräte und Mikrowellenherde investierte.

Gjergj war inzwischen zurückgekehrt und strich zwischen den Tischen herum. So ließen sie das Gespräch bei der abschließenden Bemerkung des Wirts bewenden: »Die Polizei muß den *Sleier* des Verbrechens noch lüften.«

Um halb acht wurde Roussias von Nektarios Patsoumadakis' Taxi abgeholt. Der traktierte ihn in der Folge mit Kassetten von Angela Dimitriou, kurze Zeit später ließ er ihn an diesem stickigen und feuchten Abend mit den Worten »Tschau, alter Junge, und Kopf hoch!« vor dem Nachtlokal *Sambia*, an der Nationalstraße Chania–Rethymnon aussteigen.

Der riesige, unfreundliche Saal war leer, denn die Tische hatte man für die Sommersaison draußen unter den Maulbeerbäumen aufgestellt. Ganz am Rand saß ein einziger Künstler, der allerdings einen großen Namen hatte: Minos Chnaris, mit khakifarbenen kurzen Hosen, einem schwarzen Hemd und gefärbtem Haar. Mit dreißig war er fett gewesen, mit sechzig war er dünn. Er stimmte sein Lagouto und sang ein paar Strophen zur Probe, *Auf meinem Schiff mitten auf dem Meer* und ähnliches.

Roussias machte es sich in einer Ecke mit Oliven, Käse und Wein bequem und verständigte sich mit dem Kellner, der mit Tabletts voller Salz- und Pfefferstreuer und Serviettenständer aus und ein ging. Kurz darauf bedeutete ihm Chnaris, jetzt passe es ihm, jetzt könne er mit ihm sprechen.

Sie prosteten einander von weitem zu, und in dem leeren Saal mit den hellgelben Bodenmosaiken vom Farbton eines feinen Sandstrands ertönte Chnaris' schöne Kirchensängerstimme mit dem Lied *Der Jüngling und der Tod begegneten sich in den Bergen hoch, der eine war flink, der andere erschöpft, da sprang der Jüngling dem Tod davon und über den steilen Abhang zu Tal.*

Und über den steilen Abhang zu Tal war der letzte Vers des Liedes *Der Jüngling und der Tod*. Chnaris' Freundin, eine dreißigjährige Deutsche, die an einem Tischchen draußen hockte, ließ die Postkarten und das Briefpapier sinken und spitzte die Ohren.

Vor den geöffneten Fensterscheiben blieben die Chefin des Lokals und ein Koch, der den Grill bediente, eine Weile stehen, als hätten sie sich schon seit langem dieses Lieblingslied gewünscht, dessen wunderschönen Text Roussias rasch auf einem Stück Papier notierte.

Chnaris legte das Lagouto auf den Stuhl, durchquerte den riesigen Saal und kam auf Kyriakos zu. Nachdem sie ein Glas zusammen getrunken hatten, meinte er: »Am frühen Morgen ist es mir sonst zu schwere Kost, da bin ich nicht dafür in Stimmung, aber heute mache ich eine Ausnahme.« Nach eine Pause fuhr er fort: »Du siehst aus, als wärst du nicht von hier.«

»Amerikaner«, lächelte Roussias.

»Ich bin viele Winter dort auf Tournee gewesen.«

»Auch in Washington?«

»Viermal. Nicht schlecht dort. Ich bin bei den Veranstaltungen zum Jubiläum der Schlacht um Kreta aufgetreten. Und im *Greek Islands,* wenn du das kennst. Hast du auch mit Restaurants zu tun?«

»Eher nicht. Ich bin Physiker.«

»Macht auch nichts. Jeder soll nach seiner Fasson selig werden.«

Er ließ seine Spielkette, das Komboloi, durch seine Finger gleiten. »Damit ersticke ich jeden Seufzer«, erläuterte er. Und nach einer kurzen Pause atmete er tief durch, bedeutete der Deutschen mit seinem Blick, nicht an ihren Tisch zu kommen. »Du hättest den Vortrag des Jungen hören müssen, der es als Schallplatte herausgebracht hat«, meinte er nostalgisch, während er eine in Salz eingelegte Olive nahm.

Papierknäuel, leere Fruchtsaftkartons, Plastikbecher mit Kaffeeresten oder Raki und halb aufgegessene Käsetaschen häuften sich auf dem großen Konferenztisch im Professorenzimmer des Polytechnikums Kreta. Und

Roussias saß mitten unter fünf etwa gleichaltrigen Professoren in kurzärmeligen Hemden und nahm an der letzten Sitzung des Instituts für Bergwesen teil. »Übermorgen ist endlich August und der Saftladen wegen Ferien geschlossen. Dann können wir uns ausschließlich dem Fischen widmen«, meinte ein gewisser Babis mit schelmischem Blick. Die anderen lachten, denn sie verstanden den verschlüsselten Hinweis, wonach er wohl fischte.

»Roussias, wir lassen dich nicht mehr aus.«

»Du kannst es dir aussuchen: Entweder hältst du ein dreimonatiges Gastseminar, oder du verbringst dein Sabbatical am Institut für Physik in Heraklion. Gib uns einfach das Thema an. Aber bring auch eine Amerikanerin nach Kreta mit.«

Sie kannten sich seit ihren Doktorandenjahren, hatten sich auf Konferenzen getroffen oder brieflich kennengelernt. Roussias' erstmaligen Besuch in ihrem Institut und auf Kreta feierten sie mit Raki. Sie waren ihm zwar freundschaftlich verbunden, waren sich aber der unsichtbaren Schranke bewußt, die zwischen ihnen stand. Er hatte alle anderen seiner Generation überflügelt. Sie warfen sich einige kurze Bemerkungen über die aufsehenerregenden Neuigkeiten in ihrem Fachbereich zu, nur bei den Kernreaktoren von Los Alamos verweilten sie eine halbe Stunde. Dort, im Kiefernwäldchen mit den Doppelspionen, denn auf Kreta liebte man Kriminalkomödien.

Roussias mochte es, die Terminologie der Nuklearphysik, der Molekularbiologie und der Genetik mit kretischem Dialekt gewürzt zu hören. Am schlimmsten trieb es ein Legionär, der erst vor Ort zum Kreter mutiert war: der ungepflegte Jannakopoulos, der Peloponnesier. Er hatte auch den Raki beigesteuert. Obwohl er jeden Tag der Woche unterrichtete, ein Fax nach dem anderen ans

Ministerium schickte, sich in der Lehre engagierte, hatte er das Lyraspiel erlernt. »Am Wochenende nehme ich den Bogen in die Hand und bin nicht mehr wiederzuerkennen«, witzelte er.
Die übrigen brachen in schallendes Gelächter aus, erhoben sich und schüttelten einander die Hände. »Schöne Badeferien! Laß die Spanierinnen schön grüßen! Gib den Schwestern aus Zypern einen Kuß von mir, und leiste den Skandinavierinnen seelischen Beistand!« So nahmen sie sich am letzten Tag des akademischen Jahres gegenseitig auf die Schippe. Sie würden die Ferien angenehm verbringen, doch den ganzen August über den freundschaftlichen Kontakt mit den Kollegen vermissen, die nette Kaffeerunde, die Witze und die Zusammenarbeit, die Konkurrenz und die Solidarität.
Das Duo Roussias/Jannakopoulos brach gemeinsam auf.

Im Wagen ließ sich der Professor Zeit, aufs Gas zu steigen. Anstatt den Motor anzulassen, fummelte er an den Knöpfen des Kassettenrecorders herum. Roussias, der wußte, daß die Kassetten in einem Auto alles über den Fahrer aussagen, erblickte die Altmeister der Geige und des Lagouto, zwei Kassetten mit Mountakis, eine mit Psarantonis, eine mit Kontaros, eine mit dem allgegenwärtigen Dalaras und die Filmmusik zu *Titanic.* »Die gehört meiner Tochter«, erklärte Jannakopoulos. Dann verschlug es ihm vor Rührung die Sprache, und mit einer Erleichterung, die aus tiefstem Herzen hochstieg, stieß er einen Jubelruf aus, der seinen Satz in zwei Hälften spaltete: »Mein Freund! Wie schön, daß du gekommen bist!« Die beiden letzten Wörter erstickten in einem Schluchzen.
»Komm, laß uns fahren«, meinte Roussias und legte ihm die Hand auf den Arm.

Eine halbe Stunde später trafen sie in einer Werkstatt auf einen sechzigjährigen Mann in einer langen Schürze, der zwischen Lederhäuten und Bronzestücken saß und Glocken für Schafe und Ziegen lötete. An seiner Seite stand ein Transistorradio mit zwei angeklebten Widderhörnern, das die örtlichen Nachrichten verbreitete – die Ankunft einer dreiköpfigen Ministerabordnung, neue Funde im Zuge archäologischer Grabungen in der Altstadt von Chania, der Tod durch Ertrinken einer siebzigjährigen Holländerin am Strand von Ajia Marina.
»Herr Xylas, ich überlasse ihn ganz Ihnen«, sagte Jannakopoulos und machte sich auf den Weg, da er seine Familie zum Strand fahren mußte.
Der kleine Laden verströmte den abgestandenen Geruch verrosteter Eisenstücke, verzinnter Kupferkessel und gewichsten Leders. Roussias stand verlegen herum, als hätte ihm Jannakopoulos diesen Besuch bei Xylas aufgenötigt.
Der Glockenschmied werkte noch eine kleine Weile mit Meißel und Zange vor sich hin, als wäre er allein. Ohne sich von der Stelle zu rühren, betrachtete Roussias die Ware – helle Glöckchen, dunklere Glocken und Riesenglocken sowie das gehörnte Radio, das nach den Nachrichten einen Schwall von Werbesprüchen über Viehfutter und eintägige Schiffsrundreisen ausspuckte.
»Dein Cousin ist am zehnten Tag nach seiner Hochzeit zum Mörder geworden. Mit neunzehn«, sagte Xylas und stellte das Transistorradio ab.
»Ich weiß. Ich weiß auch, daß Sie dabei waren«, sagte Kyriakos nach einer Weile.
»Da hat man dich falsch informiert.«
»Es war Jannakopoulos.«
»Aha, der Professor mit der Lyra«, bemerkte er vielsagend.
»Weiß er etwa nicht Bescheid?«

»Ja doch, er weiß Bescheid.«
»Er hat gesagt, Sie hätten gesehen, wie mein Vater getötet wurde.«
»Stell den Satz etwas um.«
»Was meinen Sie?«
»Ich habe gesehen, wie dein Vater getötet hat.«
Was suche ich bloß hier, fragte sich Roussias, als wäre mit einem Schlag jede Lebenskraft aus ihm gewichen. Er schloß die Augen und fühlte etwas, dessen Existenz die Physiker zwar leugnen, dessen Bedeutung für das Alltagsleben sie jedoch nicht anzweifeln: eine Seele, und zwar seine eigene Seele, knochenhart wie nasser Zement, die ihm die Brust zu sprengen drohte. Schwer wie Zement war auch seine Zunge. Kein Wort brachte er hervor. Was hätte er, der ein Leben lang die schmerzlichen Einzelheiten sorgfältig gemieden hatte, auch fragen sollen?
Die Falle war in diesem dunklen Loch voller Dreck und Gestank zugeschnappt. Er, ein Hüne, der mit dem Kopf die zum Verkauf bestimmten, von den Balken hängenden Glocken berührte, war darin gefangen. Er blieb wie angewurzelt stehen und starrte auf Xylas, der einen anderen Sender suchte, einen mit Livediskussion, und sich dann über die Werkbank beugte, um weiter zu hämmern und zu klopfen.

Chania war Roussias weder in der Sommer- noch in der Wintersaison vertraut. Im allgemeinen schenkte er den Städten keine besondere Beachtung. In Amerika war er mit dem Studium und später seiner Arbeit beschäftigt. In Europa, in Asien oder wohin er sonst auch reiste, beschränkte sich sein Interesse auf wissenschaftliche Tagungen. Und wenn er abends allein ausgehen wollte, dann um seine Kopfschmerzen loszuwerden, indem er einen langen Boulevard entlangschlenderte, auf der linken Straßenseite hinunter und auf der rechten wieder

herauf, ein paar Biere trank und zurück ins Hotel ging.
Die roten Hibiskussträucher, das Gewimmel auf den Einkaufsstraßen, die auf den schmalen Bürgersteigen vor den Läden aufgereihte Handelsware – Ventilatoren, metallene Mülleimer und Bastmatten für den Strand – überboten sich an jenem Mittag an Eindrücken, um Roussias' Aufmerksamkeit so weit zu fesseln, damit er Xylas' Worte vergaß. Doch vergeblich.
Er ging in die Markthalle, um Tomaten zu kaufen, doch seine Gedanken waren abgelenkt, und er vergaß es. Nur einmal blieb sein Blick zwei Minuten an einem weiblichen Trio hängen, das Eiswaffeln in Händen hielt – zwei Teenager, die ihre Mutter in die Mitte genommen hatten, die Maros Profil, Maros Haar- und Hautfarbe, Maros Gang hatte. Roussias tastete mit seinen Augen die Beine der Frau ab, schöne sonnengebräunte Beine, doch ein Muttermal in Form einer Träne konnte er nirgends entdecken.
»Gott sei Dank«, sagte er zu sich. Wenn es die ehemalige Mitschülerin gewesen wäre, hätte er sie bestimmt enttäuscht. So ungesellig, wie er sich fühlte.
Er hatte keine Lust auf Begegnungen und Begrüßungszeremonien. Sein Blickfeld trübte sich ein und nahm keine Menschen mehr wahr, so als wären seine Brillengläser zerborsten, um ihm ihren Anblick zu ersparen. Das ging so weit, daß er schließlich planlos umherirrte auf der Suche nach der Farbenhandlung Tsinevrakis, die nur drei Quergassen weiter unten links lag.
Als ihn seine Mutter, im Oktober 1991, zum zweiten Mal in Amerika besuchte, trug sie den Dosendeckel der hellgrünen Ölfarbe in ihrer Handtasche bei sich, um nach ihrer Rückkehr über den Antlantik, bevor sie wieder ins Dorf hochfuhr, genau dieselbe Farbe in Chania zu kaufen. Aus Ordnungsliebe, Gewissenhaftigkeit und Disziplin hielt sie bestimmten Farben die Treue. Den

wenigen, die im Schwarz ihres Lebens einen bleibenden Platz gefunden hatten.

Anfang der sechziger Jahre war jenes zarte Grün zum ersten Mal an der niedrigen Gartentür der Familie Strilingas aufgetaucht und kam so gut an, daß im Verlauf der folgenden zwei Monate nahezu alle Fenster und Türen der Hochebene im gleichen Farbton gestrichen wurden. Fünfunddreißig Jahre danach sahen die meisten immer noch so aus. Die Hausbesitzer küßten den Dosendeckel und suchten in der Farbenhandlung in Chania nach stets demselben Grünton.

Roussias hatte die Bestellung seiner Mutter im Ohr und den Deckel, eingewickelt in ein Nylonsäckchen, in der Hosentasche. Erst führte er den Auftrag aus, dann kaufte er einen Fotoapparat der Marke Nikon mit Zoom und mietete einen Nissan. Für zwei Tage, wie er der Angestellten erklärte, um einmal im Libyschen und einmal im Kretischen Meer zu baden.

Auf dem Rückweg ins Dorf hielt er ein paar Minuten an, denn die Hochebenen wirkten von dort oben wie ein Kinofilm auf einer breiten Leinwand, und er bereute, daß er seine Videokamera nicht dabeihatte. Statt dessen machte er ein paar Aufnahmen mit der Nikon. Der besondere Farbton der Fenster und Türen spielte sich beim Blick durch die Linse unbestritten in den Vordergrund.

Im selben Grünton, der Farbe von Krautköpfen ähnlich, war auch die Haustür des Cousins gestrichen, ebenso die Eternitplatten, welche die Garage des Rohbaus überdachten. Eine Garage ohne Wagen, da der Kurze nur über ein Mofa verfügte, ein uraltes Modell.

Am nächsten Tag, im Morgengrauen zu Freitag, dem einunddreißigsten Juli, zogen Nebelschwaden dahin, und ein Steinadler flog gegen den Wind. Um sechs Uhr morgens lag Winterstimmung über der Hochebene von Pagomenou, um acht Uhr ein Hauch von Herbst unter niedrig hängenden Wolken, und um zwölf glühten die Berge, dampfte der Asphalt, blendete die Sonne des Hochsommers.

Das durchdringende, gar nicht fahle Mittagslicht, das nur in seiner Erinnerung die tatsächliche Leuchtkraft eingebüßt hatte, ermüdete ihn.

Das Elternhaus, im Jahr 1820 erbaut, hatte vier Fenster, schmal wie Schießscharten. Zwei weitere rechteckige Öffnungen wirkten wie winzige Badezimmerfenster. Es sah aus, als harrte es blinzelnd aus, bis ein wenig Morgenrot oder Abendlicht durch die Ritzen fiel.

Der Hof war angenehmerweise nach beiden Himmelsrichtungen offen, und Roussias brauchte nur zu wählen und den Liegestuhl einmal in diese und dann in jene Richtung zu wenden. Es war Nachmittag, und er aß Obst, Pflaumen. Denn bevor sich seine Mutter Wassermelonen gönnte, wartete sie lieber ab, bis der Kilopreis auf dreißig Drachmen gesunken war. Der verstorbene Ehemann war anders geartet – freigiebig, wenn nicht gar verschwenderisch. Er verschenkte Geld und bezeichnete seine Frau als Geizkragen. Er erinnerte sich, wie sehr sein Vater es liebte, Geld hinauszuwerfen, mit der Fähre *Heraklion* oder *Phaistos* nach Piräus zu reisen, für eine knappe Woche ein Zimmer in einem Hotel zu mieten und die Schiffe zu beobachten, wie sie aneinander vorbei ein- und ausliefen, und ihrem Horn zu lauschen.

So zumindest erzählte er Marina, für die er eine offene Schwäche hatte. Eine heimliche Schwäche hatte er für die erstgeborene Antigoni. Wie war es möglich, daß ein junger Mann von seiner Hand ermordet worden war? Roussias ließ den Teller sinken.

Das Obst und die Auskünfte, die er erhalten hatte, hinterließen einen bitteren Nachgeschmack.

Er legte seinen Kopf in den Nacken, in der Hoffnung, von seinem Platz im Liegestuhl aus weiter drüben etwas zu sehen, das ihn ablenken würde.
Es war ein Freitag, der nicht nur von den Bewohnern der Hochebenen lange erwartet worden war. In verschiedenen Vierteln von Pagomenou war seit dem frühen Morgen ein lebhaftes Treiben im Gange, Frauen aus der Gegend und auch Zugereiste überquerten Straßen und Felder mit Kleiderbügeln in der Hand, auf denen gebügelte Hemden hingen. Ein hellgrüner alter Kleintransporter der Marke Hanomag lieferte große Kessel mit Essen an, während Besucher die Umgebung und sich gegenseitig fotografierten. Charidimos Parajoudakis, aus vielen Gründen ein bekannter Name, hatte das *Nails* an der Küstenstraße an diesem Tag geschlossen und sich in die Berge aufgemacht, um höchstpersönlich die Hände der Damen zu verwöhnen, die dort zu Gast waren und ihn telefonisch herbestellt hatten. Die Gegend hallte wider vom »Herr erbarme dich unser«, vom »Los, Bill« und »Auf geht's, Apostolos«, während Elektriker aus Chania Steuerpulte und Lautsprecher miteinander verkabelten, damit die Taufe aus der Kirche des heiligen Nikitas sowie das besondere künstlerische Begleitprogramm, das im Anschluß daran auf einer zehn mal fünfzehn Meter großen Bühne dargeboten werden sollte, ordentlich übertragen werden konnten.
»Das dreijährige Kind hat ein Rasseln über der Brust, hoffentlich verkühlt es sich nicht im Taufbecken«, sagte seine Mutter, als sie ihre Betriebsamkeit unterbrach und den vergitterten Polizeiwagen der Sondereinheit beobachtete, der neben dem alten Dreschplatz der Einarmigen parkte, sowie die vierzig Uniformierten, die gutgelaunt herauskletterten und es sich in den Kafenions gemütlich machten.

Die Tsapas und die Sgouri, zwei große Familien, die seit langem miteinander verfeindet waren, hatten vor dem Krieg vier Opfer zu beklagen, zwei auf jeder Seite. Nach dem Krieg war eine Person einer Messerstecherei und eine andere einer Schießerei zum Opfer gefallen. Beide überlebten, trugen jedoch schwere bleibende Schäden davon. Hinzu kam Viehdiebstahl, die Schändung von Olivenbäumen und das Verwüsten von Äckern. Und die Feindschaft nagte immer weiter an den Herzen.
Am Abend des einunddreißigsten Juli 1998 wollten sie dem Spuk der Vergangenheit durch eine Doppeltaufe ein Ende setzen. »Jetzt sind sie bei den Morden und bei den Taufkindern quitt«, meinte Theofanis.
Er hatte den Wandel der beiden Familien aus nächster Nähe miterlebt. Tsapas, ein jüngerer Mitschüler von Kyriakos aus der Grundschule, baute Jahr für Jahr mehr Bungalows an der Südküste, während Sgouros eine Kette von Fleischereien an der Nordküste aufzog, die aus Westeuropa importiertes Rindfleisch verkauften. Da stand eine Menge Geld auf dem Spiel. Beide brauchten ein neues Image, das bei den Banken Vertrauen erweckte.
Die Entscheidung zur Versöhnung war mit der Vermittlung des Metropoliten von Lambi und Sfakia vor Jahren bereits eingeleitet worden. Damals, als Sgouros' Frau beinahe zum vierten Mal eine Fehlgeburt erlitten hätte. Man wartete also die Geburt ab, danach die Entlassung eines Schwagers aus dem Gefängnis, um aus Chania und Heraklion, wo beide Familien mittlerweile wohnten, die kleinen Töchter ins Dorf zu bringen, die inzwischen fünf und drei Jahre alt geworden waren.
Das war dieser Tage das Hauptgesprächsthema in den Kafenions und Wohnhäusern.

»Legst du dich hin?« fragte die Mutter Kyriakos.
»Eher nicht.«
»Schläfst du gut?« beharrte sie.
»Wunderbar.«
»Ich werde Antigoni um ein unbenutztes Polster bitten, damit du besser schläfst«, sagte die alte Frau, hielt kurz inne, nahm dann den Teller mit den übriggebliebenen Früchten mit ins Innere des Hauses und zog sich zur Siesta zurück.
Kyriakos blieb draußen sitzen. Aus dem Augenwinkel beobachtete er drei junge Männer aus dem Dorf, die sich einheitlich in Pumphosen gekleidet hatten, mit ihren Mopeds auf die Kafenions des Fuhrwegs zurasten und durch ihr Geschrei und Gehupe Aufsehen erregten.
Genau zur rechten Zeit erschien Metaxia, außer Atem und klatschnaß geschwitzt landete sie wie ein Vogel in den Armen ihres Onkels, und beide schauten den drei Cowboys aus den kretischen Canyons zu, bis sich das Gezeter, das sie von sich gaben, und der Staub, den sie aufwirbelten, wieder gelegt hatte.
»Kennst du die?« flüsterte ihr Kyriakos fragend ins Ohr.
»Also jetzt fang nicht du auch noch an«, warf ihm die Kleine zu und schloß die Augen, doch ihre kindlichen Brüste wogten unter dem hellblauen Baumwolleibchen und gaben ihr süßes Geheimnis preis. Das entging auch Metaxia nicht, und so hielt sie, mit geschlossenen Lidern, den Atem an, bis ihr Kopf rot wie eine Tomate wurde. Dabei klammerte sie sich Trost suchend an den Arm ihres Onkels.
»Du hast zwei Wirbel im Haar, also wirst du zweimal heiraten«, sagte Kyriakos, während er ihren Kopf an seiner Brust musterte.
»Ausgeschlossen, daß ich einen anderen Mann heirate«, entgegnete sie kurz darauf. Sie wollte ihren heimlichen Geliebten verteidigen, denn sie hatte einen guten

Grund, weshalb sie sich ihrem Onkel gegenüber offenbarte.

»Onkel Kyriakos, fährst du mich morgen nachmittag nach Souda, jetzt, wo du einen Mietwagen hast?«

»So weit?«

»Um acht geht die Fähre, auf der Chrysostomos' Bruder abfährt, um seinen Militärdienst anzutreten.«

»Er selbst fährt aber nicht weg, oder?«

»Er wird mit uns kommen. Dann werde ich ihn dir vorstellen. Er hört nur *Massive Attack*. Er ist auch noch nach etwas ganz anderem verrückt. Aber ich geniere mich, es dir zu erzählen.«

»Welcher von den dreien war denn Chrysostomos?«

»Der auf dem dritten Moped.«

Hatte Roussias überhaupt Zeit für die Liebesgeschichten seiner Nichte und die Heiratsangelegenheiten der Dorfbewohner?

Er hatte keine Zeit dafür. Und auch keine Lust darauf. Aber er hätte gerne beides gehabt und wäre gerne dem tagtäglichen Zwang entflohen, den Computer anzuschalten und Fachzeitschriften zu studieren. Was er vor allem tat, um nicht wieder an das Bild seines Vaters denken zu müssen, und an das seines Opfers und seines Mörders. Drei Porträts, die er mühsam vergessen hatte.

»Was hast du, Onkel?«

Statt einer Antwort strich er ihr über die Wange.

An jenem Abend, als die Taufe in der Kirche des heiligen Nikitas und das nachfolgende Fest stattfanden, beherbergte der Ort mit den sonst fünfhundertvierzig ständigen Einwohnern zweitausend Gäste, eine wahre Völkerwanderung.

Teil nahmen, wie der Lautsprecher verkündete, zehn Prälaten, ein Ex-Premier, zwei amtierende Minister, sieben Parlamentsabgeordnete, ein belgischer EU-Funktionär mit seiner vierten Ehefrau, verschiedene aus den Medien bekannte Gesichter, ein stellvertretender Direktor des Mobilfunkunternehmens Panafon, der aus der Gegend stammte und an die zwanzig Handys an Hirten verschenkt hatte, allgemeine Führungskader und hochrangige Würdenträger, die *Miss Star Hellas* und die *Miss International Tourism*, die beide aus Kreta stammten, einige überlebende Ausländer aus der Schlacht von Kreta, die bei solchen Gelegenheiten unabdingbar waren, sowie der aus dem Dorf stammende Forscher von internationalem Rang Kyriakos Roussias.

Der saß am einen Ende des für die Ehrengäste reservierten Tisches, lauschte Vor- und Zunamen sowie Berufsbezeichnungen, schüttelte Hände, steckte Visitenkarten ein und verteilte seine eigenen. Es hatte sich herumgesprochen, daß sein Besuch auf Kreta dem Ende zuging, und viele meinten zu ihm: »Möge es der Herr verhüten, daß wir Sie aufgrund der schlimmen Krankheit in Amerika aufsuchen müssen.«

»Möge es der Herr verhüten, aber Sie sind trotzdem willkommen«, ermunterte er sie mit einem Lächeln.

»Wann genau reisen Sie ab? Ich meine, vielleicht schaffen wir es, Ihnen zu Ehren einen Empfang zu geben, das sind wir Ihnen schuldig«, schlug der Abgesandte der Präfektur vor. Kyriakos dankte ihm, und mit einem Verweis auf seinen zeitlich begrenzten Aufenthalt lehnte er die Idee eines Empfangs ab, ebenso wie den Vorschlag eines schönen Fernsehporträts im *Kriti TV*.

Bevor das mit wissenschaftlicher Akribie zubereitete Pilaf von Tsapas' Ehefrau zu Ehren kam, drängelte sich jede Menge Volk um die Tische der Ehrengäste, das über drei Ecken miteinander verschwägert, befreundet oder politisch verbändelt war. Viele waren darunter, die sich nur vage kannten oder einander so gut wie unbekannt

waren. Da stahl sich Roussias diskret zu den Tischen der übrigen Gäste, denn er wollte ein wenig neben Mutter und Schwester sitzen und seine Blicke ungestört umherschweifen lassen.
»Familien, die wegen ihrer Toten noch eine Rechnung offen haben, lassen sich gern am anderen Ende der Welt nieder«, meinte Antigoni und deutete auf die Tsapas und die Sgouri, die nach jahrzehntelanger Abwesenheit aus Montana, Melbourne und Montevideo angereist waren.
Alle nahmen nacheinander die Mädchen in den Arm, und die Gesichter versanken in den weißen Spitzenkleidchen. Es waren zwei blauäugige, verzogene Püppchen, die eine war samstags, die andere sonntags geboren, und ihre Zukunft zeichnete sich in den rosigsten Farben ab.
Dienstags wird das besonnene Kind geboren, mittwochs das mutige, donnerstags das glücklose, freitags das fremde, samstags das langlebige und sonntags das reiche, so sang der erste der vierzig Violinisten, Lagouto- und Lyraspieler, die aus Chania, Rethymnon, Heraklion, Lasithi und Miami zusammengetrommelt worden waren. Als einundvierzigster würde Jannakopoulos die Lyra malträtieren, der sich unentgeltlich zur Verfügung gestellt hatte, um sich die einzigartige Gelegenheit nicht entgehen zu lassen.
Kyriakos fielen die beiden Mütter ins Auge, die einander die Haare toupierten und mit Haarspray besprühten, bevor sie das Halstuch für den Syrtos ergriffen, das ihnen Sgouros entgegenstreckte. Schöne, reife Frauen, deren Hüften und Brüste während des Tanzes auf und ab wogten. Genau in diesem Augenblick erfolgte das Signal für den Salut. Die Hälfte der Gäste trug Waffen bei sich und innerhalb kürzester Zeit schien die Hochebene von Pagomenou abzuheben und davonzuschweben. Ein Re-

gen von Patronenhülsen ging nieder, eine Detonation folgte der nächsten und hallte tausendfach von den elf umliegenden Bergen wider.
Die einzigen, die nicht schossen, waren die Polizisten der Sondereinheit. Laut Einsatzbefehl beschränkten sie sich darauf, Zuschauer zu bleiben.
Roussias zählte die Waffen. Etliche Politiker in hellen Leinenanzügen agierten, als wären sie einem Western entsprungen. In seiner unmittelbaren Nähe leerte eine blonde, sonnengebräunte Vierzigjährige in schulterfreier Abendrobe ihren Revolver bis auf die letzte Kugel und machte es sich danach mit einer Zigarette gemütlich. Weiter drüben teilte ein Trupp junger Männer Kugeln untereinander auf. Die Exilkreter waren die Schlimmsten. Sogar Tsapas' achtzigjährige Mutter, die einstige Braut aus der Erzählung seiner Patentante, die so zart war wie ein Windhauch, feuerte einen Schuß ab. Kyriakos selbst spuckte zwei Patronenhülsen aus, die in seinem Pilaf versunken waren.
Es kam ihm vor, als wäre ihm plötzlich ein ganz anderes Kreta serviert worden. Liebend gern hätte er sich nach Hause abgesetzt, hätte sich hingelegt und Chatsiantoniou angerufen.

»Schön, daß du uns die Ehre gibst«, hörte er jemand sagen, und eine schwere, breite Hand legte sich fast zärtlich auf seine Schulter. Er wandte sich um. Es war Tsapas, der Lust auf eine Unterhaltung hatte. »Gehen wir ein bißchen spazieren«, schlug er vor, und Roussias, der sich nach einem persönlichen Gespräch sehnte, erhob sich bereitwillig. Die beiden hochgewachsenen, schlanken Männer bahnten sich einen Weg durch die Menge, wobei sie vergeblich versuchten, nebeneinander Platz zu finden. Überall wogten die Menschenmassen, hinzu kamen PKWs, Reisebusse, Motorräder und drei Verkehrspolizi-

sten an verschiedenen Ecken, die ihrerseits mit Trillerpfeifen Randale machten.
Tsapas verständigte sich durch ein Kopfnicken mit einem Polizeibeamten und ließ seinen Gast in den Wagen der Sondereinheit einsteigen, dessen Fahrer gerade den Knochen aus einem Hähnchenschenkel löste und ihnen bedeutete, sie könnten auf dem hinteren Sitz Platz nehmen und in aller Ruhe reden.
Vom Wagenfenster aus konnten sie das ganze Festgelände überblicken.
Die Hochebene von Pagomenou wirkte wie ein Raumfahrtzentrum aus einem Kinofilm, dessen Besatzung den *Krieg der Sterne* probte.
Tsapas war ein schöner Mann mit dunklen Augen und dunklen Lippen. Er lehnte sich in den Sitz zurück und machte es sich gemütlich.
»Willst du eine Pyramide planen, dann wende dich vertrauensvoll an mich«, hob er an. »Willst du einen Berg abtragen, dann wende dich an mich«, fuhr er dann fort. In der Folge erklärte er, er habe die Geometrie in der Praxis erlernt, indem er fünfzehn Stunden täglich an der Seite seiner albanischen Arbeiter eimerweise Mörtel schleppte, und deutete vage aus dem Fenster. Weiters gehe es um die Knüpfung von Geschäftsverbindungen und die unvermeidliche Großzügigkeit gewissen Leuten gegenüber, die er mitten in der Menge wiederum nur andeutete. »Vom letzten Dorftrottel zum ersten Bauunternehmer«, schloß er ohne Arroganz.
Kurz hörten sie den Melodien aus Mylopotamo zu, den improvisierten Versen über frierende Nachtigallen und unermüdliche Witwen. »Heute abend hat das Ganze durch die Politiker andere Dimensionen bekommen«, meinte der Bauunternehmer. »Die Ausgaben haben alle unsere Planungen gesprengt. Tja, friedliches Zusammenleben ist teuer. Auch Sgouros hat mich angerufen, er sei

völlig abgebrannt, und bei mir werden im nächsten Monat Wechsel über dreißig Millionen fällig.«
Doch er hatte Roussias nicht in den Polizeiwagen zu einem Gespräch eingeladen, um sich Geld von ihm zu leihen, und auch nicht, um ihn festzunehmen.
»Heute ist ein ganz besonderer Abend. Der Kreis schließt sich. Und den Schlußpunkt setze ich höchstpersönlich.«
Er verstummte für ein paar Minuten, dann fuhr er fort: »Man behauptet, ich hätte '85 drei Millionen springen lassen, damit einer meiner Schwager einen von den Sgouri verletzt, und jetzt täte ich so, als wäre nichts gewesen, weil ich Subventionen und Darlehen bekäme.«
Roussias beschlich ein seltsames Gefühl, denn er verstand nicht, worauf sein ehemaliger Mitschüler mit seinen Eröffnungen hinauswollte. »Tsapas, warum erzählst du mir das alles?« machte er nun zum ersten Mal den Mund auf.
»Es ist schwierig, das alles einem Verwandten zu erzählen«, meinte Tsapas. Diese Ansicht teilte Roussias, denn innerhalb der Familien fiel es schwer, offen miteinander zu reden. Selbst wenn nur die Augen etwas aussprechen wollten, zogen sich die anderen bereits in sichere Entfernung zurück. Das hatte er bei seiner Patentante erlebt, das erlebte er nun bei seiner Mutter, das hatte er auch bei anderen Gelegenheiten erfahren, es war überall das gleiche.
»Los, erzähl«, nickte ihm Roussias geduldig zu.
Tsapas deutete zunächst mit den Augen und dann mit dem Finger auf irgendeinen fernen Punkt in der Dunkelheit. Er sagte nicht, worauf er hinauswollte, doch Roussias begriff, daß er sein Elternhaus meinte – ein kleines, zweistöckiges Steinhaus, an das er sich gut erinnern konnte.
»Vor elf Jahren bin ich aus Chania ins Dorf gefahren, es

war März, ich kam allein und wollte meine Großmutter sehen, Anastassia, die Naschkatze, du hast sie noch gekannt. Ich hatte ihr gefüllte Kekse, Gioconda-Pralinés und in Sirup getränkte Spritzkuchen mitgebracht. Ich fand sie auf dem Diwan vor, sie lag in den letzten Zügen, sie war neunzig. Ich wollte ihr das Nachthemd aufknöpfen, damit sie besser Luft bekam, doch sie wurde zornig, hielt meine Hände fest. Halbtot leistete sie noch Widerstand. Sie wollte ihre Schärpe verstecken, die sie, seitdem sie Witwe geworden war, sechzig Jahre lang unter ihrer Kleidung direkt auf der Haut getragen hatte. Darauf waren die Namen ihrer getöteten Verwandten eingestickt. Nachdem sie gestorben war, zog ich sie aus und warf die Schärpe, ein drei Meter langes Stoffteil, ins Herdfeuer. Kein Mensch hat je danach gefragt. Kein Mensch wußte von ihrem Unterkleid. Nicht einmal Panajota habe ich davon erzählt.«

»Und warum erzählst du es mir?«

»Du bist jemand, der Leben rettet. Ich habe davon gelesen. Die Zeitungsausschnitte habe ich aufgehoben. All die Jahre habe ich immer wieder an dich gedacht. Ein paarmal war ich drauf und dran, dir zu schreiben.«

Sie plauderten ein wenig über alte Mitschüler. Einige waren auf dem Fest, und Roussias hatte ein paar Worte mit ihnen gewechselt. Volakakis mit den roten Backen war als junger Soldat auf dem Flugfeld von Nikosia während der türkischen Invasion im Jahr '74 umgekommen. Jorjia, die kesse Sohle, hatte nach Portugal geheiratet. Diamanto, das Mannweib, hatte einen Piloten der Lufthansa geheiratet.

»Und Maro Kavi?« wollte Kyriakos wissen. »Die mit dem rötlichen Haar, die Hübsche?« Hier nannte er ihr Haar nicht pfirsichfarben.

»Die hat dir also gefallen ...«, stellte Tsapas fest.

Kyriakos lächelte und machte eine Handbewegung, das

seien alte Geschichten. In der Tat sehr alte Geschichten, stimmten beide überein. Die Liebesgeschichten aus der Schulzeit waren längst verblaßt, die jungen Frauen hatten die Berge Hals über Kopf verlassen.

»Du hast mir aber nicht gesagt, wovon du mir in dem Brief schreiben wolltest«, fragte Roussias.

»Vom Kurzen.«

Nach Xylas war nun Tsapas der nächste, der die Erinnerung nicht ruhen lassen wollte.

»Ein Schwager von mir saß eineinhalb Jahre, 1975-76, in Alikarnassos im selben Gefängnistrakt wie dein Cousin. In den Gefängnissen wird gefragt, mit wem man Familienzwistigkeiten hat, und dann verlegen sie einen anderswohin.«

Roussias entgegnete nichts, hörte aber, wie Tsapas ergänzte, er habe den Kurzen irgendwo auf dem Fest gesehen. Zudem sei die ganze Hochebene eingeladen. Die eine Hälfte sei seine Gäste, die andere Sgouros'. Er fragte Kyriakos, ob er ihn an einem der Tische gesehen hätte, was Roussias verneinte. Das Hin und Her der Fragen und Antworten setzte sich noch eine Weile fort, wobei die flatternden Augenlider des Amerikaners auf die Menschenmenge gerichtet blieben.

»Hast du ihn noch gar nicht gesehen?«

»Nur von weitem.«

»Und seine Großmutter?«

»Ebenso.«

Von seinem Besuch im Häuschen an der Schlucht würde keiner erfahren.

»Und seine Frau, hast du die gesehen?« setzte Tsapas nochmals nach, mit einem leichten Zögern in der Stimme.

»Auch sie nur aus der Ferne«, entgegnete Roussias gleichmütig und ließ Tsapas seine Geschichten weitererzählen. Immer wenn dem Kurzen etwas schiefgehe, laufe

er im Morgengrauen zum Kafenionwirt, betrinke sich und gröle: »Wenn doch der andere aus Amerika zurückkommen und mich umlegen würde!«
Der Cousin war vermutlich der erste und einzige auf dem ganzen Erdball, für den er sowohl Racheengel als auch Retter vor den weltlichen Qualen war, dachte Roussias und erinnerte sich ganz genau daran, mit welch schlagkräftigen Worten seine Großmutter, die Rethymniotin, seine Eltern und auch ihn selbst, damals im Alter von sieben oder acht Jahren, bedacht hatte: »Die Mutter läßt sich für dumm verkaufen, der Vater ist dümmer, als die Polizei erlaubt, und der Sohn ist zu dumm, einen Eimer Wasser umzustoßen.«
Erst als sie die Schwiegertochter auf ihre Seite gebracht hatte, auf die Seite der Miesmacherinnen und Nörglerinnen nämlich, ließ sie sie in Ruhe. Während sie sich Luft zufächelte, begnügte sie sich damit, in Gedanken versunken, aber durchaus hörbar aufzuseufzen: »Der Vater ein Landei, der Sohn ein Weichei.«
Roussias geriet tatsächlich nie außer sich. In den NIH ließ er mit stoischer Ruhe die Grabenkriege in den Laboren über sich ergehen. Als einer seiner Mitarbeiter vor vier Jahren die Daten einer gemeinschaftlichen Arbeit, an der sie sechzehn Monate lang gesessen hatten, vom Computer löschte, wofür er von Roussias' Konkurrenten hoch bezahlt worden war, und nach Griechenland abreiste, um einen Lehrstuhl anzutreten, als wäre nichts geschehen, erstattete Roussias keine Anzeige. Er machte das miese Verhalten auch in der wissenschaftlichen Kollegenschaft nicht publik, obwohl sämtliche Jorgos vor Wut schäumten und ihn vergeblich bestürmten, er möge den Drecksack fertigmachen, den Arsch in Grund und Boden stampfen, ihn auf die schwarze Liste setzen lassen. »Dann leidet der Ruf aller Griechen«, hielt er dagegen. Für die Folgen hielt er seinen eigenen Kopf hin,

und die Angelegenheit wurde unter den Teppich gekehrt.
Auch in seinen Privatangelegenheiten war er im Alter von fünfundzwanzig, von fünfunddreißig und auch von vierzig Jahren stets zurückhaltend, um nicht zu sagen distanziert. Nur ein einziges Mal verlor er der Texanerin gegenüber die Beherrschung, und die Frau weinte vor Freude, als er vor ihren Augen wutschnaubend die Türen zuschlug. Sie kochte auf der Stelle Lasagne, lud Gäste ein und feierte Kyriakos' Gefühlsausbruch. Den ganzen Abend lang wiederholte sie sichtlich erleichtert die beiden Flüche, die er ihr an den Kopf geworfen hatte, *you basted my balls* und *you crazy bitch*, und deutete auf die Vase mit den Tulpen, auf die er seinen Schlüsselbund geschleudert hatte.
»Bist du immer so schweigsam?«
»Berufsbedingt. Durch die Arbeit im Labor, durch stilles Beobachten und Nachdenken, wird man zum Asketen.«
Tsapas sah drein, als bringe ihn die Antwort zum Nachdenken, als versuche er, sich das Labor bildlich vorzustellen. »Vielleicht studiert in zwanzig Jahren meine Tochter auch in Amerika«, sagte er. Er selbst hatte es nur bis in die erste Klasse des Gymnasiums geschafft. Da er bewaffnet in die Schule kam und wild um sich schoß, hatte man ihn auf Lebenszeit von allen Schulen des Landes verwiesen. Daran konnte sich Roussias erinnern.
Der Abend war fortgeschritten, Tsapas sprang auf und strich die Falten an seinem Anzug glatt. Es sah aus, als würde er ihn gern lossein und sich in seiner Arbeitskleidung oder ein Paar kurzen Hosen viel wohler fühlen.
»Bald sind die kretischen Kunstlieder an der Reihe, gehen wir. Laß uns Chnaris zuhören, der verdient eine Menge Geld. Chnaris. Minos Chnaris. Sagt dir der Name etwas?«

Sie stiegen aus dem Polizeiwagen und reichten sich die Hände. Tsapas eilte in seiner Eigenschaft als Gastgeber zum Tisch der Ehrengäste, doch Roussias folgte ihm nicht. Chnaris' bekannt nasale Stimme, die zwar an jugendlicher Kraft verloren, doch an reifem Ausdruck gewonnen hatte, schlug zweitausend Zuhörer in ihren Bann. Bis er sein Instrument gestimmt hatte, war überall zu hören: »Psst, Chnaris singt gleich, Ruhe jetzt, laßt die Kinder nicht herumlaufen!« Die Nacht in der Hochebene erreichte ihren Höhepunkt, als sich die Väter von Anastassia und Vassilia, den beiden Taufkindern, auf der Tanzfläche verausgabten.

Chnaris' Repertoire war auf die Bedürfnisse der bunten Menschenmenge abgestimmt. Es war ein künstlerisches Programm für Verlobungen, Hochzeiten und Taufen mit vielen Syrtos-Tänzen und Liederpotpourris über die Heilige Jungfrau, über unberührte Brüste, über Bräute und Schwiegermütter, über Wilderer und Männer, die dem Tod unbeugsam ins Auge blickten. Es waren Lieder, die alles und jeden auf den Arm nahmen, an erster Stelle sich selbst. Roussias achtete auf den Text, besonders auf einige artige Reime über Charos, den Tod, die klangen, als kenne ihn der Sänger seit seiner Militärzeit, während gleichzeitig sein Blick über die Gesichter der Dorfbewohner schweifte, in dem Gefühl, sie im selben Augenblick zum ersten und auch zum letzten Mal zu sehen.

»Da ist er.«

Metaxia trug einen weißen Minirock, hatte sich kräftig parfümiert und spielte alle weiblichen Trümpfe aus, nachdem ihre Eltern und die Großmutter gegangen waren. Sie blieb neben ihrem Onkel stehen und kniff ihn in den Arm, bis er sich einer Gruppe junger Männer in blauen Pumphosen zuwandte, die ihr Tanzprogramm beendet, die Kopftücher und Gilets abgelegt hatten, und nun Bier tranken, während sie Chnaris' Lyraspiel lauschten.

»Schon wieder Chrysostomos? Du hast ihn mir doch schon vorhin gezeigt.«

»Ich meine einen anderen«, sagte seine Nichte und deutete mit den Augen auf ihn. »Auf dem Oberarm hat er eine längliche Landkarte von Kreta eintätowiert. Igitt, wie geschmacklos!« fügte sie hinzu und machte sich aus dem Staub.

Roussias wandte sich zu einer hell erleuchteten Kermeseiche um, und sein Blick fiel auf das Gesicht des anderen. Er saß ziemlich weit entfernt auf einem Mäuerchen, zwischen seiner Frau und seiner Großmutter. Roussias hatte den Eindruck, als sähe der Cousin auch ihn an, denn auf seinem Gesicht machte sich so etwas wie Erleichterung breit.

Schnell wandten beide den Blick ab.

»Und nun zu unserem letzten Lied«, ließ Chnaris verlauten. »Es handelt sich um den alten lokalen Erfolgshit *Der Jüngling und der Tod.*«

Roussias hörte das Flüstern, das sich im Hintergrund erhob, und sah, wie etliche Frauenaugen aufblitzten. Als Chnaris zu Ende gesungen hatte, wurde die Großmutter des Kurzen ohnmächtig, und ein kleiner Aufruhr entstand. »Einen Arzt!« rief eine Frau, doch der Enkel erlaubte nicht, daß jemand sie anrührte. Er erfrischte sie mit ein wenig Wasser, hob sie auf seine Arme und machte sich, gefolgt von seiner Frau, davon.

Die Kalogridaki, ihre Koumbara, bekam den Zwischenfall mit, doch sie schloß sich ihnen nicht an, da sie zum Abwasch und zum Verteilen der Xerotigana, mit Nüssen bestreuter Honigröllchen, eingeteilt war.

Diejenigen, die Waffen trugen, begrüßten den Beginn des

Programmteils mit den kretischen Kunstliedern entsprechend, während ein Prachtweib aus Heraklion in einem Kostüm von Gaultier, wie sich schnell herumsprach, die Bühne betrat. Sie tourte über die Insel in der Hoffnung, schnelles Geld zu machen und ihre neueste Platte zu promoten. Als Kyriakos sah, daß sein Platz besetzt war, stahl er sich davon.

In jener Nacht nun, als fünftausend Kugeln verschossen wurden und die Nachtschwärmer die Hochebene beinahe in die Luft gejagt hätten, als unmittelbar vor dem Beginn der Fastenzeit, vor dem Marienfest am fünfzehnten August, siebzig Lämmer, hundert Hähnchen, zwölf Laibe Graviera, drei Säcke voll mit Reis der Marke Blue Bonnet und viertausend Blätterteigpasteten verspeist wurden, kam es schließlich dazu, daß Kyriakos Roussias nur zehn Meter entfernt seinen Cousin erblickte, den Mörder seines Vaters.

Roussias hatte sich eilig entfernt, denn er wollte Jannakopoulos meiden, wählte den Weg hinter den dicken Platanenstämmen und den fünf Maulbeerbäumen, die einander umarmt hielten. Er glitt hinter den Reisebussen vorbei, wie ein Schatten durchstreifte er die Weinberge und beobachtete aus einiger Entfernung den Schein der Taschenlampe, welche die Frau seines Cousins in der Hand hielt und auf den Feldweg richtete, damit der Kurze nicht mitsamt seiner Großmutter stolperte.

Roussias stützte sich auf eine niedrige Mauer. Er verfolgte den Lichtkegel und erahnte den schmalen, ausgedörrten Leib der Alten in der Dunkelheit, der tonnenschwer auf den Armen des kleingewachsenen, dünnen Cousins lastete, dessen Rippen wie Messerklingen hervortraten und dessen Tätowierung der langgestreckten Insel Kreta auf dem Oberarm glänzte.

Sein stockfinsterer, jäh aufblitzender Blick schien ihn

aufzufordern: »Wenn du Mumm hast, dann bleib. Wenn nicht, dann verschwinde.«
In Ermangelung des Taufkreuzchens riß er ein Oreganozweiglein ab und zerfurchte damit erregt seine Stirn. Beim Anblick des anderen Kyriakos Roussias waren alle Theorien, die er sich zurechtgelegt hatte, hinfällig.

»Alles wäre einfacher, wenn du aus einer anderen, harmlosen Gegend stammtest. Dort unten, mein Lieber, scheint alles und jedes gleich das Leben zu kosten.«
»Und diese Kosten verjähren nicht.«
»Hast du es bereut, daß du zurückgekehrt bist?«
»Ich weiß nicht.«
»Wirst du es herausfinden?«
Roussias betrachtete seine Mutter im Hintergrund, die das Schnabelkännchen beaufsichtigte, und antwortete nicht. Es war sehr früh am Morgen, und Chatsiantoniou meinte zum Abschluß des Telefongesprächs: »Beim nächsten Mal lege ich Kalatsis auf, irgendeinen Refrain, mir fehlt unser Trio nach Mitternacht, besonders nach schweren Operationen.«

»Er ist also Neurologe?« fragte Roussias' Mutter.
»Herzchirurg.«
»Und warum ruft er an?«
»Er ist ein Freund. Du kennst ihn doch.«
»Ihr telefoniert aber oft. Auch in Amerika habe ich euch sprechen hören. Fast jeden Tag.«
Die alte Frau hatte den Kaffee draußen serviert, rührte ihren jedoch nicht an, bevor der Mann des Hauses den ersten Schluck getrunken hatte. Nun saß sie auf dem Schemel, und nachdem ihr Fragenkatalog zu Chatsiantoniou erschöpft war, zählte sie, wie jeden Morgen, die Studentenblumen, um sich zu vergewissern, daß ihre Drohungen fruchteten und die Nachbarn die Finger von

ihren Blüten ließen. Sie war als einzige Diakomanolis nicht zu Dank verpflichtet, der die Samen der Stockmalve mit den beiden lachsfarbenen Blütenkelchen – laut Metaxia der Hit des letzten Sommers – aus Kanada mitgebracht hatte. Die unscheinbaren Studentenblumen waren mehr als gut genug für den Verblichenen.

»Warum hast du dir einen Wagen gemietet, wenn du bald abreist?« fragte die Mutter und berichtete von einem Anruf der Angestellten aus dem Reisebüro. Sein Rückflug sei gebucht, für Montag, den dritten August. Sie wartete seine Antwort nicht ab. Kyriakos wollte es scheinen, daß die Menschen manchmal laut die anderen fragten und sich selbst still ihre eigene Antwort gaben. Doch er fragte sich nicht, was die geheimsten Gedanken seiner Mutter wohl sein könnten. Sobald sie die drei Treppenstufen vor der Haustür hinabgestiegen und links zur Fleischerei abgebogen war, entgegnete er halb in seinem Inneren, halb sprach er hinter ihr her, daß er in den kommenden zwei Tagen zwei- bis dreihundert Kilometer fahren würde, einerseits um sich aus Pagomenou etwas abzusetzen, andererseits um alles mögliche zu besichtigen.

Er hatte den Eindruck gewonnen, daß diese Rückkehr die einzige war, ein für allemal. Einen zweiten Besuch würde es nicht geben.

Er wollte nach Fournes fahren, wo Wälder voller Orangenbäume standen, nach Karanos, wo Wälder voller Kirschbäume standen, nach Kissamos, wo Weinberge dicht wie Wälder aufeinanderfolgten, nach Kandanos, wo Wälder voller Kastanienbäume standen, nach Paleochora, wo Wälder voller Olivenbäume standen, und noch vor dem Abend wollte er nach Sfakia zurückkehren, wo die Berge und die Strände dichtgedrängt aufeinanderfolgten, wie die Bäume eines Waldes.

Am Nachmittag desselben Tages dampfte Jorjoupoli vor Hitze, der Sand glühte, das spiegelglatte Meer breitete sich nach allen Seiten aus. Der Strand mit nur ganz wenigen Badegästen erstreckte sich über dreißig Kilometer. Zwei davon waren Metaxia und Roussias, und ein dritter befand sich etwas abseits. Der Cousin war schon früher und allein gekommen, doch er ging nicht schwimmen, sondern marschierte in weiten, orangefarbenen Shorts im knietiefen Wasser langsam die Küste entlang. Nach zweihundert Metern war nur mehr sein langes Haar, nach dreihundert Metern gar nichts mehr zu erkennen. Offenbar setzte er seinen Weg in Richtung Rethymnon fort.

Neben einem Busch lagen sein Mofa, seine Badepantoletten und eine Sportzeitung. »Mhm, auch so ein Olympiakos-Anhänger«, befand Metaxia mit Genugtuung. Sie hatte bemerkt, was ihren Onkel beschäftigte, und meinte: »Also, Onkel! Der Idiot kann dir doch am Arsch vorbeigehen.« Dann fuhr sie fort: »Seine Frau war die Lachnummer in unserer Gegend, sie hat absurde Haken auf den Feldern geschlagen, hat mit hochgestreckter Hand ihren eigenen Schatten gejagt. Und auch seine Großmutter ist nicht mehr ganz dicht, sie kauft weder ein noch macht sie sauber und läuft in einem ungebügelten Hauskleid umher.«

Die Kleine war beunruhigt, ohne selbst genau den Grund zu kennen und ohne andererseits ihre Sorge überspielen zu können.

»Bring mir doch die amerikanischen Flüche bei, die gerade in Mode sind. Die, die in den Filmen immer ganz schnell ausgesprochen werden, dann bring ich dir dafür das Tanzen bei.« Erste Lektion: *Son of a bitch*, Hurensohn. Ja, das kannte sie. *Asshole*, Arschloch. Auch das wußte sie. *Motherfucker*, Scheißkerl. Nein, das kannte sie noch nicht. Die Abmachung war erfüllt, und Metaxia

hüpfte zu einer Strophe aus einem schönen Lied von Mountakis. Großmütig erkannte sie Kyriakos' Fortschritte an. »Jetzt bist du zu dreißig Prozent Kreter. Weiter so!« gratulierte sie und schüttelte sich vor Lachen. Dann tauchte sie kopfüber ins Wasser, legte sich anschließend in die Sonne und ließ ihn in Ruhe.
Als er ein Stück aufs Meer hinausschwamm, die Insel hinter ihm und das Kretische Meer vor ihm lag, gestand sich Roussias ein, daß es Wasser gab, die beredt schweigen konnten. Die See war wie blauer flüssiger Honig, sie ließ seine Brust leicht werden und gönnte seinen Augen Erholung. Es war eine See, die ihm wie neu erschien, als sei er noch nie darin geschwommen während eines seiner alljährlichen, vierzehntägigen Sommerurlaube mit Ann oder ihren beiden Vorgängerinnen, auf Kithyra, Karpathos oder Kos.
Als kleiner Junge hatte er viel zuwenig von ihr mitbekommen. Als Erwachsener behielt er nur unvergeßliche, kristallklare Wasser in Erinnerung. Die Menschen aus seiner Heimat vergaß er lieber.
Das Gefühl, das ihn im Wasser überkam, führte ihn in seine Kinderjahre zurück. Für unverfängliche zehn Minuten überließ er sich der Vergangenheit – einer freudlosen Jugend, Anfällen von Einsamkeit und endlosem Schweigen.
Dann fesselte ein ungewöhnliches Liebespaar seine Aufmerksamkeit, das mit dem einzigen Tretboot seine Kreise zog, das weit und breit auf dem riesigen, unbelebten Strand vermietet war. Die übrigen, etwa zwanzig an der Zahl, hockten im Sand wie eine Schildkrötenkolonie.
Die beiden redeten, lachten laut und ausgiebig, besonders die Frau.
Zunächst erkannte Roussias den jungen Gjergj, den Gehilfen des Kafenionwirts, der nach der gestrigen ausschweifenden Festivität offensichtlich frei hatte. Danach

erkannte er auch den dicken, grauen Zopf der Kalogridaki, die, obwohl sie immer wieder Blicke zum Strand warf, in ihrem orangefarbenen Badeanzug und in der Gesellschaft des Jungen ganz verändert wirkte. So sehr, daß der Junge ein paarmal auf griechisch ausrief: »Das Meer ist schön!«, und die Kalogridaki auf albanisch einstimmte: *»Deti është i bukur!«*

Roussias war der hellgrüne Hanomag auf dem Parkplatz nicht aufgefallen. Die Umgebung war dicht bewachsen und das Pärchen hatte wohl hinter dem mannshohen Schilf geparkt, um schnell eine Runde mit dem Tretboot zu drehen.

Und tatsächlich sprang die Frau ins Wasser, worauf Gjergj das Tretboot zurückbrachte. Die Kalogridaki sah, wie Metaxia Räder schlug und andere beeindruckende Turnübungen am Strand vollführte, ihr Blick suchte weiter und blieb am Amerikaner hängen. Sie starrte ihn von oben herab an, stieg aus dem Wasser und verschwand hinter dem Schilf.

Und das war gut so. Denn gerade in diesem Augenblick tauchte von Rethymnon her der winzige Punkt wieder auf. Der Kurze war auf dem Rückweg.

»Gehen wir«, mahnte Roussias die Kleine zum Aufbruch. Sie schüttelten den Sand aus ihren Kleidern und zogen sich an.

Die Sonne hatte sich hinter den Bergen verkrochen, und es war Zeit zum Gehen. Denn aufgrund des besonderen Ereignisses würden alle Straßen nach Souda stark befahren sein.

Gegen sieben, halb acht hatten rund dreitausend Menschen den Hafen gestürmt, denn mit dieser Autofähre fuhren dreihundert junge Männer aus der Präfektur Chania ab, um am nächsten Morgen in Korinth oder Tripoli ihren Militärdienst anzutreten.

Angehörige, Freunde und Geliebte hatten schon vor Stunden die Hafenmole und die Kaffeekonditoreien in Souda überflutet und mit ihren Kassettenrecordern und ihrem Händeklatschen Feststimmung verbreitet.
Überall sah man gutgebaute, aufgeregte junge Männer und grazile junge Frauen um die Zwanzig, wie etwa die Kleine mit dem schwarzen, geschlitzten Kleid, die feste Freundin von Chrysostomos' Bruder Thodoros. Die beiden, wie auch alle anderen rundherum, befingerten einander, Thodoros strich seiner Freundin über den nackten Rücken bis ganz nach unten, fast bis zum Po. Er war so sehr darauf aus, den anderen seine Eroberungskünste sehen zu lassen, daß er ganz darauf vergaß, ihr auch einen Abschiedskuß auf den Mund zu drücken. So tätschelte er sie und übersäte Hals und Schultern seiner Kleinen mit Bissen.
Metaxia und Chrysostomos, ganz sich selbst überlassen, waren bis über beide Ohren rot geworden. Bestimmt warteten sie ungeduldig darauf, in drei Jahren, wenn Chrysostomos seinerseits mit dem Militärdienst an der Reihe wäre, dieselbe Abschiedsszene zu durchleben, wenn es sein mußte, auch mit ein paar Tränen. Der Junge war dünner und dunkelhäutiger als alle anderen im Hafen, er hatte die Augen von El Grecos heiligem Johannes, darauf hätte Roussias geschworen. Die hatte er nämlich in Madrid gesehen und nie vergessen können. Der Anblick des Teenagerpärchens wog all die aberwitzigen, zentnerschweren Erinnerungen auf, die in den letzten Tagen ans Licht gekommen waren.
Pünktlich um acht Uhr tutete die *Lissos* dreimal, und im selben Augenblick heulten die Hupen und Motoren unzähliger Autos und noch einmal so vieler Motorräder auf und veranstalteten einen Höllenlärm. Bunte Hüte wurden in die Luft geschleudert, Fähnchen und witzige oder tränenreiche Stoffbanner flatterten im Wind, *Ma-*

noussos + Lia = love for ever, Taschentücher wurden geschwenkt und Fußballschals im Kreis herum durch die Luft gewirbelt, ein Vater spielte Saxophon, ein anderer Akkordeon und zwei Tambourmajorinnen schlugen die Trommel. Chrysostomos zog mit einer schönen und originellen Aktion die Aufmerksamkeit auf sich. Er hatte die Glocke eines Leithammels aus seinem Rucksack geholt, schwenkte sie virtuos und entlockte ihr unerhörte Töne. Der Heidenlärm hielt noch bis zum Hereinbrechen der Abenddämmerung an, bis die Autofähre mit strahlenden Scheinwerfern aus dem Hafen von Souda auslief und gemächlich auf den Horizont zuglitt. Dann erst beruhigte sich die Menge und zerstreute sich nach und nach.

Auf dem Weg ins Dorf unterhielten sich die beiden jungen Leute auf dem Rücksitz lebhaft über den Militärdienst an den Landesgrenzen und über Jiu Jitsu. Obwohl das Themen waren, über die eher Jungen als Mädchen Bescheid wußten, lauschte der etwas unsichere und schweigsame Chrysostomos, wie Metaxia Reden schwang und über alles und jedes ihre Meinung kundtat.
In der Hochebene herrschte Ruhe, alle waren vom Gelage des Vorabends erschöpft, nach zehn Uhr war niemand mehr auf der Straße. Selbst Tschaikowsky war nicht zu hören, alle paar Minuten erklang nur das Seufzen des Käuzchens, das auf Maris' Silberpappel saß.
Roussias hielt zweimal an, um die jungen Leute aussteigen zu lassen. Ein drittes Mal machte er vor dem leeren Kafenion Station, für ein kurzes Bier.
Dort fand er Maris und Tsapas weinselig am Tresen vor, die zum Gedenken völlig unbekannter Personen Rakigläser leerten. Nacheinander gingen sie die Namen der dreiseitigen Beilage für Todesanzeigen und Seelenmessen einer Zeitung aus Chania durch.

Maris fand immer einen Grund, einen über den Durst zu trinken. Tsapas seinerseits fand tausend verschiedene Arten, das Leben und den Tod hochleben zu lassen. Roussias gesellte sich zu ihnen und trank zuerst auf das Seelenheil eines gewissen Tsedakis, dann auf das eines Karantaglis, eines Lelakis und einer Karambournioti, allesamt waren ihm vollkommen unbekannte Personen.

Der Wirt offenbarte, daß er sein Testament gemacht habe, um seine *Erbsaft* zu ordnen. Sein letzter Wunsch sei, nicht im Familiengrab beigesetzt zu werden. »Die Toten sind *geswätzig*, und ich bin ein Einzelgänger und will meine Ruhe haben«, erläuterte er. Und Tsapas, an diesem Abend nicht im Seidenanzug, sondern in legerer Kleidung, faßte Roussias am Arm, und gemeinsam lauschten sie dem Käuzchen und tranken noch einmal Brüderschaft. Zum Schluß waren alle drei sturzbetrunken.

»Ich mag die kühlen Räume der Kafenions, Boden und Decke aus nacktem Zement, die Wände roh gekalkt und immer dieselbe spärliche Einrichtung – zwei Steinbocktrophäen, ein zerknittertes Porträt von Veniselos und die Landkarte der Präfektur an der Wand.«

»Wie sieht es bei Maris aus?«

»Drinnen ist die Einrichtung gleich null.«

»Und draußen?«

»Die riesige Silberpappel.«

»Erinnere deine Schwestern daran, den Pap-Test und die Brustkrebsvorsorge zu machen«, meinte Ann und verbreitete sich dann über ihre eigene Sippschaft, über ihre Nichten und Neffen, die, wie alle jungen Leute, gerne Rindersteak aßen, über ihre Onkel und Tanten, die, wie alle Personen in der Lebensmitte, Lammkoteletts vorzogen. Kyriakos brachte sie zum Lachen, als er ihr von

Herrn Babis erzählte, der ihnen eines Abends im *Greek Islands* gestanden hatte, daß er, bevor er sich ein künstliches Gebiß anfertigen ließ, vierzehn Tage lang allabendlich in ein Grillrestaurant in Chaidari gegangen sei und reihenweise enorme Mastschweinekoteletts verschlungen habe.

»Du erinnerst dich an Herrn Babis, weil du traurig bist, daß der Epirote nach Australien abgewandert ist.«

»Ja, ich bin traurig, er wird mir fehlen. Aber wenn sich herausstellt, daß er sich dort verbessert, dann bin ich beruhigt.«

Sie berichtete von Haushaltsdingen, der Wasserfilter mußte erneuert, eine Butterdose und ein Eierbecher mußten angeschafft werden. Sie erzählte, wie verhaßt ihr D'Amicos fotografischer Blick auf dem Bild im Büro war. »Du hast recht«, stimmte Kyriakos zu. Sie erzählte ihm vom hohen Blutdruck ihrer Mutter, die zwar salzarme Diät aß, doch Salzstangen und Pistazien mit Salzkruste knabberte.

Kyriakos tönte »Ja«, »Nein«, »Wie auch immer«, »Richtig«, »Na so was«, und dann gab er die Rohübersetzung einer Mantinada zum besten, *zwanzig Witwen haben sich satt getrunken an meinem schwarzen Liatiko-Wein, zwanzig Witwen haben sich satt gegessen an meinem scharfen Lammragout.* »Du schamloser Kreter, du!« ertönte ihr spitzer, amüsierter Aufschrei, und sie kniff ihn in den Oberarm.

Die angenehme und lockere Atmosphäre all dieser Zwiegespräche, der vertrauliche Plauderton zwischen Lebenspartnern, ergab sich mit Ann nicht am Telefon, sondern im persönlichen Gespräch und auf der gemeinsamen Wanderung von Gaidara nach Kakovolo Mouraki, von den wilden Balomata nach Anemokefala.

Doch all das fand nur in seiner Fantasie statt. Er war in

Sfakia, es war Nachmittag und ringsum alles menschenleer. Kyriakos Roussias war mit dem Alleinsein und seinen Folgen vertraut. Den zwischenmenschlichen Beziehungen opferte er wenig Zeit, nur einigen Auserwählten widmete er längere Gespräche.
Wo fand all das statt? Im weiten Raum seiner Fantasie und in der endlos langen Zeit seiner selbstgewählten Isolation.
So inszenierte er in seinem Kopf langwierige Zwiegespräche, Auseinandersetzungen und Versöhnungen, Arbeitsessen und zweistündige gemeinsame Autofahrten mit den vier oder fünf Leuten, die zu verschiedenen Zeiten im Mittelpunkt seiner persönlichen und beruflichen Interessen gestanden hatten. Manchmal, wenn er tatsächlich mit ihnen zusammen war, konnte er sich nicht besinnen, was in ihrer Beziehung wirklich vorgefallen und was nur auf den Spaziergängen in seiner Fantasie passiert war. So mußte er etwa jemanden, der ihm deftige Flüche an den Kopf geworfen hatte, als Gentleman behandeln, oder er mußte einer Frau ganz förmlich begegnen, mit der er die Gipfel der Leidenschaft erklommen hatte. Er mußte jemanden distanziert behandeln, mit dem ihn stundenlange schmerzliche Geständnisse verbanden, die zu tiefen Erkenntnissen geführt hatten, nicht nur über das Wesen der anderen, sondern auch und vor allem über sein eigenes Ich. Des öfteren führten ihn solche Gedankengänge zu Fehleinschätzungen, und er legte den Menschen etwas zur Last, woran sie nicht im entferntesten gedacht und was sie nicht begangen hatten, und in der Folge, gefangen in seiner fixen Vorstellung über Dritte oder sich selbst, überraschte es ihn oft, wenn Tat und Vorstellung nicht zusammenpaßten. Doch angesichts der Mühe, die das menschliche Zusammenleben anderweitig kosten würde, nahm er diese Fehleinschätzungen, die er zudem korrigieren konnte, gern in Kauf.

Genau aus diesem Grund ließ er Ann neben sich Platz nehmen, strich ihr rotes Haar zur Seite und flüsterte ihr ins Ohr: »Ich möchte dich an einen bestimmten Ort führen, meine Süße.« Und so geschah es tatsächlich.
Der Nissan zog seine Kreise über die Berge, Roussias hatte es eilig, das Dorf zu finden, das in seiner Erinnerung in einer Talsenke lag. Gegen halb acht parkte er an der Pferdetränke. Die Landschaft war unverändert, und die abendliche, feuchte Kühle senkte sich rasch und schwer über den Ort. Nur scheinbar allein saß er etwa zwei Stunden lang in einer Ecke des Kafenions, trank Wein, aß Käse und beobachtete weitere sechs Stammgäste aus dem Dorf, die sich dem fauligen Geruch der Nacht hingegeben hatten. Hier also ist der Heimatort jener griechisch-amerikanischen Journalistin, einer Ioanna Soundso, die wir in Philadelphia getroffen haben, sagte er unhörbar zu Ann.
Ioanna Soundso kam jeden Juli der letzten zwanzig Jahre nach Chania, fuhr in die Berge hoch, erklomm die höchsten Höhen, blieb dann einen halben Kilometer vor ihrem Dorf stehen, machte eine Viertelstunde halt, ohne die Gräber ihrer beiden getöteten Angehörigen mit einem Besuch zu ehren, und kehrte anschließend in ihr Hotel in der Stadt zurück.
Damals, an jenem eiskalten Nachmittag in Philadelphia, hatte er ihre Neigung zu Geständnissen nicht nachvollziehen können. Als das Interview, von einem Kaffee nach dem anderen begleitet, nach einem halbstündigen Frage- und Antwortspiel über die Ergebnisse eines internationalen Kongresses, der sich mit ausgestorbenen, aber wieder eingeschleppten Viren befaßte, zu Ende ging, folgte ein zweistündiger Monolog, währenddessen sie von einer Tante, einer geliebten Cousine, einer rötlich-silbergrauen Geiß, einem Tonkrug für die Olivenmeische, den man mit einem Artischockenstengel zustoppeln konnte,

grünen Seifenstücken und einem amerikanischen Sturmgewehr erzählte, das aus dem Krieg gegen die Deutschen stammte und von den Dorfbewohnern zum Schweineschlachten benutzt wurde.

»Am besten kommst du noch einmal bei Tag, um Fotos zu machen«, vernahm er Anns Stimme. Sie würde es auf jeden Fall so halten und einen ganzen Film mit sechsunddreißig Bildern für Motive wie den Friedhof verschießen, den Ricotta in der Käserei, die Bergkette, die Zedern, die Zederzapfen, Bohnenkraut und Quendel.

Das Gute an diesen Spaziergängen in seiner Fantasie war, daß er Ann nicht mehr so stark auf Distanz halten mußte. Und noch besser war, daß die Texanerin seiner Träume selbst Quendel, den Feldthymian, kannte.

Ging ein Mann in der Entfernung von zwanzig Metern vorbei, gerieten die Schritte der Frau des Cousins aus dem Takt. Die Tote hatte sich fast dreißigmal abwechselnd den linken und den rechten Knöchel verstaucht. In ihrem Haushalt war essigsaure Tonerde genauso unentbehrlich wie Brot.

An den Sommerabenden saß sie zu später Stunde in einer Ecke auf der Veranda des Rohbaus und nippte an einem Glas Bier. Das Licht hatte sie gelöscht, wegen der Mükken, wie sie erklärte. An diesem Punkt brach sie stets das Gespräch ab, wenn irgendeine Frau aus dem Dorf über Gebühr neugierig wurde. Doch zu so später Stunde waren keine Frauen mehr unterwegs.

In Wirklichkeit wollte sie sehen, wie die Männer vom Kafenion betrunken nach Hause gingen, der eine schon um halb elf, der andere um elf, der dritte erst nach Mitternacht. Von ihrem versteckten Platz aus beobachtete sie alles und malte sich in ihrer Fantasie das Weitere aus.

So viele Jahre ohne Liebe taten ihrem Körper weh, und

noch mehr ihrem Verstand und ihrer Seele. Vergeblich hatte sie sich bemüht, die aufeinanderfolgenden Schicksalsschläge zu verkraften. Es waren einfach zu viele gewesen.
Der Schlaf floh sie seit ihrer Hochzeitsnacht im Jahr 1972. Die ersten dreizehn Jahre wechselte und wusch sie vergeblich die Leintücher, denn ihr Mann war fort. Als er schließlich zurückkam, lagen seine Nerven blank. Er wollte ihr das Kinn streicheln und ihr danke sagen, und statt dessen warf er ihr einen Blick zu, der töten könnte, und ließ sie einfach stehen. Sie wiederum sehnte sich danach, ihn zu küssen und zu umsorgen, doch sie kaufte ihm eine neue Hose und vergrub sie im Kleiderschrank.
Es war schwierig, wenn nicht gar unmöglich für die beiden, die wenigen einfachen Sätze über die Lippen zu bringen, die sie nach und nach wieder zueinander geführt hätten.
Im Winter betreute die Frau das Vieh. Im Sommer konnten die Nachzügler aus den Weinbergen des öfteren beobachten, wie sie einen zwei Kilometer langen Fußmarsch auf sich nahm, um einen gelben Kanister nach Kamena zu schleppen.

Dort in Kamena, in der Gegend mit den unbewohnten Häusern, lebte die Kalogridaki, ihre Koumbara, ganz im Abseits. Jenseits der fünfundvierzig ließ sie sich mit hübschen Jungen ein, die ihr Herz verstörten und ihr Hirn verwirrten. Vorletztes Beispiel war ein gewisser Stelios, der frühmorgens wie spätnachmittags, mit einem Zigarillo im Mund, hundertdreißig Malteser- und Alpenziegen an ihrer Haustür vorbeitrieb.
»Ciao, Kleiner«, versäumte sie nie, ihn zu grüßen.
Ab und zu erwiderte er ihren Gruß mit einem Kopfnikken, die Beine des unausgegorenen Jungen waren zwar schnell wie der Wind, doch die Worte tropften nur lang-

sam von seinen Lippen. Ein schmaler Teenager, der den herben Geschmack einer rohen Quitte und das säuerliche Aroma einer unreifen Ringlotte versprach.

Frau Kiki Kalogridaki, eine ausgepreßte und vertrocknete Zitronenhälfte, war von ihrem Ehemann Babis verlassen worden, der vor Jahren am Fuß des Psiloritis einer deutschen Alpenziege im Minirock verfallen war und seitdem nichts mehr von sich hören ließ. So wandte sie sich dem Obst und den Feldfrüchten zu, den säuerlichen Mispeln, den bitteren Oliven, den rohen Mandeln, den unreifen Aprikosen, den halbreifen Maulbeeren und den Männern, bevor sie ein Rasiermesser benutzten.

Manche Mittage, an denen sich kein Lufthauch rührte, hatte sie den Teufel im Leib. Alle verbarrikadierten sich hinter dicken Mauern, um der Sonnenglut zu entgehen, doch die Kalogridaki zog sich Babis' halbzerschlissene Männerkleider an und stürzte sich auf die wie Lava glühenden Feldwege. Und all das auf einer Hochebene, die nur zwei schattige Zufluchtsorte bot – unter dem Nußbaum der Familie Kavis und unter der Kermeseiche Roussias', des Henkers.

Das Gelb der Dornbibernellen, das Grau der Ruinen und das fahle Licht des keineswegs blauen Himmels stillten ihre Sehnsucht und versöhnten sie wieder mit dem öden Schicksal, eine weitere verlassene Frau an einem verlassenen Ort zu sein.

Was wohl aus Stelios werden wird, dachte sie, er wird zum Mann reifen, öffentlich furzen, auf Straßenschilder schießen, und mit Leimruten nicht mehr Stieglitzen, sondern Russinnen nachstellen.

Die vergangenen zehn Jahre hatte sie die Jugendblüte und Jungfräulichkeit von Michalakis, Rafail, Zoitsas Jüngstem, und Panajotis zu Grabe getragen. Es waren Abschiede ohne die tröstliche Aussicht eines Wiedersehens. Das hätte gerade noch gefehlt, dachte die Kalogridaki, wenn ihr einer von ihnen über den Weg lief. Michalakis war mit zweiundzwanzig vom Junghirschen zum behäbigen Bullen mutiert, Rafail vom hoffnungsvollen Schößling zum groben Klotz und Panajotis vom Zicklein zum Ziegenbock.

Würde denn den letzten in der Reihe, die von Gott gesandte Importware Gjergj, nicht das gleiche Schicksal ereilen? Dem würden bestimmt schon bald die Zähne ausfallen.

Sifis, Kyriakos Roussias' Zwillingsbruder, war der einzige, dessen Aussehen unberührt vom Zahn der Zeit war. Sein Körper, sein Blick, seine Lippen und erst recht seine samtweiche Stimme würden bis in alle Ewigkeit neunzehn Jahre alt bleiben.

Die beiden Schwägerinnen, die Roussia und die Kalogridaki, die Tote und das Landei, gierten nicht gerade nach gegenseitiger Gesellschaft. Sie trafen sich üblicherweise bei der Arbeit, auf dem Kartoffelacker und beim Holzkohlemeiler, und am Ostersamstag, um Kaltsounia, mit Ricotta und Minze gefüllte Teigtaschen, zuzubereiten. Ihre Münder blieben selbst beim letzten Arbeitsgang, dem Bestreuen der Kaltsounia mit Sesam, wie mit sieben Siegeln verschlossen.

»Einen guten Monat, Mama.«

Am Samstag, den ersten August hatte Roussias um sieben Uhr morgens seinen Computer nach draußen, in den kühlen Schatten der Kermeseiche, getragen und sah gerade seine E-Mails durch, als er von Ferne den Cousin mit einem Farbroller in der Hand und einer Leiter über der Schulter erblickte. Er zog mitten durch die Hochebene bergauf, zum Hügel mit der verlassenen Siedlung, zu den insgesamt zwölf eingestürzten Häusern. Heute gab es dort nur noch ein Licht, ein Haus und eine Bewohnerin.

Obwohl der Galeerensklave zwischen den Zähnen fluchte, fronte er. Wieder stand ihm ein Tag voll schwerer Arbeit und drückender Hitze bevor. Laut Wettervorhersage sollten es vierzig Grad werden, Sonne und immer wieder Sonne, die selbst die Nächte zum Glühen bringen, den ganzen August versengen und auch die folgenden Monate aufzehren würde.

Die Mutter, die ihn sonst niemals bei der Arbeit unterbrach, folgte dem Blick des Sohnes zum anderen Roussias und fuhr dazwischen: »Man hat herausgefunden, daß du abreisen willst, und nun rufen sie von den Zeitungen und den Fernsehsendern an, gestern haben sie dreimal«, sie hob es nochmals hervor, »dreimal angerufen, die *Chaniotischen Nachrichten, Kydon TV* und *Kriti TV*.« Die Lautstärke ihrer Stimme offenbarte den Wunsch, die Titelseiten mögen über den einzigen Sohn berichten und, wenn möglich, ausnahmslos alle Kreter, zumindest jedoch die Chanioten, in jedem Fall aber die Sfakioten, von Frederick, dem Forschungslabor ihres Kyriakos mit dem mächtigen Tiefkühlgerät, den Brutkästen, die wie riesige Tupperwaredosen aussahen, und dem Anthrax-Gebäude erfahren.

Er beobachtete, wie sie ihre Studentenblumen an eine schattige Stelle trug, damit die vorhergesagten vierzig Grad Hitze sie nicht versengten, und danach die trockene Wäsche von der Wäschespinne nahm. Denn ihre Unterhosen gab sie Antigoni nicht mit zur Maschinenwäsche.

Als er 1986 seine Mutter zum ersten Mal mit nach Amerika nahm, flogen sie von Athen aus mit Olympic Airways. Fast die ganze Verwandtschaft hatte sie am Abend zuvor zum Hafen nach Souda eskortiert. Die alte Frau war dann von der Überfahrt nach Piräus so erschöpft, daß ihr im Flugzeug die Augen zufielen. Sie ging auf die Toilette und trat in ihrem Nachthemd, mit ihren Pantoffeln und ihrer fein säuberlich gewaschenen Unterhose wieder heraus, wie sie es bei sich zu Hause jeden Abend tat. Sie ging, unter dem Grinsen der griechischen Mitreisenden, den Gang entlang. »Wo soll ich sie denn aufhängen?« fragte sie Kyriakos, sobald sie wieder auf ihrem Platz saß. Sie hörte das Lachen, begriff den Fauxpas, schämte sich und tat die ganze Nacht kein Auge zu, obwohl ihr der Sohn Schulter und Brust zum Schlafen anbot.

Seine feuchten zimtbraunen Augen ließen sie keine Sekunde aus dem Blick. Ab und zu schloß er ganz leicht die Lider, aber nur um sie zu beruhigen. »Mach dir nichts draus, Mama!« meinte er, als sie mit dem Sicherheitsgurt, der Zellophanhülle des Eßbestecks und dem Döschen mit dem Salatdressing haderte.

Beim zweiten Mal, als sie mit ihm nach Amerika kam, im Jahr 1991, fühlte sich die alte Frau bereits sicher, wenn sie, zwei Meter hinter Kyriakos, schweigend nach Hause, zur Arbeit und in den Supermarkt mitging. Einmal saß sie sogar während eines Meetings mit dem Leiter der NIH und zwanzig weiteren Kollegen an seiner Seite und begrüßte sie mit dem Wunsch: »Ein langes Leben ihnen allen!«

Bei ihrem dritten Besuch, im Jahr 1994, hörte er, wie sie am Telefon zu ihrem Schwiegersohn sagte: »Mein Kyriakos hat die Geißel des Jahrhunderts erfunden und auch das Schreckgespenst Krebs geht auf sein Konto.«

Die meisten Tage verbrachte sie im Eßzimmer, wo sie in ihren schwarzen Kleidern manchmal zwei bis drei Stunden unbeweglich im Zwielicht verharrte. Nur ihre Gedanken rasten und beschäftigten sich mit dem Wie und Wieso der Vergangenheit, für die heutigen Dinge blieb in der langen Liste ihres Lebens kein Platz.

Manchmal war Kyriakos so sehr in Gedanken, daß er erschrak, weil er fast über sie gestolpert wäre. An einem

Sonntagnachmittag kam Jorgos, der Epirote, zu Besuch und erzählte danach, daß die alte Frau dagestanden habe wie die Verkörperung des Schuldbewußtseins schlechthin und er am liebsten einen Kranz zu ihren Füßen niedergelegt und eine ergreifende Hymne angestimmt hätte.

Wie sehr er sein Taufkreuzchen vermißte! Damit würde er sich über Lippen und Brauen fahren, die Stirn zerfurchen und Ordnung in seine Gedankengänge über die Frauen aus der Gegend bringen. Ob er wollte oder nicht, brauchte er es ebenso, um über das befremdliche Verhalten der Männer nachzudenken, insbesondere über das des Kurzen. Der Gedanke, den August in Pagomenou in unmittelbarer Nähe des Cousins zu verbringen, stieß ihn einerseits ab, zog ihn aber auch gefährlich an, brachte ihn aus dem Konzept und wirbelte die Routine seines Leben durcheinander.

Er konzentrierte sich in den folgenden drei Stunden wieder auf seinen Computer, machte sich dann unter den äußerst ungeeigneten Voraussetzungen der Bullenhitze zu einer stundenlangen Autofahrt auf und beendete den Abend auf Antigonis Veranda, zu seinem Leidwesen wieder mit derselben Etüde von Tschaikowsky im Hintergrund.

Sie zeigte ihm ein Päckchen Tabletten, die eine beruhigende Wirkung auf sie hatten, wenn manchmal ein dumpfer Druck auf ihr lastete, ein Gefühl der Schwere von den Beinen aufwärts stieg und sich lähmend und zentnerschwer auf ihre Brust legte.

Theofanis war nicht zu Hause, er räumte den Kühlschrank in der Metzgerei auf. Metaxia war mit ihren Busenfreundinnen Nina und Anna spazierengegangen.

Die gebackenen Zucchinischeiben waren knusprig und das Bier eisgekühlt.

Seine Schwester verbrachte einen schönen Abend, einzig und allein aus dem Grund, weil sie sich mit ihm über verschiedene, gleichermaßen angenehme wie unerfreuliche Themen unterhalten konnte. Mit ihrem Mann redete sie über Schlachttiere und Lederhäute, höchstens noch über mehr oder weniger unbekannte Heilige. Denn Theofanis hatte eine besondere Schwäche für die Zehn Märtyrer Kretas und die Zwölf Soldatenmärtyrer, die auch Kreter waren. Der lokale Märtyrer- und Heiligenkalender war sein Spezialgebiet.
Kyriakos gegenüber schüttete sie nun ihr Herz über ihr Verhältnis zu vielen anderen aus, vorwiegend zu den Frauen.
Unter den Frauen der Hochebene sei eine, die nicht spreche, die Kalogridaki, eine andere, die nicht lache, ihre eigene Mutter, eine dritte, die nicht esse, die Großmutter des Kurzen, eine vierte, die nicht weine, Tsapas' Mutter, eine fünfte, die niemals schlafe, die Tote.

Einer aus der Familie Kafas hatte ein Mitglied von den Manias umgelegt. Postwendend schlug ein anderer Manias zu und tötete einen Kafas. Zehn Minuten später gab es schon den dritten Toten, wieder einen Manias. Das war vor langer Zeit passiert, vor gut fünfzig Jahren. Damals war August, die Vögel fraßen die Feigen und die Mäuse die Walnüsse von den Bäumen.
Der Kafas-Clan hatte noch in derselben Nacht seine Zelte abgebrochen und war mit dem ganzen Vieh verschwunden. Wenige Tage später folgten auch die anderen.
Niemand hatte seit damals den Kafas-Clan oder die Manias wiedergesehen oder je wieder von ihnen gehört. Weitere zwei bis drei Familien gingen fort, wie hätten sie auch in einem Geisterdorf bleiben sollen, in einer schmalen Schlucht, in der das Grußwort der Kalogridaki an

junge Hirten und ihr albanisches *Mirëdita* Fremden gegenüber, die Löwenzahn und Zichorie sammelten, als einziger menschlicher Laut ertönte.
Am Abend des ersten August, einem Sonnabend, lag Feuchtigkeit in der Luft. Am Sonntag morgen des zweiten August breitete eine imaginäre Braut Nebeltüll über die Ruinen, damit Kyriakos darüber schreiten und sich an alles erinnern konnte, was er von den verschwundenen Familien wußte, die bei ihrem überstürzten Aufbruch Trinkbecher, Schnabelkännchen und Blechdosen zurückgelassen hatten, die nun an der Seite von zusammengestürzten Steinmauern und morschen Türflügeln dahinrosteten.
Am Rand der Siedlung und der Felsenschlucht stand die Kirche eines Heiligen, dessen Namen er vergessen hatte. Seit vielen Jahren schon war dort keine Messe mehr gelesen worden, und an der Friedhofsmauer waren in den fünfziger Jahren rasch drei Gräber in einer einzigen Nacht ausgehoben worden, ohne Kreuze, ohne Fotografien und Namen. Nur drei umgedrehte Weingläser, verschüttetes altes Öl und die angekokelten Dochthalter der Grablichter waren zurückgeblieben.
Irgendein Dorfbewohner, doch keiner der Kafas oder der Manias, zündete auf dem Weg zu seinen Feldern alle heiligen Zeiten einmal die drei Öllämpchen an.
Roussias konnte sich aus den Erzählungen, die in den folgenden Jahren zirkulierten, schwach an den Fall erinnern. Vor allem an die Beschreibung der Opfer, da damals alle von den drei kräftigen rotgesichtigen und blauäugigen Männern sprachen, die ein sinnloser Streit und ein kurzer, verhängnisvoller Augenblick ins Unglück gestürzt hatte.

Er ertastete den Schlüssel auf dem Türsturz und trat ein. Im Inneren der Kirche herrschte ein großes Durcheinander, die Ikonenwand lehnte gleich am Eingang in Erwartung von Ausbesserungsarbeiten, die sich über Jahrzehnte hinzogen. Die Tür zum Altarraum fehlte völlig, und das Allerheiligste hatte die Ausmaße einer Kombüse. Der Altar war mit den *Chaniotischen Nachrichten* vom achten November 1979 bedeckt, darauf lagen eine Postkarte mit dem Abbild Christi und halb zerschmolzene Kerzen, und auf einem Stapel alter Totoscheine stand ein Weihrauchkessel.

Roussias machte ein paar Schritte nach links, ein paar nach rechts, strich sein wuscheliges Haar zurück, putzte seine Brille und betrachtete der Reihe nach die Ikonen – den heiligen Astratigos in Dunkelgrün, die heilige Thekla in Dunkelrot, eine andere Heilige in Dunkelblau und den heiligen Nikitas ohne seine Soldatenkleider, denn aufgrund der Feuchtigkeit war die Farbe an dieser Stelle der Ikone abgeblättert. Früher einmal war sie schwarz gewesen, darauf hatte er als Kind geachtet. Damals, als ein französischer Aquarellist über die Berge wanderte und die Einheimischen, die Käser, die Flurschütze und die Heiligen malte.

Es roch nach muffiger Erde und abgestandener Luft. In Amerika war Kyriakos fast fünfundvierzig Jahre alt geworden, ohne zurückzudenken oder Erinnerungen nachzuhängen. In Sfakia, in der abgelegenen Kirche, traf er auf einen Ort, der zeitlos im Raum zu schweben schien. Er blieb, wie seine Mutter, kurz mit geschlossenen Augen reglos stehen und führte, wie seine Großmutter, die Handfläche zur linken Brust. Dann packte er einen nahezu kahlen Besen und kehrte den gröbsten Dreck hinaus.

In seinen Ohren erklangen klar und deutlich die letzten Todesseufzer von Verwandten und Bekannten, eine lange Liste von Mördern und Ermordeten, von Sündern und Unschuldigen, von Menschen mit den immer gleichen,

sich wiederholenden Vor- und Nachnamen, als würden immer wieder dieselben Menschen sterben.
Am Morgen war er zum Haus seiner Großmutter aufgebrochen, und wiederum würde er dort nicht ankommen. Die Ruine auf der anderen Seite der Kirche ließ ihn nicht an sich heran.
Er hatte einen Band von *Nature* und Antigonis Handy in der Tasche, blätterte in der Zeitschrift herum, unterstrich einige Sätze, griff nach den alten Totoscheinen und machte auf deren Rückseite Notizen. Er telefonierte mit Jannakopoulos, dabei ging es vor allem um Studienprogramme und die noch immer andauernde Besetzung des Polytechnikums Kreta. Er vergaß die Zeit, und es wurde Mittag. Hungrig machte er sich auf den Rückweg.

Es war drei Uhr – in jedem August eine Tageszeit, zu der in Griechenland alles zum schläfrigen Stillstand kommt. Auf dem rissigen Zement war das bekannte Hämmern der Holzpantinen zu hören, und Kyriakos blickte durch das Fensterchen nach draußen. Es war die Frau des Cousins, die zu den drei Gräbern ging. Sie hatten den Nissan nicht bemerkt, der hundert Meter weiter parkte und hinter den dichten Zweigen verwilderter Olivenbäume in Deckung lag. Vermummt in ihrem Kopftuch und ihrem langärmeligen Hauskleid, unter dem sie alte, weite Jeans trug, wirkte sie wie ein finsteres, lieblos verschnürtes Postpaket, auf dem Charos, der Tod, als Absender stand. Sie zog ein Fläschchen mit Öl aus einer Plastiktüte und zündete die drei Lämpchen an. Sie zerrte das Kopftuch eine Spur nach hinten, damit sie ihr Kreuz schlagen konnte, und fuhr sich mit den Enden des schwarzen Stoffes über die Brust und unter die Achseln, um den Schweiß abzuwischen. Gebückt schlich sie durch den Vorhof der Kirche. Selbst in dieser Einöde fürchtete sie, jemandem – einem illegalen albanischen Einwanderer etwa – zu begegnen.

Kyriakos gelang es, unbemerkt aus der Kirche zu schlüpfen. Er schloß die Tür hinter sich und blieb hinter einer roten Ziegelmauer stehen. Als er hörte, wie die Frau die Tür der kleinen Kirche wieder schloß, zog er sich im Krebsgang im Schutz einiger vertrockneter Mandelbäume zu seinem Nissan zurück.

Alles ringsum sah aus, als wäre durch die Toten auch die Landschaft abgestorben, dachte Roussias. Tatsächlich herrschte überall in Kamena eine reglose Endzeitstimmung. Selbst die paar Bäumchen schienen keine Kraft zum Weiterleben mehr zu haben.

Kurz danach konnte er eine Frauengestalt erkennen, die wie eine schwarze Ziege den Berghang erkletterte und einen Bogen um das Haus ihrer Koumbara schlug. Dann entfernte sie sich zum Rohbau in Richtung Gouri, wurde kleiner und kleiner.

Stunden später ging der Tag zu Ende, während Roussias, eingezwängt in einer Telefonzelle mitten auf einem Strand am Libyschen Meer, Rückenschmerzen bekam.

Das Mobiltelefon konnte keine Verbindung nach Amerika herstellen, und Roussias hatte soeben seine neunte Telefonkarte in den öffentlichen Fernsprecher gesteckt. Acht verbrauchte Telefonkarten steckten bereits in seiner Gesäßtasche. Letztes Jahr zur selben Zeit hatte er in Heathrow, bevor er nach Vancouver flog, sieben Telefonkarten verbraucht, um Chatsiantoniou gute Nacht zu wünschen und einen Witz auswendig zu lernen, den er weder in Vancouver noch anderswo je erzählen würde.

Eines Nachts, im Hauptbahnhof von Budapest, hatte er fünf auf einen Schlag vertelefoniert, und in einem kleinen Park in Egaleo hatte er nochmals fünf nacheinander in den Schlitz geschoben, so lange, bis er in der Telefonzelle sein Essen aufgegessen und sein Bier ausgetrunken

hatte, während er den alten Erfolgshits des Duos Chatsiantoniou/Kalatsis lauschte.
Die Sprechdauer von acht Telefonkarten bot einer Menge Neuigkeiten Platz. Den jugendlichen Streichen von Nanas erstgeborenem Sohn etwa. Der war zwar auch Chatsiantonious Sohn, doch in den vergangenen zwei Jahren war ihm der unbändige Junge dermaßen über den Kopf gewachsen, daß er nur mehr die beiden kleineren, den Elfjährigen und den Achtjährigen, als seine wahren Söhne betrachten wollte. Auch nachträgliche Ergänzungen zur überstürzten Abreise Jorgos', des Epiroten, nach Australien fanden darin Platz.
Schließlich gab Roussias anschauliche Beschreibungen von Menschen und Orten der Hochebene. Schließlich hatte er sein geschultes Auge vom Mikroskop des Labors losgelöst, und als professioneller, voyeuristischer Beobachter betrachtete er seine Umgebung mit einem genauso geduldigen und durchdringenden Blick wie Viren und Bakterien.
Am anderen Ende der Leitung nahm Chatsiantoniou mit Ausrufen, beredtem Schweigen, ein paar »Au verdammt!« und einem abschließenden »Gibt's denn so was, ach du liebes Herz!« regen Anteil.
Im Endeffekt war alles mehr als ungewöhnlich. Es war bei ihm der Eindruck einer Situation entstanden, die jederzeit außer Kontrolle geraten konnte.
»Roussias, paß bloß auf.«
»Ja, worauf denn, Chatsiantoniou?«
»Dort unten gerät das Blut leicht in Wallung. Gott sei Dank hast du schon gepackt.«
»Was habe ich gepackt?«
»Na, deine Koffer. Du fliegst morgen?«
»Morgen abend nach Athen, und übermorgen früh nach Washington.«
»Und jetzt zu den Frauengeschichten.« Chatsiantonious

Grundsatzfrage bereitete den Boden für das Finale des Telefonats vor.
»Laß mal. Ich habe keine Telefonkarten mehr.«
»So gefällst du mir. Nicht mal eine einzige ist dir übriggeblieben?«
»Frau oder Telefonkarte?«
Sie lachten, und Roussias erfuhr die einzige diesbezügliche Neuigkeit, nämlich den zufälligen Aufenthalt einer feurigen, dreißigjährigen Antonia aus Chios in Chicago, den weder sie noch die Männer der Stadt bereuten.
Wieder lachten sie.
»Mein lieber Roussias, vermißt du die Hochebene von Frederick?«
Die Telefonkarte war abgelaufen, und es war gerade noch ein kurzer Abschiedsgruß möglich.

Kyriakos Roussias verließ die Telefonzelle und ging den Sandstrand entlang auf die Lichter zu, in das Café einer unglücklich verheirateten Brigitte Polyvolaki, die etwas von deutschen Bieren verstand und ihm, halb betrunken, eines brachte.
Das zweite und ein paar Häppchen dazu gab Tsapas aus, der mit allen Wassern gewaschen und zudem glücklich verheiratet war. Soeben hatte er sein Tagewerk, die nicht genehmigte Erweiterung einer kleinen Ferienanlage, vollbracht. Tsapas schickte die Polyvolaki zu seinen Arbeitern – fünf Albanern, die sich an den entlegensten Tisch geflüchtet hatten –, damit sie deren Bestellung aufnehmen konnte. So blieb er allein mit dem Amerikaner zurück.
Tsapas setzte zu einem Vortrag zum Thema Hasenjagd an. Im vergangenen Winter habe es keinen Schnee gegeben, der die Spuren der Hasenjungen hätte preisgeben können. Daher hätten sie die Jäger heranwachsen lassen, und im diesjährigen Sommer seien die Hochweiden

übersät mit kleinen beigen Hasenkötteln, und an den Zäunen hingen kleine Fellbüschel. Die Leute hätten sich an Stifado, Hasengulasch, satt gegessen, und die Tiefkühltruhen seien mit drei Kilo schweren gehäuteten, kochfertigen Hasen gefüllt. »Schade, daß ich dir nicht zwei nach Amerika mitgeben kann«, seufzte Tsapas.
Kurze, mehr oder weniger zufällige Begegnungen, ein Raki hier, ein Bier da, Erzählungen und Gerüchte rauschten an Roussias vorbei, doch seine Gedanken kreisten immer nur um das eine, kehrten immer wieder zu ihrem Ausgangspunkt zurück.
Jedenfalls waren an jenem Abend aufgrund einer Verlobungsfeier die Dorfbewohner ausgeflogen. Bei Brigitte Polyvolaki herrschte Flaute, die Kundschaft war spärlich, der Wind lau, der Mond im Wasser versunken und das Libysche Meer spiegelglatt wie eine Tanzfläche.

»Dein Vater hat den Jungen abgeschlachtet wie ein Lamm. Sein Körper wand und krümmte sich eine Stunde lang, doch er hat ihm nicht den Gnadenstoß gegeben. Er stand bloß über dem Opfer und rauchte eine Zigarette nach der anderen. Die Tanzfläche hatte sich rot verfärbt. Rot war auch Sifis' Lyra, rot die Kabel, die Mikrofone, die Lautsprecher, der Junge lag in einer einzigen Blutlache. Sein gepflegter brauner Anzug war kirschrot geworden, er sah aus wie einer dieser aufgetakelten Showmaster. Dein Vater strich wie ein Hund um den Körper, bis er sich endlich straffte. Er war ganz vollgespritzt und rauchte gierig seine blutverschmierten Zigaretten. Später hatte die hölzerne, zehn mal acht Meter große Bühne so viele rote Fußspuren, als hätte dort ein Massaker zwischen zwei Bataillonen stattgefunden. Und auf dem Boden lagen elf ausgetretene Zigarettenstummel, Assos ohne Filter.
Ich wollte mir ein Autogramm von Sifis holen und nach

Perth schicken. Als ich gerade den Kugelschreiber und den Schreibblock herausholte und im Geiste die Widmung formulierte, um die ich ihn bitten wollte, *Für die drei Brüder Drakakis mit melodischen Grüßen aus Kreta*, sah ich, wie sich Myron, dein Vater, ein zwei Meter großer Hüne, vom Stamm von Maris' Silberpappel löste. Ich schaffte es gerade noch, mich hinter einen Berg schmutziger Kessel und Teller zu ducken. Ich sah, wie er mit fünf Riesenschritten auf der Bühne stand und auf den jungen Mann zuging, der mit den Mehrfachsteckdosen beschäftigt war. Er versetzte ihm einen Schlag in die Magengrube und packte ihn am Haarschopf. Anscheinend hatte er das kretische Messer gerade erst gekauft, denn das Preisschild von zweihundert Drachmen, klebte noch an seinem schwarzen Horngriff.«

Kyriakos Roussias hörte dem Glockenschmied wortlos zu. Xylas hatte zuvor das gehörnte Transistorradio ausgestellt und die Hände unter seiner langen Schürze vor dem Bauch verschränkt.

Immer wieder brachte ein Windzug die hellen Glöckchen zum Klingen, die draußen das Ladenschild umrahmten. Sie hingen im Wind und bimmelten sanft, bei jedem heftigeren Klingeln richteten Erzähler und Zuhörer die Blicke kurz dorthin. Danach trafen sich ihre Augen im Halbdunkel des Ladens mit seinen niedrigen Wänden, und rasch senkten sich ihre Lider.

Eine halbe Stunde zuvor hatte ihn Xylas mit eisigem Schweigen begrüßt, er hatte keine Lust auf eine Unterhaltung. Nicht durch Roussias, sondern durch den Anblick seines Koffers ließ er sich vom Gegenteil überzeugen.

Der unerwünschte Komet würde endlich weiterziehen.

Es lag nicht in seiner Absicht, ihn mit den – nicht einmal im Detail erzählten – Einzelheiten des Mordes zu quälen. Doch in den vergangenen Tagen hatte er sich durch einige journalistische Lobeshymnen, die dem Amerikaner mächtig schmeichelten, und Andeutungen der Geschäftsleute aus der Umgebung notgedrungen an die Ereignisse erinnert, und er wollte sie nun ein für allemal loswerden. Er machte alle für das elende Dasein des Kurzen verantwortlich. Dieser schmerzliche Gedanke lag ihm so schwer auf der Seele, daß er seine Herzkranzverengung darauf zurückführte.

Was hätte Roussias fragen können? Nichts.

Was hätte er hinzufügen können? Wiederum nichts.

Xylas war es, der noch etwas hinzufügte: »Ich trug damals eine Waffe bei mir. Aber ich hatte Angst, auf deinen Vater zu schießen. Das verfolgt mich nun schon mein ganzes Leben. Und die Tatsache, daß ich mich krank gemeldet hatte, um vor Gericht nicht in den Zeugenstand zu müssen.«

Roussias wischte Augen und Brille trocken und trat hinaus. Chania war in gleißendes Licht getaucht, und das Augustlüftchen raschelte im Blattwerk der Robinien, welche die Gehsteige säumten.

Es war einer jener schönen Montagnachmittage, an denen sich Sommergäste und Einheimische gleichermaßen die Gelegenheit nicht entgehen ließen, an den Strand zu fahren. Sobald die Rolläden heruntergelassen wurden, trafen sich Ladenbesitzer und Angestellte mit ihren Freunden oder Familien und verbrachten den ganzen Nachmittag bis zum Abend hin an nahe gelegenen oder auch weiter entfernten Stränden. Roussias traf auf Leute mit Sonnenschirmen und Kühltaschen, die Musikkassetten für die Fahrt austauschten und sich in Marathi, Stavros oder Kalyves verabredeten. Nur die Albaner auf der Platia Neon Katastimaton ließen ihre Parkbänke nicht im Stich und warteten auf Chanioten, die Helfer für die Feldarbeit oder die Wassermelonenernte brauchten.

Kyriakos Roussias hatte den Nissan schon am Morgen zurückgebracht. Mit dem Laptop in der einen und dem Tragegriff des gelben Rollenkoffers in der anderen Hand wanderte er bis nach Splantsia und Kum-Kapi, klapperte die engen Gäßchen, die Reouf-Pascha-Straße, die Musikschule und andere Orte in der Nähe ab, machte jedoch einen Bogen um Jannakopoulos' Wohngebiet und mied die Straße, in der seine Schwester wohnte, obwohl sie und Takis gerade erst eine zwölftägige Kreuzfahrt nach Ägypten angetreten hatten.

»Wir haben mit deinem Besuch nicht gerechnet, und die Gruppenreise war schon gebucht«, hatte ihm der Schwager am Telefon erklärt. Seine Schwester Keti hatte nur geseufzt: »Dort unten werden wir vor Hitze umkommen.«

Roussias brauchte unter dem schockierenden Eindruck von Xylas' Worten einige Zeit für sich – ohne zu sprechen, ohne zu denken und ohne sich zu erinnern. Er wollte nur die Namen auf den Ladenschildern betrachten, die Schlösser und Alarmanlagen, die Aufkleber auf den Fensterscheiben der Cafés, Bäckereien und Boutiquen, die alle Arten von Ankündigungen eines gewinnträchtigen Sommers enthielten.

Erschöpft und verschwitzt kam er am Schalter der Olympic Airways an, ließ sein Ticket für den Abendflug rückbestätigen und stellte seinen Koffer dort ab.

Wiederum streifte er durch das Marktviertel mit den geschlossenen Kerzengießereien, Sargschreinereien, Süßwarenläden, Brautmoden- und anderen Geschäften. Er wandte sich zum Hafen, ließ das Zollgebäude und die mittelalterlichen Werften hinter sich und folgte dem Verlauf des Hafenpiers. Zu dieser Stunde waren dort keine fischenden Rentner oder Liebespärchen anzutreffen.

Unterwegs blickte er einmal nach links, zur Stadt, einmal nach rechts, auf das Kretische Meer hinaus. Immer wenn die Texanerin nach der Liebe in seiner Wohnung in die Küche ging und Äpfel der Marke Bellefort und Heidelbeeren holte, blieb sie vor dem Poster der Griechischen Fremdenverkehrszentrale stehen und deutete auf die Hafenmole und den venezianischen Leuchtturm von Chania. »Kakos«, so nannte sie ihn, »mein Lieber, laß uns doch diesen wundervollen Spaziergang machen!« bettelte sie. Schließlich fand sie einen anderen dafür.

Als Kyriakos auf den ausgetretenen Stufen des Leuchtturms Platz nahm, ging die Sonne gerade mit rosaroten, honiggelben und stahlblauen Glitzereffekten unter. Es sah so aus, als hätten scharfe Messerklingen die dünnen Wolkenschleier zerteilt, die daraufhin die glasklare Silhouette der Stadt und des Hafens umtänzelten.
Wäre er doch ein Norweger, ein Waliser, ein Besucher aus Boston oder auch nur einer aus Karditsa, der sich am Sonnenuntergang freuen konnte, ganz für sich allein, oder um zu Hause seinen Freunden etwas erzählen zu können!
Er lehnte seinen Rücken an die Steinmauer und preßte seine Handflächen auf die Poren der uralten Steinstufen, um ihren Abdruck mitzunehmen.
Seine Brust schmerzte heftig. Seine inneren Organe hatten sich zusammengekrampft, waren zu einem stramm verschnürten Paket geworden, zu einem mit Spinnen festgezurrten Koffer auf dem Gepäckträger eines Autodachs. Sein Herz hämmerte wie ein Uhrwerk im Zentrum seiner Brust. Sein Atem hatte seinen Rhythmus verloren, so als wüßte Roussias nicht mehr, wie man Atem holt.
Er fühlte, wie ein Schluchzen ganz oben in seiner Kehle saß und selbst das Glitzern der gegenüberliegenden Stadt dagegen nichts ausrichten konnte. Xylas, in seiner Jugend Kassenwart der Vereinigung der Bomben- und

Brandopfer Kretas, hatte ihn mit seinen wohlgezielten Worten mitten ins Herz getroffen.
Sein Vater hatte im Alter von über vierzig Jahren mit unerhörter Brutalität das Leben eines neunzehnjährigen Jungen auf sein Gewissen geladen.
Gab es Milderungsgründe? Bestimmt gab es die.
Doch, trotz allem, wie hatte seine Hand bloß diese Tat ausführen können?
Roussias fragte sich, was in ihn gefahren war, daß er Xylas aufsuchte. Es war ein Fehler gewesen. Er wünschte sich, den Rest seines Lebens in den NIH mit Agarose-Gel und Labormäusen zu verbringen, ohne sich je wieder von dort wegzurühren.

Doch der Koffer verblieb am Schalter von Olympic Airways. Er mietete einen anderen Wagen, einen weißen Opel, und setzte sich, wie in jungen Jahren, ohne Papiere ans Steuer. Er kam in der Hochebene genau zu dem Zeitpunkt an, der drei Minuten oder vielleicht auch nur eine einzige Minute dauert, wenn nämlich die Berge auf einen Schlag in Schwarz getaucht sind und das Tageslicht erlischt, als hätte man einen Lichtschalter betätigt.
Die beiden gleichnamigen Mitglieder der Familie Roussias trafen bei den Zuckermelonengärten aufeinander. Der Kurze kehrte gerade vom Haus seiner Koumbara zurück und war von den Haaren bis zu seinen Shorts, die gleichzeitig seine Unterhose waren, mit weißer Farbe bekleckert. Bestimmt hatte er von der vorzeitigen Rückkehr des Langen nach Amerika gehört, denn sobald er sah, wie Roussias vor ihm bremste und noch dazu mit einem anderen Wagen, ließ er überrascht Eimer und Farbroller fallen und tastete nach seiner Gesäßtasche, in der er eine Waffe trug.
Der Opel rollte den Abhang hinunter. »Die Schwuchtel kann's einfach nicht lassen, verdammte Scheiße noch

mal!« schrie der Kurze mit einer Stimme, die zu tief für das Wort Schwuchtel und zu hoch für den Rest war. Er schlug sich an die Stirn, sammelte seine Sachen wieder zusammen und verschwand wild gestikulierend.
Roussias schlug den Weg zum Haus seiner Mutter ein, bereute es jedoch und wendete den Wagen. Er dachte daran, zuerst zu Antigoni zu fahren, doch ihre Wohnung über der Metzgerei lag mitten im hell erleuchteten Ortskern, und zu dieser Stunde würde auch Theofanis, ihr Mann, zu Hause sein, der nach allen Seiten hin deutlich gemacht hatte, daß er keine düstere Stimmung duldete.
In seiner Hosentasche hatte er drei Telefonkarten, doch die Telefonzelle lag mitten auf der Ladenzeile, und er hatte nicht den Mut, Chatsiantoniou all das, was ihm Xylas' beredte Zunge anvertraut hatte, weiterzuerzählen. Im Grunde wollte er es mit niemandem teilen.
Also verlegte er sich auf die Feldwege, fuhr die Berge hinauf und hinunter, in eine unwirtliche Landschaft hinein, die einen in ihren Bann schlug, selbst wenn man nicht viel sah, da sie in der Schwärze der Nacht um so einprägsamer wirkte.

Er rauchte ein halbes Päckchen auf. Warum rauche ich dich bloß, fragte er jede einzelne Zigarette. Nach halb zehn parkte er ein Stück vor den beiden Kafenions und ging vornübergebeugt die fünfzig Meter bis zu Maris. Er grüßte die wenigen Gäste, die zu dieser Stunde dort saßen und ihrerseits erstaunt aufsahen, da sie von seiner Abreise wußten. In Grüppchen saßen sie um Gläser mit Raki und kleine Tellern mit Wassermelonenstückchen. Bei seinem Anblick ließen sie die Gabeln sinken und warfen ihm einen verdutzten Gruß zu. Ganz am Rand von Maris' Kafenion, hinter der Silberpappel, die einen Teil des Hofs in Halbdunkel tauchte, saß allein für sich Kyriakos Roussias Nummer zwei, der Kurze.

Nur drei leere Tischchen trennten die beiden Cousins. Der Amerikaner konnte sich nicht umwenden und den anderen offen mustern. Daher versuchte er durch schattenhafte, bruchstückhafte Erinnerungen die beiden ungleichen Gesichter der Zwillingsbrüder vor seinem geistigen Auge zu entwerfen, das des Toten und das des Mörders. Denn beide hatten seinen Vater dazu gebracht, sowohl Täter als auch Opfer zu sein.

Nach dem Beginn der Fehde hatten sich die beiden Familien andere Weideplätze, andere Feldwege, eine andere Kirche und einen anderen Gemischtwarenhändler gesucht. Als kleiner Junge kannte er die Umrisse, die Körperhaltung und den Gang der Zwillinge nur von hinten oder aus der Ferne. Ihre Gesichter hatte er ein paarmal flüchtig gesehen, einmal in der Osternacht, dann an der Haltestelle des Überlandbusses, ein andermal, als sie auf steinigen Äckern Meerzwiebeln ausgruben, um sie in Chania als Glücksbringer zu verkaufen. Das war in der Silvesternacht 1967 gewesen, als ein unvergeßlicher Schneesturm wütete.
Seine Sünden büßte er jedoch in der Volksschule ab, und zwar tagtäglich. Die Zwillinge gingen in eine höhere Klasse, und er stand beim Morgengebet notgedrungen mit zusammengekniffenen Augen in Reih und Glied, konnte in den Pausen nicht in den Schulhof, blieb allein in der Klasse zurück und ritzte Männchen in die Schulbank.
Der Kurze war mittlerweile fünfundvierzig Jahre alt, er war damals von einem Staatsanwalt aus Rhodos und einem Richter aus Korfu zu neunzehn Jahren Kerker verurteilt worden. Davon saß er dreizehn Jahre ab, einen Teil verbüßte er in verschiedenen Strafvollzugsanstalten und Untersuchungsgefängnissen in ganz Griechenland, und den Rest in Arbeitshäusern, wo er seinen kleingewachse-

nen Körper mit Spitzhacke, Schlaghacke und Rechen und seine Seele durch den Anblick der Obstbäume, der jungen Olivenbäume und der saftiggrünen Saat stählte. Seit seinem siebten Lebensjahr war er aus freien Stücken bei Feldarbeit und Viehzucht im Einsatz gewesen.

Am Abend des vierten August lehnte der Kurze mit dem Rücken an der Wand, wie um sich Deckung zu suchen. Sein Gesicht war vornübergebeugt, und das lange, frisch gewaschene Haar hatte er über die Schulter zurückgeworfen. Es war das einzig Üppige an dieser Gestalt, die zu kurz geraten war und nichts auf den Rippen hatte.

Er nahm kleine Stücke Graviera-Käse von seinem Tellerchen und schien sie trotz der angespannten Stimmung dieses Abends zu genießen, denn bevor er hineinbiß, schnupperte er genüßlich daran.

Zu diesem Zeitpunkt traf auch der Polizeibeamte Papadoulis ein, in aller Eile und noch mit dem Zahnstocher in der Hand. Er trat in das Kafenion, erblickte Maris, der im Sitzen schlief, und zog Gjergj, den jungen Albaner, über die Vorkommnisse zu Rate, während er an einem Sodawasser nippte. Er interessierte sich für die genaue Ankunftszeit, wer als erster und wer als zweiter gekommen war, für ihre Bestellungen – Graviera der eine, Raki und Sonnenblumenkerne der andere. Er selbst hatte mit Müh und Not das Lyzeum beendet, alljährlich im Juni war er in drei bis fünf Fächern sitzengeblieben. Er war sich nicht ganz sicher, wie er sich dem Amerikaner gegenüber ausdrücken sollte. Einmal hatte er über ihn in den *Chaniotischen Nachrichten* gelesen und nach der Hälfte des Lebenslaufs aufgegeben, verwirrt von den vielen Diplomen, Veröffentlichungen und unverständlichen, fremdsprachigen Kürzeln. Am Morgen hatte er ihm noch eine gute Reise gewünscht. Was zum Teufel hatte ihn bloß zurückgeführt?

Obwohl er gerade ein ganzes gedünstetes Hähnchen in Tomatensoße verspeist hatte – »Mein Magen- und Darmfacharzt verbietet mir das Fasten unter Androhung der Prügelstrafe«, pflegte er zu sagen –, postierte er sich, für alle Fälle, an der Tür des Kafenions. Doch sein Einsatz war reine Theorie, denn allen war klar, daß die beiden Mitglieder der Familie Roussias nicht danach aussahen, als wollten sie einander unmittelbar an die Kehle springen.

Irgendwann wurde das Schweigen durch die eiligen Schritte und den keuchenden Atem der Frau des Kurzen gebrochen.

»Ach, Mensch, Kyriakos. Kyriakos, ich dachte . . .«, war die erstorbene Stimme unter dem Klappern der Holzpantinen auf dem Asphalt zu hören, bis die Tote auftauchte, in einiger Entfernung zu einem Standbild in Schwarz erstarrte und mit zusammengekniffenen Augen und Lippen darauf wartete, daß ihr Mann ihr nach Hause folgte.

Der lange Roussias erhob sich als erster, er ließ ein paar Hunderter auf dem Tisch zurück, leerte die Sonnenblumenkerne vom Tellerchen in seine hohle Hand, nickte grüßend und ging zum Wagen, gefolgt vom Rauschen der Silberpappel.

Am liebsten wäre er durch die Kühle der Nacht gewandert und hätte jedes einzelne Wort des Glockenschmieds, die Gesten des Cousins und die keuchenden Atemzüge von dessen Frau zwischen den Felsen verscharrt.

Ihn erwartete eine weitere schlaflose Nacht, in der er in der Vergangenheit versinken und alte Dinge an Land ziehen würde.

Auch sein Vater war versunken, und zwar nicht in der See, sondern anderswo.

Bevor er blasphemische Flüche ausstieß, versank er stets

in einem zweistündigen Schweigen. Bevor er vierzig Tage vor Ostern fastete, versenkte er sich in den Genuß fremder Ziegen und Schafe. Bevor er seine Frau besprang, packte er sie am Ärmel und versenkte sich in die Aufzählung ihrer Fehler.
Doch, trotz alledem, wie hatte er es fertiggebracht, einen neunzehnjährigen Jungen zu töten?
Seit dem Mittag war der Schmerz in Kyriakos Roussias' Brust unvermindert heftig, als hätte man ihm einen Messerstich versetzt, und die Klinge steckte immer noch zwischen seinen Rippen.

Teil seiner Arbeit und seines Lebens war es, Menschen zu begegnen, die vom Tod gezeichnet waren, mit den klinischen Prüfärzten zusammenzuarbeiten, die Therapieprotokolle erstellten, und die Überlebenschancen der Patienten zu errechnen – achtzig, fünfzig, zehn oder zwei Prozent.
Vor fünf Jahren hatte ihn ein dunkelhaariges Mädchen mit einem Messer angegriffen, als sie erfuhr, daß sie an Aids erkrankt war. Vor drei Jahren hatte ihm ein fünfundfünfzigjähriger Lehrer aus Rethymnon geschrieben: »Herr Professor, hat es überhaupt noch Sinn, daß meine Tochter die Reise in die USA bezahlt?« Und vor zwei Jahren hatte ein zwanzigjähriger Patient am Eingangstor des Forschungsgeländes von Frederick Selbstmord verübt.
Es war ihm nie in den Sinn gekommen, jemanden umzubringen. Er war es doch, der todbringende Viren durch seine Forschung bekämpfte. Seine Erziehung und sein Gewissen waren zwar mit dem Gedanken der Selbstjustiz nicht vereinbar, dennoch mochte er sich in der Rolle nicht recht wohl fühlen, das letzte lebende männliche Mitglied des einen Zweigs der Roussias und gleichzeitig der erste zu sein, der nicht zur Waffe greifen würde.
Alle anderen Mitglieder des einen und des anderen

Zweigs der Familie Roussias hatten andere gerichtet oder waren von anderen gerichtet worden. Nur er hatte von sich aus die Fesseln abgestreift und sein Schicksal in die eigene Hand genommen.

Er hatte den Geschmack von Abschied auf der Zunge, der ihm keineswegs süß erschien. Dort, wo er von früh bis spät dem Anblick der unwirtlichen Landschaft ausgeliefert war, wo das Schweigen unüberhörbar war, wo ihm verlogene Worte und fragende Blicke auflauerten, war ihm, als versinke er nach und nach in einem Abgrund alter Blutschuld, halbfertiger Rohbauten und nagenden Seelenschmerzes, der sich wie Seetang um ihn wand und ihn bis zur Unbeweglichkeit fesselte.

Was hatte der Kurze wohl im Sinn, fragte er sich. Wenn es stimmte, daß Augen sprechen konnten, dann hatte der ferne und finstere Blick seines Cousins ihm etwas zugerufen.

Sollte ich der erste sein, der nicht töten wird, sagte er laut zu sich selbst, doch unhörbar für die anderen. Und er lächelte über die Tollkühnheit dieser Frage.

Sollte ich der erste sein, der nicht getötet wird? Es war ihm, als könne er den Gedanken von der Stirn des Kurzen ablesen.

Kyriakos Roussias war sicher, daß, solange er selbst diese schwere Aufgabe nicht übernehmen wollte, es den anderen Kyriakos Roussias, den Cousin, nahezu in Verlegenheit brachte, noch immer am Leben zu sein. Denn für alle, die zum Mord verleitet werden, gibt es keine angemessenere Strafe als den Verlust des eigenen Lebens.

Es war unmöglich, nach Frederick zurückzukehren, als wäre nichts geschehen. Es war vorherbestimmt, daß beide, als letzte ihrer Familie, das Finale bestimmen mußten. Ja, aber welches Finale?

Er lehnte sich an den Wagen, und obwohl ein Kloß in

seinem Hals saß, drang aus seiner Brust ein langgezogener, tiefer und allumfassender Seufzer, der alle unglücklichen Augenblicke des Tages enthielt.

Er konnte nicht noch einmal zum Flüchtling werden, denn nun hatte er keinen Vormund, der ihn fortbrachte, und auch nicht die Rechtfertigung des jugendlichen Alters von fünfzehn Jahren. Er mußte, ob er wollte oder nicht, noch ein paar Tage bleiben, nicht nur um Milderungsgründe für seinen Vater zu finden, sondern auch um alle Geschehnisse seit dem Jahr 1949 in einen sinnvollen Zusammenhang zu rücken.

Der Mut der Verzweiflung

Der Lange, der sich bücken muß, und der Kurze, der sich strecken muß – so unterschieden die auf den umliegenden Bergen lebenden Verwandten und Bekannten vor dem Krieg die beiden Cousins ersten Grades namens Kyriakos Roussias, um nicht auf ihre Ziegen oder Ehefrauen Bezug zu nehmen, durch die sie sich ebenso unterschieden hätten.
Aus der Aussage vom Freitag, dem elften März 1949, vor dem Schwurgericht in Heraklion, ging hervor, daß der Kurze bei dichtem Nebel zwei Ziegen aus dem Pferch seines Cousins ersten Grades entwendet, geschlachtet und die Felle und einen Teil des Fleisches in einer Höhle versteckt hatte, deren Eingang er mit Brandkraut verdeckte. Nach zwei Tagen war das entwurzelte Brandkraut vertrocknet und gab den Aufbewahrungsort des Diebesguts preis.
Dem Langen kam das verdächtig vor, er geriet mit dem Kurzen aneinander, griff nach seiner Mannlicher und nahm die Spur des vom Pech verfolgten, diebischen Cousins auf. Drei Tage lang jagte er ihm durch bewaldete Schluchten und über steile Abhänge nach, bis er selbst einen Fehltritt beging und hundertsiebzig Meter eine Geröllhalde hinunterstürzte. So zumindest stellte es der Kurze dem Gendarmeriekommando dar, das am folgenden Tag zu seiner Festnahme erschien und ihn frisch rasiert und auf einem Stuhl sitzend vorfand. Er starrte in die Schlucht hinunter, da sein niedriges Haus genau am Abgrund stand. Er war bereit und wartete auf sie, Wäsche zum Wechseln und zwei Paar Socken hatte er in einen kleinen Sack gepackt.
»Mein Sohn tritt heute seinen Militärdienst an, und da schwöre ich keinen Meineid auf das Evangelium«, sagte der arme Teufel zu seiner Verteidigung.

Die Gerichtsverhandlung war kurz und fand in einem halbleeren Saal statt, denn die verstreut lebenden Verwandten hielten sich fern, da die Anreise aus den Bergen beschwerlich war. Die Familie des Opfers Kyriakos Roussias beschuldigte den anderen Kyriakos Roussias des Viehdiebstahls und des vorsätzlichen Mordes. Und obwohl die Witwe sechs Jahre lang in der Stadt gelebt hatte, weshalb ihr auch der Beiname *die Rethymniotin* verliehen worden war, und obwohl sie einmal nach Athen, zweimal nach Kalamata und dreimal nach Heraklion gereist war, schrie sie, sobald sie das Strafausmaß vernahm – vier Jahre wegen Viehdiebstahls und illegalen Waffenbesitzes, Freispruch für die übrigen Delikte – noch im Gerichtsgebäude gellend auf: »Ich mache dir das Leben zur Hölle!«

Die beiden Ehefrauen, Ekaterini Roussia, geborene Barda, die Frau des Langen, und Athinoula Roussia, geborene Sifakaki, die Frau des Kurzen, hatten nicht viel miteinander zu tun. Die beiden Frauen, die an den genau einander gegenüberliegenden Enden der Hochebene lebten, waren nicht nur durch die wogenden Hafer- und Gerstefelder getrennt.

Die Hochweiden waren der Rethymniotin nicht gut genug, und der Athener Anteil ihrer Mitgift hatte sich bald in Luft aufgelöst. Die derben Verwandten aus den Bergen traten mit schlammigen Schuhen in ihr Haus und kümmerten sich nicht die Bohne um ihr blaugoldenes Kaffeeservice und ihre Kristallgläser. Athinoula und die einheimischen Frauen hingegen waren zu stolz, um einen zweiten Blick auf fremdes Hab und Gut zu werfen.

Der Mann der Rethymniotin hielt sich immer öfter mit der Rechtfertigung aus dem Haus fern, seine Frau furze und auch sein Husten würde immer schlimmer.

Wo er wohl hinging? Zur Witwe? Er war kein Frauenheld. Zur Wiese mit den tausend roten Anemonen, die wie eine Blutlache aussah? Er war kein Naturfreund. In die Kafenions, um zu politisieren? Als Veniselos noch lebte, hätte Roussias wohl Lust gehabt, den Palast, der in der Gegend hoch im Kurs stand, zum Teufel zu schicken. Bisweilen sah man ihn gegen Mittag auf dem alten Dreschplatz der Einarmigen. Die Hitze lag so schwer auf seiner Brust, daß er sich kaum bewegen konnte, und er ruderte mit den Armen durch die Luft. Schon früher hatte man ihn dabei ertappt, wie er allein in der Einöde dahinwanderte und vor sich hin redete, noch bevor ihn die Nacht in ihre schützende Umarmung nahm. Offenbar war er sich selbst Gesellschaft genug.

Den Kurzen hingegen hatte die Armut verrückt gemacht. »Mein ganzes Vermögen besteht aus leeren Worten, dem Blick in den Abgrund und Hunger«, meinte er. »Das ist das Erbe, das mir mein Vater hinterlassen hat. Aber das verkaufe ich nicht, sondern werde es verdoppeln und verdreifachen.« Mit den Jahren verzehnfachte sich der Besitz des Kurzen mühelos, die Schulden standen ihm bis zum Hals, und die Geldnot war ihm ins Gesicht geschrieben.

In den beiden verwandten Familien kamen anderes Geschirr und andere Speisen auf den Tisch. Ekaterini, die Rethymniotin, die Frau des Langen, die vor den beiden schweren Geburten ihrer Söhne in sämtlichen Marienkapellen der Provinz ein Gelöbnis abgelegt hatte, stellte siebenundneunzig Tage im Jahr Fastenspeisen auf den Tisch, ganz abgesehen von den Mittwochen und Freitagen, an denen sie ohne Öl kochte. An den übrigen Tagen aßen sie Schweinekoteletts und Hackfleischröllchen – schlecht gekocht zwar, aber hübsch serviert und in ausreichender Menge.

Athinoula, die tüchtige Köchin mit den goldenen Händen, die Meisterin des feinen Blätterteigs, mußte ihr

Talent zu Grabe tragen. Mit den dürftigen Einkünften, die ihr Mann, der Kurze, aus Ackerbau und Viehzucht erwirtschaftete, war die Frau gezwungen, alle Tage zu Fastentagen zu erklären und einmal Löwenzahn und Oliven, dann Löwenzahn und eingelegte Sardellen, Löwenzahn und Kartoffeln oder nur Löwenzahn auf den Tisch zu stellen. Ihm ging alles schief – der Bulle brach sich das Bein, der Esel wurde blind, der Hund taub. Die Dürre vom letzten Frühjahr hatte die Gerste und die Sommerwinde aus Afrika hatten die Weintrauben vertrocknen lassen.

Und ihr Essen machte nicht wirklich satt.

Die Eingeweide der Familienmitglieder knatterten wie Maschinenpistolen. Alt und jung stand der Sinn nach Fleisch. Doch selbst der Hund fand keinen Knochen zum Abnagen und war dem Trübsinn verfallen.

Der Auslöser für die Morde, die folgen sollten, war in Wahrheit die schmerzliche Sehnsucht des Kurzen nach einem Häppchen Fleisch.

Josif Roussias, der älteste Sohn des in Alikarnassos eingesperrten Kurzen, sah anders aus als die übrigen Familienmitglieder. Er war seinem Großvater nachgeraten, sehr groß gewachsen, sehr bleich, sehr dünn und blond.

Josif, den man Sifis rief, war ein guter Metzger und ein hervorragender Schafscherer. Er arbeitete wie ein Pferd, denn sein Credo war: Selig, wer nichts schuldet.

Am fünften Mai 1951 ging er auf einer ausgedörrten Hochweide ans Werk, denn dorthin hatten seine ersten drei Kunden über tausend Ziegen und Schafe zur Schur gebracht. Deren Mal sollte eigentlich rot sein, doch mit den winterlichen Regenfällen, die in jenem Jahr besonders ausgiebig waren, und der nachgewachsenen Wolle war die Markierung verblaßt und zerlaufen. So stand eine rosafarbene Herde vor ihm.

Als die beiden Schüsse ertönten, glaubten die Hirten, jemand sei in der Nähe auf Rebhuhnjagd. Ihnen lief beim Gedanken an eine Kostprobe, ein Rebhuhnflügel in Tomatensoße etwa, das Wasser im Mund zusammen, und sie setzten ihre Jause mit Brot und Käse fort und tranken Raki, während sie von der Vereinigung zweier verwaister Bienenschwärme erzählten. Irgendwann suchten sie Sifis, um ihm einen Schnaps auszugeben. »Sifis!« riefen sie, doch keine Antwort. »Sifis!« riefen sie wieder. Da fanden sie ihn mitten unter den Tieren, mit zerschossenem Kopf war er hintenüber auf die rosafarbene Wolle gestürzt.

Er war zweiundzwanzig Jahre alt, gerade hatte er seinen Militärdienst abgeleistet und sich in ein Mädchen mit feurigen Augen verliebt. Wie ertrug es die Geliebte, die Totenwache zu halten? Sie hielt keine Totenwache, denn für sie brach kein neuer Tag mehr an. Seit damals lebte sie in stetiger Nacht, und wie erzählt wurde, erschien ihr Sifis im Traum, sowohl im Schlaf als auch im Wachen. Dabei stand er auf der Kanzel einer herrlichen Kirche und predigte wie ein Bischof, obwohl er nur die Volksschule besucht hatte.

Und wie erging es seiner Mutter Athinoula? Wie ertrug sie es, die Totenwache zu halten? Indem sie mit dem Mut der Verzweiflung auf seine frisch besohlten Schaftstiefel im Holzsarg starrte. Alle kannten den brennenden Wunsch der Rethymniotin, der Witwe des Langen. Sie drohte damit, sieben Popen einen Fluch statt einen Popen einen Segen aussprechen zu lassen, um die verschuldeten Gegenspieler endgültig zu vernichten. »Sonst liegt mir das ein Leben lang, ein Leben lang auf der Seele«, sagte sie immer wieder. Schon in jungen Jahren hatte sie ein schlimmes Mundwerk. Was sollte der Verstorbene auch dagegen sagen, der früher stets murmelte, ihn reizten die launischen Frauen? Er konnte sich überglücklich schätzen, denn er hatte sich die bei weitem launenhafteste ausgesucht.

Athinoula Roussia hingegen war eine sanftmütige Ehefrau und eine liebevolle Mutter. An erster Stelle wurde das von ihren Söhnen anerkannt. »Wir haben es gut gefunden, wie du uns ausgeschimpft und den Hintern versohlt hast, nämlich nie mit Gekreische oder vor anderen Leuten«, meinten sie, als sie schon Männerkleidung trugen und einen Schnurrbart stehen ließen.
Sie liebten sie abgöttisch bis zu ihrem Tod.
Nach dem Mord an dem Schafscherer wurde Josif festgenommen, der älteste Sohn der Rethymniotin, der denselben Namen wie das Opfer trug. Doch in der Verhandlung bot er Zeugen auf, die sein Alibi stützten: Er sei mit zwei Koumbari Schnecken sammeln gegangen – und zwar mitten am Tage, was äußerst unglaubwürdig klang. Trotzdem wurde er freigesprochen.
Athinoula Roussia, die Mutter des Ermordeten, hatte sich mit der Schere ihres toten Sohnes den Kopf wie ein Schaf kahl scheren lassen, ihr Haar in den Sarg gestreut und dem Toten Zitronenblätter auf das Kopfpolster gelegt.
Während der Verhandlung vor dem Schwurgericht Heraklion wurde ihr klar, daß ihr Sohn Sifis nicht einmal im Grab seine Ruhe finden sollte, denn der Gerichtsarzt hatte die Autopsie verpfuscht, und sie mußte noch einmal durchgeführt werden. In die Athener Gerichtsmedizin wurde nur mehr der Kopf ihres Sohnes geschickt. Die arme Frau hatte Glück, daß der Arzt nichts verrechnete, sonst hätte sie sich für die Leichenschau noch Geld leihen müssen.
Der Neffe auf der Anklagebank wich dem Blick seiner Tante aus. Seine Mutter Chrysoula hatte einen Staranwalt engagiert, einen gewissen Triantafyllidis, der getüp-

felte Krawatten trug und in einem Luxuswagen der Marke Hillman vorfuhr. Die Zeugen der Verteidigung waren die reinsten Halunken. In ihren Aussagen droschen sie Stroh und faselten detailreich von den Unterschieden zwischen Schnecken, die in den Trockenmonaten, und solchen, die nach dem Regen gefunden werden.
Athinoula beobachtete die Geschworenen, einen Angestellten der National Bank, eine Volksschullehrerin und die übrigen, die sich frierend in ihre Mäntel kuschelten. Sie betrachtete auch den Vorsitzenden, der zweimal gähnte, obwohl er es mit Mord, vorsätzlichem Totschlag und dem illegalen Tragen, Besitz und Gebrauch von Schußwaffen zu tun hatte. Doch der Mann hatte, wie sie meinte, jedes Recht dazu, er war ja auch ein Fremder, ein Thessalier.

Nachdem Sifis Roussias vom Mord an seinem Cousin, dem anderen Sifis Roussias, freigesprochen worden war, achtete er darauf, Myron, dem jüngeren Bruder des ermordeten Schafscherers, nicht über den Weg zu laufen. Viele heizten nämlich den Konflikt an, indem sie Myron immer wieder Sprüche wie »Alte Schuld verjährt nicht« zuwarfen.
Seit ihrem siebten Lebensjahr konnten alle Cousins gut schießen. Das hatten sie vor dem Krieg gemeinsam von ihren Vätern gelernt, zu einer Zeit, als der Lange und der Kurze noch nicht verfehdet waren.
Doch Myron erkrankte 1953, wenige Tage nach der Taufe seiner Zwillingssöhne, denen man die wenig originellen Namen Kyriakos und Josif gegeben hatte. Bald darauf erlag er in Agoria, wohin er sein Vieh wegen des guten Heus hochgetrieben hatte, einem unbekannten Leiden. Seine Frau Roula mit den berühmten saphirblauen Augen wurde mit dreiundzwanzig Jahren Witwe.
Sifis, der nur zwei kleine Töchter und keinen Sohn hatte,

knöpfte sich seine Frau Galatia nach dem ersten Vollmond vor, eine ganze Nacht lang ließ er sie nicht aus seinen Fängen und beackerte beharrlich sein Feld, um einen Sohn zu zeugen. Und wie es schien, waren sie diesmal ihrer Sache ziemlich sicher, denn ständig lief der Schwangeren bei bestimmten Essensdüften, wie etwa von Schmorfleisch mit Okraschoten oder Hasengulasch, das Wasser im Mund zusammen.

Das Leben verfloß unter den immer gleichen Pflichten – Arbeiten im Haus, im Hühnerstall, im Ziegenpferch und am Bienenstock. Es war inzwischen Herbst geworden, Nebelschwaden wallten um die Berge, und die Öfen rauchten. Der Kurze, der Vater des toten Schafscherers, wurde in jenen Tagen, am siebten Oktober 1953, aus dem Gefängnis entlassen. Schwermütig kam er in sein Heimatdorf und meldete sich nicht einmal im Kafenion zurück, sondern lebte ganz abgeschieden. Man redete über seine merkwürdige Erscheinung – blonder Schnauzbart und schwarze Brauen, aber graues Haar. Der Gott, der im Gefängnis herrschte, schien ihm den Kopf mit allen möglichen Farbresten gefärbt zu haben.
Der Kurze düngte seinen Acker, säte Wicke und ein paar Saubohnen, reparierte das Ofenrohr und brachte Athinoula zum Arzt, da ihre Beine knüppeldick geschwollen waren.
So verging ein sehr behutsamer Monat, es kam zu keiner Begegnung mit dem anderen Teil der Sippe, kein Anlaß für irgendwelche Ausschreitungen wurde geboten.

Der zweite Sifis verabschiedete sich am zweiundzwanzigsten November von seiner schwangeren Frau Galatia und bestieg den Tanker *Kanaris* nach Athen. Er hatte einige Besorgungen zu erledigen, vor allem wollte er sich ein neues Gewehr zulegen. Das alte war eines derjenigen Mo-

delle, die von den Engländern nach dem Krieg zurückgelassen worden waren, und zündete nicht mehr richtig. Er wollte auch Munition kaufen, sowohl um sich einen Vorrat anzulegen als auch um die Geburt des langersehnten Sohnes zu feiern. Er rauchte gerade eine Zigarette in der dritten Klasse, als er von Weitem seinen Onkel erblickte, der ihm schräge, messerscharfe Blicke zuwarf, während er seine Zähne in ein Stück Graviera grub.
Sifis erhob sich, trat die Zigarette aus und drängelte sich durch die zusammengepferchten Fahrgäste. Gefolgt von seinem Onkel ging er durch die gewundenen Korridore und über die spärlich erleuchteten Treppen an Deck. Es herrschte Windstärke sieben, und das Kretische Meer meinte es nicht gut mit dem Schiff. Draußen war Eiseskälte, alles war naß gespritzt, ringsum keine Menschenseele.
Der Knall war nicht zu hören, er wurde von Wind und Wellen verschluckt. Der Tote und der Überlebende verbrachten die Nacht an Deck, bis sie im Morgengrauen in Piräus einliefen und ein junges Besatzungsmitglied auf sie aufmerksam wurde. Beide waren stocksteif gefroren. Der Kurze schlug sein Kreuz, küßte das Gewehr und übergab es dem jungen Mann, der es nicht nehmen wollte. Da bedeutete er ihm, es auf die durchnäßten Decksplanken zu legen.
Die Hafenpolizei wurde verständigt und holte sie ab. »Das ist mein erster Mord, nicht mein zweiter«, sagte der Kurze, während der Offizier, eingemummelt in seinen Schal wie Reis in eine Krautroulade, unter Husten fluchte: »Herrgott noch mal, zum Teufel mit euch, Scheißkreter! Aus der Nähe kann ich den Anblick echter Toter nicht ertragen.«

Die erfahrene Hebamme Jorjia Gryparaki, auf deren Konto vierhundert Geburten zu Hause, auf Feldern und in Schluchten gingen, bemühte sich, dem Köpfchen des Neugeborenen eine ansehnliche Form zu geben. Und tatsächlich kam die kleine Waise als hübscher Bursche zur Welt. Alle naselang bestellte man eine weise Frau ins Haus, die in aller Frühe nüchtern und vor dem ersten Toilettengang kam, um das Kind gegen den bösen Blick zu stärken. Die Rethymniotin nähte ein schwarzes Hemdchen, und darin fuhr sie ihn im Dorf im Kinderwagen spazieren. Er sah aus wie ein Vögelchen mit hellblondem Schopf, wie ein Bienenfresser mit schwarzem Gefieder.

Mit solch einer Schwiegermutter und mit drei kleinen Gören am Hals und mitten in ihrer Einsamkeit verfluchte die vierundzwanzigjährige Galatia zwischen ihren Zähnen die Heiratsvermittlerin: »Die Dreckschleuder, das Flittchen!« Der wünschte sie einen schlimmen Tod an den Hals. Die war schuld daran, daß sie in die Sippe der Roussias geraten war. Eine kurze Verschnaufpause fand sie einzig und allein, wenn sie mit ihrer Geiß Despinida auf die Geröllhalde kletterte. Dann blickten beide in die Hochebene und – um so lieber – ganz weit in die Ferne.

Sie war es müde, Hintern zu wischen, Nasen zu putzen, Läuse zu knacken, Socken zu stopfen, Löcher zu flicken, ohne jemals zu küssen und geküßt zu werden. »Wie ist es bloß soweit gekommen«, fragte sie die Geiß, »daß meine einzige Freude am Leben der morgendliche Kaffee ist?«

Ihr einziger Sohn, der von Geburt an Waise war, ebenfalls auf den Namen Sifis wie sein Vater getauft, faßte das drückende Schweigen seiner Mutter als Aufforderung auf. Als er fünfzehn war, schubste er seinen Onkel Myron einfach zur Seite, als der gerade dabei war, die unbenutzten Schußwaffen zu ölen, und so tat, als würde er – der sich in Fragen der Ehre taub und blind stellte – sie bald benötigen.

Eines Morgens im Frühling, am Samstag, den fünfzehnten März 1969 zog Sifis zum ersten Mal einen Anzug an – einen grünlichen mit Schlaghose, den seine Großmutter aus Rethymnon bei einem Schneider in Chania bestellt hatte. Er fuhr in die Stadt hinunter, besuchte eine Verkaufsausstellung mit Motorrädern und zeigte Interesse an einer Java. Dann erkundigte er sich nach einer Motorgartenhacke der Marke Minotavros, verspeiste zwei Portionen Blätterteigpastete mit Käse bei Jordanis und darüber hinaus *Lamm à la greca* beim Touristenimbiß am Hafen.

Derartig satt gegessen drehte er eine letzte Runde auf dem Markt und in den angrenzenden Gassen. Dabei rauchte er eine Zigarette nach der anderen und rannte wie benebelt ständig gegen Mauern und Strommasten. Am Nachmittag schließlich ging er zur Busstation in Chania. Vor dem Bus, der gerade Fahrgäste und Pakete nach Sfakia transportieren wollte, verschoß er das ganze Magazin seiner Beretta auf den mittlerweile sechzigjährigen Kurzen, den Mörder von der *Kanaris*. Der war noch kleiner geworden, nachdem er noch einmal zwölf Jahre hintereinander in den Gefängnissen von Neapoli in der Lasithi-Hochebene, Ägina und Trikala abgesessen hatte. In den Augen der Rethymniotin war auch das noch zuwenig gewesen.

Als in den letzten Jahren der Cousin ihres Mannes wieder auf freiem Fuß und nach Hause zurückgekehrt war, deutete die alte Rethymniotin mal vor ihrem Enkel, mal vor ihrem anderen Sohn Myron auf den Kurzen, wenn ihn nicht gerade die hochaufgeschossene Saat überragte. Dabei entrang sich ihrer Brust jedesmal ein unmerklicher Seufzer.

Im Monat März also, an einem Samstag mittag, ergoß sich das Hirn des Kurzen über zwei Steigen Kartoffeln,

so daß die Leute hysterisch schreiend auseinanderstoben. Sie standen unter dem Eindruck, die Blicke aus den brennenden Augen des jungen Mannes hätten den Kurzen getötet und nicht die Schüsse aus seiner Pistole. Bis dahin wurde Sifis im Dorf von vielen der Ungeborene genannt, obwohl er bereits fünfzehn Jahre lang augenfällig lebendig war. Jedes Jahr im März schwefelte er die frischen Triebe des Weinbergs, und die Hasen brauchte er nur zu locken, und schon hüpften sie von ganz allein in den Kochtopf. Er war ein hervorragender Schütze und traf die Krähen im Flug.
Der Ungeborene handelte sich durch seine Tat zwölf Jahre Kerker ein und wurde postwendend in eine Besserungsanstalt für jugendliche Straftäter verfrachtet. Das Seltsame war, daß er zwar den Mord an seinem Vater rächte, dabei aber diesen Vater nicht einmal von einer Fotografie her kannte. Als seine Mutter einmal Fleisch auf dem Gaskocher anbriet, spritzte das Öl aus der Pfanne in die Flamme. Schnell griff das Feuer auf das ganze Haus über, und die Flickenteppiche, ein Stuhl, die deutsche Militärkarte Kretas, zwei Regale und alle Familienfotografien wurden ein Raub der Flammen. Darunter war auch das Porträt seines auf der Überfahrt ermordeten Vaters, das Hochzeitsfoto mit Galatia, eine Aufnahme mit seinem Hund und eine aus seiner Militärzeit, als er in Tripoli Wache schob.

»Zuerst habe ich daran gedacht, die Zwillinge zu beseitigen, um gleich die ganze männliche Linie auszulöschen«, sagte der Junge in der Verhandlung. »Aber schließlich habe ich doch lieber den Mann fertiggemacht, der die Waffe gegen meinen Vater gezogen hat.«
Einige meinten, er hätte sich vor seinem Lehrer Papadosifakis geschämt, der nicht müde geworden war zu bitten: »Kinder, bringt euch nicht gegenseitig um! Werft euch

nicht gegenseitig dem Charos zum Fraß vor!« Der Ungeborene und die Zwillinge besuchten in der Volksschule – sofern sie denn in die Schule gingen – dieselbe Klasse.
In Chania hatte sich bei der Busstation eine Menge von Neugierigen angesammelt, die erklärten, sie würden nie wieder eine Kartoffel in den Mund nehmen. Pensionierte Schuldirektoren, Beamte aus den Stadtbehörden und andere Würdenträger meinten zornentbrannt, die Sfakioten trügen Schuld daran, daß bald alle Kreter als blutrünstig verschrieen seien. Auf dem Festland im Norden halte man sie gar für Halbwilde.
Wieder einmal ergingen sich die Zeitungen in zahllosen Artikeln. Sie veröffentlichten wenig inspirierte Reime über Männermut und Heldentaten, Interviews mit altgedienten Rechtsanwälten und Universitätsdozenten. Die Reportagen klangen wie Berichte eines vorangekündigten Todes, und die Untertitel der Fotografien lauteten: »Laßt nicht zu, daß der Totentanz bis in alle Ewigkeit weitergeht!« Die Aufnahmen zeigten schöne junge Männer in schwarzen Hemden und mit unsteten Augen, die selbst auf dem toten Zeitungspapier wie gehetzte Tiere nach allen Seiten blickten, um vor jeder verdächtigen Bewegung auf der Hut zu sein.
Bei dieser Gelegenheit gaben die Journalisten auch einen Überblick über andere Blutrachegeschichten. Dabei brachten sie vieles durcheinander und addierten einfach die Toten – hier soundso viele und dort soundso viele. Sie beschränkten sich auf die Auflistung von Zahlen, die, wenn es um Vermögenswerte ging, durchaus für sich sprechen konnten. Doch hier schrie etwas anderes zum Himmel. Die Toten in ihren Gräbern, die sich nicht mehr um die Weinberge und das Vieh kümmerten, murmelten ununterbrochen, intrigierten mit irgendwelchen Rethymniotinnen und verwickelten die Lebenden ins schlimme Händel. In bitteren Worten beklagten sie sich über ihr bitteres Leben.

Nach der alljährlichen Seelenmesse für den Kurzen, am neunzehnten April 1970, hatte die Witwe Athinoula eines Abends ihren Schemel draußen vergessen, und sie konnte nicht einschlafen, weil sie ihn so allein stehengelassen hatte. Sie erhob sich von ihrer Matratze, ging vors Haus und holte ihn herein, nachdem sie ihn trockengewischt und um Verzeihung gebeten hatte. Bevor sie sich wieder hinlegte, nahm sie für zehn Minuten darauf Platz.

Sie hatte es sich angewöhnt, ihren Möbeln Gesellschaft zu leisten, ab und zu schenkte sie der Truhe zehn Minuten ihrer Zeit, zehn Minuten dem Schrank oder eine Minute der Gardinenstange.

Sie hatte Mitleid mit ihren Möbeln. Sie hatten gelernt, mit fünf Menschen zu leben, dann mit vier, später mit drei, mit zwei und am Schluß nur mehr mit Athinoula. Sie bedauerte sie, da Möbel anders aussahen, solange sie einer Anzahl von Leuten dienten, und anders wirkten, wenn sie – ohne Benutzer – ihren Sinn und Zweck einbüßten.

Auf dem Schemel sitzend brauchte sie nicht länger als zehn Minuten, um ihr ganzes Leben Revue passieren zu lassen. Mit den Jahren war die Genauigkeit und Schnelligkeit ihrer Erinnerung geschärft worden, und sie durchlief in Windeseile die schlechten und die guten Momente ihres Lebens. Denn es gab auch einige wenige von diesen guten Momenten – Trinkgelage, Hochzeiten und Taufen mit ihren Koumbari, Tänze. In ihrer Jugend zierte sie sich oft und wollte das Halstuch, das zum Tanz aufforderte, nicht annehmen. Dabei war sie eine von denen, die nicht genug bekommen konnten. Am Ende des Festes waren die Absätze flach getreten und die Schuhsohlen durchgetanzt. Wie ärgerlich sie damals war, als das Paar spitzer Spangenpumps in nur einer Nacht im Jahr '38 auseinanderfiel! Und über ihre schwarzen hochhackigen Riemchensandalen erst, die vor lauter Tanzen im Sommer '39 zerrissen waren, worauf sie barfuß nach Hause laufen mußte! Sifis, der eine ihrer beiden Zwillingsenkel, hatte ihr Talent zum Tanzen und Singen geerbt. Doch wie sollte man in Familien, in denen man zwölf schwarze Hemden wusch und auf die Leine zum Trocknen hängte, Herz und Sinn fürs Tanzen haben.

So saß Athinoula im Dunkeln auf ihrem Schemel. Ihre Familie ist ruiniert, und unsere Familie ist auch ruiniert, dachte sie. Der siebzehnjährige Mörder ihres Mannes saß im Gefängnis, und sein Onkel Myron, der andere Sohn der Rethymniotin, war ein vierzigjähriger selbstgefälliger Macho, der sich all die Jahre taub und blind gestellt hatte. Im Dorf warf man ihm scheele Blicke zu, nachdem sich sein kleiner Neffe als wahrer Mann erwiesen hatte.

Myron, der Onkel, gab einen Haufen Geld für einen bekannten Anwalt aus Athen aus, einen gewissen Christodoulidis, der selbst Judas als Unschuldslamm dargestellt hätte. Er kam für einen Abend per Flugzeug und ohne Gepäck, schließlich lieh er sich einen alten Koffer und nahm ihn, prall angefüllt mit den abgeschabten Knochen dreier Schafe, wieder in seine Villa nach Papagou mit. Für seine Colliehunde, wie er sagte. Als der Fall in die Berufung ging, bekamen sie es mit einem sturen Richter zu tun, der sich nicht erweichen ließ. In der Zwischenzeit vermehrten sich die Anzeichen, daß der Junge dem schweren Kerker nicht standhalten würde. Im Dorf munkelte man von Depressionen und Magendurchbrüchen.

Wie sollte sich seine Mutter Galatia da mit ihrer Despinida trösten? Eines Morgens im Herbst des Jahres '69 stieß Sifis ein letztes »Ach zum Teufel!« aus und starb. Doch im Dorf meinte man, der Krebs habe das falsche

Opfer hinweggerafft. Es hätte schon vor vielen Jahren Galatias Schwiegermutter, die Rethymniotin, die Meisterin der Verstellung, erwischen sollen.

An einem kalten Aprilabend im Jahr '70 erhob sich Athinoula von ihrem Schemel und beschloß, daß die vier guten Stühle es nicht mehr wert waren, sie auf den Kleintransporter zu laden und, mitten im Trauerjahr, nach Chania zur Reparatur zu schicken. So griff sie nach einem Beil, zerhackte sie und verbrannte sie im Ofen. Später stellte sie ihren Schemel wieder ordentlich unter den Tisch und strich das Tischtuch glatt.

Am nächsten Morgen fand man ihre Erzfeindin, die Rethymniotin, verkohlt in ihrer Küche auf. Als das Dorf dorthin strömte, rauchten das Sofa und die Holzpfeiler immer noch. In der Gerichtsverhandlung, in der Athinoula Roussia der Brandstiftung und des vorsätzlichen Mordes angeklagt war, sagte ein Zeuge aus, nachdem er gemäß Artikel 218 der Strafprozeßordnung vereidigt worden war: »Ich erinnere mich sehr gut an den ganzen Tag damals.« Und er erläuterte, warum er sich so gut daran erinnerte: Als er sich am Morgen des besagten Tages rasierte, habe er im Radio von einem Schweden gehört, der seine Haare färben wollte. Doch seine Frau war mit der Farbe nicht einverstanden, und in Schweden stand die ganze Welt kopf. Das sei das Hauptgesprächsthema in den Kafenions, in den Metzgereien und in den Telefongesprächen gewesen, die er mit seinen Schwagern führte, schloß der Zeuge.

»Über die Brandstiftung haben Sie gar nicht gesprochen?« fragte der Vorsitzende.

»Nein, nur über den Schweden«, entgegnete der Zeuge, der keine Schwierigkeiten bekommen wollte und, wie alle anderen, aussagte, er hätte nichts gesehen.

Und wenn doch ein Dorfbewohner, der gerade auf dem

Weg zu seinen Bienenstöcken war, Athinoula dabei gesehen hätte, wie sie zu allzu später Stunde um das Haus des Opfers schlich? Ein Zeuge ist kein Zeuge. Der ungebildete Roussias-Clan hatte mittlerweile alle Verhandlungstricks drauf und lieferte fingierte Zeugenaussagen wie am Fließband, deren Wortlaut genau übereinstimmte, wie etwa: Athinoula Roussia, eine brave Hausfrau, Patenkind des Kirchensängers Soundso oder des Mundartdichters Soundso, die während der Besatzungszeit tausend Engländer bei sich beherbergt und verköstigt hat, und so weiter und so fort.
Unbeteiligte Dritte waren zu der Überzeugung gelangt, daß nach soviel Blutvergießen die beiden Familien, Opfer und Täter, nicht mehr auseinanderzuhalten waren. Einige, die zufällig einmal das matschige Pilaf oder das steinharte Schmorfleisch der Rethymniotin verkostet hatten, gingen sogar so weit, sich über die Tote lustig zu machen. Sie meinten, wenn man jemals alle Hausfrauen zum Tode verurteilte, ginge sie bestimmt straflos aus. Zudem war es gar nicht unwahrscheinlich, daß ihr schlampiger Haushalt die Ursache des Unglücks war. Überall lagen Ölkanister, Gas- und Spiritusflaschen herum, da genügte ein kleiner Funke.
Auch die damals siebzehnjährigen Zwillingsenkel verfolgten die Gerichtsverhandlung. In den Pausen gingen sie zu Athinoula und legten ihr den Kopf in den Schoß, damit sie ihn streicheln und das Haar zwirbeln konnte, wie sie es zu Hause gerne tat.

Athinoula Roussia, geborene Sifakaki, wurde freigesprochen.
Gebrochen kehrte sie ins Dorf zurück, der Rheumatismus hatte ihre Hüfte in Mitleidenschaft gezogen, der graue Star hatte sie halb das Augenlicht gekostet. Doch die Schmerzen in ihrer Seele konnte man mit keinem

Chirurgenmesser beheben, dafür gab es kein Heilmittel. Ein wenig vertrieben wurden sie durch die Zwillingsenkel, besonders durch Sifis, dem das Lyraspiel leichtfiel und der eine Stimme hatte, die alles Gift, das sich in ihrem Herzen angesammelt hatte, wieder aufhob. Mit achtzehn Jahren feierte er große Erfolge in Chania, in Kastelli, in Rethymnon, nur nicht in Sfakia. Dort konnte der Junge aufgrund der Familienfehde nicht auftreten.

Wenige Monate später erklärte Manos Chatsidakis in einem Interview in einer Athener Tageszeitung, die Stimme des neunzehnjährigen Sifis Roussias enthalte all die Nuancen einer Nacht in den Weißen Bergen und seine Platte bei Panivar, *Der Jüngling und der Tod*, habe den frischen herben Geschmack kretischen Weins.

Kretische Nachtlokale wie *Erotokritos, Kri-Kri, Mitato, Chaniotissa*, aber auch Klubs in den westlichen und südlichen Athener Vorstädten und in manchen Gegenden von Piräus hatten Sifis' Bild plakatiert: mit nachdenklichem Blick, dichten Wimpern, sanften Brauen und einem hauchdünnen Oberlippenbärtchen. Taufen, Verlobungen, Hochzeiten und Bankette wurden auf die freien Termine des Künstlers gelegt, der innerhalb von zweieinhalb Monaten sechstausend Schallplatten verkauft hatte. Die Schule hatte der junge Mann schon seit langem aufgegeben. Sfakia, die Mutter und die Großmutter hatte er weit hinter sich gelassen und trieb sich mit einer Architektin aus Patras herum. Ständig hockte er mit anderen Musikern und Nachtklubbesitzern zusammen und strich Beteiligungen und Einnahmen aus dem Platten- und Musikalienhandel ein. Stundenlang fiedelte er auf seiner Lyra und stachelte seinen Zwillingsbruder, mit dem er ein Herz und eine Seele war, immer wieder an, sie sollten zusammen auf Weltreise gehen und eine Konzerttournee zu den Auslandsgriechen unternehmen. Doch Kyriakos brachte es nicht über sich, die beiden schutzlosen und kranken Frauen zurückzulassen. Und die hatten mittlerweile seine Zukunft in die Hand genommen.

Im Frühjahr des Jahres 1972, am Samstag, den dreizehnten Mai wurde bei der Hochzeit des Bruders eine Verstärkeranlage gemietet und Sifis Roussias, mit goldener Halskette, goldener Uhr und goldenem Ring am Finger, trat unter großem Jubel zusammen mit dem Lagoutospieler Minos Chnaris auf. Das ganze Dorf hatte sich versammelt, um den Auftritt zu genießen und den Jungen zu beglückwünschen. Ein Tanz nach dem anderen – Syrtos, Pentosalis, Tango und Kalamatianos – wurde von seinen Koumbari bestellt. Die improvisierten Mantinades wollten keine Ende nehmen, und man ließ die beiden Tänzer, die den Kreis anführten, immer wieder hochleben. Für die Solotänze mußten sogar Nummern verteilt werden, mitten in der Militärdiktatur regnete es Gewehrsalven, und mit der Gabel mußte man die Patronenhülsen aus den Pilafs herausfischen.
Das hübsche frisch verheiratete Paar, das ständig Händchen hielt, war zurückhaltend, dafür konnten der Brautwerber Xylas und die übrigen gar nicht still sitzen, und die Schaftstiefel sprühten Funken. Die jungen Mädchen sangen mit roten Wangen die Lieder der Platte mit, die der Radiosender Chania tagtäglich spielte. Doch auch die Schülerinnen in den Städten, die damals für Paschalis Arvanitidis und langhaarige Rocksänger schwärmten, fanden Gefallen an Sifis Roussias.

Auf dem Fest schienen die bösen Geister vertrieben, und alle atmeten erleichtert auf. Alle wollten sich austoben und über die Stränge schlagen. Der betrunkene Hufschmied beugte sich zu Sifis und küßte ihn mitten auf den Mund. Der trottelige Manolis tanzte auf der Lade-

fläche seines Kleintransporters. Den Hausschlüssel hatte ihm seine Mutter in die Socke gesteckt, damit er nicht verlorenging. Maris war aufgrund des Rakis schon frühzeitig außer Gefecht, er beschwerte sich heulend bei den Tischplanken mit den Honigröllchen, den Xerotigana. Der Pope löste die Knochen aus den Fleischstücken auf den Backblechen und in den Kesseln, wobei er zu Liedern, die nach seinem Geschmack waren, eine kleine Tanzeinlage bot. Als ein Durchreisender eintraf, der sich auf den Feldwegen in den Hochebenen verfahren hatte, seinen Wagen parkte, dem Treiben zusah und schließlich nach einem Nachtquartier fragte, antwortete ihm der Totengräber: »Nun ja, ein Einzelbett hätte ich noch zu vergeben. Wenn du dich da reinlegst, stehst du nie wieder auf.« Ein fast hysterisches Lachen brach aus, das allen guttat.
Die vielen guten Wünsche, das Tanzvergnügen und das köstliche Essen wurden von Sifis' Stimme noch übertroffen, bis fünf Uhr morgens sang er unermüdlich. Dann gingen alle schlafen und ließen die Landschaft – Stechginster, Brandkraut und die gelblich leuchtenden Berge – in aller Ruhe aufwachen. Der dicke, betrunkene Lagoutospieler Chnaris, damals in den Vierzigern, ging auch ins Bett. Allein räumte Sifis die Mikrofone, die Mehrfachsteckdosen und die Lautsprecher auf. Mit einem Weinfleck auf dem Hemdkragen, einer halb zerzausten Rose hinter dem Ohr und einem leisen Anflug von Heiserkeit in der Stimme wickelte er am Sonntagmorgen, den vierzehnten Mai die Kabel auf und summte seinen Erfolgshit vor sich hin, *Der Jüngling und der Tod begegneten sich in den Bergen hoch, der eine war flink, der andere erschöpft, da sprang der Jüngling dem Tod davon und über den steilen Abhang zu Tal.*
So weit das Lied, doch in Wirklichkeit war alles anders. Hinter dem Stamm der Silberpappel trat Myron Rous-

sias, der Sohn der Verbrannten, hervor, packte den Jungen am Nacken und beförderte ihn ins Jenseits.

»Nescafé ist das schlimmste für die Nieren«, sagte der Friseur. Er unterhielt sich gerade mit seinem Kunden über diverse Krankheiten. Da der Schädel des Herrn auf dem Friseurstuhl grindig, seit Tagen ungewaschen und unfrisiert war, hatte der Friseur genug Zeit, ausführlich zu den Themen Nierenunterfunktion, Dickdarmentzündung und Ekzeme Stellung zu nehmen.
»Den Bart brauche ich noch, die Locken nicht«, hatte der Kunde, Myron Roussias, zu ihm gesagt. Es war ein lauer, sonniger Tag, an dem die Hausfrauen gemütlich auf den nahe gelegenen Wochenmarkt gingen und dann, beladen mit Mispeln und Amaranth, nach Hause zurückkehrten. Während der Inhaber des Frisiersalons in der Ioannou-Drosopoulou-Straße im Athener Stadtteil Kypseli sein Handwerk mit Kämmen, Bürsten und Scheren verrichtete, verfolgten die grauen Augen des Kunden die Passanten oder warfen schräge Blicke auf die Möbelhandlung gegenüber. Er fragte beim Friseur nach, ob er den Preis eines bestimmten Schranks wisse und ob der Möbelhändler echtes Nußholz verwende oder die Käufer über den Tisch ziehe.
Der Schrank hatte ihn beeindruckt. Er war dreitürig, trug einen ovalen Spiegel auf dem mittleren Türflügel und wies Schnitzereien auf, die er gerne aus der Nähe begutachtet hätte. Gleich nachdem er seine zottelige Mähne losgeworden war, zahlte er, ging hinaus, trat auf den gegenüberliegenden Gehsteig und besah sich die übrigen Ausstellungsstücke – Tischchen für Radioplattenspieler und ein Kleiderständer, der sowohl für Karabiner als auch für Gabardinemäntel geeignet war. Er studierte die Preise, erkundigte sich nach der Höhe der Anzahlungen und der monatlichen Raten. Die Eßgarnitur und vor

allem der braune Kleiderschrank hatten es ihm angetan. Aus dem abgebrannten Haus seiner Mutter hatte er einige angekokelte Möbelstücke zu sich nach Hause geschafft, und es war an der Zeit, daß er sie aussortierte. Ein paar Minuten ging er auf dem Gehsteig auf und ab, und schließlich faßte er den Entschluß, seiner Frau Polyxeni den Schrank als Frachtgut zu schicken.

Seine Mutter, die Rethymniotin, mochte den Athener Geschmack. Ihr Traum war es gewesen, einmal im Leben das Warenhaus *Mignon* zu besuchen, und Myron hätte es ihr nicht einmal jetzt abgeschlagen, wo sie schon fast ein Jahr tot war. Bis zu ihrer Seelenmesse tauchte sie jede Nacht in seinen Träumen auf und reimte Totenklagen, *Wie eine Studentenblume, mein Sohn, duftest du neben mir schon*, als würde sie gerne auch den Sohn neben sich im Grab liegen haben. So schreckte das von ihr plötzlich so heißgeliebte Kind aus dem Schlaf hoch und erzählte seiner Frau Polyxeni den Traum. »Deinen eigenen Tod beklagst du, du Armer. Du bist ganz schön ängstlich, das paßt nicht in unsere Gegend.« Mit diesem Trost bedachte sie ihn für gewöhnlich.

Die Änderung seiner Haltung wurde durch die Verbrannte ausgelöst, die den Sohn im Schlaf besuchte, wortlos am Ende des Sofas saß und seinen Blicken auflauerte, bis es hell wurde.

An dem legendären Ort geboren, von dem Drachentöter und Viehdiebe stammten, wußte der vierzigjährige Myron Roussias genau, wie sehr seine Mutter eine Frau aus dem Nachbardorf beneidete, die vor dem Krieg ebenfalls einen Sohn nach dem anderen begraben hatte. Doch da sie neun Söhne geboren hatte, konnte sie hoch erhobenen Hauptes auf die Friedhöfe gehen und sagen: »Ich habe ein ganzes Bündel voller Ruten, einen ganzen Korb voller Eicheln für meine Rache.«

Myron hatte keinen weiteren Bruder mehr. Er hatte drei

Töchter, Antigoni, Keti und Marina, und Kyriakos, den Jüngsten, dem Augenlider, Hände und Knie zitterten und dessen Schießkünste gleich null waren.
Er fürchtete um den Kleinen. Die verfluchten Zwillinge waren seit ihrem zehnten Lebensjahr Revolverhelden, sie trafen Turmfalken im Flug und Haken schlagende Häschen auf vierzig Meter Entfernung. Bereits im Juni 1970 hatte das allnächtliche Traumgerangel mit der Verbrannten begonnen, und ihm wurde klar, daß die Zeit langsam knapp wurde. Deshalb schickte er den Jungen zu seiner Patentante, der Schwester seiner Frau, und zwar weder nach Egaleo noch nach Thessaloniki, sondern ans andere Ende der Welt, nach Amerika.

Während er auf dem Gehsteig der Drosopoulou-Straße gerade dabei war, seine Geldbörse herauszuziehen, um seine Barschaft zu überschlagen, wurde eine Salve auf ihn abgefeuert, die seinen Brustkorb durchschlug, ebenso wie die Auslage der Möbelhandlung und den Spiegel des Kleiderschranks.
Anders waren die Morde in Athen, ohne Echo in den Bergen, ohne hochfliegende Vögel und weggaloppierende Esel. Es war anders, in Athen zu sterben. Das sah man seinen Augen an, kurz bevor sie erloschen, aber auch später, als ihr Grau in die Farbe des Frühlingshimmels überging. Sie bewiesen, daß Myron Roussias seinen Tod bis zur Neige ausgekostet hatte.
Der Mörder war Kyriakos Roussias, der Zwillingsbruder des zuvor Ermordeten, der gerade erst geheiratet hatte. Denn der Mord in der Drosopoulou-Straße geschah am zweiundzwanzigsten Mai, zehn Tage nach seiner Hochzeit und dem gewaltsamen Tod seines Bruders, des Sängers. Immer noch trug er den Hochzeitsanzug, der nach der Überfahrt auf der Fähre, den Übernachtungen in zwielichtigen Hotels, den Besuchen in

Suppenküchen und Souflakibuden dringend in die Reinigung und am besten gleich danach in die Änderungsschneiderei mußte.
Doch was wollte er nun auch mit einem dunkelblauen Anzug anfangen?
Kyriakos Roussias, finster und schmal, wirkte wie ein Tomatenschößling, der die feine Behaarung verloren hatte und mit einem Schlag verdorrt war. Er blickte sein Opfer an, berührte es, schnupperte am frischen Geruch des Kölnisch Wassers, der nach dem Friseurbesuch noch in dessen Haaren hing. Er ließ die Waffe sinken, schlug das Kreuzzeichen und bedeckte die Augen mit seinen blutigen Händen.
Der Gerichtsmediziner in der Athener Leichenhalle befand, die tödliche Kugel habe das Herz des Opfers entzweigerissen.

Im Dorf folgten die Ereignisse Schlag auf Schlag: Mit den Begräbnissen, den Gerichtsverfahren und ähnlichen Prozeduren wurden die Kaninchen im Käfig vernachlässigt und fielen übereinander her. Das Schmerzensgeld von zwölfeinhalb oder dreizehntausend Drachmen, das vom Gericht für die Hinterbliebenen bestimmt wurde, ging sofort für neue Munition drauf.
Töchter, Schwestern und Cousinen machten sich so schnell wie möglich aus dem Staub. Auch die Arbeitsemigration, deren Blüte jedoch schon vorbei war, trug dazu bei. Sie verfielen auf eine naheliegende Lösung, reisten nach Australien, verstreuten sich dort in alle Winde, trafen auf die älteren Auswanderinnen und kehrten nicht mehr zurück. Ihre Mütter waren zu der Überzeugung gelangt, daß der Planet Erde aus zwei Orten bestand, Sfakia und Melbourne.
Viele starben zwar eines natürlichen Todes, doch die mißtrauischen Verwandten ließen, für alle Fälle, zusätz-

lich einen Gerichtsmediziner die Todesursache feststellen.

Gibt es eine Todesursache, die Grenze des Erträglichen heißt?
Die saphiräugige Roula etwa, die Mutter der Zwillinge, starb an unterdrücktem Leid. Auf den Begräbnissen und bei den Seelenmessen ihres Schwagers, ihres Mannes und ihres Schwiegervaters nahm sie die Beileidswünsche trockenen Auges entgegen. Sie hatte keine Tränen mehr, und sie legte es darauf an, rasch zu sterben, um nicht auch noch einen Sohn begraben zu müssen. Doch ihr Plan ging nicht auf. Auf dem Begräbnis ihres Sohnes Sifis blieb ihr Mund zwar verschlossen, doch eine böse Zunge behauptete, man hätte gesehen, wie sie an ihren Pulsadern nagte, und man hätte sie flüstern hören: »Gott sei Dank lebt ihr nicht mehr!«
Das betraf die Frauen. Die Männer der Sippe – Cousins, Onkel und Neffen – machten im allgemeinen dasselbe durch.
Nur im Tod unterschieden sie sich voneinander.
Der eine erlag zum Beispiel vier Kugeln, der andere nur drei. Der eine wurde erstochen, der andere von einem Axthieb niedergestreckt.

Der Geruch der Gräber

Ein poliertes Holzrelief der Insel Kreta, die gewienerten Hörner eines kretischen Steinbocks, ein Brustbild von Eleftherios Veniselos, eingerahmte lobende Erwähnungen und Auszeichnungen ebenso wie Ehrenurkunden und Bücherregale voll mit juristischen Fachtexten umgaben den Arbeitsplatz des eleganten Sechzigjährigen mit Toupet, der gerade zornentbrannt telefonierte und offenbar seine Frau ausschimpfte, daß für seinen empfindlichen Magen selbst ein Häppchen Sepia tödlich sei und er es sich nicht leisten könne, beim Klientengespräch ständig zu rülpsen.
Kyriakos Roussias, in petrolfarbenem Hemd und hellgelber Hose, hörte noch einige Details der Magenbeschwerden des Rechtsanwalts Idomeneas Tsilimingakis mit an. Sobald der jedoch seine wunderschönen Augen hob und ihn erkannte, ging er gleich noch einmal in die Luft. Diesmal schimpfte er seine Büroangestellte aus, die ihn nicht vom Besuch des *hervorragenden Sohnes Kretas*, wie er sich ausdrückte, benachrichtigt hatte. Deshalb hatte der auf ihn warten und offensichtlich auch noch seine Auslassungen über Blähungen und Völlegefühl mitanhören müssen. Doch auch diese Tirade verfehlte ihr Ziel, denn die junge Frau war außer Haus gegangen, um, wie sich später herausstellte, Nagellack zu kaufen. Es war August und die Auftragslage dementsprechend dürftig.
Rechtsanwalt Tsilimingakis schluckte seinen Ärger hinunter, zog den Bauch ein und richtete seine knapp ein Meter sechzig Körpergröße auf. Dann lud er Roussias ein, auf dem zypressengrünen Ledersessel Platz zu nehmen, und zeigte sich glücklich über die hohe Ehre des Besuchs. »Herr Roussias, mit größter Bewunderung

sammle ich alle Zeitungsmeldungen, die über Sie berichten«, meinte er bewegt und gab der jungen Frau, die gerade rechtzeitig hereinstürmte, den Auftrag: »Tasia, mach schnell ein paar Kopien hiervon und bring mir auf dem Rückweg den *Gewinn* und die *Aktie* mit.« Er müsse, zum Teufel noch mal, auf dem laufenden bleiben, rechtfertigte er sich vor dem Besucher. Er ging auf das Fenster zu, klappte die Jalousien ein paarmal auf und zu, zog ein Taschentuch hervor und tupfte sich den Schweiß von der Stirn.

»Ja, ja, die norwegischen Fjorde! Wie schlimm, wie überaus schlimm, daß Sie noch nicht dort waren«, rügte er Roussias. Er selbst war soeben von einer Luxuskreuzfahrt in die zivilisierten Breiten zurückgekehrt. Er unterstrich *zivilisiert* mit einer weit ausholenden Geste, dachte kurz über die ganze Angelegenheit nach und fuhr dann, vertraulicher, fort, die Frauen hätten das Regiment übernommen, er selbst nicht die mindeste Veranlassung gehabt, nach Skandinavien zu reisen, doch seine Ehefrau und seine in Scheidung lebende Schwägerin hätten ihn dazu verdonnert. Zehn Tage lang habe er unglücklich auf dem Schiff gesessen und die eigentümlichen Naturschönheiten und geographischen Abnormitäten verfolgt, allein zwischen zwei Frauen, die wegen seines Geizes kein gutes Haar an dem fahnenflüchtigen Schwager namens Apostolos ließen. Eineinhalb Millionen habe er hingeblättert, nur um fettiges Essen über sich ergehen zu lassen und kein Sterbenswörtchen zu verstehen. »Ach, die verfluchten Fremdsprachen!« seufzte er gelöst auf, servierte Mandarinensaft, setzte sich und wurde ernst.

Nachdem sie ein paar Schlucke getrunken hatten, blickten sie sich kurz an und kamen wortlos überein, Einleitungsfloskeln wie etwa, wie schnell die Zeit vergehe oder wie sehr Kreta touristisiert sei, zu übergehen.

Sie bereiteten sich auf das Gespräch vor, indem beide

ihre Brillengläser putzten, wie um die Staubschleier der Vergangenheit zu lüften. Fest stand, daß Roussias gewiß nicht wegen eines aktuellen Falles seinen juristischen Rat suchte.

»War ein kleines Taschenmesser oder eine Kalaschnikow im Spiel? Das ist die Frage für den Richter heutzutage«, hob Tsilimingakis zu einer ersten Einleitung an. »Ich stehe Ihnen zur Verfügung«, meinte er bereitwillig. »Der Verteidiger Ihres Cousins, der unglückliche Michelioudis«, fuhr er fort, und der Gedanke an den Kollegen ging ihm sichtlich nahe, »war damals auf der Nationalstraße tödlich verunglückt. Scheißstraßen, mit Verlaub. Kurz vor Heraklion ein übereiltes Überholmanöver, und er blieb auf der Strecke. Nun also?«
»Ich war bei der Verhandlung nicht dabei. Erzählen Sie mir, was Sie für wichtig halten, was Ihnen dazu einfällt.«
Als Tsilimingakis, nach kurzem Schweigen, einen Einstieg gefunden hatte, begann er: »Ich war um halb sieben Uhr morgens ins Büro gekommen und fand dort Ihre Mutter und Ihre drei damals ganz jungen, wirklich wunderhübschen Schwestern vor, die auf der Treppe vor der Kanzlei saßen. Alle in Schwarz und stumm vor Trauer. Das war nach dem Begräbnis Ihres seligen Vaters, im Mai '72. Bis dahin hatte ich vorwiegend mit Konkursen, Pfändungen und widerrechtlichen Aneignungen zu tun, von den sogenannten Familienfehden wußte ich nur ganz wenig. Gerade mal das, was in den Erläuterungen zum Strafrecht und den Lehrbüchern der Kriminologie stand oder was die unvergeßlichen Tsevas und Maris in einigen Monographien publiziert hatten. Ihnen werden diese Namen nichts sagen, da Sie so lange schon im Ausland leben.«

Idomeneas Tsilimingakis hatte damals händeringend die Namen der älteren Toten auswendig gelernt und darum gekämpft, den einen Mörder vom anderen zu unterscheiden. Denn alle stammten aus dem Roussias-Clan und hatten nur drei Vornamen – Kyriakos, Myron und Josif. Der tödliche Kreislauf drehte sich um dieselben drei Namen, die er immer wieder durcheinanderbrachte. Um so mehr, als Kyriakos' Mutter auf die Fragen des Rechtsanwalts nicht antwortete, sondern mitten im Raum verharrte, den Kopf nach links hängen ließ, auf die niedrigen Füße des Sessels starrte und – nicht zu Tsilimingakis, sondern zu sich selbst – murmelte, ihr Sohn sei doch in Amerika und das Blut ihres Mannes und die Zukunft dreier unverheirateter Töchter lasteten allein auf ihren Schultern.

Kyriakos hörte zum ersten Mal, daß sich seine Mutter damals solche Gedanken machte, und ganz tief in seiner Brust verlangsamte sich das Klopfen seines Herzens und schien zu verstummen, nicht etwa, um seinen Tod herbeizuführen, sondern damit er dem Kommenden in aller Ruhe lauschen konnte.

Die vorgeladenen Zeugen der Anklage und der Verteidigung hatten sich fast alle der Verhandlung mit den üblichen Rechtfertigungen entzogen – sie schoben die Aufgaben des Ackerbauern und Viehzüchters oder unheilbare Krankheiten vor. Aus freien Stücken waren mit Ausnahme eines Lagoutospielers aus Mylopotamo nur Athener erschienen: der Friseur aus der Drosopoulou-Straße, der sich bis ins Detail an die Unterhaltung mit dem Opfer erinnern konnte, in der es um dänische Möbel im allgemeinen und um einen eindrucksvollen Kleiderschrank im besonderen ging, den der Verstorbene im Schaufenster einer Möbelhandlung, die dem Frisiersalon gegenüberlag, bewundert hatte; und daneben die aufgetakelte, grünäugige Verkäuferin aus der Möbelhandlung, die, wie sie erwähnte, während eines früheren Ferienaufenthalts der chaniotischen Bougatsa, einem süßen Blätterteiggericht, verfallen war. »Tasia!« rief Tsilimingakis erneut nach seiner Angestellten. »Willst du nicht rasch zu Jordanis laufen? Ich gebe Herrn Roussias und dir zwei Portionen aus. Ich, zum Teufel noch mal, habe ja einen löchrigen Magen.«

Die Unterbrechung zwecks Bestellung der Bougatsa, das Abzählen der Hundertdrachmenscheine und die Frage, ob mit Zucker oder ohne, zog nach sich, daß der Rechtsanwalt plötzlich den Faden verlor und ihm Tränen in die Augen traten: »Herr Roussias, ich habe Sie, den großartigen Wissenschaftler, zum Greifen nahe vor mir, vor lauter Freude fühle ich mich wie ein Astronaut bei der Mondlandung.«

Notgedrungen kam er wieder auf den Boden der Tatsachen und fuhr fort: »Im ersten Verfahren wurde Myron Roussias' Mörder zu neunzehn Jahren Kerker verurteilt. In der Berufungsverhandlung wurde die Strafe auf insgesamt siebzehn Jahre heruntergesetzt. Als mildernde Umstände wurden sein unbescholtener Lebenswandel angesehen, die höheren Beweggründe für die Tat, die Provokation durch das Opfer, das zuvor dem Bruder des Täters, einem neunzehnjährigen Sänger, das Leben genommen hatte. Wie hieß der junge Mann noch gleich?« fragte sich der Rechtsanwalt. »Ach ja, Sifis«, erinnerte er sich dann. »Der war hundertmal besser als Kokotas!« meinte er voll Nostalgie über dessen Stimme.

»Als im Februar '73 damals das Verfahren im Gebäude des Frauengefängnisses von Korydallos in die zweite Instanz ging, war der Gerichtssaal menschenleer. Den Schiffen war das Auslaufen aus allen Hafenanlagen untersagt, und in Souda blieb die Fähre sechs Tage lang liegen«, erzählte Tsilimingakis. Während er die Brille abnahm und die Augen schloß, beschrieb er einen leeren, kalten Saal, durch die gesprungenen Fensterscheiben sei der Regen hereingedrungen, und während der Zeugenaussagen habe eine Putzfrau in aller Seelenruhe ihren Mop vom Platz des Vorsitzenden zur Anklagebank und von den Zuschauerbänken zu den Sitzbänken der frierenden Polizisten über den Boden geschleift.

Man habe damals nicht leichtfertig Geld für ein Ticket der Olympic Airways hingelegt, unter den Zuhörern seien weder Scharen von Zeugen noch einfache Zuhörer *von unserer leidgeprüften großen Insel* gewesen, wie Tsilimingakis sich ausdrückte. Die schwarzen Hemden seien an den Fingern einer Hand abzuzählen gewesen.

Von der Familie des Opfers war nur Antigoni erschienen, die aussah wie die Lambeti im Film *Das Mädchen in Schwarz*, und zwei Koumbari namens Papadolambakis aus Egaleo, die jedoch ab dem zweiten Verhandlungstag verschwunden blieben, da ein Abflußrohr geborsten war und ihren Handwerksbetrieb, in dem sie Schlüsselanhänger herstellten, mit Unrat überflutet hatte.

Als Zeuge der Verteidigung trat der Lagoutospieler Minos Chnaris auf, sagte zugunsten der Zwillinge aus und hob ihre Anständigkeit und Bescheidenheit hervor. Ebenso sagte die Ehefrau des Angeklagten aus, die im Zeitraum zwischen der Verhandlung vor dem Schwurgericht im November '72 und der Berufungsverhandlung im Februar '73 von einer Schönheit zu einer verhärmten Frau verfallen war. In den Verhandlungspausen brachte sie ihrem Mann von draußen ein paar Souflakispießchen und saß damit wie ein Leibwächter, Gewehr bei Fuß, neben ihm.

Der Staatsanwalt, ein Dickwanst mit Fistelstimme, brandmarkte in seinem Plädoyer alle Beteiligten als blutrünstige Barbaren und verabscheuenswürdige Verbrecher, die mit ihren Maschinengewehrsalven jedes Rechtsempfinden in den Staub träten und dem modernen Leben der großen Insel einen herben Rückschlag versetzten. Daraufhin fiel die Frau in Ohnmacht, und ein Gendarm trug sie hinaus, während ihr Mann sich allein verteidigte.

Idomeneas Tsilimingakis füllte den Mandarinensaft in den Gläsern nach, befeuchtete sich die Lippen und wählte eine Nummer auf seinem Telefonapparat.
»Koula, meine Liebe, soll der Kanister Olivenöl heute abgehen oder nicht?«
Er hatte eine gewisse Koula im Berufungsgericht Chania damit beauftragt, eine gewisse Popi im Berufungsgericht Athen wegen einer gewissen Niki anzurufen. Letztere war eine seiner Nichten, studierte an der Universität Toronto und verbrachte einen kleinen Badeurlaub in Rethymnon. Damit sie ihre Doktorarbeit über die Rolle der Frauen in der Blutrachetradition der Mittelmeerländer abschließen konnte, mußte sie diese und jene Prozeßakten studieren. Heimlich waren Fotokopien gemacht und per Kurierdienst nach Kreta geschickt worden, dafür sollte nun Popi gleich am nächsten Tag einen Kanister Olivenöl erhalten.
»In zehn Minuten schicke ich dir meinen Bekannten vorbei, ihr habt übrigens den gleichen Vornamen. Er bringt dir auch die Schuhe für mein Taufkind, den kleinen Hosenscheißer vorbei«, sagte Tsilimingakis und zwinkerte Kyriakos zu. »Am Sonntag kommen wir nach dem Schwimmen zu euch, nur mach bloß nicht wieder Rindfleisch in Tomatensoße, sondern etwas Leichteres, Koulalein, so etwas wie Kalbfleisch in Zitronensoße.«
Der Rechtsanwalt legte den Hörer auf und schob Kyriakos das Butterbrotpapier mit der Bougatsa zu. Er machte eine Handbewegung, die heißen sollte, so sei es eben, im Leben müsse man immer zwei Fliegen mit einer Klappe schlagen, und er wies seinen Besucher an, in der

Justizbehörde, die sich im Gebäude der Präfektur Chania befand, beim Berufungsgericht im ersten Stock nach Frau Koula zu fragen und sich ihr nur erkennen zu geben, wenn die mollige Rothaarige mit dem Damenbart nicht im Büro sei.

Er nahm den Ordner mit den Fotokopien der Zeitungsausschnitte von seiner Angestellten entgegen und übergab ihn Kyriakos, dann übergab er ihm noch die Schuhe für sein Taufkind und verabschiedete sich mit herzlichen Worten und großer Erleichterung, da er, wie er sagte, all die Jahre in dem Glauben gewesen sei, daß der herausragende Astrophysiker, wie er Kyriakos bezeichnete, ihm nachtrage, daß die gegnerische Seite nicht lebenslänglich bekommen hätte. Das nämlich trage ihm Roussias' Mutter nach, die ansonsten allerliebenswürdigste Frau Polyxeni, die ihm damals, nachdem sie ihm nur die Hälfte der ausgemachten Summe bezahlt hatte, ins Gesicht gespuckt und einen Ehrabschneider genannt habe.

Es war der zehnte August, und bei Gericht gingen verschwitzte Beamte mit Frappés in der Hand ein und aus, einige Rechtsanwälte in Sommeranzügen und wesentlich leichteren Aktentaschen als in den arbeitsreicheren Wintermonaten, einige wenige Dörfler aus den Bergen und noch weniger Bewohner des Flachlandes in Pumphosen oder Jeans. Doch auch die schwarzen Hemden fehlten nicht, etwa ein Dutzend tauchten hier und da auf. Die langärmeligen Hemden waren in Mode gekommen, wie der Pope von Pagomenou erzählt hatte. Sie seien ein unbewußter Widerstand gegen die moderne Einheitskleidung, da sie mittlerweile nicht nur von denen getragen würden, die in Trauer waren.

Auf den Tischchen des Imbisses und auf Mauervorsprüngen lagen herrenlose Sportzeitungen, leergerauch-

te Zigarettenschachteln und leergegessene Chipstüten. Mitten im August stellte niemand einen Anspruch auf Reinlichkeit. Statt dessen waren die Waldbrände, die Attika heimsuchten, in aller Munde.
Roussias lief keine Gefahr, seiner Schwester oder seinem Schwager in die Arme zu laufen, die im Gebäude der Präfektur arbeiteten, da sich Familie Ktenioudakis auf ihrer Kreuzfahrt befand. So durchquerte er den kleinen, mit Bananenstauden bepflanzten Innenhof und schlüpfte in den Gebäudeteil mit dem Berufungsgericht, ging in die erste Etage hoch, wandte sich gleich nach links, und zwei Minuten später nahm die aufgeweckte und flinke Koula, nachdem sie seine ungewöhnlichen zimtbraunen Augen bewundert hatte, die Sache in die Hand. »Also, so was sehe ich zum ersten Mal!« meinte sie und schickte ihn in den Lesesaal der Bibliothek der Rechtsanwaltskammer Chania. Dort, versteckt hinter leeren Pappkartons, aber unter dem achtsamen Blick von etwa zwanzig Gerichtspräsidenten, deren aufgereihte Schwarzweißporträts den Lesesaal gleichzeitig schmückten und überwachten, öffnete er den Band mit den Protokollen und Urteilen des Schwurgerichts Kretas in Chania und der Berufsrichter des Schwurgerichts Kretas und fand sich sofort auf der richtigen Seite wieder, bei dem Bündel mit den verkleinerten Fotokopien.

»Als der Mord passierte, hatten wir gerade blauen Schaumstoff gekauft«, sagte die Zeugin Evjenia Tsangli aus und erläuterte: »Der nahm beide Rücksitze ein, und mein Mann konnte den Verkehr auf der Ioannou-Drosopoulou-Straße hinter unserem Wagen durch den Rückspiegel nicht erkennen. So habe ich mich draufgesetzt, um den Schaumgummi durch mein Körpergewicht zusammenzudrücken. Als der junge Mann schoß, haben Jannis und ich uns automatisch dahinter geduckt.«

»Ich gehe also Käsetaschen holen und komme am Friseurladen vorbei. Dann gehe ich zum Laden mit den Daunendecken und komme wieder am Frisiersalon vorbei. Da kommt die Koumbara der Chefin, um den blauen Schaumstoff zu holen, und sie schicken mich noch einmal um Käsetaschen und Pizzen. Ich habe bemerkt, daß der Mann, der gerade beim Friseur saß, alle vier Male aus dem Sessel hochgeschreckt ist und mich mißtrauisch angestarrt hat. Beim vierten Mal haben auch die auffälligen Pizzaschachteln dazu beigetragen, aber da hat er mich einfach aus den Augenwinkeln beobachtet. Mensch, Junge, was habe ich bloß an mir, habe ich mich gefragt, was ist da los? Wahrscheinlich war es die Tatsache, daß ich dem Täter ähnlich sehe, die gleiche Größe und eine ähnliche Frisur habe.« So hatte der junge Angestellte Michail Rigopoulos ausgesagt, der Laufbursche aus der Möbelhandlung.

Ein anderer Augenzeuge, Gerassimos Aravantinos, ein Student an der philosophischen Fakultät, sagte aus, die beiden Kreter hätten gewirkt wie Wesen von einem anderen Stern. Der Täter habe sich, bevor er schoß, hinuntergebeugt und mit einem Taschentuch seine Schuhe abgestaubt. Aus seiner Hosentasche habe eine Kerze herausgeragt, wahrscheinlich hätte er zuvor die Kirche der Ajia Soni besucht. Er habe kurz innegehalten, sei dann fünf Meter auf und ab gegangen, bis er sich dazu entschloß, eine Blätterteigtasche mit Käse und Schinken zu essen. Er habe den Blick eines Menschen gehabt, der eine schicksalhafte Entscheidung trifft. Besonders auffallend sei seine melancholische Ausstrahlung gewesen.

Ein großer vergilbter Fleck, vermutlich ein Kaffeefleck, verunzierte den Rest der Seite. Daher waren nur die letzten Sätze der offensichtlich äußerst knappen Aussage der Ehefrau des Täters zu erkennen.

»Myron Roussias hat seine Rache so lange hinausgezögert, bis sein Sohn alt genug war, daß er ihn nach Amerika schicken konnte. Am Morgen nach meiner Hochzeitsfeier bin ich vor Angst fast umgekommen. Ich bin aus dem Schlafzimmer gestürzt und losgerannt. Zuerst habe ich einen umgestürzten Stuhl gesehen, dann einen umgestürzten Tisch. Danach Sifis' reglose Hand mit der goldenen Uhr, die ihm die Brüder Drakakis aus Australien geschickt hatten. Meinen Mann habe ich erst in der Zeitung wiedergesehen, nachdem man ihn in Athen festgenommen hatte.«

Am Schluß stand die Vereidigung auf das Heilige Evangelium gemäß Artikel 218 der Strafprozeßordnung, es folgten zwei gerichtsmedizinische Gutachten, das Beschlagnahmeprotokoll des Revolvers seines Vaters, eines Colts mit der Nummer 415668, eines achtunddreißiger Revolvers der Marke Smith & Wesson aus den dreißiger Jahren, der dem Kurzen gehörte, und der Autopsiebericht, die Beschreibung der zerborstenen Fensterscheiben, der Blutflecke auf dem Gehsteig und ähnlicher Dinge.
Roussias zündete sich eine Zigarette an und blätterte um.

Sehr geehrter Herr Vorsitzender, sehr geehrte Herren Richter und Geschworene! Meine Großmutter ist wegen Brandstiftung und vorsätzlichen Mordes angeklagt und freigesprochen worden, mein Onkel wurde ermordet, mein Großvater wurde ermordet, mein Bruder wurde ermordet, und ich sitze nun wegen Mordes auf der Anklagebank.
Ich bin noch nicht einmal zwanzig, und mit meiner Frau habe ich nur ein einziges Mal geschlafen. Der Verstorbene hatte meinen Hochzeitstag ausgesucht, um mit

einem zwanzig Zentimeter langen Messer unseren Sifis, das Kleinod unserer Familie, abzuschlachten. Herr Vorsitzender, warum mußte er ihn erstechen, wo wir doch alle Pistolen besitzen? Und warum Sifis, der nur für einen Auftritt ins Dorf gekommen war, und nicht mich? Ich bin Hirte, mich hatte er täglich vor Augen, und ich bin doch der Zwillingsbruder! Der Verstorbene war auf die Stimme und den Ruhm meines Bruders neidisch. Auf die Tatsache, daß er einen Vertrag für Auftritte in Miami unterschrieben hatte und überall beliebt war. Und daß er uns, dem anderen Zweig der Roussias, Ansehen verschafft hat.

Der Mord ist auf der großen Tanzfläche passiert, wo wir uns kurz zuvor unter der Silberpappel des Kafenions noch vergnügt und getanzt hatten.

Wie unser Freund und Brautwerber Xylas in seiner schriftlichen Aussage bei der Polizei dargelegt hat, stieg der Verstorbene aus seinem Pritschenwagen, ging bis zur Silberpappel, versteckte sich dahinter und fiel im geeigneten Augenblick über den Jungen her. Er war kein anständiger Mensch. Sogar zu Weihnachten hat er eine Waffe getragen. Ihm war egal, wenn ihn die Heilige Muttergottes gesehen hätte, ihr vor Schreck die Milch in der Brust geronnen wäre und Christus seinetwegen hätte hungern müssen. Seine Mutter und seine Frau haben ihn angestachelt, und immer wenn sie ihn Drückeberger genannt haben, ist er in die Luft gegangen. Jede Woche kam es mit irgend jemandem zum Streit. Einmal weil aus einem Rosinenlager Traubensaft floß und die Mücken anzog, ein andermal weil er vergessen hatte, wo er sein Schmirgelpapier hingetan hatte, und meinte, man hätte es ihm gestohlen.

Die alten Bluttaten standen zwischen uns, doch mein Zwillingsbruder und ich hatten es nicht auf Streit angelegt. Sifis hatte eine schöne Stimme, und ich ging zunächst in Chania in einer Firma, die Federkernmatratzen herstellte, in die Lehre. Doch dann habe ich alles abgebrochen und bin zurück auf den Berg, weil ich gerne mit den Schafen arbeite. Die Herde, nicht mal sechzig Tiere, war mein Leben. Nie wollte ich wie diese Knochennager werden, diese Firmenbosse, die sich am Handel mit Schweinekoteletts bereichern. Ich wollte bloß nach Kroussia hinaufsteigen und aus den Brunnen dort oben trinken.

Früher ging der einzige Sohn des Verstorbenen in dieselbe Schule wie wir. Als Kinder haben ich und Sifis auf drei Meter Entfernung auf eine Schildkröte gezielt, und zwar nicht mit der Waffe, sondern mit unserem, pardon, Pissestrahl. Dann haben wir auf den Sohn des anderen gewartet, der auch zielte, aber sich die Hose naß machte. Und wenn der Weizen und die Gerste reif und die Grannenspitzen dunkel wurden, hat er ihre Geiß aufs Feld laufen lassen, und die ganze Saat ist flöten gegangen. Wir haben das mitangesehen, aber den Jungen nicht offen einen Dummkopf genannt. Wir haben aufgepaßt.

Vor zwei Jahren hat der Verstorbene seinen Sohn nach Amerika geschickt. Damals war auch seine Mutter gestorben, eine bösartige Frau. Alle hatte sie mit den übelsten Schimpfworten bedacht – Blödhammel, Schwein, Kotzbrocken. Da glaubten wir, daß endlich Schluß wäre mit dem Blutvergießen. So haben wir die Tommygun – die Thompson-Maschinenpistole – und zwei andere Gewehre, die schon seit ewigen Zeiten griffbereit hinter Türen und Fenstern oder auf Hängeböden lagen, von dort weggenommen.

Als Sifis tot vor mir lag, habe ich aufgeschrieen: »Mein Bruder, mein Bruder!« Immer noch schreiend, stürzte ich davon. Da drang die Stimme meiner Mutter bis zu mir herüber: »Hoffentlich findet man die Kanaille, und hoffentlich hocken die Fliegen bereits auf ihm!« Sie war tausend, vielleicht zweitausend Meter entfernt, trotzdem konnte ich sie hören, obwohl meine Mutter bis zu ihrem Tod immer nur leise gesprochen und getrauert hat. Sie war ein Mensch ohne Stimme.

Der Tod würde ihn ohnehin holen, und ich beschloß, den Gevatter rechts zu überholen. Das Geld, das auf der Hochzeit gesammelt worden war, gab ich dafür aus, ihm nach Chania und Souda zu folgen, auf das Schiff nach Piräus und Athen. Tagelang blieb ich ihm auf der Spur, beobachte ihn dabei, wie er *Edelstahlrohre Charakoglou* besuchte, dann eine Gerüstbaufirma, *Spiralfedern Michalis* sowie Lokale, die Anchovis und Shrimps oder mit Milz gefüllten Schafsdarm zubereiteten, das Sportgeschäft *Katrantsos* und das Hotel *Lamia*. Er hatte seine Hunde aber nicht dabei, die ihm auf der Hochebene fünfzig Meter vorausliefen und jeden Verdächtigen verbellten. Immer wieder drehte er sich um, doch wie mit Blindheit geschlagen erkannte er mich unter all den Athenern nicht.

Auf der Ioannou Drosopoulou-Straße ist der Mord auf gebührende Art und Weise geschehen. Und mit einem Schlag war alles vorbei, für alle – für den Toten, für mich und für meine Frau.

Ich wünschte, ich hätte ihn nicht umgebracht. Und wenn mein Bruder noch am Leben wäre, dann würde auch mein Opfer noch leben. Doch nach dem brutalen Mord an Sifis hätte ich im Dorf niemandem mehr in die Augen sehen können. Und unsere Seelen – die des toten Sifis, meine, die meiner Mutter und meiner Großmutter – hätten niemals Ruhe gefunden. In unserer Gegend kommt man auf andere Weise in den Himmel, keiner kann der Blutschuld entgehen, selbst Gott muß hier klein beigeben.

Das falsche Spiel, das der Tote trieb – so zu tun, als wäre die Sache eingeschlafen, indem er Wechsel für einen Pritschenwagen unterschrieb und beim Namensfest des heiligen Astratigos selbst den Schaum von der Fleischbrühe schöpfte und die Zwiebel für den Stifado schälte –, hatte meiner Frau Sand in die Augen gestreut, und so hat sie mich geheiratet. Sein Haß war so groß, daß er mich nicht einmal ein Jahr, nicht einmal einen Monat lang glücklich sehen konnte. Noch in der Hochzeitsnacht holte er zum tödlichen Schlag aus. Damit hat er auch ihr Leben in den Staub getreten. Kluge Frauen heiraten eben nicht in Sippen, die in Familienfehden verwickelt sind, denn jeden Augenblick kann die Bombe hochgehen.

Kyriakos faltete die Fotokopien zusammen, legte sie in den vergilbten Band zurück, schloß die Augen und stützte den Kopf in seine Hände, der von den Sätzen widerhallte, die vor der Putzfrau mit ihrem Mop in diesem leeren, eiskalten Saal gesagt und niedergeschrieben worden waren. Nur er selbst war nicht dabeigewesen, er schrieb damals am anderen Ende der Welt bei den Hausarbeiten in Physik und Chemie ein ›sehr gut‹ nach dem anderen und nährte sich vom kraftspendenden Lammrostbraten seiner Patentante, *beim gebratenen Lämmchen hast du mich verleugnet, beim gebratenen Zicklein hast du mich vergessen, und beim Kraut des Vergessens hast du mich ganz und gar aus dem Gedächtnis verloren.*
Er gab Koula den Band zurück, bedankte sich und ging wieder in die Stadt hinunter. Er schlenderte die schattigen Gehsteige entlang, aufgrund seiner Körpergröße streifte er die blauen und weißen Blüten der Robinien und der Jakarandas, ging zwischen Blutorangenbäumen und Wildrosenstöcken hindurch. Er kaufte eine Ladung Telefonkarten, die den Parthenon, Epidaurus und Dodona zeigten, dann ging er in die Feinbäckerei *Ährengold* und kaufte einen Laib Olivenbrot, danach nahm er noch einen Laib Mehrkornbrot aus dem *Brotgarten* mit.

Kurze Zeit später, auf der Nationalstraße Chania–Rethymnon, trat er ein wenig stärker als üblich aufs Gas. Zu seiner Rechten waren die Berge in dichten, grauen Nebel – wie in Zementstaub – gehüllt.
Er passierte Katres, die Hochebene von Krapi, die Hochebene von The, die Hochebene von Askyfou, dann fuhr er zur Küste hinunter und wieder hinauf in die Höhen. Gerade als die Abenddämmerung hereinbrach, erreichte er die Hochebene von Pagomenou und fuhr an dem Rohbau vorüber. Doch in dem weißen Opel erkannte ihn die Frau des Kurzen nicht. Wie sollte sie auch darauf kommen, daß er es war! Sie saß wieder auf dem weißen Plastikstuhl vor dem Wäschetrockner und starrte auf die nassen Kleidungsstücke.
Roussias hatte die Brote halb aufgegessen und es daher nicht eilig, bei seiner Mutter Tomatensalat und Zwieback zu essen. Er parkte in einiger Entfernung auf einem Stück Brachland und löschte die Scheinwerfer. Er streckte den Kopf aus dem Wagenfenster und atmete tief durch. Mitten in der Dunkelheit versuchte er, die einzelnen Landstriche zu erraten, sie in seiner Vorstellung nachzuzeichnen, indem er die langgestreckten, endlos weiten Äcker nach den Klängen und Echos im Schlepptau des Windes zu erraten suchte.
Er ging zu Maris, der sturzbetrunken war und sich mit den Worten »Mein antiker Helm« über die Locken strich. Er servierte zwei Raki und erläuterte: »Ich trinke auf die Himmelfahrt meiner Eltern.«
»Je mehr du trinkst, desto höher fahren sie hinauf. Paß bloß auf, daß sie das All nicht verlassen«, bemerkte Roussias und betrank sich ebenso. Nur daß er bei den paar Gläschen, die er mit Genuß leerte, nicht sicher war, auf wessen Himmelfahrt er anstieß. Im dunklen Weltraum seiner Gedanken blinkten viele tote Seelen.
Auf dem Rückweg, kurz nach halb elf, sah er von weitem

den Rohbau. Die Frau und der Wäschetrockner waren immer noch an derselben Stelle.

Seine Mutter stand bereits beim ersten Hahnenschrei, wie sie sich auszudrücken pflegte, vor fünf Uhr morgens auf. Da die alte Frau ihre Rolle als Gespenst makellos erfüllte und kein Licht anmachte, hörte und sah Kyriakos sie nicht. Aber er spürte ihre Unruhe und ihren Schmerz, und nachdem er vergeblich versucht hatte, seinen Kopf wieder hinzubetten, schüttelte er sein Polster auf und nahm auf dem Diwan Platz, setzte sich die Brille auf und beobachtete sie im fahlen Schimmer des erschöpften Mondes.

Seine Mutter saß da, tonlos wie ein Bildnis, und versammelte auf dem Tisch die Familienfotografien, vierzehn an der Zahl: Vorfahren aus den Bergen, die gegen die Türken gekämpft hatten, und amerikanische Universitätsrektoren, die Lobby von Apokoronas und von Havard in globaler Eintracht. Sie setzte sich auf den Schemel und nahm eine nach der anderen zur Hand. Sie benötigte ihre schwindende Sehkraft nicht, sie betastete sie, fuhr mit ihren zerknitterten Fingern den Rahmen entlang, strich die ungerahmten Bilder glatt, kratzte mit dem Fingernagel den Fliegendreck ab, schnupperte an den Fotografien, wog sie in ihren Händen. Sie hatte keinen Zweifel daran, wer auf jeder einzelnen Fotografie abgebildet war.

Die einen drückte sie an ihr Herz, die anderen wies sie mit einer zornigen Handbewegung oder mit einem unversöhnlichen Wiegen des Kopfes von sich. Sie liebte ihre Verwandten und war tief gläubig, daher wischte sie von allen Bildern die Fingerabdrücke und den Staub – für die toten Familienmitglieder in den großen Bilderrahmen nahm sie das schwarze Halstuch, das sie dafür von der Rückenlehne des Stuhls zog, und für die lebenden den Saum ihres Nachthemds.

Der Sohn hielt den Atem an und wartete, bis sie die Fotografien wieder an ihren Platz stellte: eine zum Spülbecken, zwei auf das runde Stickdeckchen, das die Herdplatte des Holzofens bedeckte, ein Dreiergrüppchen auf den Fernseher, und die übrigen umringten den Telefonapparat, damit sie in der Stunde der Not oder der Einsamkeit darauf zurückgreifen konnten. Sonst saß die alte Frau die ganze Zeit neben dem Telefon, reglos wie eine Fotografie.

Als man ihn vor zwei Tagen aus Amerika wegen einer Formalität anrief, meinte sie: »Kyriakos, Kyriakos, komm schnell! Ich kann doch nicht mehr als Hallo sagen!« Dabei hatte er beobachtet, wie seine Mutter den Hörer mit einem Staubtuch abnahm, um ihn nicht zu beschmutzen. Täglich staubte sie den Apparat ab und stellte eine gesprungene Kaffeetasse ohne Henkel mit zwei verschiedenfarbigen Nelken daneben. Sie war zufrieden, wenn man sie nicht anrief. »Wäre ja noch schöner, wenn das Telefon meinetwegen läuten müßte«, meinte sie dazu.

Es gab Menschen und es gab Dinge, die Achtung geboten, so glaubte Kyriakos. Er wußte, daß man mehr über die anderen in Erfahrung brachte, wenn man sie in ihrem Alltag beobachtete als wenn man sich mit ihnen unterhielt. In seinem Beruf erfuhr er etwas über die Viren, weil er ihr Verhalten studierte, und nicht, weil er mit ihnen sprach. Also sah er seiner Mutter dabei zu, wie sie barfuß das Schnabelkännchen aufsetzte, ihm den Kaffee und einen Teller mit Honig-, Butter- und Flaschenbirnen aus Pagomenou brachte. Dann lehnte sie ihren Schemel an den Steinbogen, der das langgestreckte Wohnzimmer mit den hohen Wänden teilte, und setzte sich so nahe, daß sie den Sohn betrachten konnte. Sie konnte nicht erkennen, ob seine Augen offen waren, aber sie fühlte, daß er wach war. Als er den ersten Schluck trank, sagte er: »Ausgezeichnet, Mama!« und rieb ihre Hände lange zwischen seinen Fingern, ohne ihr all die Fragen zu stellen, die ihn bedrängten.

»Zu beiden Gerichtsverhandlungen kam er im Hochzeitsanzug. Sobald er das Urteil von neunzehn Jahren Zuchthaus hörte, meinte er: Nur neunzehn? Dann zog er das Hochzeitssträußchen aus der Tasche und steckte es sich ans Revers. In allen Zeitungen war er damit auf dem Titelbild.«

Idomeneas Tsilimingakis hatte sich sofort nach dem Treffen vom Vortag bei Polyxeni, Myron Roussias' Witwe, gemeldet. Zum ersten Mal nach fünfundzwanzig Jahren rief er sie an, nicht etwa, um die zweite Hälfte seines Honorars einzufordern, sondern um ihr Respekt zu zollen und sie zu ihrem Sohn zu beglückwünschen, einem Roussias vom Scheitel bis zur Sohle, aus dem man nationales Kapital schlagen könne, wie er sich ausdrückte.

»Alle sind wir Roussias vom Scheitel bis zur Sohle und das nationale Kapital interessiert mich überhaupt nicht«, korrigierte der Sohn sowohl die Ansichten des Rechtsanwalts als auch die seiner Mutter.

Während sie ihren Kaffee trank, erzählt sie ihm, daß es beim Begräbnis seines Vaters nicht genug mit den schwarzen Vorhängen und den schwarzen Leintüchern war, sondern sich auch hundertfünzig schwarze Ziegen vor dem Leichenzug drängten und fortgejagt werden mußten. Da das Gendarmeriekommando im Stehen schlief, ihrer Meinung nach waren sie allesamt Nichtsnutze, die von rückständigen Parlamentsabgeordneten und regimetreuen Offizieren eingestellt worden waren, mußte sie selbst mit einem Stock die Tiere und die junge Hirtin, welche die Herde vor sich her trieb, wegscheuchen. So kam es, daß der Tote in einem Höllenspektakel von Ziegenglocken und Gemecker auf den Friedhof getragen wurde.

Sie sprach von den Ziegen, die in den grauen Geröllhalden reglos die Begräbnisse beobachteten. Früher sei das Dorf jeden Mai in voller Blüte und in Trauer gewesen. Als sie aus dem Augenwinkel den Morgen durch das Fensterchen heraufdämmern sah, wechselte sie sprunghaft das Thema und strich ihm übers Haar, maß die Länge mit ihrer Handfläche. »Du mußt zum Friseur«, ermahnte sie ihn, »damit du zu Mariä Himmelfahrt nicht wie ein hergelaufener Zigeuner aussiehst.«
»Ich kann nicht bis zum fünfzehnten August bleiben«, winkte Kyriakos entschieden ab. Heimlich fragte er sich, nach allem, was er erfahren hatte: Bin ich zu meinem Vater zurückgekehrt oder hat er mich zu sich gerufen? Irgend etwas mußte er jedoch sagen, und bestimmt wollte er nicht wieder von irgendwelchen Mauerseglern mit sichelförmigen Schwänzen, von Feigenblättern, die wie Handflächen aussahen oder von der herrlichen Stimme empfindsamer Volksdichter anfangen. Das Idyll hatte anderswo seinen Platz, zu einer anderen Zeit. »Denk nicht die ganze Zeit an die Vergangenheit«, wollte er gerade anheben, doch ihm entschlüpfte: »Uns hat damals das Blut erstickt.« Und schlagartig hielt er inne.
Es war, als hätten beide bereut, daß sie die harmlosen, gewöhnlichen Gesprächsthemen verlassen hatten. Trotzdem wollte die alte Frau, die heute redseliger war als sonst, das letzte Wort haben.
»Ich stricke. Die anderen, die mich beim Stricken sehen, können sich gar nicht vorstellen, daß ich dabei über eine ganze Menge nachdenke. Sie tun so, als würde ich fünf Stunden lang mit den Nadeln in der Hand nur an das Gestrickte, die Wolle und den Halsausschnitt denken. Wenn ich nicht stricke, dann sieht es so aus, als würde ich mich mit nichts beschäftigen. Nur die Dummköpfe sagen dann: Jetzt denkst du doch nach.«
Sie zog sich an, ging ein paarmal hin und her, um das

Schnabelkännchen auszuwaschen und ihr Bett zu machen. Sie tastete in der Schürzentasche nach dem Hundertdrachmenschein, den sie als Glücksbringer in Theofanis' Kassa legen wollte, und statt eines Abschiedsgrußes gab sie einen der Lieblingssprüche ihres Schwiegersohnes wieder, der perfekt zu allen Gequälten paßte: *Die Heilige Jungfrau hat ihn geboren, Johannes hat ihn getauft, mit Essig hat man ihn getränkt, all das hat er erlitten.* Nachdem sie einen prüfenden Blick um sich geworfen hatte, machte sie sich auf den Weg, um die anderen zu wecken.

Kyriakos blieb auf dem Diwan sitzen, biß in eine Birne und blickte sich im Haus um, ohne Heimweh.
Als kleiner Junge kuschelte er sich abends unter sein Laken und ließ nur ein Ohr frei. Da ihr Haus aus einem einzigen Raum bestand, lauschte er so seinem Vater, bevor ihn die Müdigkeit überkam. Von Gesprächen über Revolver, Stiletts, Handgranaten und Geschosse, die übergangslos in Schnarchen mündeten, wurde er in den Schlaf gewiegt. Er hörte, wie seine Mutter »Leeres Geschwätz!« sagte und sich ihrer Brust ein so unterdrücktes *Ach* entrang, als wäre das der letzte, fast lustvolle Seufzer, der ihrem gequälten Leben einen Sinn verlieh.
»Auch ich, Mutter, kann mich durchaus erinnern, auch wenn ich so viele Jahre lang geschwiegen habe«, murmelte Kyriakos vor sich hin.
Das Telefon stand neben ihm, er dachte daran, Chicago anzurufen, doch er ließ es bleiben. Dann fiel ihm ein, bei einer anderen Fluggesellschaft ein Rückflugticket zu buchen, denn wegen der Sommerferien der in Amerika lebenden Griechen waren alle Flüge ausgebucht. Doch seine Uhr zeigte erst kurz nach sechs, er würde später anrufen.
Er dachte nochmals darüber nach, daß er sein Leben

lang ein Einzelgänger gewesen war. Allein wurde er mit der Fremde fertig, mit dem Studium, mit unkollegialen Forschungsleitern und verrückten Geldgebern. Allein arbeitete er, allein machte er die Nächte durch, allein erinnerte er sich, und allein verbrachte er sein Leben. Auf sich allein gestellt war er also auch in Pagomenou und würde so die Geschichte zu Ende bringen.
Doch dafür brauchte er noch einige Tage. Folglich würde er bleiben. Ja, er wollte noch bleiben. Nur noch ein paar Tage.

Es roch feucht, draußen lagen die Felder und Flure, die Ruine der Verbrannten und der Rohbau in feine Nebelstreifen gehüllt. Am frühen Morgen zeigte sich der Tag nicht von seiner besten Seite, doch Roussias mochte es, wenn das Wetter plötzlich umschlug, als wäre auch das Teil einer Inszenierung. Er hatte beobachtet, wie der Nebel bisweilen über der Hochebene auf dem Berggipfel lauerte, rasch über die Dörfer dahinstrich und sich ein halbes Stündchen später zurückzog und alles wieder der sengenden Sonne preisgab.
Schon im Haus mit seinen hundertjährigen Steinwänden blieb er sowohl für Adler als auch für Menschen mit Adleraugen im Verborgenen. Um so mehr im Keller des Hauses, wo er das Licht anmachte und kurz innehielt, um sich an den Geruch nach altem Wein und Olivenöl zu gewöhnen, der ihm entgegenschlug.
Er räumte Wäschekörbe und Schnapskessel beiseite, stolperte über Joghurttöpfe und gußeiserne Pfannen, kramte all das hervor, was seine Mutter weggeräumt hatte. Vorwiegend waren es Geschenke aus Amerika, ein Transparent, das mit Eichhörnchen verziert war, ein von Mäusen zerfressener Zobelpelz seiner Patentante, ein Holzkohlengrill für zwei Personen, Untersätze für Trinkgläser mit der Abbildung von O'Keefes Irisblüten, ein chinesischer

Reiskocher – lauter nutzlose Gegenstände im Reich der Hochzeitspilafs, die anscheinend nicht einmal Antigoni ins Auge gefallen waren. Einige waren gar nicht ausgepackt und achtlos neben den Olivenölkrügen, den Mausefallen und dem Eselsattel abgestellt worden.

In einem geflickten Tornister fand er das Zaumzeug ihres Pferdes, eine Metalldose, in der einst argentinische Süßigkeiten gewesen waren, nun voll mit Patronenhülsen. Darunter lag zusammengefaltet das schwarze Hemd, das sein Vater an seinem Todestag getragen hatte. Es hatte zwei Einschußlöcher, und am Kragen hingen noch einige graue Haare, die vom Friseurbesuch zurückgeblieben waren. Noch weiter unten lag seine kirschrote Weste, die ein ähnliches Muster aufwies wie diejenige, die ihm seine Mutter in Frederick gestrickt hatte.

An der Strickjacke hing nur mehr der unterste Knopf, die anderen fünf waren abgetrennt worden. Das waren die Knöpfe, die seine Mutter nach Amerika mitgebracht und an ihr eigenhändig verfertigtes Weihnachtsgeschenk genäht hatte.

In dieser kirschroten Weste, die Ann besonders gern mochte, deren Knöpfe einen Farbton dunkler waren, die im Zopfmuster gestrickt war und in deren Taschen stets Sesamkörner und Brotkrümel waren, hatte er die drei Artikel für *Nature* über Aidsfälle bei den amerikanischen Streitkräften fertiggestellt. In derselben Strickjacke hatte er eine vergleichende Arbeit über ausgewanderte Viren, desertierte Bazillen und emigrierte Krankheiten geschrieben, und im stürmischen Februar der letzten beiden Jahre war er darin, mit einer Zigarette in der Hand, hundertmal auf dem seidenweichen Schnee des menschenleeren Geländes von Frederick auf und ab gewandert.

Seine Mutter hatte, wie all die anderen Witwen auch, die alten Brände ausgehen lassen, doch hin und wieder, wie

man sah, wandte sie den Kopf und mit zwei tiefen Atemzügen fachte sie die letzten Funken wieder an. Ein solcher Funke war auch die kirschrote Strickjacke.
Die Einwohner von Sfakia taten es in den letzten Jahren den Amerikanern gleich und rauchten nicht mehr soviel, und auch Roussias hatte seine tägliche Dosis, ohne es zu merken, von eineinhalb Päckchen auf zehn bis zwölf Zigaretten reduziert. So viele etwa rauchte er auf einen Schlag in einer halben Stunde im Keller, der Zigarettendunst durchdrang die grob verputzten Wände, den alten, festgetretenen Erdboden, der ganze Keller qualmte, und ihm selbst wurde schwindelig.
»Die Flugzeuge fliegen mit geschlossenen Augen«, hatte seine Mutter nach ihrer ersten Rückkehr aus Amerika den alten Frauen von Pagomenou erklärt, die noch nie fortgereist waren.
Nun schloß auch Roussias die Augen, und von ganz hoch oben sah er, wie der Fluß seines Lebens in Agoria entsprang, in die Hochebenen hinunterfloß, in das Libysche Meer glitt, das Mittelmeer Richtung Westen unter der Oberfläche durchquerte, bei Gibraltar wieder auftauchte, wo ein paar vertrocknete Blätter auf ihm trieben, die aussahen wie die Häuser seines Heimatdorfes, dann überquerte er reiselustig den Atlantik, erreichte die Ostküste Amerikas, wässerte die Alleen mit den Azaleen und kam bis zu ihm nach Frederick, umspülte seine Füße unter dem Schreibtisch, wo drei Verschlußkappen von Filzstiften herumlagen, nasse Krümel von Muffins und Broten.

Er packte eine Schaufel, und kurz darauf kam der weiße Opel ein paar hundert Meter weiter, hinter einem Hügel mit drei verfallenen Häusern, zum Stehen – im versunkenen Reich von Kamena. Er parkte unter einer Gruppe wilder Feigenbäume, denn er wollte nicht gesehen werden. Dann ging er an verrotteten Sofas und Köttelhäufchen vorüber – von Tieren zurückgelassen, die bei plötzlichen Unwettern dort Unterschlupf gefunden hatten – und gelangte zum Haus seiner Großmutter, der Rethymniotin, der Verbrannten. Es zählte ja inzwischen zu seinen Besitztümern: fünf zusammengestürzte Steinmauern voller Brandspuren, Hügel roter Erde, ein verrosteter Schöpflöffel und hier und da Bruchstücke meerblauer Teller.

Er war sechs oder sieben Jahre alt gewesen, als wieder einmal eine Schießübung in die Hosen gegangen war und der Vater mit dem kleinen Kyriakos, der wie ein begossener Pudel hinter den Hunden, Diavolos, Rommel und Xenia, einhertrottete, mit finsterer Miene zur Großmutter ging und die Tommygun auf dem steinernen Regal in der Küche ablegte.

Er stellte Berechnungen an, hob umgestürzte Steinquader an, grub an zwei oder drei Stellen nach, förderte eine Bratpfanne zutage und stieß schließlich auf die sorgsam in ein Wachstuch eingeschlagenen, unberührten Kleinodien seines Vaters: ein Stutzen, ein Karabiner englischen Fabrikats mit der Nummer 623016, sechzig Patronen für ebendiesen englischen Karabiner, fünfzehn kurze Patronen für einen achtunddreißiger Revolver, zwei lederne Patronengürtel und sechs Magazine.

Aufgrund der blutigen Arbeiten im Metzgerladen fiel bei Antigoni täglich eine Menge Schmutzwäsche an, daher besaß sie eine Bügelmaschine und übernahm auch die Laken ihrer Mutter. Die Wäsche zum Wechseln für den einzigen Sohn wollte die alte Frau jedoch nicht aus der Hand geben und hatte nachmittags das Bügelbrett und das Dampfbügeleisen in den kühlen Schatten der Kermeseiche gestellt und die Kleiderbügel für die frisch gebügelte Wäsche an den niedrigen Zweigen aufgehängt. So versah sie die Hosen mit einer Bügelfalte, ebenso die Unterwäsche, stärkte die Kragen von Kleidungsstücken, die auf alten Dreschplätzen, an Stränden und in schlammigen Gemüsegärten getragen werden sollten.

Roussias verspeiste eine Dolde kleiner roter Weinbeeren, streichelte die Schulter der alten Frau, die sich gerade mit dem Bügeleisen in der Hand über ein Hemd beugte. »Der Adler, Mama«, sagte er und verschwand zusammen mit dem Vogel, dessen Schatten wie eine Schiffsplanke auf dem Meer der abgeernteten Gerstenfelder auf und ab tänzelte. Er bog nach rechts ab, um die alte Frau zu täuschen, schlug einen Bogen und ging dann in Richtung des Rohbaus. Auf der Anhöhe, auf der das Haus der Daoukos stand, hielt er inne und beobachtete heimlich in etwa hundert Metern Entfernung seinen gleichnamigen Cousin, der mit einer kleinen Hacke das Unkraut im Gärtchen jätete, die Steine entfernte und Bohnen- und Tomatenschößlinge auf Maulbeerstecken befestigte. Als sich ein Pirol auf dem verhungerten Birnbaum niederlassen wollte, verjagte er ihn, indem er mit einem Holzpfahl herumfuchtelte.

Nach einer Weile tauchte auch die magere Frau des Cousins auf, die noch dünner als sonst wirkte, bückte sich und sammelte Zichorie. Dann und wann richtete sie sich auf, streckte den Rücken durch, massierte sich kurz das Kreuz auf Nierenhöhe und setzte ihre Arbeit im benachbarten Gemüsebeet fort. Ihr Mann arbeitete hart und rasch, doch selbst dabei behielt er die Umgebung im Auge, auch in weiterer Entfernung äugte er nach jedem Wagen, der den Fuhrweg hinauf- oder hinunterrollte, und beobachtete jedes Aufwirbeln einer Staubwolke auf den wasserlosen Feldern. Als er eine halbe Stunde später die Hacke zur Seite warf, langte er nach einem gelben Wasserkanister, hielt ihn sich über den Kopf und richtete

einen herzzerreißenden Schrei an sie, der bis zum Haus der Daoukos zu hören war.
»Galeerensklave ... Ich Vollidiot bin ein Galeerensklave!«
Er schüttete sich das bißchen Wasser, das im Kanister verblieben war, in den Mund und spuckte es auf den Boden, trank den Rest und blickte kurz zum Himmel in der Hoffnung, Gott möge sich zeigen. Doch der zeigte sich nicht. »Sag deiner Koumbara, dem Flittchen, sie soll das Klo in ihrem verdammten Haus selber kalken«, sagte er und sprang über das Mäuerchen auf die einsam daliegende Straße. Dann setzte er sich erschöpft auf einen Stein und krümmte sich wie ein Silberfischchen.

Von dem versunkenen Kamena aus betrachtete Kyriakos in seinen gut gebügelten Kleidern den anderen Kyriakos Roussias, der nackt und zusammengekauert vor dem Rohbau saß. Er betrachtete auch die Frau, die mit ihren Salatblättern wie festgenagelt dastand. Sie hatte die Schürze mit Zichorie vollgestopft und wußte nun nicht, ob sie in ihre Küche verschwinden und die Blätter weichdünsten sollte oder ob sie bleiben und darauf warten sollte, daß ihr Mann eine Geste der Reue oder der Versöhnung machte. Es war, als hätte sie Angst, etwas falsch zu machen und ihn erneut zu erzürnen.

Da richtete er sich auf, sprang behende in das Gärtchen zurück, mit zwei Sprüngen war er bei ihr, löste sanft die Schürzenbänder und nahm ihr die Zichorie ab. Dann sammelte er die Spitz- und die Schlaghacke ein und ging mit hängenden Schultern auf das Haus zu.

Die Frau griff sich kurz an die Brust, schob die Hände unter ihr Kleid und berührte ihr Fleisch und ihr Herz. Dann folgte sie ihrem Mann mit einigem Abstand, am Zipfel ihres Kopftuchs kauend.

Die Landschaft wechselte die Farbe, die Berge verfinsterten sich. Es war sieben Uhr. In einer Stunde etwa würden die Herden unter Bähen in die Pferche getrieben werden, junge Männer auf Mopeds würden bergauf ungeduldig aufs Gas treten, gierig nach dem Nachtleben in Chora Sfakion, in Jorjoupoli und im geschäftigen Hafen von Chania, wo sich Menschen aus aller Herren Länder trafen und die Russinnen in den Nachtklubs als besondere Attraktion galten.
Auch Charis Jannakopoulos erwartete auf seiner kleinen Veranda in Kum-Kapi ungeduldig den Kollegen aus Amerika, um sich mit ihm über Fragen der Sozialanthropologie zu unterhalten, die bis zu ihnen beiden vertrauten Fällen reichen würden. Man würde Garnelen essen, hatte er ihm telefonisch erklärt, und Ricotta aus bester Ziegenmilch habe er für ihn aufgetrieben. Auf Kreta war Jannakopoulos zum spendablen Gastgeber mutiert, sonst hätte er hier schon längst das Gesicht verloren.
Es war also an der Zeit, daß Kyriakos die Ruine verließ und sich nach Chania begab, um auf der kühlen Veranda die zehn Minuten zu erleben, wenn die heraufsteigende Nacht dem Meer, dem Hügel von Chalepa und der venezianischen Stadtmauer das Leuchten entzog, die Lichter der Ouzoschänken und Bars angingen und alle zum Hafen hinunterströmten – nach Aftershave duftende junge Männer und junge Frauen mit frisch rasierten Beinen. Die älteren Semester wollten sich weniger an der abendlichen Meeresbrise erfrischen als am Anblick der schnatternden Zwanzigjährigen.
Ein paar Raki konnte Kyriakos vertragen. Er brauchte ein Gegenüber, selbst wenn dieses ununterbrochen schwatzte wie Jannakopoulos. Das lange Schweigen lag ihm auf der Seele. Auch die Telefongespräche mit Chatsiantoniou waren Mangelware geworden. Wer weiß, wo der sich gerade aufhielt, sein Handy antwortete nicht.

»Deinen Vater habe ich ein für allemal erledigt«, hörte er jemanden hinter sich sagen.
Es war der dunkelhaarige Cousin, der zusammen mit den Schwalben zu ihm geflogen kam, die zu Hunderten zum Turm der Daoukos zurückkehrten und die letzten Runden des heutigen Tages am Himmel über der Hochebene drehten, ihrer graublauen Feldflur.
Nun würden sie zum ersten Mal miteinander sprechen, unter einem Schwall von Vogeldreck und Flaumfedern, die wie schwarze Schneeflocken herabrieselten.
Der Mörder seines Vaters stolperte in seinen Gummilatschen über die aufgetürmten Steine und scheuchte die Eidechsen mit einem zornigen Zischen beiseite, bis er schließlich eine geeignete Mauer fand, in seiner gewohnten, gekrümmten Haltung auf ihr Platz nahm und sich eine Zigarette anzündete.
»Das Haus meiner Großmutter wirst du nicht mehr betreten. Sie ist achtzig und so gut wie tot zwischen vier Gräbern.«
»Ich habe sie nicht besucht, um sie zu erschrecken.«
»Ach nein? Warum dann? Damit sie dich zum Essen einlädt?«
»Mein Vater ...«
»Der Hunne.«
Die Vögel hatte beide Roussias beschmutzt, und sie sprachen laut, damit keines ihrer Worte unter dem Gezwitscher der Schwalben verlorenging.
Der Kurze hob den Blick zu den dichtgedrängten Schwalbennestern empor, als würde ihm gerade erst bewußt, daß er sich an dem Ort befand, wo er und Sifis als Kinder oft gespielt hatten und wo sie trotz der besorgten Stimmung unter den Erwachsenen und der Tatsache, daß sie von den Jungen der friedliebenden Familien gemieden wurden, mit Ziegenkötteln Schießübungen veranstalteten und sich stundenlang damit bewarfen.

»Früher gab es Skorpione hier«, sagte der Lange, als müsse er es sich selbst in Erinnerung rufen.
Der Kurze erhob sich zum Gehen und sagte: »Verschwinde und leg dich nicht vor meinem Hühnerstall auf die Lauer. Wenn du mir meine Graugans erschreckst, wirst du mir das büßen.«
Sein Blick war tatsächlich auf seine Graugans gerichtet, die auf die Terrasse geklettert war, unruhig auf und ab lief, suchend über die Hochebene blickte und »Kyriakos, Kyriakos! Komm nach Hause!« rief.
Der Kurze schüttelte den Vogeldreck aus den Haaren, zog einen Kamm aus der Hosentasche und fuhr sich zweimal durchs Haar. »Geh schnell zurück auf deine Bahamas, und überlaß die Berge uns«, sagte er und wandte sich zum Gehen. Aus der Gesäßtasche seiner kurzen Hose ragte der Griff eines Revolvers.
Doch in diesem Augenblick hatte auch der Lange eine Kugel bei der Hand, die Revolverkugel seiner Fantasie nämlich, in der der Besuch des Cousins stattfand und die selbstverständlichen, gleichwohl unerträglichen Wahrheiten ausgesprochen wurden.
Wir beide werden uns niemals begegnen und nie in Wirklichkeit miteinander sprechen, räumte Roussias ein und machte sich auf den Rückweg zu seinem Wagen, wobei er darauf achtete, hinter zerfallenen Mauern in Deckung zu bleiben. Schließlich war ein abwehrendes »Nicht, Kyriakos, nicht!« zu hören, das sich nicht an ihn, sondern an den anderen Kyriakos richtete.
Im Haus der Ehepaares ging es zu wie im wilden Westen. Innerhalb von drei Minuten hatte der Kurze zwei Stühle, eine Kleiderablage, auf der noch ein Hemd hing, einen Spiegel, der dabei zu Bruch ging, Bilderrahmen, Teller und Schuhe aus dem Fenster geschleudert, und der Lange, der niemals den Rohbau betreten würde, konnte sich von den auf die Straße geworfenen und zerbrochenen

Gegenständen ein Bild davon machen, wie die Einrichtung des Hauses beschaffen war.
Die Tote eilte um halb acht Uhr abends bereits hoch oben auf dem Berggrat dahin, leichtfüßig trieb sie der Wind vor sich her, vereinte sie mit den letzten Schwalben, und das schwarze Hauskleid flatterte im Wind, während sie in den Himmel aufzufahren schien.

Nachdem der Kafenionwirt, bereits mit einiger Schlagseite, den morgendlichen Gästen und sich selbst einen Raki nach dem anderen ausgegeben hatte, war er nun nach dreißig Gläschen mit dem Tablett vor der Brust im Sitzen eingeschlafen. Die wenigen nachmittäglichen Gäste blieben unbedient: ein alter Mann ganz in Schwarz, der zwischen seinen Zähnen ein Zweiglein Jasmin hin und her schob, ein anderer, der ein Stück Zwieback in der Hand hielt und nach und nach im Mund einweichte, während er die majestätischen Weißen Berge betrachtete, und ein Dritter, der zusammen mit seiner Enkelin Schokoladenwaffeln aß. In der einen Ecke saß Gjergj aus Ajii Saranda in seinem schmutzigen rosa Hemd, in exquisiter Gesellschaft – nämlich seiner eigenen. In der anderen Ecke saß Roussias, der Lange, kratzte die Kaugummifladen vom Stamm der Silberpappel und berechnete im Geist den Flächeninhalt der damaligen Bühne. Nach dem Vorfall sei nie wieder eine Bühne unter dem Baum errichtet worden, hatte ihm der Wirt erzählt.
Er hatte bei Antigoni und seinem Schwager, mit seiner Nichte und seiner Mutter zu Mittag gegessen – mit Reis gefüllte Tomaten, da Fastenzeit war. Sie leerten das Backblech unter Gesprächen über australische Insektenvertilgungsmittel, bestimmte Vorrichtungen, die Mükken in einem Bereich von je vierzig, hundert oder zweihundert Quadratmetern fernhielten.
Bevor sich die alte Frau zur Siesta zurückzog, warf sie

dem einzigen Sohn einen bedeutungsschweren Blick zu. Antigoni ließ das Thema der übelriechenden Insektenvertilgungsmittel fallen und erinnerte sich, daß ihr verstorbener Vater, um ihre Mutter für sich einzunehmen, einmal aus Chania ein teures französisches Parfüm mitgebracht hatte, das gleiche wie damals für seine Mutter. Die hatte damals den Inhalt des Flakons postwendend über ihre Ziegen gegossen, worauf der Schafspferch tagelang wie ein Pariser Salon roch. Sie lachten kurz auf.
Als der Schwager aufbrach, um seine Büchse zu ölen, da er sich am Ende der Fastenzeit sein Hasengulasch sichern wollte, verlor Antigoni, auf dem laufenden über Kyriakos' Besuch bei Rechtsanwalt Tsilimingakis, keine weitere Zeit.
»Du mußt wissen, er ist bewaffnet«, begann sie. »Er ist seit Jahren mit seinen Nerven am Ende«, fuhr sie fort. »Als er damals aus dem Gefängnis ins Dorf zurückgekehrt war, hatte ihm der Arzt, wie es heißt, Beruhigungsmittel verschrieben, doch er hat sie dann nicht mehr genommen, weil er nicht rechtzeitig zum Melken aufgewacht ist und die Tiere entzündete Euter bekamen«, schloß sie und räumte die Essensreste und Krümel vom Tisch, um sie an ihre Hühner zu verfüttern.
»Hast du jemals mit seiner Frau gesprochen?«
»Also bitte, Kyriakos!«
»Mit seiner Koumbara?«
»Hier bei uns macht man so was nicht. Du weißt das doch, warum fragst du?« entgegnete Antigoni. »Damit du mir deine eigenen Eindrücke erzählst«, forderte sie Kyriakos lächelnd heraus, und sie ging darauf ein, da sie das Gespräch mit ihrem Bruder genoß.
Die Tote sei in Maris' Augen die Lauterkeit in Person, laut Tsapas eine Heldin, nach der Meinung des Popen tausend Penelopes in einer Frau, laut ihrer Mutter eine verrostete Handgranate, die alles niedermachen würde,

sobald sie in die Luft ginge. So sprach Antigoni und hob sich für zuletzt ihre eigene Meinung auf: »Überspannt und waidwund, ein angeschossener Vogel. Was soll ich sonst noch sagen?« meinte sie.

Dann fügte sie einiges über die Koumbara hinzu.

Obwohl die Kalogridaki ihre Trauer längst abgelegt hatte, trug sie oft schwarze Hemden. Nicht, weil sie noch mit jemandem eine Rechnung offen hatte – »Das fehlte noch!« sagte sie immer, wenn man sie damit aufzog –, sondern um die Kleidungsstücke zu tragen, bis sie ihr vom Leib fielen. Alle stammten aus Babis' Garderobe, und mit der kam sie einige Jahre über die Runden.

Selbst in seinem braunen Anzug hatte Marina sie gesehen, als sie im kleinen Hafen von Rethymnon ihr Bier trank. Früher, als ihr Kleintransporter noch nicht altersschwach war. »In der Hose trag ich auch seine Eier«, sagte die Kalogridaki. »Und tatsächlich ...«, flüsterte Antigoni in Kyriakos' Ohr.

Sie wollte noch etwas hinzufügen, doch vor ihrer Tochter bereute sie es, trank ein Glas Wasser und schluckte die weitere Information hinunter. »Soll ich Wassermelone aufschneiden?« fragte sie und erhob sich.

Nachdem ihre Mutter das Feld geräumt hatte, näherte sich Metaxia dem Onkel, um sich auf seine Knie zu setzen. Doch sie wurde rot und zog es vor, sich zu seinem Ohr zu beugen, ganz im Stil ihrer Mutter.

»Mit mir spricht die Kalogridaki«, flüsterte sie.

»Und was sagt sie dir?« wollte Kyriakos wissen.

»Daß sie zwei Dinge im Leben ausreichend genossen hat. Marlboro und den Albaner aus Ajii Saranda. Die Aushilfe aus dem Kafenion.«

Kyriakos saß nachmittags bei Maris, als der schrottreife Hanomag der Koumbara die Serpentinen heraufkeuchte, mit den Ersatzteilen anderer Marken zusammengeflickt, selbst auf der Geraden außer Atem. Er näherte sich zuckelnd, auch er war einmal hellgrün gewesen, mittlerweile jedoch halb verrostet. Die beiden Frauen saßen vorne, die Kalogridaki am Steuer, die andere am Fenster des Beifahrersitzes, und hinten auf der Ladefläche lag Holz, das sie auf den umliegenden Bergen für den Holzkohlemeiler gesammelt hatten.

Gjergj aus Ajii Saranda schloß die Augen, bis der Lieferwagen nach Kamena verschwunden war. Als er sie wieder aufschlug, sah er das ungeschorene Löwenhaupt, den kurzen Roussias im schwarzen Hemd, der mit dem Mofa auf das Kafenion zufuhr. Sogleich machte er sich durch den Hintereingang aus dem Staub, ohne sein nachmittägliches Frappé, das er umsonst bekam, auszutrinken.

Der lange Roussias war gereizt, Traurigkeit hatte ihn entmutigt, Gewissensbisse aus dem Konzept gebracht. Sobald er sah, wie der Cousin völlig aufgelöst ankam, packte ihn Unruhe. Er nahm an, jemand hätte ihn dabei beobachtet, wie er die Waffen ausgrub. Was will ich bloß, wieso lass' ich mich darauf nur ein, dachte er, doch der Kurze schenkte ihm keine Beachtung. Er fuhr mit seinem Mofa rittlings auf dem Gehsteig zwischen den Tischchen durch und klopfte auf das Kupfertablett des Wirts, um ihn aufzuwecken. Dann ging er hinein und nahm den Telefonhörer. »Papadoulis, komm zu meiner Großmutter«, rief er. »Schau dir an, wie ich meine Tiere vorgefunden habe!«

Eine halbe Stunde später verließ der lange Roussias allein und ohne Eile das Kafenion in eine ganz andere Richtung. Doch nachdem er einen langen Fußmarsch hinter sich gebracht hatte, um den neugierigen Blicken zu entgehen, näherte er sich dem einsamen Haus am Rand des Abgrunds und blieb hinter den Felsen stehen.

Die Felsen, die seinen zweiten Besuch schon erwartet hatten.
Tschaikowsky meldete sich zuerst zu Wort, aus der Ferne, ohne seine triste Befangenheit in der ungewohnten Umgebung zu verbergen, die Noten bereuten und änderten ihren Lauf, es war ein gemarterer Tschaikowsky.
Schließlich traf auch der Jeep der Polizeistation ein, und allmählich nahmen vor Kyriakos' Augen, in fünfzig Metern Entfernung, auch die anderen Aufstellung. Die beiden Gendarmen, Papadoulis, der unentschlossen dem Bimmeln einer Ziegenglocke an seinem Ohr lauschte, die Großmutter, die Ehefrau, die Koumbara, die schrien, die Diebe müßten volltrunken gewesen sein und die Markierung verwechselt haben, und weiter drüben stand der Cousin, verzweifelt und mit hängenden Schultern neben seinen drei Mutterschafen, die am Zaun der Großmutter hängend gefunden worden waren. Ringsum lagen noch weitere Kadaver, abgenagte Rippen und Schenkelknochen, Bier- und Sodadosen, Senftiegel und Plastikbecher mit Tsatsiki aus dem Supermarkt.

»Onkel, wie ist es dazu gekommen, daß du mit einer Amerikanerin zusammen bist?«
»In Amerika lerne ich eben Amerikanerinnen kennen.«
Eine Kollegin aus Frederick, die zweimal im Jahr für die Junggesellen Lasagne und Ossobucco zubereitete, hatte ihn dazu eingeteilt, eine Cousine abzuholen, Ann Taylor, damit er sich nicht wieder allein auf den Straßen von Rockville verirrte und das Essen kalt wurde, weil man auf ihn warten mußte.
Es war März, ein Wolkenbruch ging gerade nieder, er stapfte durch Sturzbäche und kam in dem fremden Haus völlig durchnäßt an. Ann trocknete ihm die Schuhe mit ihrem Haartrockner, rieb ihm die Füße mit Kölnisch

Wasser ein, gab ihm ein Paar ihrer Sportsocken zum Anziehen. Das sei es gewesen, meinte er zu Metaxia.
Die Erwachsenen, die der Geschichte zugehört hatten, fragten nach, was Ossobucco sei. Die dreizehnjährige Nichte blickte ihren Onkel skeptisch an. »Und fand die Kreta gut oder ...?« Sie ließ die Frage im Raum schweben. Kyriakos erzählte gerne, daß er sie zweimal in Washington zum Ball des kretischen Kulturvereins *Kasantsakis* anläßlich des Jahrestags der Schlacht um Kreta ausgeführt habe, zum ersten Mal im Hyatt Regency, beim zweiten Mal im Holiday Inn, und Ann hätte selbst den ehemaligen Minister Kefalojannis bezaubert.
»Dann heirate sie doch.«
»Sie hat mich sitzenlassen.«
»Dann ist die auch abgehakt. Der Fall ist erledigt. Hast du sie liebgehabt?«
Die Beziehung mit Ann war ein Zustand leiser Genervtheit gewesen. Doch seiner Nichte gegenüber gab Roussias einfach zu, ja, er habe sie liebgehabt.

Der Opel kletterte Berge hoch, die so zerklüftet wirkten, als hätte sie ein hungriger Riese auf der Suche nach Eßbarem zerstückelt. Metaxia wollte, daß sie zur Hochweide fuhren, auf die Chrysostomos seine Ziegen getrieben hatte. »Das Taufkind des Bauunternehmers, deines Busenfreundes«, rügte sie den Freundeskreis ihres Onkels. Sie selbst hatte das Taufkind seit dem Moment ins Auge gefaßt, als sie ihn mit einem Zicklein im Arm zu psychedelischer Musik tanzen sah. Obwohl Roussias hundert andere Dinge im Kopf hatte, schlug er ihr die Bitte nicht ab. Er hatte die Reise zu alten Aussichtspunkten ohnehin eingeplant, er würde an den Steilhängen stehenbleiben, hinunterblicken und die Landschaft, wild wie ein entzweigerissener Berg, unverändert vorfinden.

Auf vierzehnhundert Metern Seehöhe empfing der fünfzehnjährige Chrysostomos, mit goldgelben Falkenaugen und dem biegsamen Körper eines Aprilschößlings, die Besucher im Wohnzimmer, das er sich im Freien eingerichtet hatte. Er hatte einen ausrangierten Zahnarztstuhl und einen geschnitzten Friseursessel auf die Hochweide gebracht. Erneut legte er ihnen seine große Liebe dar: »Die Glocken sind mein Leben«, sagte er. Er konnte hundertachtzig Ziegen am Klang jeder einzelnen Glocke unterscheiden, je nachdem, ob sie einen tiefen, einen metallischen, einen sanften oder satten Ton hervorbrachte. Er konnte den Klang fremder Herden erkennen, und bei seiner nächsten Fahrt hinunter nach Chania würde er seine Bestellung bei Xylas abholen: zwei Glokken für Ziegenböcke, groß wie Kirchenglocken, wobei die eine achtzehntausend und die andere sechsundzwanzigtausend Drachmen kosten und in seinen Ohren Symphonien spielen würden.

Kyriakos war verzaubert. Doch als der junge Mann begann, Metaxia seine Glöckchen vorzuführen, ließ er die jungen Leute allein und ging, die Hände in den Hosentaschen vergraben, ein Stück weiter. Es war Samstag, der neunte August, und aus dem Labor hatte man, aus wer weiß was für einem Grund, ausgerechnet an Jannakopoulos ein zehnseitiges Fax geschickt, das er am Abend lesen wollte. Immer mehr dringliche Angelegenheiten häuften sich sowohl in Frederick als auch in Pagomenou.

Er beschloß, seine Abreise auf ein oder zwei Tage nach dem Marienfest festzulegen. So konnte er seine Sekretärin benachrichtigen, welche Treffen und Besprechungen sie für ihn ansetzen sollte.

Auf dem gegenüberliegenden Berg erblickte er einen umgeknickten Baum, von dem er schon als kleiner Junge gehört hatte: die berühmte Kermeseiche. Ihr Anblick ließ keinen Zweifel mehr daran, daß es sich um den Ort handelte, an dem der Schafscherer Anfang der fünfziger Jahre ermordet worden war. Ständig stolperte er über die Vergangenheit.

Er rauchte eine Zigarette.
Kurze Zeit später hörte er, wie sich die beiden jungen Leute vor Lachen fast in die Hosen machten. Metaxia, die sich in der Metzgerei vor allen Tieren, Häuten und Hörnern ekelte, hielt die beiden Vorderhufe einer aufrecht stehenden Ziege in den Händen und studierte Aerobicübungen mit ihr ein.

»Alle, die zum Studium nach Athen gegangen sind, haben ihr Leben verpfuscht. Entweder sind sie alte Jungfern geworden oder lustige Witwen, denn ihre Männer haben sich als Schwuchteln erwiesen. Währenddessen sind alle die, die nicht weiter zur Schule gegangen sind, mit dem dritten Kind schwanger, haben ein dickes Auto und eine albanische Haushaltshilfe.« So hatte der Patenonkel Chrysostomos erklärt. »Dein blöder Freund, der Hinterwäldler, der eingebildete Laffe, der niederträchtige Kerl!« wütete die Kleine auf der Rückfahrt.
Sie hatte ihrem Hirten erzählt, daß sie sich für Betriebswirtschaft einschreiben wollte, jenes Fach also, das alle studierten, ohne genau zu wissen, was es eigentlich war. Und er, der nur die einfachen Ziegen schätzte, käute kleinlaut die Ansichten seines Patenonkels wieder und stürzte sie in Zweifel.
»Wenn du willst, dann finden wir eine gute Universität für dich, und du kommst später nach Amerika, zusammen mit mir«, sagte der Onkel. Doch die kleine Nichte war noch frisch verliebt, durchrieselt vom Kuß und der Berührung des besagten jungen Mannes, und wollte feministische Ideen und selbst ein flottes Studentenleben

im Ausland für ihn opfern. Wohin ihre veilchenblauen Augen auch blickten, überall war nur Chrysostomos, mit seinen Lederjeans, seinen schwarzen Stiefeln, der schwarzen Sportjacke und seinen süß klingenden Glöckchen.

Eine Stunde später aß Roussias bei seiner Mutter.
»Man sucht dich im Labor.«
»Woher weißt du das?«
»Jemand am Telefon hat Amerika-Amerika gesagt.«
Sie hatte ihm hartgekochte Eier als Vorspeise serviert, eine aufgeschnittene Tomate als Salatbeilage und als Hauptspeise Omelett mit Tomaten. Sie selbst aß eine Krume Brot, ein Häppchen Wassermelone, allerhöchstens. Ihr war die Lust auf Essen und auch aufs Kochen vergangen, die Speisen gerieten ihr wäßrig, als hätte sie niemals Kochtöpfe voll mit Stockfisch und Zwiebeln oder voll mit Schnecken und Zucchini geschmort, die Lieblingsspeisen seines Vaters.
»Du willst also, daß ich abreise?«
»Daß du anrufst.«
Roussias und seine Mutter unterhielten sich noch kurz über die Kirche Zur Heiligen Jungfrau und deren Kuppel, obwohl ihre Gedanken weit von göttlichen Dingen entfernt waren. Aber es bestand keine Möglichkeit, über das andere zu reden. Beide wußten, daß die Kuppel, die Abendmesse und der Pope nur als Vorwand dienten, um alles, was hinter den Worten lag, zu übertönen – das Messer, das Hin- und Herschleichen zwischen dem Haus und dem Rohbau, der Kurze, die Tote, die Koumbara.
Kyriakos legte die Eierschalen und die Papierserviette in die Salatschüssel, schob sie von sich und ergriff die faltigen Hände seiner Mutter mit den bräunlichen Adern und den dunklen Leberflecken. Konnte er überhaupt von den alltäglichen Dingen der Vergangenheit spre-

chen? Von der russischen Lammfellmütze, den beiden Helmen der Wehrmacht, den amerikanischen tiefgefrorenen Hühnern und dem Tiefkühlfisch der Marke *Eurydike*? Alles verwies auf seinen Vater und würde zu unerwünschten Erinnerungen und Geständnissen führen.

Sie ging zur Abendandacht um sechs, er las bis um sieben.
Er machte eine Runde, zögerte, machte eine zweite Runde. Schließlich fuhr er mit dem Wagen am Rohbau vorüber. Auf der Türschwelle standen die schwarzen Pumps der Toten, mindestens zwei Jahre alt, wenn nicht älter, das Kunstleder zerkratzt und die Absätze flachgetreten von den Ziegenpfaden. Die Frau hatte wieder mit dem Gartenschlauch die Veranda abgespült, das Wasser hatte sich vor dem Haus gesammelt und formte einen schlammigen Halbmond rund um die Treppenstufe mit den Pumps. Sie selbst saß auf dem Mäuerchen mit dem Rücken zur Straße und wachte darüber, daß niemand das von ihr gescheuerte Terrain betrat. Sie hörte den Wagen, erkannte das Geräusch, wandte ein wenig den Kopf, und Farbe und Marke bestätigten ihren Verdacht. Sie merkte, wie der Amerikaner die Geschwindigkeit drosselte, und blieb stocksteif sitzen.
Der Opel fuhr langsam nach Jorjoupoli hinunter, das Meer lag tiefblau vor Roussias, er war verschwitzt und sprang ins Wasser. Nur ganz wenige abendliche Badegäste waren da.
Fünfzehn Meter entfernt, zu seiner Rechten, leuchtete ein heller, gewellter Haarschopf auf, ein verführerischer Frauenkörper in einem schwarzen Badeanzug. War es vielleicht Maro, fragte sich Roussias. »Pepi, kommst du mit auf ein Bierchen?« fragte sie einer mit Bauchansatz. Also war es eine andere, irgendeine Pepi.

Er ging ein wenig die Brandung entlang, auf Maro traf er nicht, doch er gab die Hoffnung nicht auf, sie zu Mariä Himmelfahrt zu sehen. Ein Stück weiter blieb sein Blick an Tsilimingakis und seiner Angestellten hängen. Eine bequeme Affäre, fast im sicheren, ehelichen Rahmen, grinste Roussias.
Zu seinem Rechtsanwalt paßte es nicht, irgendein Risiko einzugehen, und als sie kurze Zeit später zufällig nebeneinander schwammen, schmetterte Tsilimingakis zu seiner Verteidigung: »Meine Gattin ist ein hoffnungsloser Fall, ich plädiere für Freispruch!«

Wenig später nahm Roussias einen PKW mit sämtlichen Mitgliedern der Familie Jannakopoulos in Empfang. Er las drei Faxe: eines aus Tokio, in dem man seiner Mutter gute Besserung wünschte, und zwei aus dem Labor. Er notierte gleich auf dem Fax, mit wem er sich in Verbindung setzen mußte. Er erfuhr, daß Joe von dem weitläufigen, öden Forschungsgelände verschwunden war. Der Gartenzwerg hatte versucht, ihn mit Dosenfutter anzulocken, doch seit vier Tagen war er unauffindbar.
Diesmal setzte Jannakopoulos seinem ledigen Freund ein weibliches Mitglied seiner Familie an die Seite, eine schicke Kosmetikerin und Cousine zweiten Grades, deren Körper sich durch den Hof der an eine Fleischerei angeschlossenen Taverne wand wie eine Papierschlange. Alle drehten die Köpfe oder rückten mit den Stühlen, um keine ihrer Umdrehungen zu verpassen, während sie ihre gepflegten Hände ausstreckte – die rechte, um ein knuspriges Rippchen aufzuspießen, und die linke, um mit ihren mandelförmigen Fingernägeln zwei zimtbraune Haare von Roussias' Hemdkragen zu schnippen.
Ansonsten verbrachten sie den Abend damit, den beiden dicklichen Jannakopoulos Junior zuzuhören, die Witze

auf Kosten der Pontusgriechen zum besten gaben. Der Vater ermunterte sie dazu, während die Mutter keine Miene verzog.
Bevor die Nachspeise, ein Obstteller, serviert wurde, seilte Roussias sich ab. Und zu Jannakopoulos, der ihn kopfschüttelnd nach draußen begleitete, bemerkte er nachdenklich: »Alles zu seiner Zeit, auch Frauengeschichten.«

Er fuhr zurück, in Dunkelheit und Wohlgeruch getaucht.
Er verbrachte die Tage in seiner Rolle als Sohn, als Bruder, Onkel, Kollege und Tourist. Doch am Abend und ganz allein, stellte er sich den heiklen Fragen.
Er erinnerte sich an die Aussage des Studenten der philosophischen Fakultät während der Gerichtsverhandlung. Was spielt sich tatsächlich in diesem Augenblick ab, in dem ein Mensch die schwere Entscheidung trifft, zu töten? Wie kommt es dazu, daß jemand auf diesen Gedanken kommt, daß eine Hand es erträgt, das kühle Metall der Waffe zu berühren, daß sich ein Finger um den Abzugbügel krümmt und abdrückt?
Dieser plötzliche Umschwung im Denken eines Menschen konnte auf dem Küchenbalkon passieren, beim Vierteln eines Apfels oder beim Austrinken eines Weinglases, dachte Roussias. Es mußte nur einen Grund geben.
Jannakopoulos, der Peloponnesier, Jorgos, der Epirote, Jorgos, der Voliote, Chatsiantoniou aus Kleinasien – keiner von ihnen schleppte die Last so vieler Toter mit sich. Und auch er wollte so eine Last nicht auf sich nehmen. Er wünschte, er wäre irgendein unbeteiligter Kreter, irgendein Fremder aus Tripolitsa, Chios oder Thessalien.

»Formulieren wir es in etwa so: Kyriakos Roussias, Sohn des Sowieso und der Sowieso, wohnhaft in Soundso, fünfundvierzig Jahre alt, mit abgeschlossener Schulbildung, verheiratet, kinderlos, ist ein guter Ackerbauer und Hirte und liebevoll gegenüber seiner Großmutter, seiner Gattin und seiner Koumbara, er besucht die Kirche an den hohen Feiertagen, kalkt freiwillig und auf eigene Kosten die fernab gelegenen Kapellen, und im allgemeinen ist er ein vom Unglück Verfolgter. Das *vom Unglück Verfolgter* werden wir noch ändern, ich habe den Text zusammen mit meiner Tochter aufgesetzt, die geht in die erste Klasse des Lyzeums, mit Bestnoten. Habe ich Ihnen das nicht erzählt?« fragte er. »Doch, doch. Ich habe es Ihnen erzählt«, erinnerte er sich dann.
»Ich habe Ihnen die Rohfassung vorgelesen, ohne Ihre Zustimmung setze ich die Reinschrift, mit Unterschrift und Stempel, nicht auf. Wer weiß, wenn es zu einem Zwischenfall kommt, dann sitzen wir allesamt in der Tinte.«
Gemeindevorsteher Tsontos drückte mehrmals auf den Schalter des Ventilators, der nicht anspringen wollte. Er fuhr mit der Hand das Kabel bis zur Steckdose entlang, rüttelte am Stecker und der Ventilator machte einige Umdrehungen.
Er hatte Roussias auf einen Kaffee eingeladen, um ihm einen ausgestopften Adler mit einer Flügelspannweite von über drei Metern zu schenken. »Schauen Sie sich nur den Blick an, die gebogenen Krallen, Ihre Haare sind einen Farbton heller als das Gefieder des Adlers.« Und er wollte seine Erlaubnis einholen, dem kurzen Cousin ein Empfehlungsschreiben auszustellen.
»Was will er denn damit?« fragte Kyriakos, in eine Ecke abgedrängt, da der Vogel den ganzen Raum einnahm.
»Das will er uns in einem Monat sagen. Sie werden dann

schon wieder in Cape Canaveral sein, dort irgendwo sind Sie doch Direktor, oder? Ich setze Sie schon jetzt über das Schreiben in Kenntnis, Sie gehören ja dem anderen Zweig der Familie an, sind sogar der einzige Sohn, mit einer hochkarätigen Karriere, Sie müssen über seine Unternehmungen auf dem laufenden sein. Wenn er mir sagt, was er um Himmels willen damit vorhat, und nehmen wir einmal den Fall an, daß ich zustimme, dann soll er den Brief in Gotten Namen eben nehmen, der arme Teufel, und seine Zwecke damit verfolgen. Finanziell kommt er gerade so über die Runden, irgendein Parlamentsabgeordneter wird ihm eine Anstellung versprochen haben«, vermutete der Gemeindevorsteher. »Schön wär's, denn seitdem man ihm die Schafe gestohlen hat, ist er ganz grimmig und verbockt geworden. Und hier oben braucht es nicht viel, um ... Sie verstehen, was ich meine.«

Der Gemeindevorsteher streckte die Hand aus und rüttelte erneut am Stecker. »Zwanzigtausend zum Fenster hinausgeworfen«, meinte er. Dann strich er dem Vogel über den rotbraunen Flügel, dachte kurz nach und sagte dann, seit Jahren beobachte er den Kurzen, manches Mal bleibe er wie angewurzelt stehen und komme erst nach zehn oder fünfzehn Minuten wieder zu sich. Genau das passiert mir auch manches Mal, überlegte Kyriakos.

»Ich habe nichts gegen das Empfehlungsschreiben einzuwenden, Sie können es ihm ruhig schon heute geben«, erklärte er.

Tsontos blickte ihn dankbar an. »Die Kreter mit ihrem Familienbewußtsein, wie die Lehrerin meiner Tochter, die aus Saloniki stammt, immer sagt. Aber fragen Sie auch Ihre Mutter, Sie sind es ihr schuldig«, hob er hervor, lehnte sich danach aus dem Fenster und rief Roussias zu sich, um ihm die Musterschülerin, einen lang aufgeschos-

senen Teenager in engsitzenden Jeans und mit goldblondem Pferdeschwanz, der bis zum Popo reichte, zu zeigen. »Sie wird sich für Betriebswirtschaft einschreiben«, erklärte der Herr Papa stolz, und Roussias lächelte.
Seine Gedanken blieben eine Weile bei der Bemerkung hängen, er sei es seiner Mutter schuldig. Er selbst verstand diese Schuldigkeit völlig anders als Tsontos und viele andere, und folglich würde er sie wegen des Empfehlungsschreibens nicht um Erlaubnis fragen.
»Todesschütze unbekannt«, sagte der Gemeindevorsteher und kehrte auf seinen Stuhl zurück. Dann erläuterte er, daß er den Adler meine. Seit dem Ende der Monarchie könne man ja leider nicht mehr vom Königsadler sprechen, doch einem solchen Prachtstück das Adelsprädikat zu entziehen sei ein Unding.
Dann stellte er noch ein paar Fragen über die hypermoderne Labormäusestadt, von der er von der alten Frau gehört hatte. »Na gruselig«, bemerkte er überwältigt, und der Besuch endete damit, daß Roussias sich herzlich für die Gastfreundschaft bedankte und für das ungewöhnliche Geschenk, das ihn, wie er erklärte, in große Verlegenheit stürze, da er es unmöglich annehmen könne.
»Ich bewundere Adler, am Himmel über Frederick werde ich vergeblich danach Ausschau halten, wie sie ihre Kreise ziehen«, lachte er. Dann ließ er seine Hand über den samtigen Bauch gleiten, steckte den Finger in den Schnabel und mit einem »Auf Wiedersehen, Herr Tsontos« war er schon an der Tür.
»Man sagt, Sie hätten das Viagra erfunden«, rief ihm der Gemeindevorsteher im letzten Augenblick noch hinterher. »Angeblich nimmt man dort, am Cape Canaveral, zwei blaue Pillen und geht hoch wie eine Rakete.«
»Ich habe keine dabei, ich schwör's«, lächelte Roussias und trat hinaus.
Er sah auf die Uhr, beschleunigte den Schritt, und zwei

Minuten später fand er sich in einer leicht veränderten Szenerie wieder.

»Wir halten die Augen offen, denn vor fünfzig Jahren waren schon einmal die verdammten Schafe schuld daran, daß es mit den Roussias soweit gekommen ist«, sagte Papadoulis.
Nach dem Gemeindeamt befand sich Roussias nun in der örtlichen Polizeistation. Man hatte ihn angerufen, er möge doch auf einen Besuch vorbeikommen, man würde ihn erwarten.
»Aber nicht auf einen Kaffee«, sagte Papadoulis und bedeutete, man möge die Tür zu seinem Büro schließen. Dann zog er eine rosafarbene Tupperwaredose und zwei Gabeln aus seiner Schreibtischlade. »Es ist schon elf, Zeit für eine Jause«, verkündete er. »Hier bei uns meinen wir mit Jause Rebhuhn. Im Oktober kommen an den Wochenenden der Staatssekretär und der Staatsanwalt aus Chania, und wir gehen auf Schnepfenjagd. Zu jeder Jahreszeit läßt man es sich bei uns gutgehen«, bemerkte er zufrieden. »Aufgrund meines Darmleidens faste ich ja nicht. Aber wenn Sie fasten, dann können Sie jetzt bedenkenlos eine Ausnahme machen. Die Heilige Jungfrau weiß, daß ihr in Amerika nicht gerade gut bekocht werdet, Amerikanern sieht sie das nach«, schloß er verständnisvoll.
Die beiden Männer kosteten ein paar Bissen, und der Gastgeber überließ dem Besucher die besten Stückchen. Es schmeichelte ihm, daß ein berühmter Wissenschaftler die Kochkunst seiner Frau Rena goutierte. Beim Mittagessen würde er ihr davon erzählen.
»Er ist zweimal am selben Tag nach Chania gefahren«, kam er schließlich zur Sache. »Warum aber gleich zweimal? Wir wissen von der Tsapa, daß er nicht an der Börse spekuliert. Da haben wir gedacht, vielleicht hat

er etwas über die Viehdiebe herausbekommen, und der Revolver sitzt ihm locker. Da haben wir Nachforschungen angestellt, das ist ja unser Job. Also: Er, der ein Magenleiden hat und ständig Tabletten nimmt, hat ungefähr dreißig Souflakibuden und Grillrestaurants besucht und uns damit alle zum Wahnsinn getrieben. Ist es denn möglich, daß der alte Gauner aus einem Souflakispieß exakt das Fleisch seiner Ziege herausschmeckt?«
»Souflaki werden doch aus Schweinefleisch gemacht.«
»Ich hab ja nur geblufft«, lachte Papadoulis. »Ich will hier nicht den Schlaumeier spielen, es war nur ein Spaß, um meine eigene Unsicherheit zu überspielen. Wir bleiben aber an der Sache dran. Die Kalogridaki, das falsche Luder, die sich mit allen anlegt, wird irgendwo wieder auf den Tisch gehauen haben, und nun kommt ihr Koumbaros dafür zum Handkuß«, seufzte er.
Papadoulis berichtete, er habe sie vorgeladen und sich für alle Fälle vorher genau zurechtgelegt, was er ihr sagen wollte. Aber die Kalogridaki habe gemeint, schon seit Monaten habe sie keinen richtigen Streit mehr gehabt, und bezüglich des Empfehlungsschreibens habe sie nicht nur keine Ahnung gehabt, sondern ganz überrascht reagiert. Dann habe er die Tote vorgeladen. »So nennen alle sie hier«, rechtfertigte er sich. Sie sei pünktlich erschienen und habe sich Papadoulis' Ermahnungen angehört, doch sobald sie erfahren habe, daß ihr Mann den Gemeindevorsteher um ein Empfehlungsschreiben gebeten hätte, sei sie in ein Schluchzen, ein heftiges Schluchzen ausgebrochen. »Die ist seit ewigen Zeiten unglücklich.« Wer weiß wie oft habe sie wiederholt, sie wisse nichts von einem Empfehlungsbrief, sie wisse nichts von einer Waffe, auch über die Souflaki wisse sie nichts. Und nach einer Viertelstunde, als sie sich zum Gehen erhob, gab sie nur zu, daß ihr Mann an einem

Magengeschwür leide, weswegen er zu Sommerbeginn zu einem Spezialisten nach Athen gefahren sei.

»Eines ist sicher: Der Herr fährt nicht wegen der Russinnen nach Chania.« Papadoulis hatte herausgefunden, daß die Trauerweide keine Konkurrentinnen hatte. Ihr Mann, so erklärte er, achte sie und im Grunde liebe er sie. »Alle Sfakioten sind und bleiben so – wir verehren unsere Frauen«, sagte er. »Wenn wir das süße Hochzeitsbrot einmal angeschnitten haben, dann gilt: Bist du erst mal unter der Haube, dann sitzt fest die Daumenschraube.« Dann kam er so richtig in Fahrt.

»Selbstverständlich habe ich zuallererst den zuständigen Staatssekretär angerufen. Da bin ich überfragt, mein lieber Jorgos, war seine Antwort. Beim Parlamentsabgeordneten für unseren Bezirk, Masokopos, habe ich auch nichts herausgekriegt. Dann habe ich in Chania Xylas, den Brautwerber des Kurzen, angerufen. Ich bin sogar bis zur Schlucht zum Häuschen der Alten gegangen, aber diese Leute reden nicht, in unserer Gegend hier sparen alle mit den Worten, denn die Worte beschwören das Verhängnis herauf«, sagte Papadoulis und kippte Mineralwasser aus einer Flasche in zwei Plastikbecher.

Er nippte daran und fuhr fort, im letzten Jahr, in Apokoronas, in einer Nacht, die perfekt zum Viehdiebstahl geeignet war, habe ein kleingewachsener Mann mit langem Haar Dieben, die einem anderen Schafe gestohlen hatten, die Waffen und die Glocken der Tiere abgenommen. Er selbst schließe aus, daß er der kurze Roussias war, denn der mische sich in solche Dinge nicht ein, er halte sich in der ganzen Gegend am striktesten an das Gesetz, erklärte Papadoulis, jedes Wort betonend.

»Was soll ich zu alledem sagen? Das ist ja wirklich eigenartig. Aber was hat das alles mit mir zu tun?« fragte Kyriakos.

»Warum haben Sie Xylas aufgesucht?«

Kyriakos lächelte: »Meine Nichte liebt Glocken, und ich dachte daran, ihr ein paar zu kaufen.«
»Xylas hat mir da was anderes erzählt.«
Ein langes Schweigen machte sich breit. »Sie haben auch keine Kinder, die Sie gegenseitig taufen könnten, damit die Sache endlich aus der Welt ist«, meinte Papadoulis grimmig. Er selbst war mit sechsunddreißig fünffacher Vater. »Was wäre ich, Herr Roussias, ohne meine vier Mädchen und den Jungen?« fragte er in den Raum und nahm einen letzten Bissen. »Ein Hoch auf Rena«, sagte er und meinte es auch, dann räumte er die leere Plastikdose beiseite.
Damit signalisierte er, daß das informative Treffen zu Ende war.
Papadoulis zog das Blutdruckmeßgerät aus seinem Dienstspind, denn er mußte noch zu seiner Mutter, um ihr den Blutdruck zu messen.

Roussias' zimtbraune Augen blickten aus dem Zimmer hinaus, in die Ferne. Aus dem Zimmer hinaus strömten auch seine Gedanken, zu den Grillrestaurants in Chania und zu den mysteriös gewundenen Wegen des Cousins. Was das Empfehlungsschreiben betraf, so gab es dafür eine vernünftige Erklärung: Der Kurze bat genau zu diesem Zeitpunkt darum, da er offensichtlich wollte, daß der Amerikaner dazu befragt wurde und daraufhin grünes Licht gab. Bei diesem Gedanken schreckte Kyriakos hoch. Beiden Cousins war daran gelegen, die Ereignisse zu verschweigen, gleichzeitig aber wollten sie über die Ursachen miteinander reden. Nur, daß letzteres tabu war.
Er wurde wütend. Wiederum verspürte er das fiese Stechen in der Brust. In Frederick würde er den Begriff *Schmerz im Thoraxbereich* verwenden.
Er atmete tief durch, verabschiedete sich von Papadou-

lis, der nach den Schlüsseln des Jeeps kramte, grüßte auch den Polizeibeamten vor der Tür, und auf dem Weg zum Kafenion ließ er in seiner Hosentasche die sieben Schrotkörner, auf die er beim Kauen der Rebhuhnstückchen gestoßen war, durch seine Finger gleiten.

Ausgenüchtert saß Maris friedlich im schattigen Saal des Kafenions und schien sich mit seinen Schaftstiefeln zu unterhalten. Er nahm keine Bestellungen entgegen, servierte nicht. Für die zwei Gäste war der kühle Schatten der Silberpappel gratis.

Auch Roussias griff sich einen Stuhl, um ein wenig später zu Antigoni zum Essen zu gehen. Bis dahin wollte er sich die Geschichte von Anfang an noch einmal durch den Kopf gehen lassen. Er selbst hatte weit weg und ganz anders gelebt. Er wußte, daß eine andere Lebensweise auch eine andere Denkweise nach sich zog. Er würde seine Worte genau abwägen. Und er würde seine Spaziergänge auch genau abwägen.

Zu diesem Zeitpunkt, mitten in der ärgsten Hitze, sah er, wie der andere in weiter Ferne mit einem Fernsehgerät im Arm die Felder durchquerte. Mit seiner offenen Mähne und den dunklen Shorts wirkte sein Körper noch kürzer als sonst. *Däumling* hatte ihn Tsilimingakis, der selbst kaum größer war, scherzhaft genannt.

Alle naselang mußte er den Fernseher ein paar Minuten abstellen. Er war auf dem Weg zu seiner Großmutter. Er ging quer über die abgeernteten Felder, dann über die brachen Äcker, zuletzt durch die Dornbibernellen und verschwand hinter den drei Zedern in Richtung der Schlucht. Er hätte einen Dorfbewohner mit Pritschenwagen oder PKW nach einer Transportmöglichkeit für den Fernseher fragen können, doch er wollte niemanden um einen Gefallen bitten, da er sich nicht revanchieren konnte.

Der Kleintransporter der Koumbara lag wie ein überdimensionaler Krautkopf am Rande der Hochebene, in der Nähe der Brandruine. Ihm waren die Zündkerzen, und der Kalogridaki war das Geld ausgegangen. Sie würde statt dessen wieder irgendeinem Esel die Sporen geben, bis er sich aufbäumte. Plötzlich fiel Roussias der aufgegrabene Erdboden ein, er hatte vergessen, alles platt zu treten und mit Steinen zu kaschieren. Also grüßte er Maris und die anderen und machte sich in der größten Mittagshitze ebenfalls notgedrungen auf einen etwa ein Kilometer langen Fußmarsch. Das war ihm lieber, als mit dem weißen Opel die Blicke auf sich zu ziehen, wenn er zum zweiten Mal in den Ruinen umherstrich. Als er ankam, glühte sein wuscheliges Haar, seine Wangen waren gerötet und die zimtbraunen Augen trübe. Er lehnte sich gerade an eine Mauer, um Atem zu schöpfen, als er Gesprächsfetzen von der anderen Seite hörte. Er wandte ein wenig den Kopf und erkannte die Kalogridaki, wie sie – wieder in Männerkleidern, und zwar den gebrauchten Klamotten des verschwundenen Ehemanns – die frisch aufgegrabene Stelle untersuchte, die Spitzen ihrer alten Latschen in die Erde bohrte und zwei große Schritte nach rechts, dann nach links machte.

Roussias bückte sich tiefer, denn er erwartete die Frau des Cousins zu sehen, doch die zweite Person war Gjergj aus Ajii Saranda. Der Junge saß betreten auf einem Stein. »*Shum punë*«, sagte er zu ihr, »*shum punë*, viel Arbeit.« Und die Kalogridaki hielt ihn auch nicht mehr länger auf, sie ging auf ihn zu, setzte sich und löste ihren geflochtenen Zopf. Dann legte sie ihr volles Haar in seine Hände, grau und kastanienbraun, gewellt und elektrisch aufgeladen.

Sie zündete zwei Marlboro an, bot ihm die eine an und rauchte ihre mit geschlossenen Augen. Das Streicheln ihres Haars und alles, was hastig darauf folgte, konnte sie nicht genießen. Immer wieder blinzelte sie schräg durch die Wimpern zu den Schaufelspuren in der roten Erde.

Ein schattiger Vorgarten, von den Weinreben der Pergola hingen halbreife Traubendolden herab, unten umringten dreißig Hortensien mit ihren zweihundert, vielleicht auch dreihundert rosa Blütenbuketts die Achtzigjährige in dem sommerlichen Nachthemd, die ihren morgendlichen Kaffee trank. Wie die Kulisse eines Musicals, dachte Roussias, wünschte einen guten Morgen und öffnete das Türchen zum Vorgarten. Sein Freund, der Bauunternehmer, hatte ihm ans Herz gelegt, sich mit seiner Mutter zu treffen.

Gemäß der Familientradition sollte der Mann des Hauses als erster die Sirupsüßigkeit kosten, die aus den frischen Trauben zubereitet wurde.

Da sie die Ältere war, entschuldigte sich Frau Tsapa wegen ihres Aufzugs nicht. Sie stammte aus einem am Fuß der Berge gelegenen Dorf, wo die Witwen vom Schicksal verwöhnt waren. Roussias hatte viele betagte Frauen gesehen, wesentlich besser erhalten als die verhärmten Bergbewohnerinnen, die in Nachthemden oder Unterkleidern in frisch gewässerten Vorgärten unter liebevoll umhegten Blumentöpfen ihren Kaffee genossen.

»Nachdem sie ihre Ehemänner unter die Erde gebracht haben, können sie sich schließlich zur Ruhe setzen«, kommentierte Jannakopoulos, den auf Kreta einfach alles faszinierte, dieses Schauspiel.

Obwohl Frau Tsapa seine Gedanken erriet, sah sie sich keineswegs genötigt, sich zu rechtfertigen. Sie fügte nur hinzu, solange ein Mann im Haus sei, hätten Frauen nicht einmal Zeit für eine Tasse Kaffee. Der Zeitpunkt für den Kaffee komme mit Achtzig, als Witwe.

Roussias setzte sich auf den Mauervorsprung an der Hauswand. Der Texanerin würden die Hortensien und die alte Frau sehr gefallen, dachte er. Wo bist du bloß, Ann, verdammt noch mal? Wenn du doch nur hier wärst, Ann, wenn ...

Die Tsapa fragte Roussias nach dem Luderleben ihrer Freundin Athanassia. »Mit deiner verstorbenen Patentante habe ich mich prächtig verstanden«, sagte sie. Gemeinsam hatten sie bei Lourakis in Chania das Taufgeschenk ausgesucht, sie borgten einander die damals schwer aufzutreibenden Zeitschriften, sangen einander Liedrefrains vor und teilten jedes Geheimnis. Frau Tsapa, damals Fräulein Karajannaki, hatte den *homme fatale* aus Thessalien ein einziges Mal gesehen, und seine Aussprache des Griechischen hatte sie abgestoßen. Athanassia hätte eine bessere Liebe verdient, sagte sie gedehnt.

Mit Befriedigung hörte sie, wie Kyriakos eine Fotografie der beiden damals zwanzigjährigen Frauen erwähnte, aufgenommen im Studio *Foto-Kreta*. Sie habe eingerahmt über dem Radioplattenspieler in der Wohnung in Lincoln, Illinois, gehangen.

Zu Allerseelen, entgegnete sie sogleich, habe sie auf ihrer Namensliste, die sie dem Popen für seine Gebete für die Seelenruhe der Toten übergebe, Athanassia nie vergessen.

Es schien, als hätte sie etwas auf dem Herzen, und kurz entschlossen machte sie sich Luft.

»Da wir, mein guter Junge, gerade von den Toten reden: Mir liegt die ganze Zeit schon auf der Zunge, dir eine Sache zu erzählen. Von all den Begräbnissen und Seelenmessen ist mir die Zeremonie des jungen Sängers unvergeßlich geblieben, eine Stimme wie eine Nachtigall hatte der liebe Junge. Und das sage jetzt ich, wo ich die kretische Musik nicht leiden kann. Jede andere Musik, jeder Syrtos wirkt auf mich lindernd wie Aspirin bei Kopfschmerz.«

Während sie sich mit einem Fächer Kühlung verschaffte, sagte sie: »Beim Begräbnis des neunzehnjährigen Sifis, bei der Seelenmesse am dritten, am neunten und am vierzigsten Tag kreisten über dem Friedhof ein riesengroßer und ein gewöhnlich großer Vogel, ein Steinadler und sein Junges vermutlich. Sie schüttelten ihr Gefieder und streuten Goldstaub auf die Verwandten und Dorfbewohner.«

Als man sich zum Totenmahl im Kafenion zusammengefunden hatte, habe die Nachmittagssonne durch die Zweige der Silberpappel geblinkt und alle umhüllt. Plötzlich sei der Goldstaub auf den Kleidern aufgeblitzt wie ein lautloser Funkenregen.

»Ich bin gegen Mottenkugeln allergisch, sonst würde ich die alte schwarze Jacke aus der Truhe holen, damit du selbst siehst, wie sie im Licht golden glänzt.«

Sie fragte ihn, ob ihm ihre Erzählung unangenehm sei, gab sich jedoch gleich selbst die Antwort, daß die Vendetta für einen gebildeten Menschen ein unsinniger Brauch aus der Vergangenheit sei. »Das althergebrachte Denken hat uns hier viele Schwierigkeiten eingebrockt. Von wegen sfakiotische Tradition, was für ein Unsinn.«

Sie nannte ihn einen stattlichen Mann, nahm seine Hände in die ihren und streichelte sie lange. Dann seufzte sie auf, verstummte kurz und setzte ihre Erzählung fort.

»Und so kam es, daß die arme Frau des zweiten Zwillingsbruders kinderlos geblieben ist. Hohl wie eine Olive ohne Kern. Von den vielen Sorgen ist ihr damals die Periode weggeblieben, sie dörrte aus, und das war's dann auch.« Ihr eigener Sohn, der in der Schule der Klassenesel gewesen und dreimal sitzengeblieben war, stellte sich taub und blind in bezug auf die Feindseligkeiten

zwischen den Familien, kam zu Geld und gründete eine Familie. »Früher handelte man das mit Gewehren aus, heute richtet man nur mehr Flur- und Baumschäden an«, sagte sie langgezogen, als hätte sie sich erst an die Formulierungen erinnern müssen. Eine schöne Sache müsse auch die Universität sein, das viele Lernen. Deshalb verfolge sie im Fernsehen die Talkshows mit Naturschützern, Sexualwissenschaftlern und Gesetzeshütern.
Roussias hörte aufmerksam zu, er war von der alten Frau fasziniert, die alles, was sich in ihr angestaut hatte, in einem Schwung aufs Tapet brachte, als wolle sie ihn schelten, daß er sie nicht schon früher aufgesucht hatte. Deshalb hatte sie ihn eine halbe Stunde ohne Kaffee darben lassen.
Als der Bauunternehmer auftauchte, ließ die Einladung zur Sirupsüßspeise aus den frischen Trauben nicht mehr länger auf sich warten. Das Urteil darüber war: unübertrefflich, wie immer. »Ich habe die Heilige Jungfrau mit dem Fünfundvierziger bedroht und da hat sie das Rezept herausgerückt«, lachte die alte Frau, und während sie den Kaffee tranken, erzählte Tsapas, der Spaßvogel, er habe seine albanischen Arbeiter – zu ihrem eigenen Besten – in schwarze Hemden gesteckt und ihnen einen sfakiotischen Schnurrbart verordnet. Er habe aus den Landstreichern die guten Bauarbeiter herausgesucht, mit denen er seine Arbeiten prima ausführen könne, und das zu einem Drittel des Normalpreises. »Jeden Morgen verteile ich sie auf die Baustellen, die Viehherden, die Weinberge. Es sind gute Jungs«, schloß er.
Die alte Frau zog sich zurück, um sich anzukleiden und Amaranth zu blanchieren. »Ich habe etwas über diese Maro herausbekommen«, sagte der Bauunternehmer gut gelaunt. »Sie lebt geschieden in Athen, in Galatsi, die schönste lustige Witwe in der Gegend von Veikou. Sie betreibt einen Laden mit Strümpfen und Spitzenunterwä-

sche. Wie du siehst, kümmere ich mich um meinen Freund«, fügte er hinzu und schlug ihm auf die Schulter.

»Wenn du die Adresse herauskriegst, dann könnte ich direkt auf dem Weg nach Washington bei ihr vorbeischauen. Damit ich weiß, ob es sich gelohnt hat, sie nicht zu vergessen.«

Sie lachten, beruhigten sich wieder und verstummten schließlich ganz. Sie ließen ihre Blicke über die blühenden Hortensien schweifen.

»Ich habe eine zweihundert Quadratmeter große Villa hingestellt, um die Bindung zum Dorf nicht zu verlieren. Aber sobald sie fertiggestellt war, komplett eingerichtet, alles tipptopp, bin ich wieder zum Schlafen hierher gekommen, in das alte Haus«, sagte Tsapas, riß ein rosafarbenes Zweiglein ab und steckte es sich hinters Ohr.

In zehn Minuten würde er nach Chania aufbrechen müssen, um seine Frau und seine drei Töchter vom Flughafen abzuholen, die von einer einwöchigen Ferienreise ins Pariser Disneyland zurückkehrten. Das war ein Geschenk an die weiblichen Familienmitglieder nach der Taufe der fünfjährigen Anastassia gewesen, und zuvor wollte er den Kühlschrank noch mit Eiscreme und Fruchtsäften auffüllen.

»Laß mal sehen«, sagte er.

Die beiden Männer gingen auf die Straße hinaus, ringsum Totenstille.

Roussias öffnete den Kofferraum des Opel und schob das Strandliegetuch und seine Badehose beiseite. Tsapas beugte sich über den Kofferraum, um den Stutzen, die Munition und den Rest zu untersuchen. Er befingerte alles ausgiebig, drehte und wendete die Waffen, nahm das Magazin heraus, drückte den Abzug. Dann richtete er sich wieder auf und blickte sich um, sah bis ganz hinüber zur öffentlichen Straße, die nach Pagomenou führte. »Man kauft neue, aber man wirft die alten nicht

weg, sondern vergräbt sie«, meinte er. Er riet seinem Freund, nicht mit dem ganzen Waffenlager im Wagen umherzufahren, da die Sondereinheiten der Polizei die Kontrollen verschärft hätten. Der fünfzehnte August stehe vor der Tür, in der Folge Kirchweihfeste, und unmittelbar danach reihten sich unzählige Hochzeiten und Taufen aneinander. Die Leute würden sich bewaffnen – mit Kugeln, Goldschmuck und Musikinstrumenten. Das seien die Trümpfe der Wirtschaft Westkretas.
Sie rauchten schnell eine Zigarette im Stehen.
»Sind sie in Ordnung?« fragte Roussias.
»Wenn wir damit schießen, können wir das herausfinden.«
»Es ist keine Munition da, die hier ist bestimmt unbrauchbar.«
»An Munition herrscht kein Mangel«, grinste Tsapas, der Waffenexperte, der dafür bekannt war, daß er keiner Fliege etwas zuleide tat. Ganz im Gegenteil betätigte er sich als Vermittler und Friedensstifter und goß für diejenigen, die sich versöhnt hatten, die Terrasse ihrer illegalen Bauten zum halben Preis.
»Wirst du sie Papadoulis übergeben?«
Da er auf die Frage keine Antwort erhielt, meinte der Bauunternehmer: »Bevor du sie in irgendeine Schlucht wirfst, gib sie lieber mir.«

Kurz darauf wurde der Opel zu einem weißen Punkt, zu einem kleinen Segelboot, das auf dem grauen Meer der Berge dahineilte. Roussias fuhr nach Süden, zum Baden. Alle anderen Waffen mit Ausnahme des achtunddreißiger Colts Nummer 415668, den die Polizei 1972 bei seinem getöteten Vater in der Ioannou-Drosopoulou-Straße gefunden hatte, lagen im Kofferraum, und er mußte sich bis zum Abend darüber klarwerden, was er damit machen wollte. Er war sicher, daß seine Mutter die Waffen vergraben und somit begraben hatte. »Du Ärmste«, sagte er laut vor sich hin. Alle wußten, daß Myron Roussias, nach dem Vorfall auf der Tanzfläche, das kretische Messer dort zurückgelassen und das Dorf auf der Stelle verlassen hatte. Dann wendete Kyriakos den Wagen. »Mama, du Ärmste«, sagte er immer wieder, während er sich dem Dorf und seinem Elternhaus näherte.

»Herr Roussias, du mußt im November wiederkommen, vor allem bei Schneeregen. Bei Schneeregen trinkst du dann heißen Raki. Das Schmorfleisch wird im Kessel dampfen, die Innereien werden auf der Glut langsam gegrillt, dazu gibt's jede Menge Koteletts. Ich werde Trester in den Schnapskessel füllen, denn der ist immer in Betrieb, ob es regnet oder schneit, und alle seid ihr, mitten in dem ganzen Matsch, meine Gäste.«
Das kastanienbraune Haar mit den rötlichen Haarbüscheln, die auf dem malerischen Kopf des Kafenionwirts wie Strähnchen wirkten, flatterte leicht, während er in dem leeren, kühlen Schankraum hin und her ging, mit dem Geschirrtuch die Fliegen verjagte und errechnete, wieviel dreihundertfünfundsechzig mal fünfunddreißig mal vierzig ergab – die Summe aller Raki aus fünfunddreißig Jahren, in denen er tagtäglich vierzig *Trestersnäpse*, wie er sagte, getrunken hatte. »Beim diesjährigen Rakibrennen werde ich ein Jubiläum feiern: eine halbe Million *Snäpse*, obwohl nur Gott allein weiß, wie viele ich darüber hinaus getrunken habe. Nächstes Jahr stehe ich im Guinness-Buch der Rekorde, mit fünfhunderttausend Gläschen.«
Roussias hatte beim Kafenion angehalten, um für seine Mutter die paar Dinge einzukaufen, die der Gemischtwarenladen führte: Waschmittel, Toilettenpapier, Fadennudeln und Makkaroni. Seiner alten Mutter, wie

auch den meisten älteren Herrschaften, schmeckten die dünnen Spaghetti nicht. Die Jüngeren waren motorisiert und versorgten sich mit den von ihnen bevorzugten Lebensmitteln aus den Supermärkten in Chania.
Um zwei Uhr mittags war kein Gast im Kafenion, Gjergj kam in den Genuß einer wahrhaft aristokratischen Arbeitszeit und hielt gerade seine Siesta, und Maris stellte ganz gemächlich zwei Plastiktüten mit Einkäufen zusammen. Bevor er die Preise hinzufügte, packte er Roussias am Arm, ohne zu verbergen, daß in seinen vom Suff rot umrandeten Augen Tränen standen, sogar bereits in seinen Schnurrbart liefen.
Er erklärte ihm, daß der mittellose Cousin ganz früh am Morgen gekommen sei, den Kühlschrank geöffnet und den schönsten Graviera ausgesucht habe, einen elf Kilo schweren Käselaib, fast dreißig Tausender wert, den er nach Alikarnassos schicken wollte, als Namenstagsgeschenk für einen Panajotis, der dort lebenslänglich einsaß. »Er schickt ihm jeden fünfzehnten August einen«, fügte Maris hinzu.
Er stürzte zwei weitere Raki hinunter, verbarg seine Augen hinter dem dichtgewellten Haar und sagte: »Dem Glücklichen legen die Hühner goldene Eier, der Pechvogel muß das Ei unterm Huhn verkaufen.«
Roussias nahm sich die Bemerkung nicht zu Herzen. Auf vielen verschiedenen Wegen war die Zuneigung, die der Cousin im Dorf genoß, bis zu ihm gedrungen. Immer wieder erfuhr er neue Einzelheiten, die ihm die Denkweise der Dorfbewohner vor Augen führten.
Die Geschichte des Kafenionwirts war auch Roussias vertraut. Als junger Mann war er für das gelungene Veredeln von Obstbäumen und Rosenstöcken bekannt, man schätzte seine glückliche Hand, und die Hausfrauen bestellten ihn gerne zum Bepflanzen ihrer Hausgärten. Irgend jemand aus dem Papadopoulos-Clan stahl den

Maris die Sau, dann eine Mauleselladung Olivenöl, und irgend jemand versetzte den Drahtzaun, der einen ihrer Äcker begrenzte. Doch der damals blutjunge Kafenionwirt, der einzige Sohn der Familie Maris, weigerte sich, den Tätern mit der Waffe in der Hand nachzustellen. Aber Pagomenou wollte er auch nicht verlassen, so blieb er und nahm in Kauf, daß man ihn eine ganze Weile hinter seinem Rücken Melpomeni hieß, nach dem Namen seiner Schwester, die man in der Folge wäßriger Mokka nannte, bis die junge Frau nach Australien heiratete, einen aus Prevesa. Roussias, damals ein Kind, konnte sich an die hochgewachsene Melpomeni erinnern, wie sie mit dem Koffer in der Hand an der Haltestelle des Überlandbusses wartete, sich von Großvater und Bruder verabschiedete, in den Bus stieg und sich ans Fenster setzte und davonfuhr, und all das mit geschlossenen Augen.

»Was du nicht willst, das man dir tu, das füg auch keinem andern zu«, seufzte der Kafenionwirt, während er die Rechnung eintippte, soundsoviel für die Nudeln, soundsoviel für die Chlorbleiche.

»Dein Großvater hat mich gern gemocht«, erinnerte sich der Amerikaner. »Ich bin immer Zigaretten holen gekommen.«

»Für deinen Vater.«

»Ja.«

»Zunächst die feinen Filterzigaretten für einen Fünfer, dann ist er zu den filterlosen Assos übergegangen.«

»Daß du dich daran noch erinnern kannst, nach so vielen Jahren.«

»Andere trinken, um zu vergessen. Ich fülle mein Glas und beginne mich zu erinnern.«

Und tatsächlich schenkte er zwei Raki ein. »Bei solchen Weibern in der Familie hat der selige Myron, dein Vater, ein rekordverdächtiges Alter erreicht, da er doch fast fünfundvierzig geworden ist«, meinte er. Er verstummte

kurz und meinte dann leise, langgezogen und sarkastisch: »Naaa, noch einer für das Guinness-Buch!«
Ihre Blicke wichen einander aus.
Kyriakos Roussias griff nach dem Geschirrtuch und schlug nach zwei Fliegen, dann setzte er sich wieder. Er dachte, daß das lange Aufschieben der Tat und schließlich die grausame Art und Weise des Mordes an Josif Roussias bedeuteten, daß die Hand seines Vaters nicht zielsicher war. Er hatte Angst, es nicht fertigzubringen, möglicherweise ohnmächtig zu werden.
Sein Blick blieb am Regal hängen. Das orange-blaue Cover von *Der Jüngling und der Tod* war von den Schinkenkonserven zu den grünen Seifenstücken, den eingelegten Sardellen *Geisha* und den Fischkonserven *Flokos* übergesiedelt, ans andere Ende des Regals. Es lehnte zwischen den Hörnern eines kretischen Steinbocks und einer verstaubten Sturmlaterne.
»Leih mir die Platte für zwei Tage«, meinte Roussias, und im Nu war die Schallplatte vom Regal heruntergeholt. »Aber pack sie in eine extra Tüte, bitte.« Maris antwortete »In Ordnung«, tat wie verlangt und legte auch gleich den Kassenbon dazu, fünftausendsiebenhundert.
Roussias zog zwei Fünftausender heraus und nahm das Wechselgeld entgegen. Doch er ging noch nicht hinaus, seine Augen blieben nachdenklich an den langen Fingern des Wirts haften, die sich auf dem kühlen, marmornen Tresen ausruhten.
Mit einem Blick aus dem Fenster auf Felsen und Bergketten meinte Maris: »Ich fühle mich von der ganzen *Gesichte* abgestoßen, aber auch das wüste Land hat zur großen Zahl der Morde beigetragen.«
Und auch zur großen Qual, dachte Roussias.

Ein halbes Stündchen später, bei sich zu Hause, bereitete er einen Tomatensalat zu, und seine Mutter stand vor dem Gaskocher und überwachte eine Pfanne Kartoffelscheiben, die mit ihrem Säuseln dem Zirpen der Grillen zu antworten schienen, dem einzigen anderen Laut zu dieser Tageszeit in Pagomenou. Sie aßen gemütlich, redeten über Joe und räumten den Tisch ab.
Pünktlich um drei schaltete seine Mutter den Fernseher an, damit der Sohn die mittäglichen Nachrichten sehen konnte. Sie selbst legte sich hin, wegen ihrer geschwollenen Knöchel, wie sie sich rechtfertigte.
Das ursprünglich von der alten Frau verhängte Verbot, weitere Fragen über die noch offene Familienfehde zu stellen, war stillschweigend aufgehoben worden. Doch Kyriakos wollte sie nicht in die Enge treiben, da das Leben selbst sie über Gebühr bestraft hatte.
Die Sendung war bei den Sportmeldungen angelangt, und der Sohn ging nach draußen, drehte eine Runde ums Haus. Dabei musterte er aufmerksam die ruhig daliegenden Häuser und den verlassenen Fuhrweg, beim Rohbau verharrte er etwas länger. Danach ging er zu seinem Wagen und schloß den Kofferraum auf, nahm die Waffen heraus, die in das Strandliegetuch gewickelt waren, ging in den Hinterhof des Hauses zurück und versteckte sie unter einem Stapel Brennholz, der mitten im August nicht benötigt wurde.
Er nahm im Liegestuhl Platz, im Schatten der Kermeseiche, und blickte nach oben, in das dunkelgrüne, fast schwarze Blattwerk.
Nun war der Zeitpunkt gekommen, die täglich vorgeschriebenen fünfzig Seiten zu lesen, und er vertiefte sich gerne, fast erleichtert, in wissenschaftliche Fragestellungen und Gedankenfolgen à la Frederick.

Es mußte halb sieben sein, er hatte eine ganze Weile gearbeitet, zwischendurch sogar zwei zehnminütige Nickerchen gehalten. Als seine Mutter ihm den Kaffee brachte, strich sie ihm übers Haar, lachte herzlich über einen Gedanken, den sie aber nicht preisgeben wollte, und ging wieder fort, nicht ohne auf dem Weg eine Studentenblume zu pflücken.

Roussias ließ das Buch sinken und streckte sich. In seinen großen zimtbraunen Augen spiegelten sich die dunklen Zweige.

Er trank einige Schluck Kaffee und murmelte: »Du hast goldene Hände, Mama.« Dabei sah er seiner Mutter nach, wie sie, in zweihundert Meter Entfernung, zur Kirche des heiligen Nikitas einbog und hinter dem riesigen Firmenschild der Einbauküchen der Familie Kountouras verschwand.

Auf der Veranda des Rohbaus tat sich etwas, sagte ihm sein Gefühl. Die Dürre eilte aufgescheucht hin und her, bis sie die Holzleiter holte, die ihr Mann zum Kalken verwendete. Sie ging auf die Terrasse hoch und rief Kyriakos, Kyriakos und noch etwas.

Der andere Kyriakos, der diesseits der Demarkationslinie wohnte, packte rasch die kleine Dose mit der grünen Farbe und einen Pinsel aus der Abstellkammer. Dann machte er sich daran, die kleine Eingangstür zum Hof zu streichen. Unter diesem Vorwand konnte er aus den Augenwinkeln das lange, kastanienbraune Haar des Cousins beobachten, das auf Kamena zusteuerte. Wieder war er mit nacktem Oberkörper unterwegs, diesmal trug er auf Brusthöhe einen kleinen Backofen, so einen wie Antigonis *Crowny*, den er zur Kalogridaki brachte.

»Bist du eine gute Schülerin?«

»In den meisten Fächern stehe ich auf ›gut‹.«

»Zu viel des Guten. Eine Ehe funktioniert nur, wenn die Frau ein bißchen doof ist. Wenn sie ein Abitur mit lauter *›gut‹* hat, steckt der Karren schon im Dreck. Dann beginnt man, sich gegenseitig auf die Nerven zu gehen. Und sobald ein Ehepaar darüber diskutiert, wer von beiden die Auberginen brät, ist die Sache schon gelaufen. Dann ist alles zu spät.«

Es war Mittwoch, der zwölfte August, und Metaxia und ihr Onkel waren am frühen Morgen nach Chania gefahren. Sie hatten Bougatsa gegessen, denn in der Stadt hielt man nicht viel vom Fasten, und gegen zehn tranken sie in Tsapas' Büro in der Apokoronou-Straße Kaffee. Tsapas war nicht entgangen, daß die Kleine verschossen war, er wußte auch in wen und hielt sie zum besten.

Mit dem Goldflaum auf ihren Armen und Beinen, ihren veilchenblauen Augen, die, zu Schlitzen mit pechschwarzen Wimpern verengt, nie lange an einem Ort verweilten, war Metaxia in ihrem Jeansobertcil ein überaus erfreulicher Anblick. Die beiden Männer scherzten gerne mit ihr weiter, über ihre eigenen Angelegenheiten würden sie später reden.

In Tsapas' Büroräumen standen unbequeme Möbel, Imitationen italienischer Designerware, vergoldete und versilberte Tischkalender von Firmen, die Baumaterialien, deutsche Fenster- und Türstöcke oder Klimaanlagen vertrieben. An den Wänden hingen Fotografien von ein-, zwei- und dreistöckigen Gebäuden, Fertigteilkapellen und kleinen Hotelanlagen, die Tsapas zumeist über Nacht ohne Baugenehmigung hochgezogen hatte.

Auf dem langen Schreibtisch aus Glas stand die unvermeidliche Veniselos-Büste und ein bronzener Aschenbecher in Form der Insel Kreta, der von einem gleichartigen ersetzt wurde, sobald Roussias den dritten Zigarettenstummel darin ausdrückte. Darum kümmerte sich eine dicke, schwerfällige Frau, eine Nichte aus der Familie, wie

Tsapas erklärte. Er hatte in seinen Unternehmen alle Minderbemittelten aus seiner Sippschaft untergebracht. Roussias gab Metaxia Geld, damit sie Schuhe kaufen konnte. »Nancy, halt mir eine halbe Stunde die Telefonate vom Leib«, ordnete Tsapas an. »Bring mir meine Gläser«, gab er wenig später eine weitere Anweisung. Dann trank er drei Glas Wasser hintereinander weg. »Ich trinke mehr als zwölf täglich, wegen der Harnsäure«, erläuterte er.

»Was hältst du von einer Badewanne?«
»Nur über meine Leiche.«
»Von einer Heizung?«
»Die zu Lebzeiten.«
So war Roussias am frühen Morgen mit seiner Mutter verblieben. Dann war er zu seinem Freund gefahren, um ihn zu bitten, sein Elternhaus in Pagomenou vor dem Wintereinbruch herzurichten, das marode Spülbecken herauszureißen, das winzige Küchenfenster, wenn möglich, zu vergrößern, damit Licht hereinfallen konnte, das Bad zu modernisieren und eine Heizung einzubauen.
»Ich werde meine besten Albaner schicken, Aleko und Pandeli«, sagte der Bauunternehmer. Er fühlte sich durch den Auftrag geehrt, das alte Haus herzurichten, schlug neue Fliesen, eine kleine Veranda und neue Fenster vor, doch Roussias bremste ihn. Er war der Ansicht, daß das Haus, in dem seine Mutter ihr Leben lang gewohnt hatte, nicht plötzlich im Alter ganz umgestaltet werden sollte. Er respektierte ihre Möbel, unbequeme Diwane, halb durchgesessene Stühle, eine von Holzwürmern zerfressene Truhe und einen Geschirrschrank mit klemmenden Schubladen, der, wenn man mit Gewalt daran ziehen sollte, bestimmt in sich zusammenfiel. Er war ein Prachtstück ihrer Schwiegermutter, der Re-

thymniotin, und seit zwanzig Jahren nicht mehr gewachst worden.
»An zwei Stellen ist der Holzzaun eingestürzt, und die Abstellkammer benötigt eine neue Tür«, ergänzte Roussias seine Liste vordringlicher Reparaturen.
»Im wohlbekannten Grün«, vermutete Tsapas.
»Im wohlbekannten Grün«, bestätigte Roussias. Er hatte die Verschlußkappe in seiner Gesäßtasche, gleich heute würde er bei Tsinevrakis vorbeischauen, dessen Farbenhandlung noch immer an derselben Adresse war, Skalidi-Straße 5, um drei Literdosen Ölfarbe zu kaufen. Er stand in der Pflicht, auch den Rest des Türchens zu streichen.

Er erhob sich. »Nancy, vielen Dank für den Kaffee«, rief er der unsichtbaren Angestellten zu. »Nancy, laß uns noch fünf Minuten allein«, rief plötzlich der Bauunternehmer, schloß ein Schränkchen auf, das im hinteren Teil des Büros auf dem Boden stand, und legte drei Bündel Munition auf den Schreibtisch.
»Nimm das hier mit, um deine Gerätschaften auszuprobieren«, sagte er. »Du kannst sicher sein, daß ich sie haben will, egal, ob sie funktionieren oder nicht.«
»Wozu denn?«
»Das laß meine Sorge sein«, lächelte Tsapas. Er blickte Roussias ins Gesicht. »Was du für schöne Augen hast, alter Schwachkopf«, sagte er zärtlich. Er nahm die Munition in beide Hände und übergab sie seinem Freund, dann steckte er ihm die Lokalzeitung zu, damit er sie einwickeln konnte, und eine Plastiktüte von Kosta Bonda, um das Päckchen hineinzustecken. »Nimm in Gottes Namen und, mein Freund, sieh dich vor«, betonte er. Und so überquerte Roussias, in der Hand eine Tasche voll mit Projektilen, elegant in Beige und cremefarben gekleidet, mit seinem Panamahut auf dem Kopf, zwei Stunden lang

Plätze und Kreuzungen, lief kleine, völlig überlaufene Sträßchen rauf und runter, besuchte die Konditorei, die Kaffeerösterei, den Goldschmied und ein Wäschegeschäft, nicht um seine Mutter mit einer Aussteuer auszustatten, sondern um ein weißes Tischtuch zu kaufen, denn das alte hatte im Verlauf der Jahre gelbe Flecke bekommen. An die beiden Löcher, die noch von der Zigarettenglut seines Vaters stammten, konnte er sich aus seiner Kindheit erinnern.

Mit den neuen Schuhen an den Füßen und einer Eistüte in der Hand erwartete Metaxia ihn auf dem Parkplatz. »Onkel, von dem Restgeld habe ich dir drei Telefonkarten gekauft«, sagte sie und zwinkerte ihm zu. Sie sah ihn die ganze Zeit ständig in Telefonzellen eingezwängt stehen und nahm an, daß er darum rang, sich mit Ann auszusöhnen.

Sie war dreizehn Jahre alt und hatte nur Liebschaften, ihren Chrysostomos und ganz allgemein heißblütige oder auch strohdumme Romanzen im Kopf. Tsapas hatte sie besonders auf dem Kieker und berichtete, sein liebstes Taufkind, gerade einen Monat verheiratet, habe ihn im vergangenen Juni im ganzen Dorf lächerlich gemacht, als sie gerade von ihrer Hochzeitsreise zu den Niagarafällen heimgekehrt sei.

»Da ist Jorjia einfach davongestürmt, sie hat den Namen ihrer Großmutter, der Hebamme. Laß mich in Frieden, du Blödmann, hat sie dem Bräutigam zugeschrieen. Und der Kurze mit dem orangefarbenen Gürtel hinterher. Da schlüpft sie durch die Gittertür in den Hof und schiebt den Riegel vor. Da stand er dumm da, der Herr. Lieber Onkel, eine halbe Stunde lang, haben sie in voller Lautstärke ›Leck mich am Arsch‹ hin und her geschrieen. Dann noch ein paar Vorwürfe beiderseits, Jorjia wirft das Haar nach links zurück, sie trägt einen Pagenschnitt, und zeigt ihm etwas, auch der Kurze zeigt ihr etwas an seinem Hals, Knutschflecke. Da ist die Gittertür aufgegangen, und drei Tage lang sind sie nicht mehr herausgekommen.«

»Warst du dabei?«

»So gut wie«, entgegnete die weit über ihr Alter hinaus gewiefte Nichte, »wir alle haben es bis ins kleinste erfahren, und wenn der neureiche Laffe mich noch einmal anmacht, dann wird er schon sehen«, brach es aus ihr heraus. Ihre Hand krampfte sich um den Arm ihres Onkels, und sie schloß die Augen. Immer wieder entfuhr ihr ein Laut, der wie ein leises *Bimbim* klang, wie das Bimmeln einer Ziegenglocke, und danach ein sehnsüchtiger Seufzer nach Chrysostomos.

Sie nahm das Handy aus der Hemdtasche ihres Onkels, rief ihren jungen Verehrer an, um ihm ein herzzerreißendes »Bäh!« zuzurufen, doch die Verbindung war schlecht. »Scheiß Panafon!« Dieser Ausruf drang bis an Kyriakos' Ohr.

Der Wagen ließ Souda hinter sich, dann Kalami, verließ die Nationalstraße, bog rechts nach Vrises ein und begann den Aufstieg in die Berge.

»Am fünfzehnten August wirst du lauter neue Sachen tragen«, sagte Roussias.

»Der Rock muß enger gemacht werden, ich habe ihn schon zur Schneiderin gebracht. Dort habe ich die beiden halb Verrückten getroffen, du weißt schon wen. Die Kalogridaki läßt sich für Mariä Himmelfahrt ein neues Kleid nähen, ein grellgelbes.«

»Und die andere?«

»Die Tote hat einen Seidenstoff, blau mit weißen Tupfen, zusammengefaltet in der Hand gehalten, und zu Elli, der Schneiderin, gesagt: Näh mir das Kostüm für den zwanzigsten, fünfundzwanzigsten des nächsten Monats.«

»Zu welchem Anlaß denn?«

»Zu gar keinem.«
»Will sie das Kostüm nicht schon vorher, für den fünfzehnten August haben?«
»Tja ...«
Metaxia fuhr fort, die Armut und der Kurze hätten die Tote an den Rand des Wahnsinns getrieben. »Ende September heizen wir in Pagomenou bereits volle Pulle, da trägt man keine Sommerkleidung mehr«, sagte sie und fragte sich, was für einen Sinn es habe, eine Menge Geld für neue Kleider hinzulegen, wenn man sie zu Mariä Himmelfahrt nicht anziehe, wo alle Hochebenen nacheinander, von den Küstenorten ganz zu schweigen, sich mit Besuchern füllten, festliche Gelage in Privathäusern und Lokalen und Tanzveranstaltungen bis zum frühen Morgen stattfanden.
Das Gespräch versiegte, und die Kleine schaltete das Autoradio ein, suchte einen Sender, bis sie einen nach ihrem Geschmack fand. »Onkel, das ist Sakis Rouvas«, stellte sie ihm den Sänger vor, der in seinem Lied behauptete, *da beißt sich die Schlange in den Schwanz.* Der Text paßte wie die Faust aufs Auge, also summten beide leise mit, während er den Wagen lenkte.

Zwanzig Minuten später langten sie in ihrem Dorf an, wo ein anderer Wind, ein anderes Licht herrschte.
Auch in Pagomenou zirkulierten mehr PKWs, Motorräder und Maulesel als sonst. Häuser wurden gekalkt, neue Kühlschränke und Vorräte an Erfrischungsgetränken besorgt. Alles zu Ehren der Heiligen Jungfrau, zu ihrem Fest in zwei Tagen.
Vor dem Rohbau stand ein Alfa Romeo, und eine Fünfunddreißigjährige ganz in Rot hupte und rief: »Ist Frau Roussia da?«
Zwei Minuten später kam der Opel im Schatten der Kermeseiche zum Stehen, Metaxia machte sich auf den

Weg zur Metzgerei ihres lieben, aber unterbelichteten Papa, wie sie sich ausdrückte. Und Roussias versperrte den Kofferraum, sprang behende in den Hof, und halb verborgen hinter dem Baumstamm zündete er sich eine Zigarette an, während er auf den Rohbau starrte.
Dann drückte er sie aus, lief ins Haus und holte den Pinsel und die neue Farbdose. Am Vorabend hatte er mit dem Autoschlüssel absichtlich das grüne Türchen zerkratzt, um vor den Nachbarn und seiner Mutter eine Rechtfertigung zu haben, obwohl Frau Polyxeni die Sache gar nicht ansprach.
Die Frau in Rot umrundete das ganze Haus, gestikulierte heftig, ging ins Haus, trat wieder heraus, stieg auf die Terrasse hoch. Was die wohl hier sucht, fragte sich Roussias neugierig.
Während der ganzen Zeit saß die Frau des Kurzen, in ihrem schwarzen Hauskleid, auf dem Stuhl im Hof. Sie hatte das schwarze Kopftuch übers Gesicht gezogen und weinte. Von weitem war zu erkennen, wie ihr Körper zusammen mit dem weißen Plastikstuhl bebte.

Recht und schlecht brachte er den restlichen Tag über die Runden. Bei Antigoni gab es Schmorgemüse, und er kam für zehn Minuten in den Genuß der Gesellschaft seines Schwagers, des Metzgers, der gen Himmel wies, um anzudeuten: Die Wege des Herrn sind unergründlich. Ohne Begleitung ging er nachmittags in Rodakino baden, sein abendliches Bier trank er bei der Polyvolaki, und nach elf machte der Opel auf einem Seitenabzweig eines Ziegenpfades halt. Es roch nach Ziegenkötteln, überall war Nacht, jedoch nur dort, in der kleinen Schlucht, stand der Mond.
Kyriakos blickte sich um, nirgendwo waren die Scheinwerfer eines anderen Wagens oder Mopeds zu sehen. Er löschte die Lichter seines Wagens, rauchte die zwanzig-

ste und letzte Zigarette des Tages, während er den Kopf aus dem Wagenfenster streckte. Die Grillen zirpten, die Brise vom Libyschen Meer fuhr durch sein wuscheliges Haar und verjagte rasch die schweren Gedanken, die ihm auf der Seele lagen.

Er roch den Oregano, den Thymian und die Ziegenköttel. »Die Brotrinde, mein Goldjunge«, sagte er laut vor sich hin und ließ das Rauschen des in der Sommerzeit abgemagerten Flüßchens an sein Ohr dringen. »Trag die Brotrinde als Talisman bei dir«, sagte er wieder sanft vor sich hin. Dann feuerte er dreimal. Der Stutzen, in den die kurzen, dicken Patronen paßten, funktionierte.

Die Berge sind weiß. Die Wolken sind schwarz. Nach dem morgendlichen Regenschauer erscheint ein Besucher im Dorf, der Regenbogen, der Pagomenou eine Krone aufsetzt, vom einen Ende bis zum anderen. Solange er dableibt, ist es schön. Die Gärten sind trocken. Die Häuser sind kalt. Die Mutter hat beim Geschirrspülen ihren schwarzen Mantel an.

Der Winter war das Thema des Aufsatzes in Roussias' von Mäusen zerfressenem Schulheft der vierten Volksschulklasse. Der schöne Aufsatz stammte von der schönen Maro, die in die sechste Klasse ging, und Papadosifakis, der Lehrer, hatte sämtliche Schüler aus den drei oberen Klassen dazu angehalten, ihn abzuschreiben.

Wenn Kyriakos die alten Hefte gründlich durchforstet hätte, so hätte er drei weitere Aufsätze gefunden: Meine Lieblingsschlucht, Unser Hund, Eine Reise. Eine Reise, die sie in ihrer Fantasie unternommen hatte, denn sie war aus Gouri, ihrem popeligen Dorf, niemals hinausgekommen, aus den Weinbergen mit den schwarzen Liatiko- und Kotsyfali-Trauben, die bis zu der Sumpfgegend reichten, die von Mücken und Fröschen überquoll.

Es war Donnerstag, der dreizehnte Tag des Monats. Das Violett der Morgenröte verflüchtigte sich gerade, zusammen mit den Roßäpfeln der blaugrauen Eselin der Familie Kapris. Frau Polyxeni, Roussias' Mutter, war mit Handfeger und Kehrschaufel vor die Tür gegangen, um den Dung vor ihrer Haustür den Studentenblumen zugute kommen zu lassen. Danach schüttete sie zwei Eimer Wasser über die Stelle, um die Fliegen und die Eselpisse wegzuspülen.

Es war sechs Uhr morgens, in Amerika würde es elf Uhr abends sein, berechnete Roussias und rief, ohne es sich genau zu überlegen, Ann an. Seit Tagen wollte er ihr einen einfachen Satz über Kreta sagen, wie etwa: Es ist schön, komm.

Die Texanerin war in Texas. »Vom ersten bis zwölften August mache ich Ferien auf griechischen Inseln, und zwischen dem zwölften und dem zwanzigsten bin ich in Corpus Christi bei meinen kleinen Neffen und Nichten, Fibby, Megan und Jimmy«, vermeldete ihr Anrufbeantworter.

»Ann, schönen Gruß aus Kreta«, lautete Kyriakos' Nachricht.

Der erste Kaffee des Tages wurde zur Kermeseiche gebracht, zusammen mit Oliven, Zwieback und dunklen Feigen, einem Geschenk des Lehrers Papadosifakis. Und Roussias verbrachte die Zeit bis zehn im Liegestuhl, indem er Schriften des Instituts für Physik der Universität Heraklion durchblätterte. Währenddessen stellte seine Mutter zwei Passanten zur Rede, einen Mopedfahrer und einen Nachbarn, der den Honig aus seinen Bienenstöcken sammeln wollte. Sie machten Lärm und störten ihren Sohn, bemängelte sie. Das sei der, über den alle naselang die *Chaniotischen Nachrichten* schrieben, der Erfinder, der Universitätsrektor, erläuterte sie ihnen. Mit gesenkter Stimme, wie sie meinte, und dabei berührte sie mit den blau geschlagenen Fingernägeln ihre linke Brust, an der Seite des Herzens.

»Die Sache mit dem Empfehlungsschreiben geht in Ordnung, ich hab es ihm ausgestellt. Und ich habe ihm angedeutet, daß er Ihnen einen Gefallen schuldet. Aber der Dummkopf hat den Mund nicht aufgekriegt. Was um Himmels willen macht er damit? Was bloß?«
Nach einem entsprechenden Anruf trank Roussias nun seinen zweiten Kaffee im Gemeindeamt. Gemeindevorsteher Tsontos fühlte sich wie ein begossener Pudel. Am Abend zuvor hatten etliche Verwandte aus Athen und Chania, Koumbari mit ihren Kindern und angeheiratete Schwager mit ihren Familien, in seinem Hof Station gemacht, nachdem sie einen Tagesausflug in die Schlucht von Aradena unternommen hatten. Unterwegs hatte er der Musterschülerin eine Maulschelle verpaßt, und das freche Mundwerk seiner Tochter hatte den Gästen die Schamröte ins Gesicht getrieben.
Von heute an würde man in Pagomenou über ihn klatschen, und Tsontos war dem Zusammenbruch nahe. Da er nichts weiter zu tun hatte, ließ er dem Amerikaner ausrichten, er möge auf ein Schwätzchen vorbeikommen, damit man sie zusammen sah, das Ansehen des Gemeindevorstehers wieder stieg und die spitze Zunge der Musterschülerin in den Hintergrund trat.
»Unter den Verwandten gestern war auch der junge Vamvoukas, er macht eine Automechanikerlehre in den Werkstätten an der Straße nach Souda. Er hatte Ersatzteile dabei und hat die Rostlaube der Kalogridaki repariert. Er war ihr einen Gefallen schuldig, der Junge«, sagte der Gemeindevorsteher und grinste vielsagend. Er höchstpersönlich habe dafür gesorgt, was wäre er denn in Gottes Namen für ein Gemeindevorsteher, wenn er denen nicht helfen würde, die seine Unterstützung brauchten.

Es war gerade Kartoffelernte, auf der Hochebene baute man Spunta und Kenebek an, die gute Erträge brachten. Dabei konnte die Kalogridaki Transportdienste leisten, andernfalls würde sie erst nach dem vierzehnten September, der Zeit der Weinlese, wieder zu einem Tagelohn kommen.

»Herr Roussias, kommt unsere Gegend auf Ihren Fotos gut zur Geltung?«

»Sie ist schön, unsere Gegend.« Der Nachsatz folgte erst nach einem Augenblick des Zögerns.

»Die Berge verlieren ihren Stolz, die Ebenen ihre Weite«, erhob Tsontos die Stimme zu einem Lied, das auch die Sekretärin hören sollte, die im Vorraum *Diva* las. Alle sollten darauf hingewiesen werden, daß heutzutage ein Vater eine sechzehnjährige Tochter, in diesem Fall die Musterschülerin, nicht mehr streng an der Kadare halten konnte. In einer Zeit, in der sich die Umgangsformen radikal änderten.

Auch Metaxia war nicht mehr zu bändigen.

Angebunden und brav in ihrem Geschirr standen nur mehr die beiden Maulesel, die zu Chrysostomos' Pferch, neben der alten Seifensiederei, Viehfutter hochgebracht hatten. Zumeist packte der Fünfzehnjährige die Säcke auf den Pritschenwagen und fuhr sie auf selten befahrenen und schwer zugänglichen Wegen, ohne Führerschein, auf die Hochweide.

Als sich Onkel und Nichte im Opel näherten, wären sie beinahe beschossen worden.

Am Rand des Abgrunds standen Chrysostomos und drei weitere Hirten, um die Fünfundzwanzig, deren Gesichter Kyriakos von seinen Wanderungen und aus den sfakiotischen Cafés kannte. Zornig warfen sie ihre Handys in die Luft und feuerten mehrmals hinterher, bis sie in tausend Stücke zerbarsten. »Faules Stück!« be-

schimpften sie sie obendrein, denn in Agoria – und nicht nur dort – blieben sie ohne Empfang.
Im Anschluß daran verabschiedeten sich die jungen Männer gesittet und fuhren davon.
Chrysostomos blieb zurück, steckte den Fünfundvierziger in die Gesäßtasche, registrierte Roussias' besorgten und forschenden Blick und meinte, die Hochweide sei ein wilder, zerklüfteter Ort, weder für Motocross noch für geschniegelte Limousinen geeignet, und er selbst müsse aufgrund seines Aufenthalts an unzugänglichen Orten eine Waffe, einen Scheinwerfer, ein Transistorradio, ein kleines Beil, ein Seil usw. bei sich haben. Dann betrachtete er das Thema als erledigt, wurde wieder zum Kind und grinste breit.
Seine Besucher waren zum Pferch gekommen, um Kanela, die schönste Geiß der Herde, und die drei Welpen der Hündin zu fotografieren. Nachdem sie rasch zwei Bilder gemacht hatten, verblieben die Fotomodelle beim Onkel, und die beiden jungen Leute wandten sich einem intensiven Gespräch über Mäusebussard, Kuckuck, Ringeltaube, Pirol und Bienenfresser zu.
Chrysostomos, der ein Glöckchen so geschickt bimmelte, als spielte er auf der Sologitarre, meinte, das Kleeblatt, das Mal des Kurzen, sei sehr verbreitet, und deshalb stehle man ihm die Schafe. Um den Viehdieben den Appetit zu verderben, wolle er selbst im Januar die neugeborenen Zicklein mit dem Drudenfuß, dem Symbol der Satanisten, markieren. Und Metaxia war ganz seiner Meinung.
Anfänglich war Roussias noch mit einem Ohr bei den jungen Leuten. Nach zehn Minuten hatte ihn ein Welpe in seinen Bann gezogen, der wie ein weißes Bällchen um seine Schuhe hüpfte, während er die Steinmauer entlangspazierte. Er betrat das Steinhäuschen, darin befanden sich ein Sofa und Heerscharen von Ziegenglocken, auf dem Regal standen ein Würfelspiel, zwei Schinkenkon-

serven, Kaffee, Walratkerzen, ein billiger Kassettenrecorder, verstreut herumliegende Kassetten und CDs, ein Foto von John Travolta, ein paar verstaubte Schallplatten, darunter auch *Der Jüngling und der Tod*. Die kleine Single prangte schließlich in etlichen Lokalen, Küchen und Wohnzimmern, selbst wenn es dort keinen Plattenspieler gab. Ohne die orange-blaue Hülle in die Hand zu nehmen, murmelte Roussias vor sich hin: »Gesang und Lyra: Sifis Roussias, Lagouto: Minos Chnaris. Seite A: *Der Jüngling und der Tod*, Seite B: *Das Lieblingsstück des Lyraspielers*.

Kyriakos spürte, wie sehr die Einheimischen den jungen Mann geliebt und um ihn getrauert hatten. Für sie blieb er der unvergeßliche Sifis, der – nach seinem Tod 1972 – inzwischen bereits länger tot war, nämlich sechsundzwanzig Jahre, als er überhaupt gelebt hatte, nämlich neunzehn.

»Das schwarze Hemd ist, verdammt noch mal, nicht mehr das, was es früher einmal war!«

Es war nach zehn, Roussias hatte die Nichte bei ihren beiden Mitschülerinnen, Nina und Anna, abgeliefert, die nach Neuigkeiten von Chrysostomos gierten. Den weißen Welpen hatte er bei seiner Mutter abgeliefert, und nun saß er im zementierten Hof des Kafenions. Durch die Tür konnte er drinnen den Kurzen erkennen, er saß allein vor zwei Rakigläsern und beklagte sich bei Maris, der ihm eine Plastikflasche mit Wein füllte, darüber, wie traurig es ihn stimme, daß durch Möchtegern-Rowdys und Drogendealer das schwarze Hemd zur Modeerscheinung verkommen sei. »Früher hatte das schwarze Hemd einen tieferen Sinn«, schloß er.

Er trank den einen Raki aus und kippte den zweiten auf den Zementboden, er füllte die beiden Gläschen erneut, trank das eine und kippte das andere aus.

Maris ging noch ein paarmal hin und her, um die letzten Bestellungen des Abends entgegenzunehmen. Die Gäste wurden allmählich spärlicher, zurück blieben eine Gruppe lauter Italiener, die lautlosen Albaner, die an einem Tisch ganz am Rand ihr Bier tranken, und Roussias. Diejenigen, die keine Ahnung hatte, könnten meinen, er träume vor sich hin. Alle, die um seine Geschichte wußten, würden darauf wetten, daß die zimtbraunen Augen, die stets feucht und traurig glänzten, nicht in den Sternenhimmel gerichtet waren, sondern geradewegs auf sein Inneres, auf sein Herz und auf sein Gewissen, auf die Ehre und ihren Preis im allgemeinen.
»Ist dein eigener Wein schon alle?« fragte Maris, während er die Plastikflasche abwischte.
»Na und ob, die trinken wie die Bürstenbinder.«
»In diesem Jahr sind die Reben voll. Du wirst eine ganze Menge ernten.«
»Zum letzten Mal.«
»Willst du den Weinberg aufgeben?«
Der Kurze antwortete nicht, er zahlte, steckte die Flasche in eine himmelblaue Reisetasche, ging am Langen vorüber, ohne ihm in seiner Ecke Beachtung zu schenken, und bald darauf bog das Mofa in die Felder ein, und sein gelber Scheinwerferstrahl schweifte in immer größerer Entfernung durch die Nacht.

Roussias stieg in den Wagen und fuhr zum Haus seiner Mutter. Aber er stellte den Motor nicht ab, noch zog er die Handbremse an. Er bemerkte, daß das Mofa des Kurzen dem Rohbau auswich und weiterfuhr, und zwar weder zum Haus seiner Großmutter an der Schlucht noch zur Koumbara nach Kamena. Währenddessen ging die Tote auf ihrer Terrasse auf und ab, nachdem sie alle Lichter im Haus gelöscht hatte. Wie ein Gespenst glitt sie vom Schein des Mondes in den des öffentlichen Lichtmastes.

In seinem eigenen Haus herrschte Stille. Im hinteren Hof leuchtete die kleine gelbe Lampe, auf dem Wäschetrockner hing die Unterhose seiner Mutter, um diese Uhrzeit hatte sie sich bestimmt schon hingelegt.

Bevor die alte Frau seine Rückkehr mitbekam und anfing, ihm eine Wassermelone aufzuschneiden, ließ Roussias den Opel mit abgeschalteten Scheinwerfern über unbekannte Feldwege rollen, das Mondlicht leistete ihm dabei gute Dienste.

Das Mofa blieb irgendwo in den Weinbergen stehen, der Opel fünfhundert Meter davor, versteckt hinter Brombeerbüschen. Der Kurze war auf seinem Fußmarsch kaum zu erkennen, nur die himmelblaue Reisetasche blitzte hie und da auf. In dieser Gegend gab es nur den Friedhof und den Cousin. Nachdem er sich umgesehen hatte, ging er die Friedhofsmauer entlang und schwang sich auf die andere Seite.

Nur sie beide waren da, sie und Tschaikowsky als der Dritte im Bunde, weiter drüben, im hell erleuchteten Haus auf dem Hügel.

Der Besucher aus Amerika war in dem Gelände unerfahren und achtete darauf, nicht auf vertrocknete Zweige zu treten und sich durch das Knacken zu verraten. Dieser Abend kam ihm so unwirklich vor wie gewisse Nächte in Frederick. Da blickte er aus dem Fenster, und anstelle des freien Feldes im Vordergrund und der zweistöckigen Gebäude im Hintergrund sah er Tanzfeste bei den Koumbari Papadosifakis in Egaleo und Romanszenen vor sich.

Er blieb hinter dem Stamm des Apfelbaums stehen, dessen Zweige in den Friedhof hingen und die unreifen Früchte auf die marmornen Grabplatten fallen ließen. Er sah, wie die himmelblaue Reisetasche die drei Gehwege zwischen den Gräbern auf und ab wandelte. Sein Herz hämmerte, er hatte Lust auf eine Zigarette, doch er zün-

dete sich keine an, aus Angst, die Glut könnte ihn verraten.
Der andere zündete sich sehr wohl eine Zigarette an, nahm ein paar tiefe Züge, schaltete auch die kleine Taschenlampe an und beleuchtete knapp zwei Minuten lang die halb erloschenen Namenszüge auf dem Holzkreuz, die Studentenblumen und die Grabplatte aus Zement.
Damals hatten die drei Brüder Drakakis, die Australier, einen Scheck für die Gestaltung von Sifis' Grab geschickt, doch die trauernde Familie Roussias hatte ihn zurückgegeben, mit der Bemerkung: »Unser Grab entspricht unserem Geldbeutel.«
Der Kurze drückte die Zigarette aus und löschte die Taschenlampe. Dann zog er etwas aus seiner Reisetasche, das sich als kleine Hacke herausstellte, und begann die Erde rund um die Grabplatte aufzulockern.
Er arbeitete ganz mechanisch, er wußte, wo er nachgraben mußte und wo er die Erde mit den bloßen Händen wegschaufeln konnte.
Danach hob er die beiden Teilstücke der Zementplatte hoch, schob sie zur Seite, richtete den Lichtstrahl in das Grab hinein und krümmte sich plötzlich zusammen, als hätte ihn ein stechender Bauchschmerz übermannt. »Mein Bruder!« stöhnte er und schlug das Kreuzzeichen.
Er ließ alles stehen und liegen. Mit Riesensätzen lief er zum Beinhaus und rüttelte am Vorhängeschloß. Dann hämmerte er gegen die Holztür, als warte er darauf, eingelassen zu werden. Er drehte einige Runden um das kleine, schmucklose Gebäude.
Schließlich kehrte er zum Grab zurück und sprang mit einem Satz hinein.

Zuerst nahm er Sifis' weißes Hemd heraus, es war aus Nylon und unversehrt. Er hob es vorsichtig hoch, wie eine lange Stoffwindel, in der anstelle eines Neugeborenen die Rippenknochen lagen. Er ließ es auf den Boden sinken und reihte nebeneinander den Schädel, die Oberschenkel und die übrigen Gebeine seines Zwillingsbruders neben dem weißen Hochzeitshemd auf. Sie waren vom Zahn der Zeit angenagt, unvollständig und dunkel verfärbt.

Er sprang mit einem Satz aus dem Grab heraus, rückte die Grabplatten wieder an die alte Stelle, stampfte die Erde rundherum platt, überprüfte das Ergebnis mit der Taschenlampe und befand es in Ordnung.

Draußen, eins mit dem Stamm des Apfelbaums, stand Kyriakos Roussias, der Amerikaner. Er war nicht abergläubisch, Physiker von Beruf, normal veranlagt von Natur aus und Detektiv wider Willen, da sein Interesse nicht kriminalistischer Art war. Er spürte eine Berührung an seinem Hemd, als würde ihn jemand am Ellenbogen anfassen, als stünde der Geist seines Vaters neben ihm am Zaun.

Er drehte sich nicht um, er wollte ihn nicht verjagen. Er war sicher, daß sie beide das Weitere zusammen verfolgten.

Der Kurze nahm die zwei Liter fassende Limonadenflasche aus der Reisetasche und wusch mit dem Wein die Gebeine. Er verteilte die eine Hälfte in das eine Fach, die zweite in das andere, dann zog er den Reißverschluß der Reisetasche zu und überprüfte das Gewicht.

Kyriakos Roussias, der Lange, putzte seine Brillengläser, die sich beschlagen hatten, und tastete vergeblich nach dem Taufkreuz an seinem Hals. Da mittlerweile auch das ferne Klavier verstummt war, atmete er zwanzig Minuten lang ganz flach, bis sich der Cousin entfernt hatte und er hörte, wie das Mofa in der Stille Gas gab.

Eine gute Weile später, immer noch unter dem Apfelbaum und ganz allein, konnte er ausmachen, wie am anderen Ende von Pagomenou auf der Veranda des Rohbaus das Licht anging.

Gjergj wollte nach Albanien fahren, um seine Mutter zu besuchen. Und er wollte ihr mit schwarzen Schaftstiefeln unter die Augen treten.

In die kleine Kammer hinter dem Kafenion, in der Maris Getränkekästen, Teigwaren und zerbrochene Stühle aufbewahrte, war auch das alte Sofa hineingezwängt worden, das dem Albaner als Schlafstelle diente. Heimlich trank er manches Bier und manche Cola, der Chef zählte die Flaschen nicht nach.

Am Freitag morgen, dem vierzehnten August, schien Gjergj verschlafen zu haben. Maris hatte den Verdacht, daß er am Vorabend zuviel getrunken hatte, öffnete die Tür und fand den jungen Mann dabei vor, wie er, nur mit einem Slip bekleidet, auf dem Boden hockte und sorgfältig ein Paar teurer weißer Schaftstiefel mit schwarzer Farbe wichste. Er hat sie gestohlen, dachte er enttäuscht. Auch wenn er ein Fremder war und sie kaum miteinander sprachen, so war er doch seine rechte Hand und leistete ihm stets Gesellschaft.

»Wem gehören die?« fragte er ihn.

»Sind meine.«

»Wem gehören die?« fragte er nochmals und versetzte ihm eine Ohrfeige.

»Sind meine, *të miat*«, wiederholte er auf albanisch und wurde rot. Doch zwei Stunden später auf der Polizeistation kanzelte die hinfällige Großmutter des Kurzen vor ihrem Enkel Papadoulis mit den Worten ab: »In diesem Staat herrscht keine Ordnung.« Sie sagte aus, ihr liege nichts an den gestohlenen Schafen, doch die gottlosen Teufel seien in ihr Haus eingedrungen und hätten Sifis'

Stiefel im Wert von zweiunddreißigtausend Drachmen mitgenommen.
Alle wußten, daß die alte Frau ihre Rentenvorsorge bei der Bauernkasse getroffen hatte. Sie war sehr stolz auf ihr Einkommen, dreißigtausend im Monat. Also bestellte sie alle drei, vier Jahre neue Stiefel für Sifis und hob die funkelnagelneuen alten Schuhe ungetragen in ihrem Keller auf.

Als der Diebstahl in der Hochebene bekannt wurde, fühlte man Mitleid mit ihr und meinte untereinander: »Und immer kriegt der Zahnlose den harten Zwieback!« Den Kafenionwirt hingegen überkam große Wut, daß ausgerechnet sein Angestellter in ein fremdes Haus eingedrungen war und die Schuhe eines Toten geraubt hatte. Er stürzte zwei Raki hinunter und beschloß, den Jungen nicht anzuzeigen, damit man nicht wegen jedes unaufgeklärten kleinen Diebstahls über ihn herfiel, wegen eines gestohlenen Huhns, einer verschwundenen Hacke, eines geklauten Fuchsschwanzes.
Er holte den Jungen eine halbe Stunde vor der Durchfahrt des Überlandbusses nach Chania aus der Kammer. »Mach, daß du fortkommst, du Nichtsnutz«, sagte er. »Troll dich! Und zwar nicht nach Ajii Saranda, zu den Vierzig Heiligen, sondern am besten gleich zu den Fünfzig, den Sechzig oder gar den Hundert Heiligen! Vielleicht wird dir dort vergeben.« Und ohne seinen Lohn zu verlangen, ohne einen Laut von sich zu geben, packte Gjergj ein paar Wäschestücke in eine Tasche und ging mit hängendem Kopf fort.

Am Vortag von Mariä Himmelfahrt herrschte reger Verkehr, Reisebusse und PKWs, Sommerfrischler und Einheimische waren emsig mit den Vorbereitungen für die Gelage zu Ehren der Namenstagskinder beschäftigt. In

so gut wie jedem Haushalt war eine Despina, eine Maria oder ein Panajotis zu finden.
Er war fast Mittag, als der hellgrüne Kleintransporter neben der Silberpappel vor Maris' Kafenion parkte. Die Kalogridaki, in einer khakifarbenen, von der Arbeit auf dem Kartoffelacker schmutzigen Kniehose ihres Ex-Mannes, zog Maris zur Seite und sagte ihm, Gjergj sei kein Dieb, sie selbst habe die Stiefel aus den von der alten Frau gehorteten Paaren ausgesucht und verschenkt. Sieben Paar lägen ungetragen und nutzlos herum. »Tratsch das nicht weiter«, bat sie ihn am Schluß, und die Traurigkeit und Verzweiflung in ihrem Blick war so groß, daß Maris Stillschweigen schwor.
Er übertrat seinen Schwur nur dem Amerikaner aus Sfakia gegenüber, der kurze Zeit später das Kafenion betrat, das wuschelige Haar drei Zentimeter kürzer. Der einstmals – in den Worten der verbrannten Großmutter – ausgezehrte und glubschäugige kleine Roussias hatte alle Einheimischen überflügelt, war in die Elite vorgestoßen.
»Kyriakos Roussias, geboren in Pagomenou im Bezirk Sfakia, wurde mit vielen hochrangigen Auszeichnungen für seine wissenschaftlichen Erfolge bedacht«, verkündete Maris stolz, während er die zurückgebrachte orange-blaue Single zu den Konservenbüchsen auf dem Regal stellte und dann die Rakiflasche in die Höhe hob.
Daraufhin fuhr er mit den Fingern durch sein gewelltes Haar, plättete es einmal nach links, einmal nach rechts und einmal nach hinten. Kurz danach knurrte er: »Verdammt noch mal, der Schlingel war doch ein anständiger Junge!« Er stürzte den neunzehnten Raki in einem Zug hinunter und zählte laut mit, um den angestrebten Rekord nicht aus den Augen zu verlieren.
»Trink einen mit«, schlug er Roussias vor.
»Laß mal. Ich kann das nicht mit anhören, wie du die Schnäpse zählst.«

»Dann bringe ich dir das undurchsichtige Glas, das Trinkhorn.«
Roussias trank nicht, dafür rauchte er. In der vorangegangenen Nacht hatte er kein Auge zugetan. Er hatte sich mit dem Hund und seinen Karelia-Zigaretten getröstet.

»Lauwarmes Wasser mit Zitronensaft und Honig reinigt laut Rena die Lungen der Raucher.« Die Empfehlung kam von Papadoulis, der seinen Kopf aus dem Fenster streckte und Roussias eine gefaltete Zeitung reichte. »Ich habe das, was uns interessiert, bei den Kleinanzeigen eingekringelt. Werfen Sie einen Blick darauf, und kommen Sie mit auf einen kleinen Spaziergang«, schlug er vor.
Gelegenheit! Wohnhaus mit drei Zimmern, großem Hof, Parkplatz und kleinem Garten in der Hochebene Pagomenou im Bezirk Sfakia dringend günstig abzugeben.
»Vor einigen Tagen ist eine Maklerin dagewesen«, sagte Papadoulis. Die Frau in Rot, dachte Roussias. Die beiden Männer gingen langsam auf dem mittleren Teil der Straße dahin. Das Tempo bestimmte der Polizeioffizier, der nach allen Seiten Grüße und herzliche Willkommenswünsche an Besucher verteilte, während er immer wieder Roussias am Ärmel zupfte und ihn mit nur einem Wort vorstellte: das Genie.
»Und warum verkauft er das Haus?«
»Er will sich verändern. Zum Souflakibudenbesitzer.«
Papadoulis meinte, den armen Kerl, der völlig allein dastand und nur drei Spannen hoch war, beschatte man in Chania unauffällig und zum eigenen Schutz. Dorthin sei er nämlich weitere zweimal gefahren und habe seine Tour durch die Grillrestaurants fortgesetzt, beim zweiten Mal habe er sogar die Tote im Schlepptau gehabt.
»Also will er einen Grillimbiß kaufen.«

»Mit hundertprozentiger Sicherheit. Er geht in die Lokale und schaut sich die Kühlschränke und die elektrischen Drehspieße an. Er fragt, in welchem Fett sie das Pitabrot herausbacken. Viele Hirten haben die Berge verlassen und in den großen Dörfern und in den Städten Metzgereien aufgemacht«, sagte Papadoulis und fuhr mit seinem Bericht fort. Der Cousin habe sich anscheinend für eine Souflakibude an einer Straßenecke entschieden, ein Loch irgendwo in Nea Chora. »Dann fehlt nicht mehr viel, bis wir Ziegendöner essen«, schloß er befriedigt, sowohl von seinen Nachforschungen als auch von seinem Sinn für Humor.

»Haben Sie etwas über die Viehdiebe herausgekriegt?«

»Einer wird wohl ausgerastet sein, weil ihn die Kalogridaki, die Koumbara, nicht rangelassen hat. Wo die Geiß ist, ist auch der Bock nicht weit. Das ist Ihnen doch ein Begriff, oder?«

Offenkundig hatte der Mann seine Gedanken genau geordnet. Er fügte hinzu, die Kalogridaki und der Kurze luden an diesem Tag Kartoffeln von den kleinen Äckern der Einarmigen hinter den Bergen auf.

Als die beiden Männer die zweihundert Meter Straße mit den beiden Metzgereien, den drei Kafenions und der Tankstelle, der auch eine Bäckerei angeschlossen war, passiert hatten und bereits in der Einöde spazierten, fiel Papadoulis der Fall von Sakis Baras und den achtzehn Familien des Papadakis-Clans, also insgesamt fünfzig Karabinern und fünfundvierziger Revolvern, ein. Da gnade uns Gott, sei Renas Kommentar zu dem Fall gewesen. Er müsse die Papadakis im Auge behalten, denn Sakis, der dreißig Jahre fort gewesen sei, wolle mit einem roten Audi ins Dorf kommen.

Fünf Tage zuvor habe er irgendwo aus Makedonien beim Popen der Kirche zu Mariä Entschlafung angerufen. Sakis habe aber nicht erwähnt, aus welcher Stadt, und auch

keine Telefonnummer angegeben. Er habe erzählt, nach siebzehn Ehejahren habe seine Frau endlich ein Kind zur Welt gebracht, einen kleinen Jungen, der nun zwei Jahre alt sei. Und Sakis habe zögernd nachgefragt, ob der Junge am Vorabend von Mariä Himmelfahrt in Pagomenou die Heilige Kommunion empfangen könne. Der Pope, der 1970 den getöteten Papadakis begraben hatte, der an einem so kalten Februarabend ermordet worden war, daß die Drosseln in den Hausgärten von den Bäumen fielen, habe gesagt: »Komm nur.« Und gerührt sei er durch die Dörfer der Hochebenen gezogen und habe bei praktisch jedem Haus gelobt: »Ich werde eine verteufelt gute Messe lesen.« Und er habe mit gratis verteilten Segenssprüchen im Stil von »Seid fruchtbar und mehret euch!« nur so um sich geworfen.
»Höhere Gewalt«, meinte Papadoulis zum Abschluß und machte kehrt.

Es war halb zwölf, als Roussias blitzschnell nach Chania fuhr und den Opel umtauschte. Um drei war er wieder zurück. Er fuhr nicht über den Fuhrweg und an den Lokalen vorüber, er wich dem riesigen Acker aus, der ihm von weitem immer noch von denselben gelben Maimargeriten übersät schien wie vor dreißig Jahren. Er nahm Abstecher über Kartoffeläcker, vorbei an alten Dreschplätzen und Brunnen und parkte den blauen Volvo auf dem hinteren Zufahrtsweg des Hauses, halb hinter der Steinmauer verborgen.
Er wollte einen kleinen Salat essen und sich hinlegen, das weiße Hemd aus der vergangenen Nacht aus seinen Gedanken verbannen und seine Augen für eine Stunde schließen.
Das Hündchen stand hinter dem Türchen auf der Schwelle, wedelte mit dem Schwanz und wollte von ihm gestreichelt werden. Roussias bückte sich, hob es hoch,

und zusammen traten sie in das kühle Innere des Hauses, wo dutzende Schnecken an den Wänden, an der Zimmerdecke und auf der Lehne des Sofas spazierten, nachdem sie anscheinend aus dem Emailbecken in der Spüle entflohen waren. Auf das Sofa war auch seine Mutter hingesackt, den einen Pantoffel hatte sie noch an, der andere lag auf dem Boden. Dort unten lagen zudem ihr Gehstock, ihr Kopftuch und die rotgrünen Hundekuchen verstreut.

Kyriakos erschrak, ließ den Welpen los und beugte sich über seine schwer atmende Mutter. Die alte Frau packte ihn mit beiden Händen, die ihn festhielten wie Schraubstöcke. Sie drückte ihn so dicht an ihre erschöpfte Brust, daß er sich nicht mehr rühren konnte, obwohl sie genau das Gegenteil von ihm forderte: »Geh weg von hier, geh weg von hier.«

Eine Stunde zuvor war der Hund unter das aufgeschichtete Brennholz gekrochen und hatte nicht mehr herausgekonnt. Er winselte, Frau Polyxeni zog einige Scheite heraus und stieß auf das alte Waffenarsenal. Die Patronen, die Patronengürtel und der Karabiner waren dort, nur der Stutzen fehlte.

»Wo ist er?« fragte sie.

»Woher soll ich das wissen?«

»Das ist doch dein Werk. Theofanis hat so viele Jahre lang nicht nachgegraben, am liebsten würde er noch eine Schicht Erde draufpacken. Selbst wenn sie ihm seine eigene Mutter umbringen, würde der sich taub und blind stellen.«

Mehr als ein Jahrzehnt, seit damals, als sie Witwe wurde, quälte Polyxeni Roussia in den Nächten die Frage, ob sie lieber die Mutter eines Mörders oder die eines Ermordeten sein wollte. Sie hatte sich in dem Glauben gewiegt, der Lauf der Zeit hätte sie und ihre wechselnden Ansichten längst hinter sich gelassen und die Laufbahn des Sohnes in Amerika diesem Dilemma ein Ende gesetzt. Deshalb warf sie das verdächtige Fehlen des Stutzens mit einem Schlag viele Jahre zurück und ließ ihr die Knie weich werden.

Mit kurzen Atemstößen und abgehackten Sätzen erzählte sie, die niederträchtige Kalogridaki habe die aufgegrabene Stelle beim Haus der seligen Großmutter entdeckt und den Dreckskerl benachrichtigt, der die ersten Jahre nach seiner Haftentlassung die ganze Gegend nach den Waffen abgegrast habe, denn er wisse um ihre Existenz.

Anstelle einer Antwort hielt ihr Kyriakos den Umschlag des Reisebüros mit seinem Flugticket entgegen. Er würde am siebzehnten aus dem Dorf abreisen und am achtzehnten zurückfliegen.

Die alte Frau ließ ihn los, stützte kurz ihren Ellenbogen auf und faßte nach seiner Hand, drückte einen Kuß darauf, blickte forschend auf seine blitzsauberen Finger und die stets kurz geschnittenen Nägel.

»Verbring dein ganzes Leben an einem Ort mit fünfzig Leuten und sprich nur mit der Hälfte von ihnen«, sagte sie leise und blickte auf die Schnecken an der Decke und an den Wänden.

Beharrlich fragte sie nach dem Verbleib des Stutzens und meinte, er solle die Waffen des Verstorbenen anderswo vergraben. Alle hier laufen ständig mit einer Schaufel durch die Gegend, dachte Kyriakos.

Er strich ihr übers Haar, das schon sehr schütter war, und versenkte seinen Blick in ihre Augen. »Der Stutzen«, sagte sie erneut. »Morgen, Mama«, versprach er.

In der Zwischenzeit setzte auch die Hintergrundmusik mit Tschaikowsky ein, die Hochebene wurde wieder zum Konservatorium.

Kyriakos schnitt Brot, nahm eine Handvoll Oliven und ging zu seiner Mutter, um zusammen mit ihr zu essen.

Mit Hilfe eines Besenstiels hatte sie die Schnecken von den Wänden geholt und aufgeräumt.
Er bedauerte sich selbst, als er zur Beruhigung seiner Mutter verschiedene berufliche Telefonate führte, mit dem überraschten Jannakopoulos etwa oder dem genervten Athener Universitätsprofessor für Medizin, Minaidis. Zu nachtschlafender Zeit, am Vorabend des fünfzehnten August, erläuterte er ihnen in vereinfachter Form, wie in Versuchsanlagen Abzugshauben zwecks Abtötung der Mikroben Luft von oben nach unten bliesen.
Die alte Frau ließ sich kein Wort entgehen.
»Mein Junge, schläfst du gut? Findest du Ruhe?« fragte sie Kyriakos besorgt, sobald sie sah, daß er den Hörer auflegte. Und er beeilte sich, ihr besänftigend zuzunikken.
Schließlich faßte er, um seine Gedanken wieder in geordnete Bahnen zu lenken, nach der Fliegenklatsche wie nach einem Rettungsring und machte sich daran, mit elegantem Schwung die Obstfliegen auszurotten, die den Teller mit den Feigen umschwirrten.

Papadopoulos und die Papadopoulina mitsamt ihrer Philippinin kamen gegen fünf in ihrem BMW vorgefahren, Siganos mit seinen beiden Töchtern parkte den Pritschenwagen um halb sechs. Kurz bevor die Sonne sank, kamen Galanos, die Galanena und seine Töchter vorbei, gegen sieben, bei Einbruch der Dunkelheit, erschienen Pateros, die Paterena und deren Töchter, darauf folgte der Golf mit Pentaris, der Pentarena und dem jüngsten Pentaris-Sproß, und danach folgten zehn Wagen der Familie Papadakis inklusive Koumbari im Konvoi.
Roussias war zwischen vier und halb fünf eingeschlafen, und als er aufwachte und nach draußen ging, fand er

dort, unter der Kermeseiche, neben dem aufgestellten Liegestuhl mitsamt einem kleinem Kopfpolster, seinen Kaffee, einen Teller mit eisgekühlten Feigen und seine Zeitschriften vor, glatt gestrichen wie frisch gebügelt und fein säuberlich aufeinandergestapelt.
Frau Polyxeni hatte den Welpen in den alten, nunmehr leeren Hühnerstall gesperrt, damit er nicht wieder am Brennholz herumschnüffelte und die Studentenblumen zerrupfte. Dann war sie in Antigonis Laden hinuntergegangen. An solchen Tagen, wenn den Leuten das Geld locker saß, befriedigte es sie, die Kunden, die Schlachttiere und die Tausender in der Kasse zu zählen. Letzteres war das einzige, das ihre Stimmung heben konnte.
Der Sohn konnte sich nicht auf das Studium der Artikel konzentrieren, er überließ sich den unbeantworteten Fragen und seinen Gedanken, den ankommenden Gästen und dem Hupkonzert des Papadakis-Clans, das gerade langsam abklang. In der Hochebene machte sich wieder Stille und eine Abendröte breit, die innerhalb von zehn Minuten Hunderte von Schwalben anlockte – schwarze Wogen am Himmel über Pagomenou, die an der Ruine der Daoukos langsam verebbten. Dann herrschte wieder Stillschweigen.

Kurze Zeit später fuhr der blaue Volvo am Rohbau vorüber, die Tote bügelte in der abendlichen Kühle.
Bald danach passierte er Sakis Baras' zerfallenes Haus. In hundert Metern Entfernung fuhr er, nachdem er seitlich ausgewichen war, durch uneingezäunte Grundstükke an Chrysostomos vorbei, der gerade die Ziegen zurückbrachte. In der Nähe war auch seine Nichte – ein Zicklein, das Ballettfiguren vollführte. Die jungen Leute wußten nicht, daß er den Wagen umgetauscht hatte, sie erkannten ihn nicht und riefen ihm nichts zu.
Aus demselben Grund rief ihm auch Tsapas nichts zu, als

er mit dem Gartenschlauch die Hortensien und den Feldweg bespritzte, damit sich der Staub legte. Danach würde er sich hinsetzen und sein Bier im Mondlicht trinken, denn seine Ehefrau hatte zwei Belgierinnen, die sie am Strand aufgelesen hatte, nach nebenan, in den Neubau, mitgebracht.

In den Kurven, die bergan führten, traf der Volvo auf eine Straßensperre der Polizeisondereinheit. Drei Uniformierte hielten ihn an und forderten ihn auf, auszusteigen.

»Sie haben einen amerikanischen Führerschein?«

»Einen amerikanischen.«

»Sie heißen Roussias?«

»Roussias.«

»Der Name sagt mir etwas, aber ich habe Sie noch nie hier gesehen«, ergänzte der ranghöchste Beamte, während er ihn einer Leibesvisitation unterzog, die eine Ladung Telefonkarten und einen Aniszwieback zu Tage förderte.

Ein Polizist der Sondereinheit durchsuchte das Handschuhfach und fand den Fotoapparat mit zwei Filmen. Er hob die Sitze hoch und verlangte die Schlüssel zum Kofferraum.

Roussias rauchte und sagte nichts, auch der Einsatzleiter, der sein Frappé mit dem Strohhalm aus dem Shaker trank, hatte keine Lust, Erklärungen abzugeben. Alle wußten, worum es ging.

»Ein Strandliegetuch, eine Flasche Raki und Schnapsgläschen, ein halbes vertrocknetes Weißbrot und ein fremdsprachiges Buch«, sagte der Polizist,

»Na dann, gute Fahrt«, bedeutete ihm der Einsatzleiter und nahm wieder auf einem Felsen am Straßenrand Platz.

Fünfhundert Meter weiter schaltete Roussias die Scheinwerfer aus, bog vom Fuhrweg ab und fuhr durch wasserlose, brachliegende Felder. Dann ließ er den Wagen unsichtbar im Dunkeln zurück und langte mit ein paar großen Sätzen bei einem Grüppchen junger Kermeseichen an, hob ein paar Steine hoch und nahm den Stutzen an sich.

Er schritt zielsicher auf einen bestimmten Punkt zu, den er offenbar zuvor ausgewählt hatte. Er setzte sich auf einen Stein, die ganze Ebene lag ihm zu Füßen, die Lichter sprossen um acht allmählich aus der Finsternis, und um neun hatten sie bereits eine lange Kette gebildet.

Da war der altersschwache Kleintransporter der Kalogridaki zu hören, der nach Pagomenou hochfuhr. Genau am höchsten Punkt der Strecke blieb die Fahrerin stehen, mit einem Gutenachtgruß stieg der Kurze aus, er hatte sein Hemd über die Schulter geworfen und das Haar nach hinten zusammengebunden. Sie setzte ihre Fahrt nach Kamena fort, und er wollte über einen abschüssigen Pfad nach Hause laufen, in drei Minuten würde er in Gouri sein.

Der Kleintransporter verschwand, der Kurze, an dessen Hand ein Netz mit drei Zuckermelonen baumelte, schaltete die Taschenlampe ein und machte sich auf den Weg. Doch nach zwanzig Metern stockte ihm das Blut in den Adern: Vor ihm stand der bebrillte Cousin mit gezücktem Stutzen. Den Kurzen traf bald der Schlag vor Schreck. »Ich und mein verdammtes Pech«, meinte er nur. Das war nun wirklich nicht zu erwarten gewesen: Der Amerikaner, der als kleiner Junge keinen Revolver sehen konnte, ohne ohnmächtig zu werden, und der als Erwachsener ständig achthundert Seiten dicke Bücher las, wie man hörte, zog ihm mit sicherer Hand den Fünfundvierziger aus der Gesäßtasche seiner kurzen Hose. »Gehen wir«, sagte er zu ihm, und kurz darauf glitt der

Wagen mit den beiden durch die Freitagnacht vom vierzehnten zum fünfzehnten August. Der Stutzen lag im Kofferraum, der eine Kyriakos Roussias saß am Steuer mit dem Fünfundvierziger unter dem Oberschenkel, der andere Kyriakos Roussias, der Kurze, saß auf der Bastmatte des Beifahrersitzes, mit Magenkrämpfen und zu einem Häufchen Unglück zusammengeschrumpft.
Die Scheinwerfer des Volvo durchschnitten die dunkle Landschaft. Der Lange schlug jeweils den erstbesten Weg ein. Keiner von beiden interessierte sich dafür, wo entlang und wohin die Fahrt ging. Es war eine Fahrt, die dem Zufall anheimgegeben war, der ihnen immer wieder dunkle Felsen in den Weg legte und sie dadurch zwang, sich im Rückwärtsgang zum nächsten Hindernis voranzutasten.
Eine halbe Stunde lang war kein Wort zu hören, nicht einmal ein Atemzug oder Räuspern.

»Du hast keine Verkaufsanzeigen an die Strommasten gehängt, nicht einmal ans Haus.« Das waren die ersten Worte des Langen, der sich zwei Karelia in den Mund steckte, anzündete und die eine dem Cousin anbot.
Der Kurze nahm sie nicht, sagte kein Wort.
Und auch der Fahrer sprach nicht weiter, bis er die beiden Zigaretten aufgeraucht hatte. Dann drückte er sie im Aschenbecher aus und legte nach und nach dar, was er über den Viehdiebstahl, die Maklerin, die Aufteilung der Elektrogeräte auf die Großmutter und die Koumbara sowie die Souflakibude in Chania wußte.
Der Kurze hatte keine Lust auf ein Gespräch. Mit abgewandtem Blick flüsterte er überrascht: »Der Arsch beschattet mich.« Er war zweifach ernüchtert, sowohl durch seine eigene Unfähigkeit, das rechtzeitig zu bemerken, als auch durch die Taten, die überhaupt nicht zu der Vorstellung passen wollten, die er so viele Jahre vom

Amerikaner hatte. Er befingerte seine leeren Handflächen. Er war an seine Waffe gewöhnt, ohne sie fühlte er sich nackt.
»Wozu hast du die Gebeine ausgegraben?« fragte der Lange wieder.
Das ging dem Cousin über die Hutschnur. »Dich verdammten Heuchler mach ich fertig!« stieß er zwischen den Zähnen hervor und versetzte der Windschutzscheibe einen Hieb. Der andere trat sofort auf die Bremse, zog die Handbremse an, griff nach dem Fünfundvierziger und entsicherte den Revolver. Dabei klirrte es in seinen Taschen, als trage er etwas aus Glas bei sich.
Ein Windstoß erfüllte den Wagen mit den Düften des August, die beiden Cousins schnupperten heimlich danach. Draußen, aus weiter Ferne, drang immer wieder die erste Strophe des Xylouris-Liedes *Wieso weist du mich ab, Minas* herüber. Im Familienlokal *Die Alpen* stellte man die Mikrofonanlage für das große Marienfest am nächsten Tag ein. Die ganze Hochebene von Pagomenou sollte dann zu einem einzige Resonanzraum werden und die Klänge weit darüber hinaustragen.
Roussias ließ den Motor wieder an und fuhr in Gegenden, wo keine Dörfer oder Lichter waren, auf Ziegenpfaden, die er bislang gemieden hatte, obwohl er innerhalb von vierzehn Tagen mehr als fünftausend Kilometer zurückgelegt hatte. Er war in alle möglichen Richtungen gefahren, einfach so, um sich immer wieder dieselben Dinge anzusehen.
Weiter drüben, in Richtung des Meeres, stach ihm an einer Stelle, die zwischen zwei Küstenbögen in der Mitte einer Bucht und gleich am feinen Kiesstrand lag, etwas Weißes ins Auge: der Glockenturm und das Kreuz einer kleinen Kirche.
Er schlug diese Richtung ein, vorbei an Felsen, Felsen und wieder Felsen. Am Ende des Weges stand die Kirche

Zur Heiligen Jungfrau, Schutzpatronin der Ziegen, mit einer Girlande kleiner Fähnchen geschmückt, ein Überbleibsel der festlichen Abendmesse.
Am Fuße der Schlucht, hinter der kleinen Kirche, war im Jahr 1949 der erste Kyriakos Roussias, der zimtäugige Großvater, mit etlichen Blutergüssen tot aufgefunden worden.
Dort irgendwo hatte alles begonnen.

Der Lange parkte den Wagen und bedeutete dem Kurzen auszusteigen. Er wartete ab, bis der sich einige Meter vom Wagen entfernt hatte, das Kreuzzeichen schlug und auf dem Mauervorsprung der Kapelle in sich zusammensank. Dann stieg er selbst aus, wobei er die Scheinwerfer angeschaltet ließ, und rüttelte am Vorhängeschloß der Eingangstür. Doch vergeblich. Daraufhin ging er zum Kirchenfensterchen und lugte hinein. Im Dunkeln schimmerten nur die goldenen Pinselstriche in den Kleiderfalten der Heiligen Jungfrau.
Zypressengrün wie Weinblätter oder violett wie Schmetterlingsknabenkraut? In welchen Farben war die Namensgeberin der Kapelle wohl einst erstrahlt, die im vierzehnten Jahrhundert von der Hand des Ikonenmalers Ioannis Pagomenos verewigt worden war?
Er würde es an diesem Abend nicht erfahren.
Die Nacht war mondlos, die Dunkelheit undurchdringlich, das Atmen fiel schwer, ein Knoten saß Kyriakos Roussias im Hals, und er rang in der Finsternis nach Luft. Er nahm einige Dinge aus dem Kofferraum und ging auf den anderen zu. Er ließ den Fünfundvierziger weiter drüben liegen und setzte sich. Er zog drei Schnapsgläser aus seinen Hemdtaschen, stellte sie auf den Mauervorsprung und füllte sie aus der Rakiflasche.
Der Kurze beobachtete ihn aus den Augenwinkeln. Er sprang auf, und schließlich entfuhr ihm ein langgezoge-

nes, unterdrücktes Schluchzen und der Aufschrei »Mein Bruder!«, der aus seiner Brust drang wie ein alter Schmerz.
Sie stürzten die zwei Raki hinunter, der Kurze goß den dritten auf die lauwarmen Kiesel, die Gläser wurden erneut gefüllt und auf dieselbe Art geleert, von zwei Männern, die es nicht über sich brachten, einander ins Gesicht zu sehen, selbst wenn die Nacht die Hälfte davon verbarg, als hätten die alten, aber immer noch gültigen Verbote ihre Blicke versiegelt. Der zu kurz geratene Steinefresser einerseits und der Lasker-Preisträger andererseits – die beiden letzten männlichen Mitglieder der Familie Roussias.
»Wegen dieser Nacht bin ich zurückgekommen«, sagte der Lange schlicht und fühlte sich bereits besser.

Es war Mitternacht, und beide waren noch nicht zu Hause aufgetaucht. Auf der Veranda des nackten Ziegelbaus wartete die Schlaflose, wartete und wartete. Sie hatte schon um neun beobachtet, wie sich der Kleintransporter mühsam zum Haus der Koumbara schleppte. Die Kafenions hatten dichtgemacht, das Mofa lehnte neben dem Abort, und auf dem Tisch im Hof stand der zugedeckte Teller mit den gefüllten Tomaten, doch ihr Mann war und blieb verschwunden, ebenso seine Waffe.
»Kyriakos, he Kyriakos!« rief sie vergebens.
Zweihundert Meter entfernt waren im Haus des Amerikaners plötzlich alle Lichter angegangen, und gegen halb elf war ein hektischer Jannakopoulos aufgetaucht. Er hatte zuerst bei Antigoni angehalten und sich beschwert: »Ich hinterlasse bei Ihrem Bruder ständig Nachrichten, doch er kümmert sich nicht die Bohne darum! Auch Chatsiantoniou, der Chirurg aus Chicago, hat mich vorhin besorgt angerufen«, fügte er hinzu, »und mir erzählt, daß mit unserem Freund irgend etwas nicht in

Ordnung sei, er habe auf dem Handy gehört, wie er geschossen hätte.«
»Ach ja, der Onkel hat eine Waffe«, sagte Metaxia. Sie habe sie im Kofferraum gesehen, eingewickelt in das buntbedruckte Badetuch.
Antigoni versetzte ihr eine Ohrfeige. »Jetzt sagt die Göre uns das!« schnaubte sie. Theofanis blickte schräg zum Himmel und preßte enttäuscht die Lippen aufeinander. Jannakopoulos ließ sich auf einen Klappstuhl fallen und steckte sich ein Stückchen Wassermelone in den Mund.

»Aber findet denn heute abend nicht das Abendessen mit den Professoren bei Ihnen statt?« fragte ihn Antigoni.
»Welches Abendessen denn?«
»Das mit dem Seeigelsalat.«
»Was für ein Seeigelsalat?«
»Na, das Essen mit den Geißbrassen! Auf Ihrer Veranda in Kum-Kapi! So hat er es uns erzählt.«
Jannakopoulos hatte keine Ahnung. Er war beeindruckt, daß der genügsame Roussias, der von Brot und Käse lebte, seine Lüge mit den Einzelheiten eines Schlemmermenüs gewürzt hatte. Doch jetzt war nicht der Zeitpunkt, darüber Bemerkungen zu machen. Seinem Freund war etwas zugestoßen, und er selbst fühlte sich verantwortlich dafür, da er ihn gemaßregelt hatte. »Das Vergessen tut nur den Politikern gut, mein Lieber, komm her und such das Grab deines Vaters auf!«, hatte er vor Jahren in Großbuchstaben auf sein Fax notiert.
Es war wohl wahr, sowohl in der wissenschaftlichen Welt als auch während einiger gnadenlos durchgemachter Nächte mit Lyraspielern mittleren Alters, die den unglücklichen Sifis gekannt hatten, wurde Fredericks großer Denker als Fahnenflüchtiger betrachtet.
Nun nicht mehr, dachte Jannakopoulos. Roussias' jahrelange Flucht war in diesem August zu Ende gegangen,

das Blut hatte gesprochen, der Apfel fiel schließlich doch nicht weit vom Stamm.

Mit der Küchenschürze und Pantoletten bekleidet war Antigoni herbeigeeilt, um ihre Mutter so unauffällig wie möglich auszufragen. Die alte Frau hatte sich niedergelegt, zog sich jedoch auf der Stelle wieder an, und innerhalb weniger Minuten hatten beide alles aufgelistet: die Sache mit den Waffen des Verstorbenen, die Blicke des Sohnes zum Rohbau hinüber, während er angeblich das Gitter der Eingangstür strich, der wiederholte Aufschub der Abreise, die überquellenden Aschenbecher.

Dann kamen auch die anderen, alle saßen schweigend im Hof, unter der zum Trocknen aufgehängten Unterhose und der gelben Leuchte, und warteten auf Kyriakos. Es wurde elf, halb zwölf, zwölf, und sie warteten vergeblich. Auch über sein Mobiltelefon versuchten sie ihn zu erreichen, doch ohne Erfolg. Sie riefen Tsapas an, bei Brigitte Polyvolaki, im Nachtlokal *Sambia*, wo Minos Chnaris auftrat, doch Kyriakos war nirgendwo aufzutreiben.

Als sie hörten, wie die Tote vergebens den anderen, gleichnamigen Roussias rief, fünf-, zehn-, zwölfmal, meinte Antigoni: »Die fünf letzten Tage ist er mir seltsam und wortkarg vorgekommen, mein Bruder war nicht wiederzuerkennen.« Sie suchte in der Jackentasche ihres Mannes nach den Schlüsseln des Pritschenwagens, der mit Lederhäuten beladen war, die am sechzehnten abgeliefert werden mußten. »Theofanis, los, mach dich mit Herrn Jannakopoulos auf den Weg nach Askyfou, sucht die einsamen Gegenden ab. Ich werde Tsapas abholen und mit ihm zusammen in die Badeorte fahren, und Metaxia leistet ihrer Großmutter Gesellschaft«, entschied sie.

Zum Abschluß meinte sie: »Wir suchen einen weißen Opel.«

Sie nahmen ihre Handys mit, Taschenlampen, einen Erste-Hilfe-Koffer. »Mutter, mach dir keine Sorgen«, meinte Theofanis zu seiner Schwiegermutter, die reglos dastand und auf den Zementboden starrte. »Dein Sohn ist kein Dummkopf.« Er streichelte ihr kurz die Schulter, kurz danach brausten die beiden Wagen am Rohbau vorüber. Die Tote stand auf der Türschwelle, auf einem Fuß, und der aufgewirbelte Staub senkte sich auf sie herab. Ein kleines Stück weiter, sobald die beiden Wagen in den Fuhrweg einbogen, schlug der eine den Weg nach rechts, der andere den nach links ein.

Was der Tag verhüllte, brachte die Nacht zutage. Undeutliche Worte wurden zu klaren Aussagen, Verborgenes und Verschollenes bäumte sich auf. Alte Fotografien, vergilbt und zerknittert, mit abgerissenen Ecken und Wasserflekken, drängten sich abends in den Vordergrund.

Immer wenn Kyriakos Roussias von Frederick aus mit Kreta telefonierte, hielt er sein Taufkreuz umklammert, und mit Hilfe weniger Details stieg die Erinnerung an sein Heimatdorf auf – hoch in der Luft ein Gänsegeier und am Boden eine Distel, oder am Strand eine Distel und eine Wasserpfütze.

Irgendwo waren da auch die jugendlichen Zwillingscousins, er sah sie stets in weiter Ferne, ein Herz und eine Seele, zwei schmale dunkle Gestalten, die wie kleine Böckchen um die Wette auf den Berggipfel liefen. In der Abenddämmerung hörte er, wie Sifis beim Turm der Daoukos den Schwalben improvisierte Mantinades vorsang, und er sah, wie der Kurze Luftsprünge vollführte und in die Hände klatschte. Im Herbst wiederum sah er, wie sie mit ihren Flinten und Rebhühnern, die von ihren Gürteln baumelten, von der Jagd heimkehrten. Die beiden waren die besten Schützen des Dorfes und stets unzertrennlich.

Beim Begräbnis ihres Großvaters, im Jahr 1969, hatten die damals sechzehnjährigen Zwillinge, ganz in Schwarz gekleidet, die Großmutter und Roula, ihre Mutter, in die Mitte genommen. Keiner der Verwandten weinte, ein stummer Leichenzug schritt über den schlammigen Boden, unter dem Regenbogen durch und endete schließlich auf dem Kirchhof, zwischen den beiden blühenden Apfelbäumen.

Der kleine Cousin des anderen Familienzweigs war auf einen Mispelbaum geklettert und hatte alles heimlich von weitem beobachtet, völlig durchnäßt von den Regentropfen, die auf den glänzenden breiten Blättern zurückgeblieben waren.

»Ich bin am fünfundzwanzigsten Juli ins Dorf gekommen. Keiner hat vorher davon gewußt. Nicht einmal meine Mutter.«

Der Lange nahm seine Brille ab, die aufgrund seiner Kurzsichtigkeit sieben Dioptrien aufwies, und fühlte sich, als sei er in den stockfinsteren Schlund eines Ozeans hinabgetaucht. Mit seinem Hemdzipfel wischte er die beiden Gläser bedächtig nacheinander ab und hatte es nicht eilig, sie wieder aufzusetzen. Denn er blickte in sich hinein, und dort war seine Sehkraft ungebrochen. Es sei an der Zeit gewesen, meinte er, nach Pagomenou zurückzukehren und das Grab seines Vaters aufzusuchen. »Er ist schließlich mein Vater«, sagte er mit fester Stimme.

Erneut zündete er sich eine Zigarette an und fuhr fort, im Dorf habe er sich die ersten drei Tage wie ein Tourist gefühlt, die nächsten drei eigenartig, die darauf folgenden drei habe er einige Dinge für sich klarstellen müssen, und in den letzten zehn Tagen habe er an nichts anderes mehr denken können. »Eure Toten liegen direkt an der Friedhofsmauer unter den beiden Apfelbäumen, unsere

Toten an der gegenüberliegenden Mauer, unter den Feigenkakteen.«

»Hör mal, ich habe nicht bereut, daß ich deinen Alten aus dem Weg geräumt habe«, sagte der Kurze und wartete auf eine Reaktion, doch der andere rührte sich nicht.

»Der Hunne!« sagte er. »Der Hunne«, wiederholte er leise.

Der Amerikaner war nicht schockiert, da die Dialoge dieses Abends in seiner Fantasie vorab geprobt worden waren. Er war vorbereitet, noch Schlimmeres zu hören. Zum Teil hatte er selbst den Cousin dazu angeregt, schwerwiegende Anschuldigungen zu äußern.

Der Lange hatte sich auf die Lauer gelegt, der Lange wollte reden. Doch genauso, wie er es in Frederick immer tat, krümmte er in dieser Nacht seinen Rücken zu einem Buckel, kreuzte die langen Stelzen und blieb einsilbig. »Den ganzen Abend über hast du siebzehn Wörter von dir gegeben«, hatte Ann einmal mitgezählt.

»Also, ich will ein paar Dinge zur Sprache bringen«, räumte er ein. Doch da er daran gewöhnt war, Selbstgespräche zu führen, und von den lebenden und den verstorbenen Roussias abgeschottet war wie ein Fremdkörper in einer Landschaft, die ihm nicht mehr vertraut war, überließ er die Initiative dem Kurzen, der redete und redete, auf seine Art und immer im Präsens, als sollten die Widrigkeiten, die zwar einem vagen, aber doch sehr konkreten Zeitraum entsprachen, nicht bloß auf den Mai des Jahres 1972 beschränkt bleiben.

»Die ganze erste Zeit habe ich ständig Lust auf ein Mandelcremetörtchen aus dem *Kronos* in Chania. Auf Ägina, als Angeklagter, sage ich zu mir selbst: Kurzer, finde dich mit lebenslänglich ab, und verbring den Rest deines Lebens hier drin. Es gibt nichts mehr für die Zukunft zu

regeln. Wir Kurzen jammern nicht, und wir wachsen über uns hinaus, weil wir uns selbst nicht ernst nehmen. Ganz von selbst stelle ich mich als *Liliputaner* vor.«
Und der Liliputaner also, der Däumling, der drei Spannen Hohe, der Dreckskerl, der andere Kyriakos Roussias, der Mörder, sagte langsam mit abgewandtem Kopf und mit seit ganzen zwei Stunden geschlossenen Augen: »Du hast Leute vor dem Tod bewahrt, sagt man, du hast drei kleine Kinder aus den Dörfern unten und aus Rethymnon gerettet.« Als wollte er sich dafür rechtfertigen, daß er dort saß und mit ihm redete. Er maß dem Protest des anderen, daß die Leute die Sache übertrieben, keine Bedeutung bei. Immer wieder nippte er an seinem Glas. Er löste sein zusammengebundenes Haar und erzählte, was er zu erzählen hatte, in der Reihenfolge, die er für richtig hielt.
»Die Frau kommt, und jedesmal bringt sie etwas mit. Während der Besuchszeit sehe ich, wie sie von Mal zu Mal dahinwelkt. Sie blickt direkt auf den Grund meiner Seele, die vor Verzweiflung kopfsteht. Einmal, im Februar '77, kann die *Phaistos* bei Windstärke zehn den Hafen von Piräus fünfzehn Stunden lang nicht anlaufen. Da kommt die Frau mehr tot als lebendig bei mir an. Ich betrachte sie mir von Kopf bis Fuß. Sie putzt ihre Schuhe nicht mehr, und ihre Nylonstrümpfe sind voller Laufmaschen. Sie ist dreiundzwanzig und sieht doppelt so alt aus. Laß dich scheiden, sage ich. Nimm dir einen anderen. Damit er dir ein Kind schenkt. Und was macht sie? Sie öffnet eine blaue, ganz neue Reisetasche und meint zu mir: Bitte, dein Käse. Ein drei Kilo schwerer Graviera, ein alter, guter.
Damit haben wir im Korydallos-Gefängnis ein Festmahl veranstaltet. Zu jeder Besuchszeit bringt sie etwas, das viel Geld gekostet hat, und ihr Schweigen dazu. Wir wechseln nur zwei Sätze: Geht's dir gut, mir geht's gut.

Die Großmutter wird alt, deine Mutter ist gestorben. Wir haben einander nichts zu sagen, also gibt es keinen Grund, daß wir uns in die Augen schauen.«
Der Lange hatte damals von seiner Patentante gehört, die Augen Roulas, der Mutter der Zwillinge, seien am frühen Morgen leuchtend saphirblau und am späten Abend leuchtend dunkelblau gewesen. Nach Sifis' Tod habe sie einen Winter lang durchgehalten. Mit einem Suppenlöffel in der Manteltasche sei sie in die Berge hochgestiegen und habe Schnee gegessen. Das Jenseits, so erläuterte sie, sei eine schwarze Bergkette, die in die Endlosigkeit führe.

Auf der Tagesordnung stand vorsätzlicher Mord, Artikel 299, Paragraph eins des Strafgesetzbuches. »Das gesamte Gericht, zusammengesetzt aus Berufsrichtern und vier Geschworenen, hatte sich zurückgezogen und nach geheimer Beratung beschlossen ...« Seit der ersten Gerichtsverhandlung hatte sich die Frau des Kurzen so sehr gekränkt, daß sie keine Periode mehr bekam und somit kinderlos blieb.
Im Sommer 1971, mit achtzehn, war ihre Haut so weiß wie das teuerste Weizenmehl. Eines Tages ging sie in einem gelbem Kleid zum Maulbeerbaum neben dem alten Dreschplatz der Einarmigen, um säuerliche Maulbeeren zu pflücken. Sie bekleckerte sich über und über mit dem roten Saft, es war, als hätte man ihr lauter Stichwunden zugefügt. Der Kurze sah sie und schloß sie in sein Herz. Innerhalb von zehn Tagen beauftragte er Xylas, um ihre Hand anzuhalten. Die Mutter willigte in die Verlobung ihrer Tochter ein, fand ihre Ruhe und starb hochzufrieden. Die übrige Verwandtschaft hatte in ihrer Streitsucht wegen ein paar geklauter junger Saubohnen und Flügelplatterbsen, wegen eines Frühlingssalats, in der Nachbarschaft Unfrieden gesät. Bis 1980

waren sie alle nach Alexandroupoli ausgewandert. Dem Kurzen ließen sie die Ehefrau und die Kalogridaki – Koumbara, Cousine und Landei – als Pfand zurück.

Sein mitgenommener Körper hockte angespannt auf dem Mauervorsprung, die schwielige Handfläche am Adamsapfel, seine Stimme, die einmal der Oberwelt, dann wieder der Unterwelt anzugehören schien, warf mit kleinen alltäglichen Bitterkeiten nur so um sich, als hätte er seit Jahren keinen Menschen mehr, dem er sie erzählen konnte, oder, besser gesagt, als hätte er sie seit Jahren angestaut und eigens für Roussias aus Frederick aufbewahrt – für irgendwann einmal, falls es überhaupt zu einem Kontakt kam, möglicherweise aber auch für niemals.

»Nur der Anzug liegt in der Erde. Den Körper nimmt die Seele mit in den Himmel. Die Gebeine sind bloß ein Andenken«, sagte er und goß den für seinen Bruder bestimmten Raki auf die Kiesel.

Die Schnapsgläser füllten sich zum vierten Mal, die Flasche war bereits halb leer.

Die trüben kleinen Sterne waren so zahlreich, daß man meinen konnte, die Hochebenen wären umgestülpt worden und die erleuchteten Fenster der Häuser befänden sich hoch oben am Himmel.

»Bist du beim Militär gewesen?«

»Nein.«

»Ich habe gehört, daß du die amerikanische Staatsbürgerschaft erworben hast.«

»Das ist günstiger für meine Arbeit.«

»Also bist du amerikanischer Staatsbürger.«

»Nur der Form halber.«

»So etwas tut man nicht nur der Form halber«, meinte er kurz, leerte erneut das Schnapsglas, füllte es wieder. Die

Flasche war fast leer. Er fragte sich, ob er von sich aus redete oder ob der Raki aus ihm sprach.

»Dritten, vierten Grades. Tut nichts zur Sache.« Cousins dritten und vierten Grades, so heißt es, stehen einander fast wie Fremde gegenüber. Wieviel mehr diese beiden, zwischen denen das Blut der sieben Toten und all die anderen Dinge standen.

Was von dem in jener Nacht Ausgesprochenen sagte der Kurze tatsächlich? Was sagte er von sich aus, was zu sich selbst, und was hörte der Lange in seiner Fantasie?

Was davon waren Nachrichten aus den alten Zeitungen der Gemeindebibliothek in Chania oder Andeutungen von Maris, Tsapas oder einiger anderer?

Doch es ging noch weiter.

»Wir sind gerade siebzehn. Unsere Mutter wollte uns damals weit fort wissen: Geht doch beide, wandert doch alle beide ans Ende der Welt aus. Ich begleite Sifis nach Athen, wo er Plattenaufnahmen macht. Sie lassen ihn in die Plattenfirma kommen und frisieren ihn für das Umschlagfoto. Währenddessen fahre ich nach Piräus hinaus und gehe in die Büros der *Afstralis*. Ich erkundige mich. Einer, Manolis Drakakis, schreibt mir in seinem Brief: Die können euch doch den Buckel runterrutschen, kommt einfach mit.

Die Platte kommt schließlich heraus, und ich schicke sie ihnen nach Australien. Drei Brüder Drakakis sind dort, seit dem Jahr '63. Nur der Jüngste, der Schneider, ist zurückgeblieben, er hatte eine Tuchhandlung und Schneiderei in Chania, in der Koniali-Straße, gleich beim Minarett. Gott wollte es, daß ich eine ihrer Nichten heiratete, die Tochter ihrer Schwester. Dann kommt es zu den bekannten Vorfällen, und ich gehe ins Gefängnis.«

Er erzählte, die Brüder Drakakis hätten einen Scheck geschickt, um ihrem Bruder den blauen Hochzeitsanzug abzubezahlen. Der Kurze hatte zuvor ein Drittel des Preises angezahlt, tausenddreihundert Drachmen. Der Schneider sei unverheiratet gewesen, die Tuchhandlung und die Schneiderei seien nicht gut gegangen, und so sei er zu den anderen drei nach Perth gefahren und nähe ihnen jetzt die schwarzen Hemden, die sie nicht mehr auszögen.

Bis 1985, dem Jahr seiner Haftentlassung, seien bei seiner Großmutter und seiner Frau weitere Schecks aus Australien eingetroffen. Die Brüder Drakakis, die Sifis' Stimme sehr verehrten, verhielten sich überaus fair. Damals hätten sie bei der Panivar gleich dreihundert Platten auf einen Schlag bestellt, als Werbegeschenk für Kunden.

»Von Athen über Bangkok nach Melbourne fliegt man dreiundzwanzig Stunden«, sagte er nach einer kurzen Pause. Die Brüder Drakakis hätten das Ehepaar eingeladen, und das Empfehlungsschreiben der Gemeinde habe er für die Einwanderungserlaubnis benötigt.

Im Juli seien er und seine Frau nach Athen gereist, hätten bei Ärzten, die mit der Botschaft zusammenarbeiteten, Röntgen- und Bluttests machen lassen. Der Konsul habe sie zu einem persönlichen Gespräch vorgeladen, da er einen Blick auf das Gerichtsurteil werfen wollte. Und das Ehepaar nahm die sieben Bilderrahmen von den Wänden des Wohnzimmers der Alten mit nach Athen, zusammen mit dem Gerichtsurteil und Artikeln aus Athener und kretischen Zeitungen der damaligen Zeit, Sifis' Single, und einen Laib Graviera. Nicht als Bestechungsgeschenk, sondern als großzügiges Mitbringsel. Der Konsul zeigte sich beeindruckt.

»Wovon willst du dort leben?«
»Die Brüder Drakakis kaufen Gewerberäume an. Die statten sie mit Drehspießen und Kühlschränken aus und verkaufen sie an Griechen weiter. Vorgefertigte Souflakibuden. Es herrscht Nachfrage nach Fleischspießchen und Kuttelsuppe.«
Deshalb also hatte er die Tour durch die chaniotischen Grillrestaurants und die Garküchen der Markthalle gemacht. »Ach ja, lassen wir es auf uns zukommen«, seufzte er müde. Er mußte es versuchen, selbst wenn er das Klima an dem fernen Ort nicht vertrug, selbst wenn seine Frau in der Einöde völlig vertrocknete. Da er es nicht übers Herz brachte, sich noch einmal Schafe zuzulegen, hatte er im Dorf keine Zukunft.
Freilich konnte er nicht sämtliche Gebeine überführen. Als Vertreter für alle Toten seiner Familie wollte er die Gebeine seines Zwillingsbruders mitnehmen. »Unseres Botschafters«, wie er sagte. Selbst auf der langen Fahrt würden die beiden Brüder unzertrennlich sein.
In seiner Stimme schwang die große Erwartung mit, die er in die Reise nach Australien setzte.
Der andere Cousin hatte die Brille abgesetzt, und seine zimtbraunen Augen waren trübe. Er lauschte und ergänzte die Erzählung durch seine eigenen Gedanken. Der in der Hochebene eingeschlossene Kyriakos Roussias verbüßte eine zweite Strafe, nämlich die lebenslänglicher Armut. Deshalb wollte er sich nur mit dem Notwendigsten davonmachen und im Dorf vieles andere zurücklassen, vieles für immer Vergessene, für immer Erloschene, damit hinter ihm nichts zurückblieb – keine Worte, keine Blicke, kein Stigma.

»Wenn du nicht nach Amerika gegangen, wenn du einer von uns hier wärst, dann wäre ich nach dem Gefängnis nicht zurückgekehrt«, sagte der Kurze. »Und das Haus

habe ich auf Abruf gebaut. Als hätte ich geahnt, daß ich eines Tages weggehen würde. Deshalb habe ich die Hauswände außen nicht verputzt.«
Vor ihnen lag ein spiegelglattes Meer und rundherum eine durchsichtige Nacht ausgebreitet, welche die Zungen löste. Alles in allem war es so etwas wie eine schicksalhafte Gelegenheit, ihre erste und zugleich letzte Begegnung, da der eine genau dann zurückkehrte, als der andere gerade alles veräußerte, um fortzugehen.

Als die Erregung des Gesprächs gerade etwas abgeklungen war, fragte sich der Lange: »Hätte meine Hand es wohl fertiggebracht zu töten?« Auf eine Art, die zeigte, daß er sich diese Frage oftmals gestellt hatte, besonders in der letzten Zeit. Und die Antwort war nicht etwa nein, sondern: unter ähnlichen Umständen, ja, hätte er es fertigbringen können.
Aber er hatte das Glück, weit fort zu sein.
»Von der ganzen Roussias-Sippe war dein Vater der schlimmste Schlächter«, sagte der Kurze, ohne seinen Blick anderswohin zu heben.
Aus Angst. Weil er gegen seinen Willen getötet hat. Weil seine Hand es nicht fertigbrachte, dachte Kyriakos, doch er sagte es nicht. Es war nicht der geeignete Augenblick, ihn zu verteidigen.
Der Kurze holte die letzten Tropfen aus der Flasche und verteilte jeweils einen halben Zentimeter Schnaps, der Raki war zu Ende.
»Du hast mich erlöst. Das waren seine letzten Worte, nachdem ich auf ihn geschossen hatte. Du bist der einzige, der sie nach sechsundzwanzig Jahren erfährt. Ich wollte sie nicht bis nach Australien mit mir herumtragen. Und wem hätte ich sie sonst sagen können? Dem Gericht, meiner Großmutter, deiner Mutter, wem? Nur Schaden hätte ich angerichtet. Ich schwöre weder bei der

Heiligen Jungfrau, Schutzpatronin der Ziegen, noch bei irgendeiner anderen Muttergottes. Ein Schwur ist wie ein Hieb auf ein Heiligenbild. Glaub mir, wenn du willst, oder nicht. Er hat mir in die Augen geblickt und gesagt: Du hast mich erlöst. Dann war er tot.«

»Als ich deinem Vater alles Gute wünschte, war er ungehalten und meinte: Am besten haben's die, die jung sterben. Wozu sollen sie lange leben und ewig Getriebene sein!« Das war Myron Roussias' Antwort auf den Glückwunsch der Patentante, als sie ihm anläßlich seines Namenstages ihren berühmten Lammrostbraten als Festtagsessen zubereitete.
Der Lange erhob sich. Er wollte seine Glieder strecken und ein paarmal tief durchatmen.
»Maris behauptet, wir beide würden erst miteinander reden, wenn die beiden alten Frauen tot seien, deine Großmutter und meine Mutter«, sagte er.
»Und was tun wir jetzt die ganze Zeit?« entgegnete der Kurze spöttisch.
»Ja, schon. Sie sehen uns aber nicht.«
»In dieser Einöde sieht uns überhaupt niemand.«
»Wir haben uns auch nicht angesehen, du schaust dahin und ich dorthin«, stellte Kyriakos ein bißchen verlegen fest. Er wünschte sich, ihre Blicke würden sich für eine Minute begegnen. Sie hatten einige Dinge zur Sprache gebracht, beide würden sich für immer an den Klang der Stimme des anderen erinnern. Warum nicht auch an das Gesicht oder den Blick – wenn auch nur im Halbdunkel, da die Nacht noch andauerte und sich das Morgengrauen, wie absichtlich, verspätete.
Er wollte die Brille aufsetzen, doch er stolperte, sie fiel ihm aus der Hand, er trat darauf, und sie ging zu Bruch. Ein zweites Paar hatte er nicht dabei.

»Heilige Jungfrau Muttergottes! Was, zum Teufel, soll ich unternehmen? Soll ich den Polizeiobermeister in Vrises aus dem Bett holen? Oder den anderen in Chania? Dann fallen *Kydon* und *Kriti TV* über uns her, und wir können einpacken.«

Aus dem Rohbau hatte Polizeioffizier Papadoulis Metaxia angerufen und erfahren, wo die beiden PKWs überall suchen wollten. Daraufhin schickte er Polizeihauptwachtmeister Tsouriadis mit seinem Privatwagen los. Er sollte die Nachtlokale in Jorjoupoli durchforsten, denn seiner Meinung nach hatte sich der drei Spannen Hohe schließlich eine Ukrainerin genehmigt, was ihm zu gönnen war, und der unberechenbare Lange wiederum wollte *Chania by night* und ein schlüpfriges Abenteuer erleben, was ihm auch zu gönnen war, bevor er nach Frederick zurückkehrte, das seine alte Mutter als winzigen, unbedeutenden Ort beschrieb.

Die Wahrscheinlichkeit, daß in der zur Ruhe gekommenen Familienfehde der Roussias ein neuer Funke hochstieben könnte, brachte sein Blut in Wallung, und glücklicherweise hatte er, wie fast immer, den Blutdruckmesser seiner Mutter dabei.

Papadoulis lag in seiner Einschätzung der Lage so weit daneben, daß, sollte er an einem Fernsehquiz über die Roussias-Sippe teilnehmen, unter einem Titel wie *Pistoleros und Kolliva* etwa, ihm das Auto, der Hauptgewinn, leider entgehen würde. Was, zum Teufel, war bloß vorgefallen, das die beiden Männer zu einer Kurzschlußhandlung treiben konnte? Meide den verhängnisvollen Augenblick, dann lebst du tausend Jahre – ein weiser Spruch, dachte er.

Ihm tat der reizbare arme Teufel leid, der ein erbärmliches Leben führte. Der Amerikaner wiederum hatte von Erzbischof Jakovos, von Patriarch Bartholomäus, von den Präsidenten Reagan und Clinton Auszeichnungen erhal-

ten, selbst Liz Taylor hatte im amerikanischen Fernsehen in den höchsten Tönen von ihm geschwärmt, und auch die selige Lady Diana hatte wegen einiger Sterbenskranker mit ihm zu tun gehabt.
Er war eine große Nummer in seinem Fachgebiet, ein Mensch von kolossaler Gelehrsamkeit, und trotzdem trieb er sich seit Tagen allein in den Hochebenen herum.

Nach zwanzig Minuten kam die Kalogridaki im Nachthemd angelaufen, der Kleintransporter war auf halber Strecke liegengeblieben.
»Sobald er repariert ist, lade ich lauter Ortstafeln auf, klappere die ganzen Dörfer der Umgebung ab und benenne sie um in *Tommygunstetten, Witwenhausen* oder *Pistolenbüttel.*« Sie schenkte sich ein Glas Wasser ein: »Auf das Wohl der armen Irren, die unter der Erde liegen«, fauchte sie.
Sie zündete sich eine Zigarette an und suchte nach einem lokalen Fernsehsender, doch es standen nur Videoclips auf dem Programm, glücklicherweise keine Nachrichtensondersendung. An Papadoulis gewandt sagte sie: »Unser Kyriakos ist ein guter Christ und ein guter Sfakiote, er versündigt sich nicht am Vorabend des Marienfestes.«
»Vielleicht ist er unterwegs auf Leute gestoßen, die zu Mariä Himmelfahrt hierher zu Besuch kommen, und verbringt den Abend bei irgendeiner Feier«, fügte die Dünne unsicher hinzu, tippte sich jedoch dabei selbst an die Stirn und verbarg ihr Gesicht in den Händen.
Papadoulis drückte ihr den Arm, tauschte mit der Kalogridaki einen Blick aus, notierte ihr die Nummer seines Mobiltelefons auf die Zigarettenpackung und bestieg den Jeep der Polizeistation mit Allradantrieb.

Nacheinander knöpfte er sich die Hochebenen von Pagomenou, Anopoli, Askyfou, The und Krapi vor, von hinten nach vorne und von vorne nach hinten. Wie die Todesspirale im Zirkus, dachte er, während er in den lokalen Radiosendern Liedchen über sehnsüchtig schmachtende Herzen lauschte, die irgendwelche Matinas oder Nataschas Fliegern der Luftwaffe widmeten.
Seine Suche gipfelte schließlich in der Auffindung des Einkaufsnetzes mit den drei Honigmelonen.
Weiters machte Papadoulis von Ferne einen Kleinbus aus mit einem Zweimannzelt nebendran. Für alle Fälle ging er darauf zu und riß zwei junge Männer aus dem Schlaf. An anderer Stelle fiel ihm ein weißer Niva auf, der neben einer Zeder stand. Er pirschte sich bis auf etwa zwanzig Meter heran und überraschte ein Pärchen in flagranti. Vergeblich fuhr er landauf und landab im *Far West* seines Einsatzgebiets. Schließlich stach ihm in der Gegend der schwer zugänglichen Kapelle Zur Heiligen Jungfrau, Schutzpatronin der Ziegen, etwas ins Auge. Er holperte den steilen Abhang hinunter, fuhr in Richtung der Kirche und schaltete das Fernlicht an. In hundertfünfzig Metern Entfernung befand sich wieder ein Pärchen, eine Langhaarige auf dem Mauervorsprung und ein Hüne im Wasser der Bucht. Verliebte Touristen, die einen dunklen Wagen fuhren, einen Volvo vermutlich, nahmen ein nächtliches Bad.
Der weiße Opel war und blieb unauffindbar.
Papadoulis wollte die beiden nicht stören, er wendete den Wagen und fuhr wieder bergan. Alle zehn Minuten rief er per Handy an, einmal seine Frau Rena, um sie zu beruhigen, dann Tsouriadis, um Neuigkeiten aus den Bars der Küstenorte zu erfahren. Doch ohne Erfolg, auch bei Antigoni war das Ergebnis gleich null, beim Professor ebenso. Auch Metaxia rief er zweimal an, um etwas aus ihr herauszukitzeln, doch die Kleine sagte kein

Wort über die Waffen, sondern fragte sich mit einem herzzerreißenden Schluchzen, ob ihr Onkel vielleicht bei den Felsen, die er so sehr liebte, schwimmen gegangen und ertrunken sei.
»Welche Felsen mochte er denn besonders gern?«
»Alle Felsen«, war die wenig erhellende Antwort.
»Deine Mutter hat die Küste gründlich abgesucht, sie hat auch in Pensionen und auf Campingplätzen nachgefragt.«
»Den Opel hat sie nirgends stehen sehen?«
»Ertrunken ist er bestimmt nicht, es herrscht Windstille. Mach dir keine Sorgen.«
»Meine Oma weint und spricht nicht mit mir.«
Papadoulis beendete das Gespräch, dachte gründlich nach und machte eine Kehrtwendung. Er wollte zur Polizeistation fahren, einen großen mittelsüßen Mokka trinken und die höheren Stellen in Vrisses und Chania benachrichtigen. Auch Rena war der Meinung, daß dies das beste sei.

»Die Stadt engt mich ein. Im Norden schnürt mir der Hemdkragen die Luft ab, im Süden stehen meine Hosenbeine raus, und in der Mitte kriege ich den Hosenknopf nicht zu. In den Bergen sind mir dieselben Kleidungsstücke, Hemden und Hosen, alle viel zu weit.«
Das waren Kyriakos Roussias' Worte, die Jannakopoulos seinem wortkargen Beifahrer Theofanis mitten in der Nacht mitteilte, während sie durch Asfendos, Vouvas und Komitades patrouillierten und sich nichts sehnlicher wünschten, als ihren Freund mit irgendeinem Mädchen im Arm und Liebesliedchen im Ohr anzutreffen.
In diesen zwanzig Tagen hatte der Lange wunderhübsche Chaniotinnen kennengelernt, die Jannakopoulos ausnahmslos alle toll fand. »Egal, ob sie gescheit, gutmütig oder ungestüm sind, Hauptsache es sind Kreterin-

nen«, betonte er, nachdem er ausführlich die zahlreichen Vorzüge einer gewissen Siradaki, einer Jeredaki und einer Firba erläutert hatte, die allesamt keine einzige Charakterschwäche aufwiesen.

Jannakopoulos, der Lebemann, hatte immer irgendeinen Leckerbissen für Roussias auf der Speisekarte, doch es schien, daß in diesen drei Wochen die lästerliche Großmutter, die lebenslustige Patentante und die Mutter die einzigen Frauen waren, die Roussias im Kopf hatte.

Jannakopoulos selbst hatte kein Heimweh nach dem bergigen Akrata, obwohl er sich mit seiner Familie gut verstand. Er fuhr nicht oft auf den Peloponnes, Kreta mit seiner Power, wie er immer wieder sagte, hatte ihn für sich eingenommen.

Theofanis wiederum gab nur alle heiligen Zeiten ein Wort von sich, nur wenn es unbedingt notwendig war und nur um seine Hand- oder Kopfbewegungen zu erläutern. Sein ganzes Leben lang zog er Andeutungen und unbestimmte Äußerungen vor, die er zur Not zurücknehmen konnte, und vermied klare Aussagen, an denen er keinen Deut mehr ändern konnte. Er hatte keine Angst um seinen Schwager, eher vor dem Phänomen, daß die Berge die Menschen auf sich selbst zurückwarfen und hart wie Stein werden ließen. Er selbst fühlte sich mit seinen siebenundfünfzig Jahren wie ein geborstener Fels. Er liebte Antigoni sehr und glaubte in seinem tiefsten Inneren, daß seine Frau mehr wert war als das, was er ihr bieten konnte.

»Kyriakos! Kyriakos!« rief er aus dem offenen Wagenfenster, während Jannakopoulos immer wieder hupte.

Der Kilometerzähler lief und lief, sie hatten bald alle Feldwege abgefahren, die Zeit verstrich, und die Nacht ging ihrem Ende zu, auch das Handy war ohne Empfang, also machten sie kehrt.

Wenig später parkten Antigoni und Tsapas hinter ihnen. Der Bauunternehmer war bleich und hatte gar keine Ähnlichkeit mit der sonst so stolzen und stattlichen Erscheinung. Die Frau stellte den Motor des Pritschenwagens aus, zog unauffällig einen Achtunddreißiger unter dem Sitz hervor und steckte ihn in ihre Jackentasche. Sie zündete sich eine Zigarette an und hielt eisern eine Flut von Tränen zurück, die sich in ihren Augen angestaut und ihre Wangen bereits mit ein paar Tropfen benetzt hatte.

Das erste schwache Morgengrauen zeichnete sich zehn vor sechs ab.

Ein Palmzweig hing bis vor die Eingangstür der Kirche Zur Heiligen Jungfrau, Schutzpatronin der Ziegen. Hier und dort lagen zurückgelassene, zertretene Studentenblumen auf dem rissigen Zement und den glatten Steinen.

Das war, was der Kurze sah.

Der Lange saß auf dem Mauervorsprung, in seiner Wahrnehmung war die Gegend in dichten, dunklen Tüll gehüllt, und er selbst saß mittendrin wie die Maus in der Falle.

Ein feiner salziger Sprühregen besprenkelte ihn, den eine Windbö vom Meer herüberwehte. Er zog die Schuhe aus, stülpte die Hosenbeine um und watete ins knietiefe Wasser. Dann feuerte er mehrmals hintereinander, aus unmittelbarer Nähe. Mit einem Surren und einem leisen Gluckern versenkte er mit dem Fünfundvierziger nacheinander acht Kugeln aus dem Magazin und eine aus dem Patronenlager im Meer.

»Fang«, sagte er zum anderen und warf ihm die Wagenschlüssel zu, er selbst watete aus dem Wasser, setzte sich auf die nassen Kiesel und benetzte sein Gesicht.

Der Kurze holte den Stutzen mit den acht Patronen aus

dem Kofferraum, stellte sich ans Wasser und verkürzte das Verfahren, indem er eine nach der anderen in das Patronenlager, oberhalb des Abzugs, steckte und das Magazin ebenfalls mit einem Surren und leisen Gluckern leer schoß.

Danach legte er den Stutzen in den Kofferraum zurück, hob seinen Fünfundvierziger von den Kieseln hoch, steckte ihn in die Hosentasche und hob die Schnapsgläser und die zerbrochene Brille auf. Während er sie in eine leere Zigarettenschachtel steckte, hörte er, wie der andere sagte: »Du mußt fahren.«

»Ich habe keinen Führerschein.«

»Aber du fährst doch.«

»Ab und zu die alte Karre der Koumbara, wenn sie selbst krank ist. Hinter einem anderen Steuer habe ich noch nicht gesessen.«

Doch da er den Hanomag mit den gebrauchten und den Umständen angepaßten Ersatzteilen der Firmen Ford und Mercedes sowie den bunt zusammengewürfelten Reifen – einer von Pirelli, einer von Goodyear und einer von Michelin – fahren konnte, würde er auch jeden anderen Wagen lenken können. Diese wilde Zusammenstellung hatte den Kleintransporter des öfteren schon eingehen lassen oder zumindest dazu gebracht, auf den Bergstrecken zu Kurzflügen abzuheben.

Kurze Zeit später hoppelte der Volvo wie ein ungezogener Spielzeughase dahin, dem gerade die Batterie ausging. Hoch oben flog ein Adler, ein Frühaufsteher, der erste, der mitten im Violett des heraufdämmernden Morgens seine Kreise zog.

Das blendend schöne Morgenlicht tauchte auch Tsouriadis' Wagen in Rosarot, gelenkt vom gutaussehenden, doch todmüden Gendarmeriebeamten aus Epirus mit seinem schicken Haarschnitt und den teuren Sonnenbrillen.

Seit drei Jahren auf Kreta, genoß er sein Leben in vollen Zügen. »Wenn bloß die verdammten Berge weniger hoch wären, dann könnte man sich die vielen Kurven ersparen«, murmelte er und zündete sich eine letzte Zigarette an, denn er war auf dem Rückweg.
Xylodema, Askyfou und Imbros lagen bereits hinter ihm. Er fuhr nach Chora Sfakion hinunter, machte an der Polizeistation halt und erhielt die Anweisung, sich auf den Weg nach Pagomenou zu machen. Er fuhr links an Ilingas und Glyka Nera vorbei, dann in die Berge hoch, und irgendwo mitten in dieser steinernen Welt traf er auf den stehengebliebenen blauen Volvo, an dessen Kühlerhaube Roussias lehnte, der Fremde, die lange Hopfenstange mit dem wuscheligen Haar, in beigen Jeans und champagnerfarbenem Hemd. Im züngelnden Morgenrot stand alles in Flammen.
Er hielt neben ihm an.
»Herr Roussias?«
»Wer sind Sie?«
»Wir haben uns des öfteren auf der Polizeistation gesehen, Tsouriadis mein Name.«
Roussias klappte das Päckchen mit der zerbrochenen Brille auf, streckte es dem Polizeibeamten entgegen und sagte: »Ich habe angehalten, um den Sonnenaufgang zu bewundern, und sehen Sie mal, was mir dabei passiert ist.«
»Ist nicht weiter schlimm.«
»Ich habe ein Ersatzpaar bei meiner Mutter. Können Sie mich bis dorthin fahren?«
Die Sonne kletterte in die Höhe, und auch die beiden Männer fuhren immer höher und unterhielten sich. »Das tut mir aber leid, daß ich Ihnen solche Umstände gemacht habe. Aber Chania und seine Frauen können einen schon um den Verstand bringen. Ein Glas ergab das nächste, da habe ich einen über den Durst getrunken. Das ist alles«,

lächelte Roussias, und bis zu ihrer Ankunft sagte er nichts mehr, nicht einmal, als der junge Mann bemerkte: »Wir haben freilich nach einem weißen Opel gesucht.«
»Im Rohbau herrscht Ruhe, Herr Roussias. Die Fensterläden sind angelehnt, und ein Paar Holzpantinen stehen auf der Türschwelle«, referierte Tsouriadis.
Bei Frau Polyxeni waren alle versammelt, entweder standen sie auf der Veranda oder saßen drinnen auf den Sofas. Auch Kyriakos' zwei Schwestern, Keti und Marina, waren dort, am frühen Morgen waren sie ins Dorf geeilt. Der kleine Bruder, der Melancholie zugeneigt, hatte ihnen nach so vielen Jahren, in der Nacht vom vierzehnten auf den fünfzehnten August, wieder einmal einen gehörigen Schrecken eingejagt.
Inmitten von halb zerzausten Rosenblüten, deren Blätter rundherum verstreut lagen, klingelte das Telefon ununterbrochen, genauso wie die Handys. Die Jannakopoulou, die Ehefrau Tsapa, Rena Papadouli, Tsontos, Papadosifakis und andere wollten den letzten Stand der Dinge erfahren. Chatsiantoniou operierte gerade, doch Nana hatte zweimal angerufen.
»Sagt ihr, ich sei sternhagelvoll. So viel hätte ich seit Jahren nicht getrunken«, entgegnete Kyriakos, während er seine Ersatzbrille aufsetzte.
»Ruh dich zwei Stunden aus, dann gehen wir gemeinsam in die Kirche«, sagte Antigoni, und Theofanis seufzte und bekreuzigte sich.
Die alte Frau Tsapa schickte den Ausgehungerten einen Topf mit Hühnerbrühe, von der auch Kyriakos probierte. Danach umarmte er die alte Frau. »Alles ist gut, Mama.« Er drückte sie neben sich auf den Diwan und lehnte sich an ihre Schulter, übermüdet von den vergangenen schlaflosen Nächten. Mit ihrem Duft in der Nase, ihrem Atem und ihrem Herzschlag an seinem Ohr flüsterte Kyriakos beruhigt und ermattet zum letzten Mal:

»Alles in Ordnung, Mama.« Dann gähnte er und fiel in ihren Armen in den Tiefschlaf.

Ein Pandabär aus Plüsch, ein roter batteriebetriebener Rennwagen, ein Bär mit Sonnenbrille, eine Melodika, ein Dreirad, Puzzles, Game Boys, ein Bulldozer aus Plastik in Zellophanhülle, eine Leselampe mit Donald Duck-Motiv, ein Basketballkorb sowie weitere kleinere und größere Geschenkpakete säumten links und rechts über zweihundert Meter hinweg den Feldweg, der an Sakis Baras' baufälliger Haustür endete.

Baras hatte seinen Namen geändert, er hieß jetzt Menelaos Eleftheriadis, und seit der Nacht, als ihm seine Mutter und seine Tante zur Flucht verhalfen, über einen Zeitraum von achtundzwanzig Jahren hinweg, genauso lang wie Kyriakos Roussias' Abwesenheit, war sein Aufenthalt unbekannt geblieben. Am fünfzehnten August 1998, gegen acht Uhr morgens, fuhr er seine zwar elegant gekleidete, aber füllige und nicht sehr vorteilhaft aussehende Ehefrau mit dem hübschen, lockigen Jungen in die kretischen Berge hoch. Der gewaltsam ins Exil Verbannte, der einzige Sohn eines Mörders, wollte in seinem halb verfallenen Elternhaus eine Zigarette rauchen, danach das Kind in der Kirche Zu Mariä Entschlafung die Kommunion empfangen lassen und schließlich einen kurzen Familienurlaub in einem Bungalow in Almyrida, außerhalb der Provinz Sfakia, verbringen.

Die innerhalb der Provinz Sfakia lebenden achtzehn Familien des Papadakis-Clans, darunter neun Ingenieure, Apotheker, Inhaber von Familienpensionen und Gymnasiallehrer zwischen dreißig und vierzig, setzten einen Schlußpunkt unter die Vergangenheit, indem sie Spielsachen kauften und den kleinen Weg entlang aufreihten. Danach zogen sie mit ihren Wagen weiter, um in der Kirche Zur heiligen Soni in Nomikiana, in den Kirchen

Zur Heiligen Jungfrau in Thymia, in Loutro oder den übrigen Marienkirchen an der Küste des Libyschen Meeres dem Gottesdienst beizuwohnen.
Beim Anblick der Geschenke zog der fünfzigjährige Sakis Baras die Handbremse an und versank in eine Ohnmacht. Seine Frau beugte sich über ihn, tätschelte ihm die Wangen und kniff ihn ins Ohr, um ihn wieder zu sich zu bringen. »Komm schon, Menelaos! He, komm schon, mein Lieber«, sagte sie bittend.

Nachdem die junge Tochter des Kanadiers Diakomanolis für ihren Vater alle lachsfarbenen Stockmalven in den Gärten von Pagomenou auf Video gebannt hatte, machte sie weiter drüben für den Eigenbedarf Panoramaaufnahmen von der Hochebene und den ringsum liegenden Bergen. Natürlich machte sie auch Nahaufnahmen des riesigen Pandabären, des verschlossenen Hauses mit dem Feigenbaum, der die Hauswände durchwachsen hatte, und dem verwilderten Quittenbaum, der voll grüner, von den Mäusen angenagter Früchte hing.
Auch Papadoulis eilte vor Ort, und der Blutdruckmesser seiner Mutter erwies sich wieder einmal als nützlich: »Neunzig zu hundertvierzig.« Er sagte es verkehrtherum, war aber trotzdem beruhigt. Danach untersuchte er die Geschenke, zählte sie und rief erleichtert Rena an. »Ich bin neugierig, wo die so viele Spielsachen unterbringen wollen«, sagte er zu ihr. Schließlich nahm er den kleinen Jungen auf den Arm, beschnupperte und streichelte ihn, gab ihm einen Kuß, nannte ihn »Alter Gauner« und begann ihn zu herzen. Er liebte Kinder sehr, und seine Müdigkeit war wie weggeblasen.
Das Hauptgesprächsthema in der Kirche war Sakis Baras, der mit gesenktem Blick und mit Tränen in den Augen alle Hände drückte, die sich ihm entgegenstreckten, ohne in die dazugehörigen Gesichter hochzublicken.

»Bei der Geburt hast du bewahrt die Jungfräulichkeit«, schmetterte der Pope in die Menge, zwinkerte bedeutungsvoll und sang zu Ende. Dann ging er über zu *Wird die Welt besser oder geht sie zugrund*, einem Lied von Mountakis, und danach zu Xarchakos' *Gott hat den jungen Sfakioten im Visier*. Er philosophierte über die Situation mit der Erfahrung und der Weisheit eines Geistlichen, der zehn oder zwölf Familienfehden aus der Nähe miterlebt hatte, verteilte gezielt Worte und Blicke und rief schließlich den Jungen zuerst zur Heiligen Kommunion auf, der wie ein Täubchen von einem zum nächsten flatterte, immer mit seinem Plüschpanda im Arm.

Auch die Familie Roussias war anwesend. Sowohl die einen als auch die anderen.

Die Frauen gingen alle zur Heiligen Kommunion.

Von den Männern nur der Kurze und Theofanis.

»Ihr Computer hat Millionen von Informationen über den menschlichen Körper gespeichert. Hat er auch etwas über die Seele gespeichert? Diese Frage wurde von einem allseits bekannten Journalisten gestellt. – Für die Seele habe ich einen anderen Computer, der von der Hochebene von Pagomenou mit Energie gespeist wird. So lautete die Antwort von Kyriakos Roussias, dem berühmten Sohn der Insel, die so viele Helden hervorgebracht hat. Und heute abend, liebe Kreter, ist er bei uns und trinkt Wein mit uns.«

Rechtsanwalt Tsilimingakis, ganz in Hellblau, vollbrachte gegen elf Uhr abends, als die Stimmung auf dem Höhepunkt war, wieder wahre Wunder am Mikrofon des Lokals *Die Alpen*. Und der berühmte Sohn der großen Insel drückte eine halbe Stunde lang die Hände all jener, die herbeigeströmt waren, um sich ihm vorzustellen und ihm ihre Karte zu überreichen – Zytologen und Röntgendiagnostiker, Redakteure lokaler Blätter, Gemeindevorsteher, Wortführer diverser Vereine und Verbände, Obmänner jeglicher Art, ebenso zwei Minister aus den ersten Regierungen nach dem Fall der Junta, und selbst die Herren Pasokanhänger und die übrigen demokratischen Kräfte waren herbeigeeilt.

Kyriakos hatte einen Tisch für einundzwanzig Personen bestellt – die Familien Roussias, Tsapas, Jannakopoulos, Tsilimingakis waren alle seine Gäste. Die Tsapas stießen mit den beiden Belgierinnen als letzte zu der Gesellschaft. Sie hatten auf den LKW aus Pilio gewartet, der mit vierzig riesigen Blumentöpfen, einem ganzen Wald voll Gardenien, angekommen war – Tsapas' Namenstagsgeschenk für seine Frau Panajota. Die Albaner luden die Pflanzen aus, verteilten sie auf den Veranden des Neubaus, bis die ganze Hochebene danach duftete. Die Gefeierte küßte ihren Mann auf den Mund. Tsapas' Mutter war nicht neidisch, sie hatte ja ihre Hortensien, doch die Belgierinnen flippten ob der Großzügigkeit ihres Gastgebers aus, denn in Belgien waren maximal zwei Cymbidien oder sieben Rosen das höchste der Gefühle.

In dem Lokal *Die Alpen*, wo zementierte Bögen, Betonwände, in den Ecken aufgehäufte löchrige Schläuche, ein Berg feiner Schotter und andere Baumaterialien für die illegalen Ausbauten parat standen, war der Beginn des künstlerischen Programms gegen zehn als Überraschung gedacht.

Ein Zwölfjähriger, in einem schwarzen Hemd, khakifarbener Hose und schwarzen Schaftstiefeln, spielte auf dem Klavier, das man zu diesem Zweck auf die Bühne gehievt hatte, den bekannten Tschaikowsky – *Die Zauberin*. Und noch bevor er richtig zu Ende gespielt hatte, feuerte sein Vater voller Stolz und Freude drei Pistolenschüsse in die Luft.

Das übrige Programm verlief ohne weitere Zwischenfälle.

Samtweiches süßes Mädchen mein, das Herz das geht mir auf, dein Kuß duftet nach Minze fein, sang der stramme vierzigjährige Lagoutospieler Sifomanolakis aus Amari auf Kyriakos' Wunsch hin, der daraufhin seine drei Schwestern, seine Nichte, die Jannakopoulou, die Tsapa, Tsapas' Töchter, die zwei Belgierinnen, die Tsilimingaki und sexy Tasia zum Tanz aufforderte. Zum ersten Mal in seinem Leben tanzte er öffentlich den Syrtos – dem Rhythmus hingegeben, zurückhaltend, eindrucksvoll anzusehen in seinen schwarzen Hosen und dem schwarzen langärmeligen Hemd. Nach zwölf buntbedruckten Kleidern bildete er den Schlußpunkt des Kreises.
»Zu vierundsechzig Prozent Kreter, Onkel«, berechnete Metaxia und küßte ihn auf die Wange. »Endlich ein August, der nicht nur daraus besteht, daß wir in der Sonne herumliegen und Sodawasser in uns hineinschütten, weil wir uns überfressen haben.«

Komm, lieber August, und laß uns zur Weinlese gehn, laß mich im geheimen deine kleinen Brüste sehn. Dies war eine weitere Ansicht über den August, Jannakopoulos' Beitrag zu den improvisierten Mantinades, von denen zahllose zu hören waren. »Die Heilige Jungfrau inspiriert«, meinte dazu Theofanis.
Sie verließen *Die Alpen* nach vier Uhr morgens, nachdem sie sechs Stunden lang getrunken, getanzt und Risitika-Lieder über Adler, Bussarde, fest verwurzelte Felsen und die Schlacht um Kreta gesungen hatten.

Das erste Morgenlicht fiel auf einen angetrunkenen Kyriakos Roussias im Liegestuhl unter der Kermeseiche, im Arm hielt er den Welpen und starrte dumpf zum Rohbau hinüber, wo die drei Lampen auf der Veranda noch immer an waren und in der Ecke der weiße Plastiktisch stand, worauf vier umgedrehte Stühle lagen.

Das Ehepaar hatte die alte Frau und die Kalogridaki zu Gast gehabt.
Er wollte unbedingt mit Chatsiantoniou sprechen, und damit ihn seine Mutter nicht hörte, nahm er den Wagen und drehte ein paar Runden, fuhr mal hierhin, mal dorthin, um darüber nachzudenken, wie und was er, falls es überhaupt dazu kam, erzählen würde.
Der Feldweg führte weit nach drüben, nach Kamena, und diesmal stand ihm der Sinn nicht nach den Wiesen mit den gelben Margeriten oder den goldblauen Kaffeetassen der Großmutter, denn aus dem einzigen bewohnten Haus, dem der Kalogridaki, drang ein Schuß.
Roussias beschleunigte, ohne länger darüber nachzudenken, näherte sich dem Haus, erblickte ein Stück entfernt den Kleintransporter ohne rechtes Vorderrad und parkte den Volvo daneben, bereit, erste Hilfe zu leisten oder die Frau ins Krankenhaus zu transportieren. Hauptsache, sie war am Leben.
Selbstmord, fragte er sich. Was sonst, gab er sich selbst zur Antwort. Wie es schien, hatte der junge Albaner die Kalogridaki mit einer Waffe ausgestattet, eine Unerläßlichkeit in der Einöde von Kamena.
Ein zweiter Schuß ertönte, doch bevor er hineinstürmte, blickte Kyriakos durch das Fensterchen und sah, wie eine Kalogridaki mit zerrauften Haaren, durch Gjergjs Platzverweis und das übrige Ungemach dem Wahnsinn nahe, auf ihr Radio zielte und abdrückte. Das war der dritte Schuß, der vierte galt dem kleinen Backofen der Marke *Crowny*, und dann richtete sie die Waffe auf den Tisch, und mit dem fünften Schuß ging die Fernbedienung des Fersehgeräts zu Bruch.
Die Frau war allein und das Zimmer ein Schlachtfeld.
Zum Glück war das Schnabelkännchen unversehrt geblieben, so konnte die Kalogridaki Kaffee aufsetzen. Sie hatte sich ausgetobt und wollte nun wieder zu sich kommen.

Roussias wartete ab, bis der Kaffee zu duften anfing. Er sog den Geruch ein und machte sich dann, so lautlos es ging, davon.

Er fuhr wieder auf den Fuhrweg, wo Totenstille herrschte. Alle schliefen, und so blieb er an der Telefonzelle vor der Tankstelle stehen. Er ließ die Worte sein und fing zu weinen an. Der andere legte nicht auf, sondern warf ab und zu das bereits klassische »Ach, du liebes Herz« ein. Durch das stumme Weinen gingen zwei Telefonkarten drauf.

Die dritte und letzte Telefonkarte zeigte ein Bild des Dorfes Delvinaki bei Jannina.

»Ich bin durch die Gärten und Felder gewandert, und die ganze Zeit mußte ich daran denken, daß irgendwo eine vergessene tödliche Erinnerung hochgehen könnte. Diese Landschaft ist ein Minenfeld verhängnisvoller Momente.«

»Und jetzt?« fragte Chatsiantoniou nach einer Pause, um die Vergangenheitsform in Kyriakos' Worten richtig einzuschätzen.

»Nur die Kleider liegen unter der Erde, auf den Friedhöfen. Dutzende begrabener Anzüge.«

»Bist du schon wieder betrunken?«

»Nein.«

»Sagst du mir, wo du dich vorgestern nacht betrunken hast?«

»Laß mal.«

»Es ist Zeit, daß du zurückkommst.«

»Mein Koffer ist gepackt.«

»Übrigens bin ich mit deinem Kafenionwirt einer Meinung.«

»Worüber?«

»Ihr beide – Roussias, der Sohn der Verrückten, und Roussias, der Sohn der Halbverrückten – werdet erst

miteinander reden, wenn die alten Frauen tot sind. Vielleicht nicht einmal dann.«
»Du hast es erfaßt.«

Am Sonntag, den sechzehnten August füllte der Lange, schmal wie eine Zypresse und am hellen Mittag immer noch schlaftrunken, zwei Rakigläser randvoll, stieß mit ihnen an, trank das eine und verschüttete das zweite auf der glühend heißen marmornen Grabplatte seines Vaters, von dem er sich verabschieden wollte.
»Es gibt keine Bäume, keine Straßen, keine Häuser mehr, alles verödet«, hatte 1970 der Verstorbene nach Lincoln, Illinois, geschrieben und seine Schwägerin Athanassia gebeten, für ihr Taufkind, seinen einzigen Sohn, zu sorgen. Und das in einem Brief, der Kyriakos erst vor drei Monaten in die Hände gefallen war, als er endlich die Plastiktüte aussortierte, in der seine Patentante ihre Korrespondenz aufbewahrte. »Liebe Athanassia, die besten Wünsche zum christlichen Osterfest!« »Liebe Athanassia, herzlichen Glückwunsch zu Deinem Namenstag!« Die Grußkarten der Familie, Postkarten aus Provinzkasinos oder drittklassigen Hotels in Miami, Prospekte der Vereinigung der Kreter Chicagos und Taschenkalender von *Minos*, dem Verein der Kreter aus New York, lagen bunt durcheinander.
Kyriakos Roussias hängte seinen Panamahut, dem er eine Studentenblume ins schwarze Hutband gesteckt hatte, an das Grabkreuz. »Es gibt keine Bäume mehr, Vater«, sagte er vor sich hin, »aber in den letzten Jahren gibt's dafür um so mehr Strände. Ganz Deutschland, ganz Schweden kommt, ein wahrer Geldsegen. Deine Grundstückchen, Vater, sind jetzt was wert.«

Als kleiner Junge hatte er immer das Gefühl gehabt, seinen Vater zu enttäuschen, da er ihm nicht ähnlich

war. Seinen Vater, der ihm einmal vollkommen ungerührt, gefühlskalt, starr erschien, dann wieder wie der Wolkensammler Zeus, der die ihm untertanen Geschöpfe durcheinanderwirbelte und dessen Schimpfworte sich zu einer drohenden Wolke zusammenballten.
Er selbst, so zart gebaut wie ein leerer kleiner Anzug aus Spinnweben, hatte vor den kriegswütigen bewaffneten jungen Helden aus Askyfou, aus Anopoli oder sonstwo Angst. In den Kafenions hielt er sich die Ohren zu, um die volkstümlichen Verse nicht zu hören: *Wie ungerecht, wie viele Männer der Tod uns fortgerafft! Doch noch ungerechter, wie viele der Feind zu Sklaven macht!* Und immer wenn er meinte, daß ihn der glühend rote Himmel versengen würde, tastete sein Händchen nach der sicheren väterlichen Hand, er betrachtete und befingerte die Lücke im schweren Ring seines Vaters, aus der sich der rubinfarbene Stein gelöst hatte und verlorengegangen war.

Er wuchs weit weg heran. Nie hatte er mit seinem Vater unter der Kermeseiche nach dem Kaffee die üblichen Männergespräche geführt. Nie waren sie mit den Händen in den Hosentaschen nebeneinander zwischen den Eichenschößlingen auf der Hochweide einhergegangen und hatten überlegt, was sich mehr lohnte – die Weinberge zu verkaufen und unten am Libyschen Meer ein Haus zu bauen, Kartoffeln anzubauen oder lieber Tomaten, die kein Wasser brauchten, in einen Traktor oder besser in einen neuen Pritschenwagen zu investieren.
Das war es, was er nun besprechen wollte. Die fünfundzwanzig Tage an seinem gebirgigen Geburtsort und die eine Nacht vor dem Marienfest hatten das andere Thema erschöpfend behandelt.
Als jemand, der zunächst unfreiwillig ins Exil verbannt, dann aber achtundzwanzig Jahre lang aus freien Stücken

fahnenflüchtig war, fühlte er sich von der immer noch eiternden Wunde der Familienfehden abgestoßen, von den Schönlingen und Steinefressern, die im April des einen Jahres zu Tätern und im nächsten Mai zu Opfern wurden. Auch die Trauer tragenden Frauen, die mit Worten oder mit einem Blick aufbegehrten, der sich wie ein Stück Steinkohle zunächst spät entzündete, dann aber nicht wieder erlöschen wollte, zehrten an seinen Kräften. Lieber die Mutter eines Mörders als die eines Ermordeten, so hieß es. Die Mutter der Zwillinge war beides.

Während all der Jahre, in denen sich Kyriakos Roussias in New York, Chicago, Philadelphia und Frederick aufhielt, schien die alte Rechnung beglichen zu sein. Im August '98 kam er wieder auf sie zurück. Doch wohl kaum in der Absicht, den Mörder seines Vaters zu töten.

Mit dreiundvierzig ging es nicht mehr länger an, die Augen vor der Wirklichkeit zu verschließen und sie zu verleugnen. Die Rechnung mit den Lebenden und den Toten mußte noch einmal aufgerollt werden, am langen Faden der Erinnerungen entlang, die einmal sein Herz warm und dann wieder eiskalt werden ließen.

Der Tag war klar, und die Bilder traten ihm anschaulich vor Augen: Seine verbrannte Großmutter wandelte in einem gelben Kleid durch engelsbehütete Schluchten, während der Griff eines Messers aus ihrem Handtäschchen ragte. Nachdem die Großmutter des Kurzen zwei Finger mit Speichel benetzt hatte, drückte sie ihrem getöteten Ehemann die Lider zu, damit sie gut schlossen. Denn offene Augen bedeuteten, daß der Tote noch jemanden aus derselben Familie mit sich nehmen würde. Seine drei Schwestern lagen in ärmellosen Blusen rücklings im Klatschmohnfeld und piesackten ihn mit Rätseln wie: *Oben eine Seele, unten eine Seele, in der Mitte Leder*. Doch selbst in dieser entspannten Situation tasteten ihre Blicke forschend den Horizont ab, ob nicht etwa irgend jemand unvorhergesehen auftauchte.

»Ich mag den Klatschmohn, weil die Blüten von selbst die Blätter verlieren, man muß sie nicht wie bei den Margeriten abzupfen«, sagte die damals sechzehn- oder siebzehnjährige Antigoni. Sie hatte ein Jahr lang den ganzen blütengelben Acker der Verbrannten ausgerupft: Er liebt mich, er liebt mich nicht. Der Typ, der ihr gefiel, liebte sie nicht, heuerte als Matrose an und ließ sich nie wieder blicken.

Es war heiß. Der Schweiß durchnäßte allmählich das Hemd in den Achselhöhlen, am Kragen, am Rücken. Roussias verschaffte seinen zimtbraunen Augen mit der Hand etwas Halbschatten und betrachtete die samtweichen, retuschierten Wangen seines Vaters auf der Fotografie. Er trug den Namen des duldsamen Heiligen Myron, dem Geld nichts bedeutete. Ein Heiliger, den Theofanis hoch schätzte. Er öffnete das Fensterchen, nahm den Bilderrahmen in die Hand und drückte das Bild an seine Lippen. Sein Vater roch nach altem Weihrauch und altem verschütteten Öl. Er küßte ihn und stellte ihn wieder an seinen Platz. Dann tauschte er den Docht aus und zündete das Öllämpchen an. Tja, nun war er, als Erwachsener, zum ersten Mal allein mit seinem Vater, nur sie beide, und er fühlte sich gut dabei. Sonst bewunderte er diejenigen, die sich geschickt vom Ballast der Vergangenheit befreiten und nur nach vorne blickten. Und noch mehr diejenigen, die sich auch vom Ballast namens Griechenland befreiten und sich schnell anderswo anpaßten. Er selbst hatte es versucht, aber ohne Erfolg. Doch dieses Versagen stimmte ihn gar nicht unglücklich, sondern erfüllte ihn mit Dankbarkeit. Er lauschte seinem Herzen, das so lind und träge schlug, wie es einem vollendeten Augustmittag zukam. Er zündete sich eine Zigarette an. Während er den dritten Zug genießerisch einsog, ertönte das vertraute Klappern der Holzpantinen auf dem zementierten Quergang. Kurz darauf begann der Gartenschlauch die Gräber und die Erde zu benetzen.

Kyriakos Roussias ging gänzlich im Zwiegespräch mit seinem Vater auf. »Nein, Papa, ich habe nicht den Bypass erfunden. Ja, meine Mitarbeiter sind alle berühmte Wissenschaftler. Ja, das Labor in Frederick ist mein Lebensinhalt« und so weiter und so fort. Das Zwiegespräch, mit dem Klappern der Holzpantinen als Hintergrundmusik, dauerte zwei Zigarettenlängen. Erst spät warf Roussias einen schrägen Blick hinüber. Als er das schwarze Muttermal in Form einer Träne auf der Wade der Toten sah, stockte ihm der Atem. Während einer dritten Zigarettenlänge wanderte sein Blick jedesmal dorthin, wenn das linke Frauenbein zu sehen war, so lange, bis das Klappern der Holzpantinen endgültig verstummte. Die Frau hatte sie ausgezogen – die Lederriemen waren abgeschabt und die Absätze flachgetreten von der Hausarbeit eines ganzen Sommers, der sich langsam seinem Ende zuneigte. Sie stellte sie fein säuberlich neben das Grab und fuhr mit ihrer Tätigkeit fort, während Kyriakos' Blick sich an den nassen Beinen festsog, als sie mit Handfeger und Kehrschaufel verwelkte Nelken und vergilbte Oleanderzweige zusammenkehrte.

»Maro?«

Der Handfeger und die Kehrschaufel hielten inne.

»Maro Kavi!«

Die Frau wandte sich ihm zu, zusammengekrümmt, kleiner als damals, die Rippen zeichneten sich ab, gelbliche Flecke waren über das ganze Gesicht verstreut, so groß wie Fünfzig-Lepta-Stücke, die Wangen eingefallen, die Haare spärlich und schlecht gefärbt, die Stirn zerfurcht, die Brauen schütter, die goldenen Wimpern verschwunden, die Augen schwer von der jahrelangen Schlaflosigkeit, doch schwarz wie ehedem, so schwarz wie keine zweiten.

Dort, keine fünf Meter entfernt, stand reglos Maro Kavi. Das Hauskleid mit der Knopfleiste war naß, der Schlauch lag hingeworfen am Fuß des Zauns und überflutete die Rinne mit den jungen Pflanzen, das Wasser gurgelte, gleichzeitig murmelte auch sie etwas, eine Entschuldigung für ihr heruntergekommenes Aussehen. »Mit sechsundzwanzig bin ich nach einer schlaflosen Nacht mit weißem Haar aufgewacht.« Ungewollt war ihr diese Äußerung entfahren, sie faßte sich an den Kopf und verbarg ihre Haarbüschel. »Mein Mann war dreizehn Jahre im Gefängnis, und dreizehn Jahre lang hat er sein Kreuz in Pagomenou getragen, doch er hat kein einziges weißes Haar bekommen«, lächelte sie.

Kyriakos Roussias erkannte, daß ihm fünfundzwanzig Tage lang nicht klargewesen war, wer sie in Wirklichkeit war, während sie vom ersten Tag an Bescheid gewußt hatte. Sie erinnerte sich an ihn, und ihre sonntägliche Anwesenheit mittags auf dem Friedhof, am Vortag seiner Abreise, war keineswegs zufällig.

Er blickte sie an, er hörte ihr zu, sie war dieselbe und zugleich eine andere. Eine Unbekannte und dennoch die vertraute Gestalt, die auf der Terrasse Nachtwache hielt. Die Frau, deren klappernde Holzpantinen auf dem Asphalt mehr Lärm schlugen als das Knattern eines Maschinengewehrs. Sie waren für ihn zur charakteristischen Geräuschkulisse dieses Augusts geworden.

»Ich habe dich nicht wiedererkannt!« rief er ihr zu.
Sie antwortete nicht.
»Weil ich dich all die Tage nicht aus der Nähe gesehen habe!« rechtfertigte er sich.
»Leiser«, bat sie ihn.
Kyriakos wiederholte: »Ich habe dich all die Tage nicht aus der Nähe gesehen«, als könne sie nur niedrige Frequenzen empfangen.
»Um so besser.«
»Wieso?«
»Na ja ...«
»Es ging nicht. Ist mir klar.«
»Besser, wenn man nicht sieht, daß wir miteinander reden. Das schickt sich nicht.«
»Es ist menschenleer hier.«
»Bei so einer Hitze ...«
Die Frau neigte den Kopf nach vorne und wischte ihr verschwitztes Gesicht am Kragen ihres Hauskleids ab.
»Zu Mittag steht hier die Hitze«, sagte sie.
Kyriakos pflichtete ihr bei: »Auch heute wieder achtunddreißig Grad.« Er holte Luft und gestand: »So viele Jahre lang habe ich mich nicht nach dem Verbleib des Cousins erkundigt. Ich hatte nie davon gehört, wen du geheiratet hast.«
»Du hast eben nicht gefragt«, fiel sie ihm ins Wort.
In anderem Ton fuhr sie fort: »Mein Mann ist ein Heiliger, was auch immer damals passiert ist. Wenn er auch manchmal flucht, wenn er auch randaliert, er ist ein Heiliger.«
Nun erzählte sie ihm, daß sie die ganze Zeit über gewußt hatte, daß er, der Amerikaner, heimlich um das Haus schlich und all die blasphemischen Flüche und all ihre Hoffnungslosigkeit mitbekommen hatte.

Er war dreizehn, sie fünfzehn, es dämmerte, es war Mai. Kyriakos war die Geiß holen gegangen, die den ganzen Tag angebunden ein Stück entfernt, in Livada, weidete. Maro in einem roten Rock tat das gleiche, beide waren auf dem Rückweg, eine Strecke von siebenhundert Metern. Sie ging vorneweg, genierte sich und stolperte immer wieder über die Steine, ihre alten Sandalen rutschten ihr vom Fuß, immer wieder mußte sie, einmal mit dem rechten, einmal mit den linken Fuß, innehalten und sich hinunterbücken, um wieder hineinzuschlüpfen und die Bändchen hochzuziehen, die nicht gut um ihre Knöchel saßen. Und er, hinterdrein, wollte ihr irgend etwas sagen. Doch verschämt wie er war, redete er nur mit seiner Geiß, meckerte sie entnervt an, mhe und mhe, bis das Mädchen mit dem Muttermal auf der Wade in die Kartoffeläcker einbog und sich entfernte. Da blieb dem Jungen nur die Geiß.
So ähnlich erging es ihm jetzt auch. Er wußte nicht, was er ihr sagen sollte. Nicht einmal meckern konnte er diesmal.
Die Frau setzte sich auf das leere Grab der Familie Roussias, strich mit der Hand über die lauwarme Zementplatte. »Seine Stimme konnte die Schale eines Granatapfels oder einer Krachmandel zum Bersten bringen«, sagte sie.
Während des nachfolgenden Schweigens wischte Kyriakos mit seiner Hand den Schweiß von Stirn, Brust und Nacken und gestand vor Maro Roussia, aber nur in seinem Inneren hörbar, daß einige früh Verstorbene weitaus unvergeßlicher waren als einige, die erst später zu Tode gekommen waren.
Die Frau zog ihre Holzpantinen wieder an und erhob sich.
Der Mittag war trüb und stickig, die Buchstaben auf den Kreuzen zitterten, die Eidechsen hockten matt auf den Grabplatten.

»Mein Mann wird hungrig sein«, sagte sie, drehte den Wasserhahn zu, rollte den Schlauch zusammen, steckte Handfeger und Kehrschaufel in den Eimer. »Er ist ein großer Käse- und Fleischesser«, fügte sie hinzu. »Seit Jahren hat er ein Magenleiden, doch ihn auf Diät zu setzen – unmöglich.«
Während sie sprach, blickte sie verstohlen umher und hinüber zum Rohbau, ohne ihren Blick auch nur eine Sekunde auf dem Gesicht ihres Gesprächspartners ruhen zu lassen.
Unmöglich war ihr letztes Wort, Australien ließ sie unerwähnt, genauso wie er die Kapelle Zur Heiligen Jungfrau, Schutzpatronin der Ziegen. Sie knöpfte den untersten Knopf ihres Kleides zu und machte sich eilig auf den Weg. Für eine kleine Weile war der Singsang der Gewehrsalven noch zu hören. Roussias wartete ab, bis er verstummte, und tatsächlich, wenig später wurde das Feuer eingestellt, und Totenstille machte sich wieder auf dem Kirchhof breit. Da erhob sich auch er vom marmornen Familiengrab seines Großvaters Kyriakos Roussias, betrachtete das andere Familiengrab aus Zement und vergaß seinen Panamahut auf dem Grabkreuz seines Vaters. Er verließ den Friedhof gerade, als man in den *Alpen* die Einstellung der Mikrofone vornahm. Die Musikanten dieses Abends – die Barone, Champions, Fidel Castros, Partisanen, Rebellen der Lyra und der Geige, wie etliche selbstgefällig für sich warben – würden für all die Despinas und Marias singen, die vom Vorabend übriggebliebenen waren.
Auch Maro hatte am Vortag Namenstag gehabt.
Während dieser fünfundzwanzig Tage hatte er ein- oder zweimal nach ihr gefragt, doch nur etwas über andere Männer und Frauen erfahren. Da sieht man wieder, etwas fällt, wenn auch unbewußt, immer durch den Rost, dachte er.

Bevor er bei seiner Schwester zum Mittagessen eintraf, sah er, wie viele Nachbarn in kleinen Höfen und auf schmalen Terrassen die Tische deckten, an denen junge Leute und Gäste aus Athen den Ton angaben. Die Kassettenrecorder spielten Rock oder volkstümliche Erfolgshits wie *Den Sternen sing ich meinen Schmerz*, ein Garganourakis in Hochform, so daß selbst seine Mutter, die auf ihrem Stammplatz saß – ganz am Rand und gleich bei der Tür, um jederzeit als erste nach ein paar Bissen die Flucht ergreifen zu können –, sich Antigonis Lieblingskassette anhörte und am Schluß milde gestimmt erklärte: »Mir gefällt dieser gräßliche Parios auch.«
Parios sei Dank konnte der Sohn sein Pilaf ungestört verspeisen und in Gedanken den Dingen nachhängen, die sich zuvor ereignet hatten.

»Damit werden die Ziegen ganz schnell trächtig«, sagte Chrysostomos immer wieder, während er mit Ohren, Augen und Fingern die große Glocke für den Herdenbock im Wert von dreißigtausend Drachmen, die ihm der Amerikaner geschenkt hatte, anerkennend prüfte. Der hatte sie vor Tagen durch Tsapas bei Xylas bestellt, denn er wollte selbst nicht mehr hingehen.
»Damit werden die Ziegen ganz schnell trächtig«, plapperte Metaxia nach, die in der vergangenen Woche zwischen Betriebswirtschaft und Schaf- und Ziegenzucht hin- und hergerissen gewesen war.
Also streichelte sie das Handgelenk ihres Onkels, zog an den Härchen, rollte ihm den Hemdsärmel herunter. »Tsapas' Belgierinnen sind verfressen und verfurzt«, verkündete sie lautstark. Und zwei Minuten später folgte eine neuerliche kurze Ansprache: »Kartoffeln müssen in dicke Scheiben geschnitten werden.« In dem unwiderstehlichen Rededrang, der sie zu nachmittäglicher Stun-

de erfaßt hatte, folgte eine dritte zusammenhanglose Wortmeldung: »Meine Lieblingsblume ist das Leimkraut mit dem hellgrünen Blütenkelch.« Da begriff Kyriakos endlich, daß er verschwinden und die jungen Leute ein wenig sich selbst überlassen sollte. »Das Meer ist ganz türkisfarben«, stellte er fest. »Ich gehe bis zum Abhang dort drüben und genieße die Aussicht.« Sobald er sich abwandte, verstummte Metaxia, und auch Chrysostomos ließ die Bocksglocke ruhen. Aus dem Augenwinkel beobachtete er, wie sie sich aneinanderdrängten und die beiden Wuschelköpfe einander küßten. Er entfernte sich ein Stück, und als er zwanzig Minuten später zurückkehrte, traf er sie unter dem Feigenbaum an, wo sie einander mit vollem Mund Feigen zuwarfen und auch die Ziegen unter Beschuß nahmen, bis sie erschöpft und überglücklich wieder auf den Boden plumpsten. Beide erklärten übereinstimmend, das nächste Mal gehe es dem Johannisbrotbaum an den Kragen, bevor im September die Besitzer, die Familie Seimenis, die Früchte ernteten.

In den vergangenen Tagen hatte Kyriakos die Kleine, mit ihrer bestrickenden Anmut und ihrem berückenden Charme, sehr liebgewonnen. Im verschlafenen Frederick würde er alles für das Geklingel ihrer Ziegenglöckchen geben, die sie dort, auf der Hochweide, auf ein Halsband gefädelt hatte, für ihr Lachen, für die Refrains der Sommerhits, die sie ausgelassen sang, während sie zwischendurch Chrysostomos immer wieder zurief: »Falscher Tenor, verschone mein Ohr!«

Das Abendrot überraschte die dreiköpfige Gesellschaft noch auf der Weide. »Gehen wir«, sagte Kyriakos, drückte dem Jungen die Hand und zwinkerte ihm zu, was bedeuten sollte, er möge gut auf sie aufpassen. Eine halbe Stunde später ließ er seine Nichte auf der Hauptstraße aussteigen, damit sie mit Anna und Nina Eis essen und promenieren konnte. »Onkel, tu einfach so, als hätten wir die Zedern fotografiert, du weißt schon«, schäkerte sie und warf ihm ein Küßchen zu. Zehn Minuten später zog er vor dem Haus seiner Mutter die Handbremse an.

Es war zwanzig nach acht, der Hof war zur Hälfte in gelbliches Zwielicht getaucht. Das Hündchen schleifte ein Stück Styropor umher und verteilte überall weiße Kügelchen.

Auf dem Wäschetrockner tropfte die Unterhose fast genau auf seine Mutter herab, die dem leeren Liegestuhl gegenübersaß. Völlig versunken hielt sie den dicken Band mit den Referaten der Jahrestagung der Hämatologen in San Diego aus dem Jahr 1997 in Händen. Er war dort aufgeschlagen, wo die Fotografie des Sohnes zu sehen war, und ihre Augen wanderten Zeile für Zeile über die zwei Seiten seines auf englisch verfaßten Artikels über neuartige Antibiotika.

Das gelbe Lämpchen hatte inzwischen Hunderte Nachtfalter angelockt, welche die alte Frau umschwirrten. Grillen und Käuzchen bildeten das ferne Hintergrundgeräusch, und Kyriakos, halb im Verborgenen auf das Hofmäuerchen gestützt, betrachtete seine Mutter, die mit dem Buch rang. »Bravo, Mama«, lobte er gut gelaunt.

Er lehnte da, von der Nacht dicht umhüllt, am Fuß der Silhouette der Weißen Berge. Die Gipfel von Kakovoli, Trocharis und Thodoris standen unter Gottes Schutz und an ihrem angestammten Platz. Nur Maro Roussia nicht. Es war gar nicht nötig, zum Rohbau zu blicken. Er wußte, daß die Frau an diesem Abend nicht auf ihre Veranda treten würde.

Rafail Douroudous, Nektarios Salvanos und Vardis Bajouras, die besten Tänzer der Provinz, würden in Kürze alle auf die Tanzfläche der *Alpen* bitten.

Was wollte er selbst? Ein letztes nächtliches Bad im Meer, einen Sprung ins kühle Naß und eine Zigarette am Strand.

»Beim Leben meiner Söhne!« Tsapas, bereits um sieben Uhr morgens ein aufgedrehter Possenreißer, schwor, er würde die Waffen in einem sicheren Versteck aufbewahren. Sie hatten sich bei den Hortensien getroffen, während die Bewohnerinnen beider Häuser noch schliefen – die Mutter in dem einen, die Ehefrau, die Töchter und die Belgierinnen in dem anderen Haus begannen erst zwischen acht und zehn oder noch später, eine nach der anderen, aufzuwachen.

Barfuß und in Boxershorts verteilte Tsapas den Inhalt des Schnabelkännchens auf zwei Täßchen, es war der morgendliche Kaffee vom Montag, den siebzehnten August, dem Tag von Kyriakos' Abreise aus Kreta. Am folgenden Tag, dem achtzehnten, würde er Griechenland verlassen.

»Behalte die Waffen«, sagte Roussias.

»Eines Tages könntest du sie vielleicht wieder gebrauchen.«

»Aus welchem Grund denn?«

»Weil du mit ihnen eine weite Spazierfahrt machen willst, weil du mit den Fingernägeln den Rost abkratzen und dich erinnern willst, wie sie aussehen.«

»Kann man das vergessen?«

»Das ist wohl wahr, das kann man nicht vergessen.«

»Ganz meine Meinung.«

Tsapas nahm zwei Schluck Kaffee. »Einige Patronen fehlen«, sagte er. Er erhielt keine Antwort, bestand auch nicht darauf. »Ich rufe dich an, wie die Bauarbeiten an deinem Elternhaus vorankommen. Dann erzähl ich dir auch die Neuigkeiten«, versprach er.

Sobald das Wetter abkühlte, würden sie in die Maison-

nette nach Chania zurückkehren. Die weiblichen Familienmitglieder langweilten sich in den Bergen zu Tode, und Tsapas, der für seine kleinen und großen Frauen jedes Opfer brachte, würde den ganzen Winter lang hin und her pendeln und sich mit der Gesellschaft der Albaner seines Bautrupps begnügen.
»*Kreta është e mirë, por Shqipëria është më e mirë.* Kreta ist gut, aber Albanien ist besser. Nun hör dir bloß die Quatschköpfe an, verrecken sollen sie«, sagte er leichthin. Zwei von ihnen gehörten praktisch zur Familie, Pandeli und Aleko, beide mittleren Alters und mehrfache Familienväter, waren seine Leibwächter. Sie hatten ihn einmal vor einer Menge Schwierigkeiten in einer üblen Angelegenheit bewahrt.
»Die kümmern sich um meine Mutter. Die beiden Pfuscher schicke ich auch zu deiner Mutter, dann brauche ich mir keine Sorgen zu machen.«
Sie verabschiedeten sich. Kyriakos drückte ihm den Arm. »Es war mir eine große Ehre, Herr Professor, mit dir zusammen Bier zu trinken«, meinte Tsapas gerührt, um gleich darauf vorzuschlagen: »Mann, anstatt Blödsinn zu reden, könnte ich dir einen Blumenstrauß für Antigoni mitgeben.« In Windeseile köpfte er die Hälfte der Hortensien und breitete das rosafarbene Bukett auf dem Rücksitz des Volvo aus.

In den folgenden drei Stunden nahm Kyriakos Roussias Abschied. An erster Stelle von Metaxia, die bäuchlings auf ihrem Bett lag, denn sie hatte ihre Periode bekommen und große Schmerzen. Noch dazu waren ihr die Buscopan ausgegangen. Er schenkte ihr die Nikon, bereitete ihr eine warme Milch zu, dichtete auch eine Mantinada für sie – *Der Schnee breitet seinen Mantel aus, doch du bringst ihn zum Schmelzen, stiebst Funken beim Vorübergehn, versengst die Herzen aller.* »Zu

siebzig Prozent Kreter«, erhöhte die Kleine seinen Anteil.
Kurze Zeit später häuften sich die Anrufe, man wünschte ihm Erfolg und hoffte auf ein baldiges Wiedersehen – Marina aus Rethymnon, Jannakopoulos aus Anoja, Tsilimingakis irgendwo aus der Lasithi-Hochebene, Papadoulis und Tsontos. Papa-Koutsoupas, der Pope, und die Nachbarn besuchten ihn zu Hause.
Er selbst ging zu seinem hochbetagten Lehrer, beugte sich zu ihm hinunter und küßte ihm die Hand. Dann küßten sie sich auf die Wangen. »Wer hätte das gedacht, daß unser Dorf jemals ein Genie wie Veniselos hervorbringt«, flüsterte Papadosifakis stolz. »Alles Gute, mein Junge, alles Gute.« Und mit lauterer Stimme: »Kreta wurde den deutschen Fallschirmspringern zum Verhängnis, das hat selbst der Oberbefehlshaber des elften deutschen Luftwaffenkorps, Vizegeneral Student, zugegeben.«
Kyriakos dankte ihm für alles, was er bei ihm für sein Leben gelernt hatte, und überließ ihm zwei Fotografien. Er hatte den Lehrer während einsamer Spaziergänge durch die Felder fotografiert.
Papadosifakis gab den Dank zurück und erklärte überaus ernst, er sei ein sehr glücklicher Greis. »Ich bin siebenundachtzig geworden, und noch immer habe ich mir kein einziges Mal in die Hosen gemacht. Ich wünsche dir, daß du mir ähnlich bist. Was Besseres kann ich dir nicht wünschen.«

Szenenwechsel zur Silberpappel vor dem Kafenion:
Maris räumte die Abstellkammer auf, ordnete die leeren Flaschen in die Getränkekisten und weichte Gjergjs ungewaschenes Leintuch, die sommerliche Bettdecke und sein Handtuch ein.
Kyriakos saß allein im Saal, und angesichts des leeren

Kafenions überkam ihn Traurigkeit. Auf dem Marmortresen wartete eine Flasche Raki auf ihn, mit sieben Sternen, wie Maris erklärte, der mit der Fliegenklatsche um sich schlug und ihm, einmal mit dem linken, dann mit dem rechten Auge zwinkernd, beide jedenfalls waren rot, den Ratschlag gab: »Wir halten uns besser fern von den Frauen. Mitgefangen, mitgehangen, die einen sind Zicken, die anderen *Slangen.*«

Sie verharrten einige Minuten schweigend und blickten sich an. Ohne besonderen Anlaß, es mußte einfach sein.

Nachdem Kyriakos Roussias seine Abschiedsstour beendet hatte, traf er schließlich in der Metzgerei ein, um Schwester und Schwager mitten unter den Schlachttieren zu umarmen, die für zahlreiche Hochzeiten, Taufen und Verlobungen vorbestellt waren. »Deine Haare sind schön, so schön«, sagte Antigoni und streichelte sie. Sie stand hinter dem Stuhl, den sie ihrem Bruder angeboten hatte. »Heute feiern die Märtyrer Myron, Kyprianos, Pavlos und Jouliani.« Theofanis, der zwei Fleischermesser gleichzeitig schärfte, rief denjenigen in Erinnerung, den keiner je vergaß. Er klemmte sich das eine Messer unter die Achsel und schlug das Kreuzzeichen. »Der Herr möge ihm vergeben«, sagte er und blickte zur Zimmerdecke hoch.

Wenig später fuhr der Volvo vollbeladen die Anhöhe hinauf. Der Fahrer hielt für einen letzten Rundblick an. Die Hochebene von Pagomenou zeigte sich mittags hingegossen in blaugelbes Licht, und die Sonne hob alles hervor, was im vertrauten Hellgrün, in der Farbe der Krautköpfe, angestrichen war – weit über hundert Fenster und Türen, Wassertanks und Tonkrüge.

Mit zwei Ausnahmen: Die erste in Charomouri das riesige rosafarbene Hortensienbukett, das Antigoni als

Abschiedsgruß für ihren Bruder schwenkte. Die zweite in Gouri das dunkle Etwas, das mitten auf der Terrasse des Rohbaus stand – Maro Roussia.

Er zündete sich eine Zigarette an und machte zwei Züge.

»Als der andere im Gefängnis war, ist die Tote ab und zu im Kafenion aufgetaucht, um ihn anzurufen. Aber sie hat sich vor den Zuhörern geschämt. Sie hat mit ihrem Mann gesprochen, als wäre er ein entfernter Verwandter. Just als sie ihr eigenes Telefon bekommen hat, wurde der Kurze entlassen«, hatte ihm – wer sonst – der Kafenionwirt erzählt, der einzige, der all die Tage nach dem zehnten oder zwölften Schnaps auf solche Themen zu sprechen kam.

Roussias schielte nach dem Rohbau, nahm einen letzten Zug und trat seine Zigarette aus.

Auf dem Rücksitz saß der Welpe, auf dem Beifahrersitz seine Mutter.

Obwohl ihr Blick starr war, entging ihr nichts. Ein Leben lang hatte sie sich darin geübt, die Gänsegeier, die Ziegen, die Käfer zu beobachten, das wenige, das die Hochebene – auf der Erde und in der Luft – bot. Die Hochebene war ein Ort, den man mit ein paar Schritten ausmessen konnte.

»Laßt mich die Fahrt nach Chania mit ihr allein machen«, hatte er Metaxia und Antigoni gebeten.

Nektarios Patsoumadakis, der Taxifahrer, der ihn am Tag seiner Ankunft ins Dorf gefahren hatte, würde die alte Frau zurückbringen. Roussias hatte sich mit ihm verständigt, daß er ihr eine Kassette von Parios auflegen würde.

Er hatte seiner Mutter nicht, wie sonst immer, vorgeschlagen, mit ihm nach Amerika zu kommen und drei bis vier Monate bei ihm zu verbringen. Bis zum letzten Augenblick wartete die alte Frau vergeblich auf die Einladung. »Mein Paß ist noch bis 2002 gültig«, sagte sie einmal. »Wer weiß, was bis 2006, wenn mein Visum abläuft, noch passiert«, ein andermal.

Der Wagen ließ die Hochebenen nacheinander hinter sich, die Hochebene von Pagomenou mit den Studentenblumen, die Hochebene von Anopoli mit den Feigenkakteen, die Hochebene von Imbros mit den Zedern, die von Askyfou mit den alten Dreschplätzen, die von The mit den Zuckermelonenfeldern, die von Krapi mit den Eichenschößlingen. »Ich kann nicht mit dir kommen, mein Junge«, sagte die alte Frau schließlich. »Im September ernte ich die Trauben im Weinberg, im Oktober will ich Saubohnen säen, im November muß ich die Sau mit Eicheln mästen.«

Ein wenig gesprächiger, ein wenig lebhafter als sonst, streckte sie ihre rauhe Hand nach Kyriakos' Nacken aus. Ihr Streicheln war kratzig. »Zur Feigenernte bist du gekommen, zur Weinlese gehst du wieder«, sagte sie langsam und traurig.

Der Sohn zupfte ihr Kopftuch zurecht. »Kleintiere bis zu fünf Kilogramm können im Passagierraum mitfliegen. Ich habe auch den Impfpaß dabei, und Boubou wird die ganze Zeit auf meinem Schoß sitzen«, sagte er. Seine Mutter hatte dem Welpen den Namen aus einer griechischen Fernsehserie gegeben.

In gebührendem Abstand folgten zwei Feststellungen über – was sonst – das Wetter. »Dieses Jahr kommt der Winter früh.« Und kurz darauf: »Der Herr läßt es nicht immer zur rechten Zeit regnen.«

Kyriakos lächelte, suchte nach einem Radiosender und traf auf eine Sendung über die Jagd, in der, mitten im Hochsommer und in der ärgsten Mittagshitze, zwei Gemeindevorsteher wetteiferten, wer am besten über rotbeinige Rebhühner an Felsenkaps und Sumpfschnepfen bei Souda Bescheid wußte.

Um so besser. Er wollte seine Mutter ohnehin nicht bedrängen, im letzten Augenblick auf seine Fragen zu antworten oder Vorfälle zu bestätigen. Es war also besser, sich auf das Radio zu konzentrieren, auf ein Thema, das nichts mit ihnen beiden zu tun hatte. So beschränkten sie sich im Wagen auf Zwiegespräche à la Frederick.
Sie näherten sich Chania und hatten an dem Streitgespräch der Gemeindevorsteher mit kurzen abwechselnden Einwürfen teilgenommen. »Ich kann mich erinnern, daß es einmal Wachteln vom Himmel geregnet hat«, so Kyriakos. »Die Albaner haben uns die Schnecken weggegessen«, daraufhin die Mutter. »In Amerika macht man köstliche Hirschkoteletts«, sprach Kyriakos. »Deine Patentante konnte ausgezeichnet schießen, sie hat kleine Vögel auf dreißig Meter im Flug getroffen«, so die Mutter.
Die Sendung endete mit ausgelassenem Gelächter seitens der beiden streitenden Parteien und einem Lied, das der jungen Ehefrau eines Jägers aus Apokoronas gewidmet wurde, die mangels Wildbret tagtäglich knusprige kleine Meerbarben briet.
Die beiden Zuhörer im Volvo, der mittlerweile in Chania in der Nähe des Autoverleihs zum Stehen gekommen war, hatten sich einander zugewandt und blickten sich an. Der Sohn nahm der Mutter die Brille ab und wischte die Gläser an seinem T-Shirt ab, danach reinigte er auch seine eigene Brille, so konnten sie einander klarer betrachten.
Die Roussiena preßte die Lippen zu einem schmalen Strich aufeinander und wackelte mit dem Kopf. Roussias legte ihr die rechte Hand um die Schulter und massierte ihr ein wenig den Rücken.

Chania, 2. Juni 1972. Athanassia, liebe Schwester, uns geht es schlecht. Mein Brief enthält die Nachricht von zwei Todesfällen. Alles ist innerhalb von zehn Tagen passiert. Myron hat Sifis aus dem anderen Teil der Sippe, den Sänger, zugrunde gerichtet. In unserer Gegend, muß man mit dem nächsten Mord rechnen, sobald der eine passiert ist. Du kennst das ja. Der Zwillingsbruder, der kleingewachsene, an den mußt du dich erinnern, hat Myron in Athen niedergeschossen, vor dem Barbierladen, in dem er sich die Haare schneiden ließ. Sag es Kyriakos, du weißt schon wie. Schläft er ausreichend? Nimmt er immer noch die Pillen, die ihn traurig machen? Das ganze Dorf trägt übrigens Trauer. Der Pflaumenbaum ist vertrocknet. Gib meinem einzigen Sohn einen Kuß von mir.

Der Brief war in der Plastiktüte mit den Schriftstücken der Patentante aufgetaucht, und seit damals trug ihn Kyriakos in einer Schutzhülle unter seinen Papieren stets bei sich, neben dem Führerschein, Telefonkarten, Kreditkarten, amerikanischer Staatsbürgerschaft und ähnlichem.

»Schon besser, daß ich gekommen bin, Mama, was meinst du?« fragte er, strich ihr mit dem schwarzen Kopftuch den Schweiß aus der Stirn und blies ihr sanft Luft zu, um ihre Stirn zu kühlen.

»Ist dein Haus immer noch zitronengelb?« meinte sie nur.

Die andere Heimat

Er trug das honiggelbe Ensemble, die einzig sauberen Kleider, die ganz unten im Koffer gelegen hatten. Seine Mutter hatte Hemd und Hose dermaßen gestärkt, daß Kyriakos fürchtete, bei der kleinsten Bewegung könnten seine Kleider in tausend Stücke bersten und ihm wie Herbstlaub vor die Füße rieseln.

Es war Freitag, der vierte September, der Tag, an dem die Freibäder in den Vereinigten Staaten schlossen. Sommerende, murmelte Roussias vor sich hin. Soeben war er aus Vancouver zurückgekehrt. Endlich wieder in den normalen Arbeitsrhythmus kommen, dachte er. Es war Nachmittag, und er stand mit den Händen in den Hosentaschen vor dem Labor.

Boubou, der illegale Eindringling, streunte auf dem amerikanischen Regierungseigentum umher. Der Welpe hatte Frederick auf den ersten Blick ins Herz geschlossen, ebenso wie den Gartenzwerg, dem er entweder bei Fuß folgte oder mit dem er am Eingang saß und die Ausweise der Ankömmlinge kontrollierte.

Kyriakos hatte ihm einen Schlüsselanhänger mit der minoischen Doppelaxt geschenkt, und als er ihm deren Bedeutung erklären wollte, erfuhr er zum ersten Mal, daß Kenny 1973 ein Jahr lang in der Militärbasis von Souda gedient hatte. »Schöne Mädchen, mein Gott, solche Brustwarzen«, sagte der Militärangehörige mittleren Alters mit trockenem Mund.

»Amerikanisches Flittchen, ohne dich kann ich nicht leben«, säuselte Jorgos, der Epirote, in Kyriakos' Ohr. Er war nach Australien gefahren, mit den Australiern aber nicht zurechtgekommen und hatte sich mit dem Land nicht anfreunden können. Und auch Lilka war dort nicht in ihrem Element. »Das verdammte Frederick ist uns in Fleisch und Blut übergegangen«, gestand er, und während beide Kaffee tranken, erstellten sie einen Arbeitsplan. Der September war ein günstiger Monat, er gab ihnen neuen Antrieb für ihre Arbeit.

Das Labor mit dem AIDS-HIV-Virus und den onkogenen Viren füllte sich erneut mit dem wissenschaftlichen Personal aus aller Herren Länder, das sich die Ferien über in alle Himmelsrichtungen zerstreut und in Sommerfrischen und am häuslichen Herd bei Verwandten Erholung gesucht hatte. Sie legten Schalter um, drehten Lichter und Lämpchen an, warfen Joghurts und Fruchtsäfte mit abgelaufenem Verbrauchsdatum aus dem Kühlschrank in den Müll und verschoben Termine. Kyriakos' Büro war in tadellosem Zustand. Die dicke Rita, wegen des verlorengegangenen Taufkreuzchens immer noch untröstlich, zeigte sich zufrieden mit Kyriakos' Mitbringsel, einem gewebten Tischtuch mit sechs Tafelservietten. Sie entstaubte, kehrte und wienerte alles gleich zweimal. »Oh, mein Sohn, vielen Dank«, sagte sie zwei-, dreimal in ihrem melodischen Singsang. »Nun mache ich mich an die Büros der Geizhälse«, lachte sie aus vollem Herzen und zog die Tür leise hinter sich ins Schloß. Wieviel älter war die Putzfrau als er? Sie war nicht mal fünfzig.

»Ich sage *mein Sohn* zu dir, weil du noch unverheiratet bist. Du willst nicht erwachsen werden«, hatte sie ihn einmal gescholten. Des öfteren suchte sie an seinem Finger nach dem heißersehnten Ring. »Schade um dich, um deine schönen zimtbraunen Augen. Und schade um deinen Körper, der so gerade gewachsen ist wie eine Waldlilie«, sagte sie immer dann, wenn sie von Eheschließungen anderer in Frederick erfuhr.

Er seufzte und zog ein Bastkörbchen mit kretischen Kräutern aus der Schreibtischlade, das er in der Markthalle in Chania erstanden hatte. »Ich hoffe, du warst so schlau und hast ihr giftige Kräuter mitgebracht«, meinte der Epirote beim Hinausgehen, während er der unsympathischen Sekretärin die Tür aufhielt, die gerade eintrat und von Kyriakos Anweisungen entgegennahm, an wen sie Faxe schicken sollte, welche Termine Vorrang hatten und welche sie verschieben konnte.

Danach setzte er sich mit dem Rektor der Georgetown University in Verbindung, dankte ihm für die Vermittlung zweier exzellenter Doktoranden, eines Engländers ungarischer Herkunft und einer Peruanerin chilenischer Abstammung, die alles für die Angiostatine tun würden. Sie sprachen auch über Felbers Artikel in *Nature*, die unauffällig arbeitende Schweizerin hatte alle damit überrumpelt.

Er schaltete seinen Computer an, denn er mußte vor der Besprechung mit dem Laborleiter am Montag, den neunten September einiges aufholen. Immerhin wollte er zwei Forschungskredite und die Einstellung zweier neuer Mitarbeiter beantragen.

Dann rief er den Optiker an und bestellte ein zweites Paar Brillen. Seit zwölf Jahren begnügte er sich mit einer einfachen Nickelbrille und kaufte stets dasselbe Modell.

»Die Augenzeugin trug eine Brille mit rosafarbener Fassung und rechtfertigte sich damit, sie habe die Polizei nicht sofort über die Opfer informiert, da ihre Telefonkarte abgelaufen gewesen sei«, hatte ihm Tsilimingakis über eine Angehörige der kretischen Mafia erzählt. Mit dieser eindrucksvollen Einleitung hob er an, um zum Schluß sanft zu erklären, Morde würden sehr oft von besonnenen, gutmütigen und weichherzigen, zuweilen auch ängstlichen Menschen begangen. Sie hielten die tödliche Waffe nicht selbst in der Hand, sondern andere steckten dahinter. Und wenn dann sogar Tote dahintersteckten, dann sei alles beim Teufel, die hätten ohnehin schon ihren Preis bezahlt, sie mögen sanft und in Frieden ruhen, aber es ginge nicht nur um die grobschlächtigen Tatzen, sondern auch um die zarten Lilienfinger mancher Lebender, die über das Dasein anderer bestimmten. Tsilimingakis, du bist der Größte, murmelte Roussias zu sich selbst.

Es nahm einen Schluck kalten Kaffee, es war bereits sieben.

Der Andrang in den Büros ließ nach, und durch die Fensterscheibe sah er, wie sich der Parkplatz nach und nach leerte.

Die Sonne ging anderswo unter. Dort draußen war nur das rasch fahler werdende Licht zu sehen.

»Sind sie weg?«

»Alle.«

»Du hast es mir nicht erzählt.«

»Was habe ich dir nicht erzählt?«

»Ob du schließlich jene Maro gesehen hast? Maro mit dem pfirsichfarbenen Haar.«

»Jene Maro ist nicht aufgetaucht.«

»Hast du dich nach ihr erkundigt?«

»Das ist so lange her. Vergiß es.«

»Aber es hat sie doch gegeben, oder?«

»Was für eine Frage, Chatsiantoniou!«

»Hat es jene Maro wirklich gegeben?«

»Jene Maro hat es gegeben.«

»Und jetzt ist sie verschwunden?«

»Wie so vieles andere auch.«

Kyriakos öffnete seine Handtasche und kippte den Inhalt auf die Glasplatte seines Schreibtisches. Etwa vierzig aufgebrauchte Telefonkarten, zwei Weihrauchkörner und Fotografien.

Er breitete sie vor sich aus. Es waren ziemlich wenige, vielleicht drei Filme voll, ein anderer an seiner Stelle hätte tausend Aufnahmen gemacht.
Er sprach mit Chicago und betrachtete Bilder aus dem August '98, dem ungewöhnlichsten August seines Lebens. Immer schon hatte der Januar in der verschneiten Hochebene mit seinen weißen Nächten, in denen es nicht dunkelte, und der August in Frederick mit seinen verschwitzten durchgearbeiteten Nächten, in denen sich Schlag Mitternacht der faulige, fast schlammige Geruch der Nacht in seinen Poren festsetzte, eine besondere Bedeutung für ihn gehabt. Dann mußte er zum Kühlschrank des Labors gehen und nach dem kältesten Bier tasten, es über Stirn, Nacken und unter die Achseln gleiten lassen, um sich daran abzukühlen.
Jene Maro hatte es also gegeben, doch vor seinen Augen, auf den Abzügen stand die andere, ein schwarzes Pünktchen auf den Feldern, den rechten Arm hochgestreckt oder mit dem gelben Kanister in der Hand, ein schwarzes Pünktchen auf dem Berggrat, das der Geiß ihrer Schwiegermutter hinterherjagte, ein schwarzes Pünktchen auf der Terrasse, schlaflose Wächterin des Wäschetrockners, auf der Ladefläche von Kalogridakis Pritschenwagen, wo sie Ballen mit Viehfutter stapelte.
Ihm war nicht bewußt gewesen, daß er sie seit den ersten Tagen an so oft fotografiert hatte, und es machte ihn betroffen. Es gibt eben keine Zufälle im Leben, dachte er und schob Maros Fotografien beiseite. Die übrigen zeigten Brigitte Polyvolakis Spülbecken voller Zucchiniblüten, die großen Kiesel in Ravdoucha, eine nette kleine Hotelanlage, die schwarze Stockmalve, die Gräber der Angehörigen der Journalistin aus Philadelphia, Dörfer, die in Mondlandschaften eingebettet lagen, und die schwarzen Hemdrücken der in den Kafenions sitzenden Männer. Die weißen Hemden, die kaum getragenen, lie-

gen unter der Erde, die schwarzen und abgetragenen sitzen unter freiem Himmel, dachte er.

»In der Nacht, als wir auf der Suche nach dir waren, habe ich die Frau deines Cousins angerufen«, sagte Chatsiantoniou. Er hatte Jannakopoulos darauf angesetzt, die Telefonnummer herauszufinden. »Gnädige Frau«, hatte er sie überrumpelt, »ich rufe aus Amerika an und möchte Ihnen sagen, daß der Cousin Ihres Gatten eine Waffe hat, damit aber nicht gut umgehen kann.« Er habe sie gefragt, ob ihr Mann zu Hause sei und ob er den Fünfundvierziger bei sich trage.
Sie habe keinen Laut von sich gegeben. Er habe ihr gesagt, sie solle sofort die Polizei verständigen. Ihr schwerer, unregelmäßiger Atem habe ihren Schrecken verraten, und ihr Abschiedsgruß sei ein einziger Aufschrei gewesen.
»Das Verhalten dieser Frau hat mich so aufgewühlt, daß ich gemeint habe – heute abend passiert's, die beiden Roussias bringen sich gegenseitig um. Ich wußte ja, das ist absurd, eine verjährte Blutschuld wird doch nach so vielen Jahren nicht mehr akut. Doch die Frage ist nicht, wer im Endeffekt töten kann, die Frage ist vielmehr, wer nicht töten kann. Ich hatte ein schlechtes Gewissen, weil ich dich doch dazu gedrängt hatte, nach Kreta zu fahren, weil ich der geheimnisvollen Aura von Anrufen erlegen war, die andeuteten, was für seltsame Dinge sich in der wilden Landschaft abspielen könnten. So, als hätte ich es darauf angelegt, daß etwas Unvorhergesehenes passiert.«
Dann hatte er die Jorgos angerufen und auf ihre Anrufbeantworter gesprochen. Schließlich weckte er seinen älteren Sohn und Nana, damit sie ihm beistanden.
»Ich sehe ihn vor mir: im Smoking, mit korrektem Scheitel und ausgezeichneten Sprachkenntnissen, ein getreueres Abbild des Vorzeigeamerikaners als der Präsident selbst«, rief sich Nana Kyriakos' Bild beim Abendessen

im Weißen Haus in Erinnerung. »Was ist bloß in ihn gefahren!« schrie sie auf. »Was ist da nur los? Was für verfluchte Berge sind das da unten!« Und immer wieder fragte sie sich, ob sie tatsächlich über ein und denselben Menschen redeten, über den, der den Lasker-Preis bekommen hatte, über Kyriakos Roussias mit all seinen Ängsten, der sogar zu den Scheißmikroben zuvorkommend war.

Kyriakos enthüllte seinem Freund nicht, wer die Frau war. Mit den anderen beiden Jorgos hatte er oder auch nur sie beide allein hatten ein paarmal über pfirsichfarbene Härchen an versteckten Stellen und verführerische Frauenkörper gefeixt. Wie sollte er nun ein Bündel dürrer Zweige beschreiben, die jeden Moment auseinanderbrechen und ohne große Mühe, ganz von allein, in Flammen aufgehen konnten. Wie sollte er die traurigen Überreste von Maro Roussias Leben darstellen?
»Beschreib mir doch die Frau deines Cousins«, forderte Chatsiantoniou.
»Durchschnitt.«
»Du findest doch an jedem immer irgend etwas Ungewöhnliches.«
»Sie schlägt seltsame Haken über die Felder, wobei sie die rechte Hand geradeaus oder hoch gestreckt hält.«
»Dann ist sie ein Fall für den Psychiater und nicht für den Herzchirurgen. Sonst noch was?«
»Man sagt, seit 1972 hätte sie nicht mehr geschlafen.«
»Sagt man das? Deine Landsleute scheinen ja reichlich zu übertreiben. Ihr Kreter seid allesamt meschugge.«
Roussias lachte. Tatsächlich war es so, daß seine Landsleute sich entweder ausschwiegen, nur die Hälfte erzählten oder schamlos übertrieben. Doch er akzeptierte sie, wie sie waren. Fast ahmte er sie nach.
»Chatsiantoniou, warum läßt du nicht locker?«

»Weil ich, mein liebes Herz, in jener spannenden Nacht Nana bei ihr anrufen ließ, ob sich vielleicht irgend etwas Neues ergeben hätte, und die Dame fragte sie: Sind Sie etwa seine Verlobte? Aber nein, meinte meine Frau. In welchem Verhältnis stehen Sie denn dann zu ihm, beharrte die andere, und Nana ist aufgrund ihres weiblichen Instinkts ein Verdacht gekommen. Wie lautet denn ihr Vorname?« fragte Chatsiantoniou.
»Loukia«, sagte Roussias aufs Geratewohl, dann folgte eine Pause, und er beendete überstürzt das Gespräch.
»*Ein kretisch' Messer bin ich gar, Zeichen der männlichen Ehre, und ew'ge Freundschaft schwör ich dir, die immerdar soll währen*. Dieser Vierzeiler ist auf der Klinge deines Geschenks eingeritzt«, sagte er. Er hatte für seinen Freund ein hübsches Skalpell, wie er sich ausdrückte, mit schwarzem Griff besorgt.

Den restlichen Abend verbrachte er vor dem Computer, ganz ohne Zigaretten.
Erleichtert griff er seine Notizen wieder auf, halbfertige Einleitungen künftiger Artikel, Listen voller Fragen, Listen voller Anmerkungen, Bibliographien.
All das, was seit Jahren im Mittelpunkt seines Denkens und Lebens stand, hatte ihm gefehlt. Dinge, die anderen unverständlich, ihm jedoch vertraut waren. Zellen, Gene, Chromosomen waren sein Alltag.
»Ach, wie schön ist alles, besonders wenn man nicht mehr daran denkt.« Diese Unwahrheit stammte von seiner Patentante, eine sehr nützliche Unwahrheit.

»Sobald sicher ist, daß sie nach Australien gegangen sind und endlich ihr Leben in den Griff kriegen, verabschiede ich mich endgültig von beiden, dem Cousin und Maro«, dachte er. Australien also sollte die zukünftige Heimat der beiden sein. Und das war gut so.

Ein Gefühl der Dankbarkeit gegenüber den unbekannten Brüdern Drakakis überkam ihn, und so rief er das Thema seiner Arbeit, Angiogenese, auf dem Bildschirm auf, die er auf dem Kongreß der Universität von Kalifornien im nächsten Frühjahr in New Mexico oder Colorado präsentieren wollte.

Die Ladys Linda Grey, Samantha Martinez, Sheila Rubin, Barbara Bates, Mary Joe Shey und Kitty Colorado waren alle über fünfzig, wobei die drei ersten fettleibig, die anderen drei jedoch ihrem gemeinsamen Fitnesstrainer hörig und daher spindeldürr waren. Im Wohnzimmer ihres charmanten, aber schweigsamen Gaithersburger Nachbarn, Kyriakos Roussias, tranken sie Kaffee und Mineralwasser.

Es war Sonntag, der sechste September, elf Uhr morgens. Er war gerade von einer äußerst ertragreichen Nacht in Frederick zurückgekehrt, die er zusammen mit dem Volioten durchgearbeitet hatte. Nebennieren, Gallengänge und ähnliches hatten ihn beschäftigt, während die Ladys gerade von der Kirche zurückgekehrt waren.

Alle wollten gerne fragen, was aus der Texanerin geworden war, insbesondere Mary Joe Shey, die auch Texanerin war, aber sie beschränkten sich auf den offiziellen Anlaß ihres Besuchs.

»Nun«, fragte Mrs. Grey mit Glubschaugen. »Gelbe Tulpen?«

Sie warteten auf seine Reaktion, nicht gerade mit angehaltenem Atem, doch sie amüsierten sich wie die Cheerleaderinnen einer örtlichen High School.

Im Endeffekt ging es um die ovalen Blumenbeete ihrer Wohngegend. Die sechs allseits bekannten hyperaktiven Ladys hatten in diesem Jahr die Idee, alles in gelbe Tulpen zu tauchen. So läuteten sie an den Haustüren und fragten die Anwohner.

Roussias gab sich kampflos geschlagen und zeigte sich mit Tausenden gelber Tulpen einverstanden. »Schließlich können wir dann im nächsten Jahr rosafarbene anpflanzen«, meinte die Colorado, die augenscheinlich überstimmt worden war. Die sechs Ladys verschlimmerten seine Müdigkeit noch, doch er ließ sie gewähren. Sie schielten zu den Zeitschriftenstößen hin, zu den Stränden der Griechischen Fremdenverkehrszentrale an den Wänden, sie warfen scheele Blicke auf die gesprungenen Kaffeetassen und den verschmutzten Teppich.
In der dünnbesiedelten Gegend war auch der nachbarschaftliche Kontakt nur spärlich. Er konnte sie nicht vor die Tür setzen, sie würden schon von selbst gehen.
Der Schlaf übermannte ihn auf dem Sofa, während er der alleinstehenden Mrs. Colorado lauschte, die erzählte, daß sie gestern, bei Schönwetter, ihre Fenster geputzt habe. Die Ladys warfen eine leichte Decke über ihn und ging gerührt hinaus. Sie wußten aus dem Fernsehen und den Tageszeitungen, daß der Grieche ein hochdekorierter Wissenschaftler war. Er hatte sich auch um zwei ihrer Ehemänner, Ex-Ehemänner genauer gesagt, gekümmert, als sie von Prostata- beziehungsweise Dickdarmkrebs heimgesucht wurden.

Er wachte am späten Nachmittag auf, aß ein wenig Schinken und Käse, trank ein Bier und beschloß, die nächsten beiden Stunden der Hausarbeit zu widmen.
Er holte den Sonnenschirm aus dem Garten herein, hängte Vorhänge auf, wechselte zwei Glühbirnen aus, ordnete seine CDs und Kassetten, legte die Fotografien für die kretische Journalistin aus Philadelphia in einem Ordner beiseite, warf die Waschmaschine und dann den Trockner an, notierte auf einem Stück Papier, daß er einen neuen Bademantel kaufen mußte, bloß einen diesmal, und Teetassen.

Er war kein häuslicher Mensch, er war ein Arbeitstier, doch ohne Frau im Haus mußte er aktiv werden.
Der September machte sich inner- und außerhalb des Hauses bemerkbar, es war ein ruhiger Sonntagnachmittag, er wollte und benötigte keine weitere Geräuschkulisse. Er hatte den Jorgos gegenüber abgelehnt, sich mit ihm zusammenzusetzen und ausführlich über die Sache zu reden. Er wollte den Großteil für sich behalten, nicht als ein Geheimnis, diese Phase war längst vorbei, aber als eine Privatangelegenheit, auf deren Abschirmung er ein Recht hatte.
Es hatte ihn viele Jahre gekostet, sich alldem zu stellen. Was konnten die Freunde davon begreifen, für die Sfakia fremd und entlegen war? Sfakia, das ist kein Honigschlecken, wie seine Patentante mitten in einer x-beliebigen Unterhaltung immer wieder treffend anmerkte, als würde sie oft über dieses Thema nachdenken.
Zum Abschluß seines Hausputzes stellte er die Fotografie seines Vaters, dieselbe wie auf dem Friedhof, auf das Fensterbrett seines Arbeitszimmers, damit er draußen den Ahornbaum, die Eichhörnchen und im nächsten Frühjahr die gelben Tulpen sehen konnte. Er war es gewesen, der ihn fortgeschickt hatte. Er war es gewesen, der ihn gerettet hatte. Er war es gewesen, der dem anderen alles zurückgezahlt und damit die Schuld beglichen hatte.
Er blieb eine Zigarettenlänge bei ihm sitzen.
Es war gut für ihn gewesen, daß er hingefahren, und ebenso gut, daß er zurückgekehrt war. Bisweilen meinte er, die Reise hätte ihn zu einem anderen Stern geführt, so viele Lichtjahre schienen die beiden Welten voneinander entfernt.
Gegen halb sieben lenkte er den Acura zurück in die Firma, wie er manchmal das Labor nannte. Zurückgekehrt in die heimischen Gefilde, pflichtete er sich selbst

bei. Heimische Gefilde dort, heimische Gefilde auch hier, insbesondere die Fahrt Gaithersburg–Frederick und die Technologiemeile mit den Softwarefirmen, die zu dieser Tageszeit nach und nach ihre Leuchtreklamen einschalteten, als wollten sie ihm den Weg in Erinnerung rufen, als wollten sie ihn sicher zur Militärbasis zurückgeleiten.

Das Telefon läutete um Mitternacht, sieben Uhr morgens griechischer Zeit, Tsapas war dran.
Er erzählte ihm, er habe sich wegen der Fliesen für die Toilette mit der alten Roussiena zerkracht.
»Deine Mutter ist ein Dickkopf. Aleko war ihr nicht gut genug, da habe ich ihr Pandeli geschickt, sie hat sich aber Roberto ausgesucht. Sie wollte die beigefarbenen Fliesen nicht, also habe ich sie umgetauscht und weiße gebracht. Als ich den Rahmen des Badezimmerfensters blau gestrichen habe, ist sie mir fast an die Kehle gesprungen.«
Meine Mutter will eben dem Hellgrün bis zu ihrem Ende treu bleiben, dachte Roussias, doch er bemerkte, daß Tsapas gar nicht verärgert klang, sondern darauf brannte, ihm etwas zu eröffnen. Deshalb fragte er ihn geradeheraus, was sonst noch im Dorf los sei.
»Der Kurze ist verschwunden.«
Roussias drehte seinen Bürostuhl vom Computerbildschirm weg und hin zur Nacht draußen. Dann zündete er sich eine Zigarette an. Seitdem er sein Taufkreuzchen verloren hatte, rauchte er zwei- bis dreimal soviel.
»Vor drei Tagen, am Donnerstagabend, ist er mit dem Mofa davongefahren und hat geschrieen: *Gott soll euch strafen!* und *Ich scheiß auf euer Testverfahren!*«
»Und seine Frau?«
»Die Arme ist hinter ihm her, ohne Erfolg. Ihre Holzpantinen sind kaputtgegangen, und ihre Füße waren blutüberströmt. Wir meinten, das wäre einer seiner üb-

lichen Wutanfälle. Daß er sich wegen seiner Schafe einen angetrunken hätte und nach zwei Stunden wieder zurück wäre. Doch nichts dergleichen.«

»Und die Polizei?«

»Die wurde am nächsten Tag eingeschaltet. Seine Frau hat geweint und bei ihrem Augenlicht geschworen, nicht zu wissen, wohin er gefahren war. Doch sie machte den Eindruck, nicht alles zu sagen. Die Leute haben die Cafeterias und die Schuppen mit den Ausländerinnen durchkämmt, Ergebnis gleich null.«

»Hat er eine Geliebte?«

»Das Leben der Hirten dreht sich heutzutage um Schafe, billige Kuttelsuppenlokale, Kalaschnikows und Russinnen.«

»Aller Hirten?«

»Vieler.«

»Er machte mir einen zurückhaltenden Eindruck.«

»Das habe ich auch gedacht. Wie soll man das wissen? Ein schwer durchschaubarer Mensch. Allerdings hat er die Hölle durchlebt und hinter sich gelassen, wir beide können da nicht mitreden.«

»Ist er denn wirklich zurückgekommen aus der Hölle? Hat er sie jemals hinter sich gelassen?«

Er hörte sich den Rest der Geschichte an. Am Morgen des Vortags hatte man Diana, die Ziege der Großmutter des Kurzen, vor dem Friedhof angebunden gefunden, doch die Alte hatte sie bis zum späten Nachmittag nicht geholt. Die halb erblindete Athinoula Roussia wanderte oft in der Gegend umher, erkannte Seidelbast, ein Mittel gegen Zahnschmerz, Berg-, Pfeffer- und Gartenminze sowie Salbei am Geruch und sammelte die Kräuter.

Gruppenweise zogen die Dorfbewohner los und suchten sie auf den Hochweiden und in den Schluchten, bis es dunkel wurde.

Tag und Nacht blieb Papadoulis' Wagen auf der Haupt-

straße geparkt stehen. Er ging auf und ab und brüllte in sein Handy, in der ganzen Provinz Sfakia werde eine stark bemannte Polizeistation einzig und allein dafür gebraucht, um vermißte Mitglieder der Familie Roussias zu suchen.
Am Freitag wurden die Hotels und Bars durchsucht, in denen Ausländerinnen arbeiteten, am Samstag alle Souflakibuden in Chania. Das konnte Tsapas nicht nachvollziehen, da der Kurze mit seinem Magenleiden fettiges Essen mied. Sprachlos machten ihn schließlich die Reportagen in *Kydon* und *Kriti TV*, wo Angestellte der Souflakiläden in Zeitlupe Spießchen grillten und Döner heruntersäbelten, während die Lieder des ermordeten Sifis die musikalische Untermalung bildeten.
»Melde dich, sobald du was Neues hörst.«

»Ich habe von deinem seligen Vater geträumt, er war es ganz bestimmt«, versicherte ihm seine Mutter. Denn er habe einen ihrer Kochtöpfe in der Hand gehalten, den Kessel mit dem verbogenen Griff, und sie angewiesen: »Polyxeni, kannst du mir ein paar Schnecken braten?« Mit Zucchini habe er sie besonders gemocht.
Er hatte sie angerufen, um ihre Stimme zu hören, und es beeindruckte ihn, daß sie das Telefon abhob, fast bevor das erste Klingelzeichen ertönte. Sie saß wahrscheinlich wieder die ganze Zeit neben dem Apparat.
Er berichtete, in Frederick laufe alles seinen gewohnten Gang, man habe sogar eine neue Straße angelegt, damit die Leute, die zur Arbeit fuhren, die künstliche Stadt mit den Labormäusen und dem häßlichen Gestank umfahren konnten. Er fragte sie, ob sie mit ihrem modernen Bad zufrieden sei und nun, wo das Wetter abkühlte, ihre Knie mit der Rheumasalbe einrieb.
Sie fragte, ob die junge Amerikanerin wieder aufgetaucht sei. Nein, er habe nichts mehr von ihr gehört.

»Auf den Fotos hat sie nett ausgesehen.«
»Du hast doch immer gesagt, die Frau trennt den Mann von seiner Familie und von seiner Heimat.«
»Das habe ich gesagt, damit du eine Griechin heiratest.«
»Könntest du dir jetzt sogar eine Amerikanerin als Schwiegertochter vorstellen?«
»Wenn es Gottes Wille ist, nehmen wir auch das in Kauf.«
Dieses Zwiegespräch hatte sich regelmäßig wiederholt, doch an diesem Abend konnte sich Kyriakos weder darüber amüsieren noch geduldig für die Physik plädieren, die für ihn die Frau seines Lebens war.
Er wollte sie nach der Großmutter des Cousins fragen und nach dem Cousin. Er fühlte, wie auch sie die ganze Nacht auf dem Stuhl neben dem Telefon oder hinter den angelehnten Fensterflügeln mühselig ausharrte, um etwas Neues zu erfahren oder zumindest zu erraten.
Zwanzig Tage in Dorf hatten genügt, damit er wieder einer von ihnen wurde – nach etwas anderem zu fragen und nicht nach dem, das ihm auf der Seele lag, eine andere anzurufen und nicht diejenige, die etwas wissen mußte, sich einem langen nichtssagenden Dialog hinzugeben, wohl wissend, daß nach seinem Gutenachtgruß beide Gesprächspartner nicht über das Gesagte, sondern über das Verschwiegene nachsinnen würden.
So lautete ihr letzter Satz, sie müsse die Dunghaufen wenden. »O je, der Dung ist auch noch zu erledigen«, pflichtete der Sohn bei und legte den Hörer auf, nachdem er sie ermahnt hatte: »Vergiß nicht, den Warmwasserspeicher abzuschalten.«

»Bulldozer rumoren, Schlagbohrer dröhnen, Sprengladungen erschüttern die Luft, wenn die Initiative für Wiederaufbau Straßen, kleine Brücken und die Kanalisa-

tion ausbaut, Wildwasser zähmt und Minenfelder entschärft.« Unter einer solchen Spalte hatte die *Nationale Stimme* im Jahr 1972 auf der ersten Seite über Athinoula Roussia, die Großmutter des Kurzen, folgendes geschrieben: »Viermal ist sie gestorben und begraben – mit ihren Söhnen, ihrem Ehemann und ihrem Enkel.«
Er hatte die vergilbten Seiten der Tageszeitungen noch in Erinnerung, die er in der Gemeindebibliothek Chania bei seinen beiden Besuchen durchgeblättert hatte. Fünfmal ist sie gestorben und begraben, fügte Kyriakos hinzu, und das ganz allein in einem leeren Grab. Denn wenn die Unglückliche tatsächlich, verwirrt und verzweifelt, von den schroffen Felsen abgestürzt war, würde man das Zementgrab öffnen, um sie hinunterzulassen, und bloß das zerfetzte Nylonhemd vorfinden und überrascht das Fehlen des Enkels feststellen.
Obwohl die saphiräugige Roula, die Mutter der Zwillinge, erst nach ihrem Sifis gestorben war, wurde sie nicht zusammen mit ihren Lieben bestattet. Nur eine ihrer Badepantoletten war auf dem Kiesstrand gefunden worden.
»Roula hat sich zu Gaddafi abgesetzt«, meinten damals die Dorfbewohner.

Kyriakos Roussias dachte an Maro, besser gesagt an ihre Holzpantinen. Er setzte die Brille ab, schloß die Augen, und mitten in der Nacht in Frederick konnte er beinahe ihre flehende Stimme von der Schranke des Gartenzwergs herübertönen hören. »Kyriakos, he, Kyriakos!« Dann hörte er auch das Klappern ihrer Holzpantinen, die auf den Asphalt hämmerten. Dann trat plötzlich Stille ein, als hätte sie ihn gerade eingeholt, es gleichzeitig jedoch bereut. So verstummte das Stakkato, und sie zog die Holzpantinen aus und ging barfuß, so daß kein Laut mehr von ihr blieb.

Er ging hinaus, es wehte ein heftiger Wind. Er umrundete ein paarmal den Häuserblock, keine Menschenseele war unterwegs. Er blieb bis zum Tagesanbruch wach, dann rasierte er sich, zog ein frisches Hemd an und wurde zum gewohnten Kyriakos Roussias.
Um acht Uhr fünfzehn, beim Treffen mit seinem Chef, Fabbiano Canosa, einigten sie sich darauf, der Erforschung neuer Antibiotika für alte, wiederauftauchende Krankheiten Vorrang einzuräumen. Der obligate Lungenkrebs stand auf dem Programm, ebenso die Teilnahme an Kongressen und Tagungen auf der ganzen Welt. Zum Schluß unterschrieben sie die Unterlagen. »Mein Lieber, Sie sehen müde aus, als wären Sie gar nicht im Urlaub gewesen. Aber Sie haben doch Ferien gemacht«, bemerkte Canoza.
»Ich bin nach Griechenland gefahren.«
»Ganz überstürzt, wie ich gehört habe.«
»Meine Mutter war erkrankt.«
»Und war es nicht so, daß es ihr gleich wieder gutging, sobald sie Sie gesehen hat? Ergeht es einem mit den Müttern nicht so?«
»Genau«, lächelte Kyriakos.
»Deswegen wundere ich mich. Was um Himmels willen haben Sie so lange dort getrieben? Für Eileen und mich ist Patmos beispielsweise das Paradies auf Erden. Das Meer ein Gedicht, der Tomatensalat ein Gedicht, die Architektur ein Gedicht, das überwältigende Kloster.«
Roussias kehrte überstürzt in sein Büro zurück, erteilte seiner Sekretärin einige Anweisungen, dann schickte er sie in einen anderen Raum und schloß die Tür. Daraus folgerten alle, daß die Besprechung schiefgelaufen sein mußte. Er hingegen durchwühlte Akten und blickte ungeduldig auf seine Uhr.
Es war acht Uhr fünfundvierzig amerikanischer Zeit, vierzehn Uhr fünfundvierzig griechischer Zeit. Er schlug

sein griechisches Adreßbüchlein auf und fand die gesuchte Telefonnummer.
»Guten Tag. Ist dort die australische Botschaft?«
»Jawohl, was wünschen Sie?«
»Die Einwanderungsabteilung.«
»Zur Stunde schließen wir gerade. Rufen Sie morgen wieder an.«
»Ich bin gerade bei meinen Schafen und rufe vom Handy aus an. Jetzt bin ich erst zu Ihnen durchgekommen.«
Man verband ihn weiter. Er nannte Vor- und Zunamen, Geburtsort, Beruf. »Die Antwort ist Ihnen am siebzehnten August an die Adresse von Emilios Xylas, zu Händen Kyriakos Roussias, Anagnosti Mantaka-Straße 17 in Chania zugeschickt worden.«
»Ich habe sie nicht erhalten.«
»Geben Sie nochmals vollständig Ihre Daten an.«
»Kyriakos Roussias, Sohn von Josif Roussias und Argyro Roussia, geb. Andreadaki, geboren in der Hochebene von Pagomenou, in der Provinz Sfakia der Präfektur Chania, am 8. 8. 1953.« Er konnte sich an das Datum erinnern, da es auf dem Grabkreuz des Zwillingsbruders Sifis geschrieben stand.

Man verband ihn mit einer jungen Frau, die ihm vom Bildschirm die Ablehnung seines Einwanderungsantrags herunterlas. »Sie hätten über hundert, hundertzehn Punkte erreichen müssen, mein Herr. Und hier sehe ich: Bildung – null Punkte, Englischkenntnisse – null Punkte, Alter – fünf Punkte, Verwandtschaftsgrad mit den Personen, die Sie nach Australien einladen – fünf Punkte, zehn Punkte aufgrund der Tatsache, daß die drei Brüder Drakakis schon seit vielen Jahren die australische Staatsbürgerschaft besitzen.« Null Punkte bekam er für die ausgewählte Gegend, denn Perth war eine Großstadt und wenn er mitten in die Wüste gegangen wäre, hätte er fünf Punkte mehr bekommen. Zehn weitere erhielt er aufgrund der Vermögenswerte der Brüder Drakakis, insgesamt dreißig Punkte. »Da können wir leider nichts machen, mein Herr«, sagte die Angestellte entschuldigend, als bedaure sie ihn.

»Und meine Frau?«

»Vor- und Zuname?«

»Maro Roussia, geborene Kavi.«

Kein großer Unterschied. Auch seine Frau sei zu alt, ohne Ausbildung, ohne Englischkenntnisse, könne das eine nicht, habe das andere nicht. Sie heimste immer wieder ihre null Punkte ein und erreichte schließlich auch dreißig Punkte.

Vergeblich hatten die Vertreter des Griechisch-Orthodoxen Erzbistums von Australien an das Außenministerium, an das Sekretariat für Auslandsgriechen, ein nettes Briefchen gerichtet, in dem sie sich bereit erklärten, bei Ihm, der hinwegnimmt die Sünden der Welt, zwecks Erlassung der Sünden und Vergebung der bewußten und unbewußten Vergehen und Delikte des Dieners des Herrn Kyriakos Roussias zu intervenieren.

Australien brauchte das Ehepaar nicht. Vergeblich die Nachforschungen nach Kuttelsuppe und Drehspieß, aus der Traum, als wären sie, kurz bevor sie in die wohlgeordnete und kraftspendende künftige Heimat entfliehen konnten, überraschend festgenommen worden.

Zwei Nachrichten befanden sich zu Hause auf dem Anrufbeantworter und zwei Faxe im Faxgerät.

»Hallo, hier Tsapas. Tsapas hier! Mein Fuß ist von der Harnsäure angeschwollen, und ich esse die ganze Zeit, verdammt, Zichorie und Endivien. Unsere Kalogridaki hat zwei Kilometer weit einen schrottreifen kleinen elektrischen Backofen eigenhändig angeschleppt, den sie unter dem Vordach der Garage von Kyriakos Nummer zwo hingestellt hat. Die Tote hat sich im Haus eingeschlossen und macht niemandem auf. *Minos TV* war da und wollte sie interviewen, doch sie hat rundweg abgelehnt. Nicht einmal Elli, der Schneiderin, hat sie aufgemacht, die ein Sommerkleid, ein ärmelloses, bei ihr abliefern wollte. Sie legt es darauf an, daß man ihr eine Behindertenrente wegen psychischer Krankheit zuspricht. Mit wem soll ich jetzt, wo du weg bist, nach der Arbeit einen trinken gehen?«

Auf dem Band des Anrufbeantworters war eine kleine Pause, ein Seufzer, ein Zögern zu vernehmen, dann: »Roussias, ich habe viel Geld gemacht, aber das, was das Leben wirklich lebenswert macht, ist nicht das Geld, sondern ein anderer, ein ganz spezieller Dreh.« Also sprach Tsapas.

Zweite Nachricht: »Flüchtiger Vetter in einem Restaurant in Vrisses gesichtet, wo er Makkaroni aß. Ist zwischen Ihnen vielleicht etwas vorgefallen, das ihn beleidigt hat? Ich glaube nicht, daß er einen Paß und ein Visum für Amerika hat, die Amerikaner nehmen das sehr genau, aber passen Sie lieber auf. Die Menschheit braucht Sie noch. Beste Grüße, Tsilimingakis Idomeneus.«

Und die Faxe: »Der Rektor der Universität Kreta und der Vorstand des Instituts für Physik möchten Sie gerne zu einem Seminar mit einem Thema Ihrer Wahl einladen, wann immer Ihre Verpflichtungen es Ihnen gestatten. Die Studenten sind lebhaft daran interessiert, die Teilnahme von Doktoranden auch aus anderen Hochschulen des Landes sowie einiger Professoren steht zu erwarten.«

»Lieber Kyriakos, in den Veröffentlichungen über das Verschwinden Deines Cousins wirst auch Du als internationale Berühmtheit erwähnt und die Vorgeschichte des Roussias-Clans kurz zusammengefaßt.« Jannakopoulos' Satz stand in Handschrift schräg auf der Fotokopie einiger Interviews, die zwei ehemalige Mithäftlinge des Kurzen, die aufgrund von Familienfehden lange Haftstrafen verbüßten, dem Athener *Nachmittagsblatt* gegeben hatten.

Die Reporter hatten die beiden in der Provinz aufgestöbert, der eine lebte als Bäcker in einer Kreisstadt in Epirus, der andere als Saisonkellner auf einer abgelegenen Insel.

Sie hatten schon länger nichts von ihm gehört. Einmal im Jahr, am Weihnachtsabend, rief er an, und sie wünschten einander förmlich »Alles Gute zum Neuen Jahr«, da sie nicht wußten, wie sie sonst einander »Mein Freund, ich denke an dich« sagen sollten.

In den Gefängnissen von Alikarnassos waren sie dicke Freunde geworden, gemeinsam fluchten und beteten sie, aßen und machten ihren Hofgang, gemeinsam schwiegen sie auch, was sollten sie auch reden, alle drei hatten einen Mord begangen.

Der eine erinnerte sich an eine halbe Mantinada, *ein Körper nur zwei Spannen hoch, was mich nicht traurig stimmt*, durch eindringliches Nachfragen der Journalistin kramte er schließlich eine vollständige aus dem Gedächtnis, *der Schnee färbt alle Berge weiß, doch du blühst wie die Rose, blutrot sind deine Lippen, von meinem Kuß ganz heiß*. Der andere beschrieb ein Paket, das aus Australien eingetroffen war, mit frischer Unterwäsche, Rasierzeug und einem Wandkalender, der eine Insel voller Pinguine namens San Felipe zeigte.

Er ist mit einer Frau fort, dachte Kyriakos und legte sich aufs Sofa. Maro war mittlerweile so häßlich, daß jeder Mann vollstes Verständnis zeigen würde.

Er erinnerte sich an alle Falten, Pigmentflecke und Verfärbungen auf ihrer Haut, an die weißen Haarwurzeln,

die einst leuchtenden Augen, nunmehr ausgetrocknete Brunnen, die einst blühenden und jetzt verdorrten Lippen.
Er stellte sich vor, wie sie sich im Rohbau verbarrikadierte, auf den Telefonapparat starrte und alle zehn Minuten durch irgendein vermeintliches Klingeln hochschreckte, den Hörer abnahm, ihn anblickte, ihn »Wo bist du, he Kyriakos?« fragte und wieder auflegte.
Er sah vor seinem inneren Auge, wie der Wind vergilbte Blätter von Maulbeer- und Weichselbäumen über die Veranda schleifte, so groß wie Blätter aus einem Schulheft, und der Zementboden zum ersten Mal fünf Tage lang ungescheuert blieb.

Er hörte das bekannte Ächzen in seinem Inneren, seine Brust fühlte sich an wie entzweigerissen, sein Atem war erloschen, und sein Mund füllte sich mit Bitterkeit, dem Geschmack der Trauer, als er sich vorstellte, wie der Cousin in einer zugewucherten Felsschneise tot auf dem Rücken lag, mit einer Kugel im Bauch, totenbleich, und sein Blut die Brombeer- und Oleandersträucher durchtränkte – sein Haar durchwirkt von vertrockneten Blättern, und der Fünfundvierziger feucht an seiner Seite, im Morgentau.

Es war Abend geworden, doch er machte kein Licht an. Ein Kyriakos Roussias weniger, so resümierte er, die anderen da drüben dachten nicht an das Nächstliegende, daß der Kurze Selbstmord verübt haben könnte, da sie von seiner letzten Enttäuschung, der Sache mit Australien, nichts wußten.
Sollte er sie vielleicht benachrichtigen? Aber wen?
Direkt Papadoulis? Dann mußte er das Treffen mit dem Cousin erwähnen, und das würden weder die beiden Mütter noch die anderen nachvollziehen können.

Null null drei null und so weiter, schließlich rief er Jannakopoulos an.
»Beziehe dich nicht auf mich«, ersuchte er ihn, »aber sieh zu, daß die Polizei erfährt, an welchen Orten ich auf meinen Wanderungen rein zufällig die Großmutter des anderen gesehen habe.« Er beschrieb ihm eine kleine Quelle, umrahmt von Seifenkraut, eine Wegstunde entfernt, zu der die Alte mit ihrer Geiß ging, dann Charaki am Rand des Abgrunds, wo er sie mehrmals wie versteinert sitzen gesehen hatte, und Charoupi, wo ihr jedes Jahr am Vorabend des Tages, an dem ihr Enkel gestorben war, die Heilige Jungfrau erschien und sie etwa einen Kilometer weit zu dritt promenierten – die Muttergottes, die Alte und Diana in der Mitte.
»Wird man diese Orte nicht ohnehin absuchen? Bestimmt doch«, sagte Jannakopoulos.
»Ja, gewiß«, gab Roussias zu.
»Beeindruckend, wie viele Dinge du herausgefunden hast«, ließ der Kollege nachdenklich verlauten, als versuche er rasch zu überschlagen, was sein Freund sonst noch alles aufgestöbert hatte und wie er sich nach dem Besuch in Pagomenou wohl fühlte.
Roussias nahm ihm das Versprechen ab, Papadoulis zu benachrichtigen, um in jedem Fall die besondere Aufmerksamkeit der Polizei auf Charaki und Charoupi zu lenken, und dann bremste er sich ein. Eigentlich wollte er seine Ängste zur Sprache bringen, was den Selbstmord des Cousins betraf, doch da auch Maro Roussia den Mund zum Thema Perth nicht aufmachte, beschloß er, es stünde ihm nicht zu, sich einzumischen. Er würde abwarten.
»Man hat ihn gefunden, mausetot, dahingeschieden«, so würde Maris in ein paar Tagen sagen und Raki servieren.

Ein kurzer und schmerzloser Abschied mochte für andere Geschichten oder für andere Hauptdarsteller gelten, Kyriakos Roussias hatte mit seinem zwanzigtägigen Besuch vor Ort mit der Vergangenheit bei weitem noch nicht abgeschlossen.

»Es ist doch nicht so einfach«, sagte er am nächsten Tag vom Labor aus Chatsiantoniou am Telefon.

Schweigend beschrieb er ihm einige seiner Gefühle und verheimlichte diejenigen, die eine Lawine von Fragen auslösen würden. »Wenn du mit dreiundvierzig zum ersten Mal das Grab deines Vaters besuchst«, meinte er, »selbst wenn er schon sechsundzwanzig Jahre tot ist, dann ist es, als hättest du ihn gerade erst verloren, als wärst du gerade erst Waise geworden, und im Fall eines unüblichen Todes, wie bei Myron Roussias, kommt der Doppelmord vom Mai 1972 und all das, was die anderen damals miterlebt hatten, wieder an die Oberfläche.« Die anderen daheim hatten es gemeinsam durchlebt, und nach all den Jahren war der Zorn verraucht und der Schmerz verebbt, weil beide Gefühle, auf Tausende Tage und Nächte verteilt, nach und nach abgeklungen waren. Nun aber durchlebte er es ganz allein und wie eine Bestrafung, da er das Privileg einer langen Abwesenheit und einer verspäteten Rückkehr genossen hatte. »Keiner ist bereit, alles nochmals mit dir zu durchleben. Und wie sollte es auch zu einer Gleichzeitigkeit der Gefühle kommen, wenn die Trauer der anderen bereits zu einer jahrelangen Todeserfahrung geworden ist?«

Roussias kam zwar spät, aber er kam. Und er suchte alle Orte auf, und zwar ganz allein. Anfangs aus purer Unwissenheit, zuletzt in vollem Bewußtsein, da er sich nicht mit bloßem Stückwerk begnügen wollte.

Auch in seiner Arbeit, wenn er – freiwillig oder auf höhere Anordnung hin – eine Aufgabe übernahm, war ihm die Herausforderung wichtiger als das Erreichen eines Resultats. In Frederick hielten ihm die Kollegen seine romantische Beharrlichkeit und seine überraschenden Gedankensprünge zugute. Aufgrund dieser Eigenschaften wurden ihm alle großen Erfolge angerechnet, aber auch alle großen Enttäuschungen, die er manchmal fast herbeizusehnen schien.

Der baumlange Grieche mit den zimtbraunen Augen und dem wuscheligen Haar trat in jenen Tagen immer wieder vor die Tür, um eine Zigarette zu rauchen, oder spazierte mit Boubou auf und ab, die nach seinen Hosenbeinen schnappte. Doch auf ihre Aufforderung zum Spiel ging er nicht ein.

Die beiden Jorgos bemerkten seine gedrückte Stimmung und schrieben sie dem bevorstehenden Winter zu, den er diesmal in dem zweistöckigen Einfamilienhaus in Gaithersburg ohne Ann und ihre Fürsorge verbringen würde. Sie wußten auch um die wissenschaftlichen Arbeiten, die auf den Weg gebracht werden mußten, und stillschweigend nahmen sie ihm diejenigen ab, die sie selbst überwachen konnten.

In der Kirche Zu den drei Märtyrern in Chania hatte er Ikonen aus dem vergangenen Jahrhundert gesehen, die bestimmten Heiligen oder Festtagen gewidmet waren – dem heiligen Spyridon, gestiftet aus Spenden der in Chania ansässigen und dem orthodoxen Glauben angehörigen Sandalenschuster und Kürschner, dem heiligen Johannes dem Täufer, gestiftet aus Spenden der Zunft der Gemischtwarenhändler, Tavernen- und Kafenionwirte, und dem Fest der Kreuzeserhöhung, gestiftet aus Spenden der chaniotischen Zunft der Schreiner und Maurer. »Jungs«, sagte er zu den Jorgos, »ihr könntet doch eine Ikone stiften, gespendet von der in Frederick ansässigen Zunft der Physiker, Biochemiker und Biotechniker.« Sie verstanden zwar nicht hundertprozentig, worauf er anspielte, aber es erinnerte sie an ihre Heimatdörfer, und sie stimmten zu.

»Der Fünfundvierziger ist hier, eingeschlossen in meinen Dienstschrank auf der Polizeistation. Zum ersten Mal hat ihn der Däumling zu Hause vergessen.« So hatte Papadoulis Tsapas benachrichtigt, und Tsapas seinerseits den Amerikaner. Der Herr Polizeiobermeister, wieder mit einen Happen Essen im Mund, Huhn in Zitronensoße diesmal, hatte sich aufgemacht, um Ehefrau und Koumbara des Vermißten zu beruhigen und zu befragen. Aber er bekam nichts heraus. Rethymnon, Heraklion, Lasithi wurden durchkämmt, doch ohne Erfolg. Einer unbestätigten Quelle zufolge war der Verschwundene auf der Herrentoilette der *Aptera* vom Bewohner eines Nachbardorfes gesichtet worden, als die Fähre im Morgengrauen in Piräus einlief.

Die Sicherheitsdirektion Athen durchsuchte Hotels um den Omonia-Platz, Kafenions, die von Kretern frequentiert wurden, das Lokal *Omalos*, wo ein Mannweib von Lyraspielerin auftrat, die den Kurzen mit ihrem wilden Spiel begeistert hatte. Man durchforstete Krankenhäuser und die Leichenhalle der Gerichtsmedizin, das Kasino in Loutraki, das *Delfinario*, in dem der Schauspieler Vengos auftrat, den der Kurze seit seinem Gefängnisaufenthalt verehrte.

Er war zwar vorläufig unauffindbar, doch ohne den Fünfundvierziger in der Tasche hatte er niemanden getötet und war auch selbst unversehrt, überlegte Roussias.

Ende März überzieht schlammiger Regen die Insel, Ende April bilden die sieben sanften Hügel mit den Kamillenblüten den schmucken Hintergrund des Friedhofs, Ende Mai versengt der Schirokko die blühenden Weizenfelder, Ende September, also in Kürze, erntete sein Vater immer die letzten Trauben im Weinberg.

Er sah ihn vor sich, als hätte er ihn niemals vergessen.

Als wäre einer jener Morgen angebrochen, an denen er damals tagtäglich seinen Bergtee trank, noch bevor es richtig hell wurde, und zwei Oliven in den Mund steckte. Und bevor er die Hunde losleinte und fortging, blieb er zehn Minuten im Hof stehen und schaute, blickte einfach vor sich hin, ein regloser Riese neben der Kermeseiche, seinem Zwilling.

Genauso erging es ihm mit seiner Mutter. Er sah, wie eine trübe Staubwolke vor dem Fenster durch die Luft gewirbelt wurde, und dachte, daß seine alte Mutter, wenn es in der Hochebene von Pagomenou stürmte, bestimmt stundenlang in der offenen Tür stand, hochgewachsen, mager, in ihrem weiten schwarzen Hauskleid, und der Wind den Stoff blähte wie einen schwarzen Vorhang, der zur Seite geschoben wird.

Nachdem dort die Menschen Stunden reglos und ohne ein Wort zugebracht hatten, schlugen sie plötzlich einen der Ziegenpfade ein, und jeder führte, während er allein vor sich hinwanderte, mit irgend jemandem ein Zwiegespräch.

Es war ein Ort, wo von einsamen Spaziergängern hier und da überraschende Worte zu hören waren – Jorjia Gryparaki, die achtzigjährige Hebamme der Vergangenheit, erzählte dem Wind von den beiden Niederkünften einer französischen Hure, Maris legte sich mit dem Kretin aus der Baubehörde an, der die Balkone *besneiden* wollte, der trottelige Manolis erläuterte einem Herrn Premierminister, daß er keinen Ketchup für ihn auftreiben könne. Auch Roussias selbst hatte sich auf Spaziergänge mit langen Monologen verlegt, nicht nur um über Familienfehden zu sinnieren, sondern auch über die *natural killers*, die Zellen, die in Aktion treten, nachdem sie herausbekommen haben, wo sich, verdammt noch mal, der Virus verkrochen hat.

Es war ein Ort, an dem die Menschen das, was sie zu

verbergen hatten, auf vielsagende Weise geheimhielten. Sie verständigten sich mit Hilfe der Worte, die in ihren Sätzen fehlten, und je wichtiger ein Thema war, desto weniger wurde darüber geredet.
Es war ein Ort, an dem Humor und Selbstironie tiefer ausgeprägt waren als anderswo, um das wilde Leben in den Bergen und die alten blutigen Geschichten besser ertragen zu können.
Maro, so dachte Roussias, schleppte Wasser eineinhalb Kilometer weit, um den rosafarbenen Rosenstock vor ihrem Elternhaus in der verlassenen Siedlung zu gießen. In den letzten zwanzig Tagen hatte er sie viermal dabei beobachtet, wie sie in der Abenddämmerung, wenn die Schwalben über den Himmel zogen, die Hochebene mit dem gelben Kanister, randvoll mit Wasser, durchquerte.

Sein Kopf war zentnerschwer, von den vielen Gedanken und der vielen Arbeit. Die beiden Jorgos kamen ihm zu Hilfe und nahmen ihm die Arbeit ab, doch die Gedanken blieben.
Draußen türmten sich mehrere Himmel wie übereinandergeschichtete Druckbilder, ein silbriger über einem weißen, ein aschfahler über einem blauen. Der eine stülpte sich über den anderen, und alle trieben ihn fort aus Frederick, irgendwo anders hin.
Er wollte hinausgehen, sich in ein Taxi setzen und mit einem Unbekannten über etwas Belangloses reden. Genauso hatte er es gemacht, als Ann gegangen war. Er hatte ein Taxi nach Annapolis genommen, hatte dort aber nicht angehalten, fuhr weiter nach Victoria, wo er wieder nicht anhielt, und plauderte drei Stunden lang mit dem Taxifahrer über die Einzelheiten seiner Scheidung. Er bezog Stellung für die geschiedene Ehefrau, die aus Alaska stammte, er schlug sich auf die Seite der

Schwiegermutter des Taxifahrers, er konnte selbst Alaska einiges abgewinnen, und schließlich trat der Strohwitwer abrupt auf die Bremse und setzte ihn vor die Tür.
Wo sollte er an diesem Abend einen entsprechenden Gesprächspartner auftreiben?
Er griff nach seinem Sakko und ging hinaus, vorbei an seinem geparkten Acura. Mit Boubou an der Seite, die ihn geschnuppert hatte und herbeigelaufen kam, schritt er eilig aus. Er ließ die Militärbasis hinter sich und fiel einem mustergültigen Taxifahrer in die Hände.
Zwei Stunden lang ließ er sich zwischen Frederick, Rockville, Bethesda und Gaithersburg umherfahren. Währenddessen verwickelte er den Taxifahrer, einen Apachen, in eine leidenschaftliche Diskussion über die zwei Meter hohe Aufschrift an der Fassade des Rathauses von Oregon, welche die Ausrottung der Indianer durch die Weißen brandmarkt. »Sir, ihr seid Arschlöcher gewesen.«
So weit, so gut. Doch als er den Acura nahm, um nach zehn nach Hause zu fahren, brachte ihn die Nachricht auf dem Anrufbeantworter wieder auf den Boden der Tatsachen.
»Onkel, Chrysostomos hat mir eines seiner getragenen Hemden geschenkt und ich ihm im Gegenzug deinen edlen Hut, den du an Großvaters Grab vergessen hast. *I love you*, deine Metaxia. Aber ich will ja noch gar nicht auflegen. Onkel, du hast was verpaßt. Die alte Roussiena ist nicht von der Polizei oder den Sondereinheiten gefunden worden. Ihre Geiß hat sie nach zwei Tagen aufgespürt, mit gebrochener Hüfte und etlichen Rippenbrüchen, völlig zerschunden lag sie da, am Flußufer mit dem weißen Oleander, drei Wegstunden entfernt. Sie hatte Dochte, Kohlenstückchen und Weihrauch in ihren Taschen. Es heißt, sie hätte vor Fieber geglüht«, fuhr die

Kleine fort, »und man hätte sie in lebensgefährlichem Zustand ins Krankenhaus nach Chania gebracht, sie soll im Fieber fantasieren und nach ihrer Geiß verlangen.«
Kyriakos dachte an die Großmutter des Kurzen, die ihr Leben lang das Andenken der Männer – des Ehegatten, der Söhne und Enkel – hochgehalten hatte. Nun hielt sie nur mehr Dianas Andenken hoch, ihre Geiß mit dem königlichen Namen. Bis ins Jahr 1998 war Athinoula Roussia formell königstreu geblieben. Warum auch nicht? Ihr lag nichts daran, ihre Überzeugungen zu ändern. Das wäre ihr als purer Luxus erschienen, nachdem ihr Leben ganz in Schwarz getaucht war.
Und wenn sie starb? Dann würde man das Grab öffnen und feststellen, daß Sifis nicht mehr da war, überlegte Roussias, der als einziger von der Entnahme der Gebeine wußte.

An einem Sonntagnachmittag im Januar 1970 rieb der vierzehnjährige Kyriakos die Kinnlappen ihrer vier Hähne mit Vaseline ein, damit sie nicht einfroren, und ging hinaus, um durch die weiße Hochebene zu spazieren.
»Kann ich mitkommen?« hatte ihn Marina gefragt. Die beiden älteren Schwestern häkelten gerade Polsterüberzüge.
Aber er wollte allein sein, Purzelbäume im Schnee schlagen, mit seinem Schal Gänsegeiern und Amseln zuwinken, einen bestimmten Weg einschlagen und plötzlich seine Meinung ändern und kehrtmachen können, ohne Rechenschaft ablegen zu müssen.
Er stürmte davon, feiner Schnee begann durch die Luft zu treiben, und kurz darauf erinnerte ihn die Hochebene an jene versunkenen Spielzeuglandschaften hinter Glas, die – wenn man sie schüttelte – von weißen Flöckchen umtanzt wurden.
Er dachte nicht lange nach, sondern ging schnurstracks

und aufs Geratewohl nach Kamena, um Maro Kavi von Ferne zu sehen, oder wenn schon nicht sie selbst, dann ihre Geiß, und wenn nicht ihre Geiß, dann ihr Fenster, und wenn nicht ihr Fenster, dann das kleine, im Schnee versunkene Haus, eingehüllt in den sanften Schneefall, als wäre das gläserne Spielzeug gerade erst geschüttelt worden.

Wenn sie ihn dann sähe, wenn auch nur von weitem, würden sie zum siebzehnten Mal allein zusammentreffen – ohne Verwandte, andere Dorfbewohner oder Mitschüler in der Klasse, im Pausenhof oder im Bus, der sie zum nächsten Marktflecken ins Gymnasium fuhr.

Mittlerweile besuchten sie dieselbe Klasse.

Das Mädchen hatte zwei Schuljahre verloren, weil ihre Angehörigen oft krank waren und sie sich um die Schafe kümmern mußte.

An jenem Nachmittag würde er mit ihr sprechen. Er würde »Grüß dich« zu ihr sagen. Er würde über den Schneesturm mit ihr reden, das war ein guter Anlaß. Auch über Nikitaras und die Belagerung von Tripolitsa, die sie am nächsten Tag in der Geschichtsstunde durchnehmen würden. Und wenn er alles glücklich und erfolgreich hinter sich gebracht hätte, würde er zum Abschluß das Beste hinzufügen: »He, schönen Abend noch, Maro.« Ja, zum ersten Mal würde er sie mit ihrem Namen ansprechen.

Ihm war, als klopfe sein Herz Beifall. Im tiefsten Innern zählte er ganz behutsam die Sekunden, wollte ihr Verrinnen verlangsamen, damit es nicht so rasch dunkelte. Er hatte sich bis auf hundert Meter ihrer Wohngegend genähert, die aus nicht einmal zehn Häusern bestand, und mit gespielter Lässigkeit drehte er sich mit schwindelerregender Schnelligkeit um die eigene Achse, dabei warf er einmal einen Blick auf ihr Fenster, dann auf die steinerne Einfriedung, auf die umliegenden kleinen

Äcker, auf den Nußbaum, der nackt dastand, nur bekleidet mit den Schneeflocken, die sich an seine Rinde klammerten und die Zweige zur Hälfte weiß färbten.
Als sein Blick an der gelben Quaste ihrer Mütze hinter einer Steinmauer hängenblieb, flüsterte er: »Du versteckst dich vor mir, mein Mauswiesel!« Dann pirschte er sich gebückt heran, näherte sich bis auf zehn Meter, setzte seine Brille ab, um den Schnee davon fortzuwischen, und als er sie wieder aufsetzte und inbrünstig »Die verschneiten Sonntage sind mir die allerliebsten!« ausrief, sah er, wie Maro mit hochgehobenem Rock und heruntergezogener Unterhose dasaß und kackte.
Die Arme verlor die Fassung. Sie war weder fähig, zu schreien, noch, aufzustehen. Starr vor Schreck kippte sie um, in den Schnee.
Am nächsten Tag kam sie nicht in die Schule. Weder am Dienstag noch am Mittwoch oder am Donnerstag. In der zweiten Klasse des Gymnasiums hatte sie die Schulbank für immer verlassen.
Ich erinnere mich sogar an die Einzelheiten, murmelte Kyriakos Roussias vor sich hin. Dreißig Jahre später sah er die gelbe Mütze und den Nußbaum zum Greifen nah vor sich und hörte den Satz von den verschneiten Sonntagen, und weiter drüben erkannte er Babis Kalogridakis' Kleintransporter, der gerade die Hochebene umrundete, damals weder altersschwach noch grün wie ein Krautkopf.

Er blickte auf seinen Schreibtisch, auf dem ein Stapel Bücher lag. Geschenke, die man ihm während der Ferien gemacht hatte, damit er seine Heimat nicht vergaß.
Doch er war ohnehin auf dem laufenden. Aus eigenem Antrieb kaufte er Bücher und Zeitschriften und studierte sie aufmerksam.
Er hatte *Kriti* abonniert, die Zeitschrift des panameri-

kanischen Dachverbandes der kretischen Kulturvereine, und von Zeit zu Zeit las er sogar die angezeigten Geburten, Taufen, Studienabschlüsse, Verlobungen, Hochzeiten und die Todesanzeigen, die das letzte Kapitel im Leben und in den Publikationen bildeten.

Er trat ans Fenster, blickte hinaus und sah Mrs. Gray gegenüber, die, wie stets um diese Tageszeit, in ihrem Nachthemd verträumt auf ihr Blumenbeet mit dem hell erleuchteten flammenden Dornbusch blickte. Das verwies ihn wieder darauf, daß er im Herzen Amerikas lebte.

Innerhalb der letzten halben Stunde hatte dreimal das Telefon geläutet, doch er hatte nicht abgenommen. Chatsiantoniou vermutlich, doch er war nicht in der Stimmung für ein Gespräch. Er griff nach einem eisgekühlten Bier, um die letzten Minuten der Nachrichtensendung des Senders *Antenna* zu erhaschen. Er drückte auf die Knöpfe der Fernbedienung, gleichzeitig drückte er auch den Knopf des Anrufbeantworters, und auf dem Sofa ausgestreckt, hörte er mit einem Ohr der Nachrichtensprecherin und den Kandidaten für die bevorstehenden Gemeinderatswahlen zu und mit dem anderen dem Anrufbeantworter. Zunächst war da eine Nachricht von Tsapas: »Kyriakos, ruf mich doch auf dem Handy an, ich muß dir was sagen.« Dann eine Nachricht von Jannakopoulos: »Lieber Freund, ich harre so lange zu Hause aus, bis du mich umgehendst anrufst.« Dann eine Nachricht von Antigoni, die sich selten bei ihm meldete: »Lieber Kyriakos, ich möchte mit dir reden, mein Augenstern, uns geht es allen gut, Gott sei Dank, aber ich muß dir was sagen.«

Was wollten alle drei bloß von ihm?

»Und nun eine Direktschaltung nach Brüssel zu den neuesten Entwicklungen im abstrusen Fall des Kreters

Kyriakos Roussias«, vermeldete der Fernseher, und Kyriakos Roussias auf dem Sofa verfolgte eine zehnminütige Sendung, die ihn fix und fertig machte.

Vor den belgischen Fernsehkameras und unter wolkenbruchartigen Regenfällen wiederholte der völlig heruntergekommene Cousin den Nachnamen Roussias und schob den Ärmel seines schwarzen Hemdes hoch, um auf dem linken Unterarm die Tätowierung mit der Insel Kreta zu zeigen.

In der rechten Hand hielt er krampfhaft die blaue Reisetasche fest.

Sprachlos verfolgte Roussias die Reportage, die Stellungnahme des griechischen Konsuls in Antwerpen und des Metropoliten von Belgien und der Exarchie der Niederlande und Luxemburgs.

Das Bild der Familie Roussias ging um die ganze Welt.

Welches Bild von Amerika war ihm selbst am vertrautesten?

Das Amerika, das sich in den NIH in Bethesda manifestierte, im *Memorial Sloane-Kettering Cancer Center* in New York, im *MD Anderson Cancer Center* in Houston, im *Dana-Farber Cancer Institute* und im *Ender's Building* in Boston, in der medizinischen Fakultät in Havard.

Und welches Bild von Europa hatte ihn am meisten gefesselt?

Das Europa, das sich in den Max-Planck-Instituten in Deutschland manifestierte, im MRC in England, im Karolinska Institut in Schweden.

Nur das, was mit seiner Arbeit zu tun hatte, war ihm vertraut, obwohl er zu Kongressen sogar an exotische Orte reiste, wo sich zweitausend Molekularbiologen und Onkologen zusammenscharten und für fünf Tage Lawrence von Arabien spielten.

Schließlich nahm er den Raki aus dem Küchenschrank.

Marina hatte ihm früher einmal anvertraut, als damals

in der Zeitung stand, daß der Kurze im Gefängniskrankenhaus beinahe an einer unstillbaren Magenblutung draufgegangen war, habe ihre Mutter geträumt, sie sei so glücklich gewesen, daß ihr die Freude aus allen Poren strömte, aus den Augen, den Ohren, den Nasenlöchern, dem Zahnfleisch und ihr Unterkleid und Nachthemd durchtränkte, ein rötlicher Saft, der nach den Blüten der Paternosterbäume duftete.

Um zwei Uhr morgens amerikanischer Zeit rief Roussias die drei in Kreta zurück, wo es neun Uhr morgens war. Er erfuhr weitere Einzelheiten über den Cousin und daß die Großmutter des Kurzen noch immer in lebensbedrohlichem Zustand im Krankenhaus Chania lag.
»Um die Geiß kümmert sich die Kalogridaki, weil die Tote der Alten beisteht«, war das einzige, das Antigoni, seine sonst so dynamische ältere Schwester, hinzufügte. In diesem Telefongespräch seufzte sie oft und heftig auf und sagte zu Kyriakos, als sage sie es zu sich selbst, schließlich sei es heilsam, wenn einige auswanderten, nicht deshalb, weil sie dadurch ihre nackte Haut retteten, sondern vor allem weil der Fluß des Lebens sie dadurch weit fort von den Erinnerungen spüle, die ihnen schwer auf der Seele lägen. »Kyriakos, mein Lieber, die Erinnerungen fressen einen auf.« Ihre Stimme klang fast weinerlich.
Roussias stürzte zwei Raki hinunter, schloß die Augen und sah sich selbst, wie er stundenlang die herbstlichen Brüsseler Boulevards entlangwanderte, die Reisetasche mit dem wertvollen Inhalt über der Schulter – ein kostbarer, tödlicher Schatz.
»Das stimmt so nicht, Antigoni«, sprach er vor sich hin.
Nach vier Uhr riß er Nana aus dem Schlaf und bat sie, Chatsiantoniou zu wecken.
»Er hat eine stundenlange Operation hinter sich, laß ihn

ordentlich ausschlafen. Nimm ein Schlafmittel und leg dich hin. Morgen ist auch noch ein Tag, mein Lieber.«

Der Kurze war am Donnerstag abend, den 3. 9. verschwunden. Am Freitag war er mit der Autofähre *Aptera* nach Athen gereist. Fast zwei Tage lang irrte er in Attika umher, vor allen in der Gegend von Korydallos und Egaleo. Überall schleppte er die blaue Reisetasche mit – seiner Verzweiflung gleich, die so düster war wie die Vorboten eines heraufziehenden Gewitters. Am Montag morgen faßte er den Entschluß.

Er bezahlte elftausend Drachmen für eine Bahnkarte Athen–Brüssel mit dem *Akropolis Express*. Er fuhr Montag, den 7. 9., mittags ab. Er würde zwei Tage und zwei Nächte im Waggon verbringen und am Donnerstag, um halb zehn Uhr morgens, an sein Ziel gelangen.

Zug 334/335 ging ab nach Thessaloniki, alles war in Ordnung. An der Grenze Griechenland-Skopje und Skopje-Jugoslawien zeigte er bei der Ausweiskontrolle seinen funkelnagelneuen Paß. Der Zug hielt in Belgrad, alles bestens. Dann Halt in Budapest, zwecks Umsteigen. Er mußte in den Zug 262/269 wechseln, genierte sich aber, nachzufragen, und folgte zwei Rentnerinnen, die bloß auf die Toilette gingen. Der Kurze wartete draußen auf sie, sie brauchten ziemlich lange, der Mann war verwirrt, wußte weder aus noch ein und verpaßte den Zug. Der Schalterbeamte löste ihm eine neue Fahrkarte, Roussias zog seine ganze Barschaft hervor und zeigte sie ihm, der andere sagte etwas auf deutsch. Ich und mein verdammtes Pech, entgegnete der Kreter leise. Gut, so beendete der Schalterbeamte die Diskussion, überreichte ihm das Stück Papier und zeigte ihm Datum und Abfahrtszeit.

Er stahl sich hinaus, umrundete fast auf Zehenspitzen schleichend ein paar Häuserblocks auf der Suche nach

einer rascheren Lösung für das Problem, das in seinem Verstand brodelte. Da er keine fand, machte er kehrt.
Er verbrachte die Wartezeit auf dem Bahnhof, ging auf und ab, betrachtete die Pfeiler mit den alten Metalleinfassungen und trank einen Kaffee nach dem anderen, was ihm Sodbrennen verursachte.
Ihn überkam die Halsstarrigkeit, nicht zu fragen, sich allein zu quälen, unbemerkt zu bleiben. Außerhalb der Hochebene von Pagomenou, in fremder Umgebung, fühlte er sich wie ein illegaler und verfolgter Eindringling. Am nächsten Tag, beim zweiten Umsteigen in Wien, passierte ihm demnach dasselbe, er verlief sich wieder, zahlte noch eine Fahrkarte und verbrachte Stunden am Bahnhof damit, abwechselnd die Bahnhofsuhr und die Menge anzustarren.

Schließlich bezahlte er das Doppelte, um nach Brüssel zu kommen. Und dann fuhr er daran vorbei. Er stieg beim nächsten Halt aus, in der Stadt Mons, am Samstag, den 12. 9. Trotz seiner Erschöpfung fühlte er sich erleichtert, ein unerwarteter Anflug von Freiheit kühlte ihm die Stirn. Er war im Herzen Europas und ging auf breiten Gehsteigen mit säuberlich abgezirkelten Gebüschformationen, zwischen weltgewandten Menschen in schönen Anzügen, die alles andere als Viehdiebe waren. Alles rundum ähnelte den ausländischen Filmen im *Star Channel*. Er irrte suchend umher, fragte ein paar junge Leute: »Zu den Erzengeln, wo ist die Kirche Zu den Erzengeln?« Doch sie zuckten nur mit den Schultern und beschleunigten ihren Schritt.
Er aß im Stehen Würste mit Sauerkraut, was ihm Durchfall verursachte, doch das Bier schmeckte ihm. Dann wurde er der Sache überdrüssig – immer nur weiterzulaufen, die Tasche weiterzuschleppen und sich nicht verständigen zu können. Er geriet in einen Regenguß und

verbrachte die Nacht in einem schicken Hotel, was ihn eine Stange Geld kostete. Am nächsten Morgen durchstreifte er wieder das Umland der Stadt, trat in Kirchen, die den griechischen nicht ähnelten, deren Heilige ihm unbekannt und nicht auf Ikonen gemalt waren.

Als er an einem Verkehrsknotenpunkt Schilder, Pfeile und Ortsnamen sah und begriff, daß er sich ganz woanders befand, nahm er nunmehr, mißtrauisch geworden gegen plötzlich abfahrende Züge, den Bus. Es war eine Fahrt unter strömendem Regen, und diesmal fand er die Hauptstadt Europas auf Anhieb, und seine Hoffnung erhielt neue Nahrung.

Es war mittlerweile Montag, der vierzehnte September, das Fest der Universalen Erhöhung des Ehrwürdigen und Lebensspendenden Kreuzes. Kyriakos Roussias' Dorf feierte, und er selbst vollendete gerade den elften Tag seiner Odyssee unter umgekehrten Vorzeichen, denn er kehrte nicht in seine Heimat zurück, sondern legte zehn Länder zwischen sich und sein Dorf, um nie wieder zurückzukehren.

Das berühmte Brüssel hatte ihn für sich eingenommen. Die Häuserwände waren hübsch bemalt und kein einziger Rohbau weit und breit.

Er hatte es nicht eilig, die griechische Botschaft oder das Europäische Parlament aufzusuchen. *Grec*, würde er sagen, irgendeinen griechischen Politiker oder Beamten würde er schon finden.

Zunächst hatte er etwas anderes zu erledigen.

Die Erzengel waren ausgeflogen, das Wetter schlecht, Müdigkeit und Ahnungslosigkeit machten sich breit. Da traf er auf einen ebenfalls kurzen Italiener, ein Schlitzohr, der zu ihm *shëndet*, grüß dich, sagte und *njeri i mirë*, guter Mensch. Sie verständigten sich mit ein paar läppischen albanischen Wendungen, in der Fremdsprache, die sie in ihren Dörfern am meisten gehört hatten. Sie nahmen zusammen ein Taxi, dann stiegen sie in den Linienbus. Der Kreter gab dem Italiener Geld zum Wechseln in einer Bank für kleinere Ausgaben und ähnliches. Am Schluß der Bekanntschaft war er sturzbetrunken.

Am Dienstag, den fünfzehnten September, dem Namenstag des Großmärtyrers Nikitas, der in der Provinz Sfakia besonders verehrt wurde und für den *Die Alpen*, *Madara* und *Minotauros Palace* Geigen- und Lagoutovirtuosen aufbieten würden, hockte Kyriakos Roussias auf dem Platz mit dem Standbild, das von seinem Sockel gestiegen war und nun auf der benachbarten Parkbank saß. Es war später Nachmittag, er war durchnäßt und am Boden zerstört. Er begann zu schreien: »Mein verhurtes Pech!«

»Im April 1993«, sagte er später den Polizeibeamten und dem Fernsehsender RTBF im Beisein eines Vertreters der griechischen Botschaft, »ist ein gecharterter Bus von Sfakia nach Belgien gefahren. Zweiundvierzig Personen sind zur jährlichen Seelenmesse des unvergeßlichen Nikolaos Irinäus Pavlakis gefahren. Er war einer von uns und hat 1981, nachdem die PASOK die Wahlen gewonnen hatte, der Gemeinde Geld geschickt, damit die Straße weitergebaut werden konnte.«
Den Belgiern erzählte er sein Drama in kurzen Worten – geschlachtete Schafe, tote Ehefrau, *No* des australischen Staates. Er sei nach Brüssel gekommen, um den Friedhof aufzusuchen, auf dem Nikolaos Irinäus Pavlakis lag, um in einer Ecke die Gebeine seines Zwillingsbruders beizusetzen. Er wolle Arbeit finden, später solle seine Ehefrau nachkommen. »Ich habe es schwer im Leben gehabt«, sagte er, »aber ich ertrage es nicht mehr, weitere Tragödien um Tiere und Menschen zu erleben. Ich

will ein wenig Freude am Leben, ich will ein wenig Frieden, darauf habe ich ein Anrecht.«
Der belgische Fernsehsender kleidete seinen Bericht in eine Postkartenansicht von Knossos, des Palmenstrands von Vai und eine Farbfotografie des Kurzen aus dem Jahr 1985, auf der er am Tor des Gefängnisses von Alikanarssos am Tag seiner Entlassung abgebildet war. Der Kurze in einem blauen Hemd und Maro halb verborgen hinter ihm, wie sie sich nach vorne beugt und sein Hemd an der Schulter küßt, ihre Lippen ganz nah an der Trauerbinde, die ihr Mann dreizehn Jahre lang am Ärmel getragen hatte, bis er sich persönlich vor dem Grab seines Bruders verneigen konnte.

Die blaue Reisetasche war in allen europäischen Nachrichtensendungen zu sehen. Der Schädel, die Oberschenkelknochen und die Beckenknochen, alles, was von dem neunzehnjährigen Sifis noch übrig war, hatte die lange Reise durch die europäischen Hauptstädte gemacht. Ohne beigefügten Leichenpaß zur Überführung von sterblichen Überresten in ein anderes Land, ohne Bescheinigung über eine erfolgte Desinfizierung seitens eines Amtsarztes und, selbstverständlich, ohne eine beglaubigte Übersetzung der Papiere durch das griechische Außenministerium.

»Ist der bekannte Kyriakos Roussias, der preisgekrönte Wissenschaftler in den USA, mit Ihnen verwandt?«
»Ja.«
»Erzählen Sie uns ein bißchen aus Ihrer Familiengeschichte.«
»Nicht nötig.«
»Sie beziehen beide denselben Standpunkt. Wir haben alles darangesetzt, mit ihm telefonisch in Verbindung zu treten, aber er ist nicht darauf eingegangen.«

In der Hauptnachrichtensendung des *Sky Channel* tat der gewandte Moderator, in einer Liveschaltung nach Brüssel, alles Menschenmögliche, um den Kurzen zum Geständnis Nummer zwei zu bewegen.

Doch der Kurze ließ sich nicht bewegen. Mit gesenktem Kopf dankte er der Botschaft für ihre Hilfestellung.

Der Pressesprecher vermeldete in eleganten, wohlgesetzten Worten, die öffentliche Hand käme für die Unterbringung und die Rückreisekosten des unglückseligen Landsmannes auf, dessen persönliches Drama ganz Europa aufgerüttelt habe.

»Was den Toten betrifft, so sind seine Gebeine illegal nach Belgien eingeführt worden und müssen in Kürze das Land wieder verlassen«, sagte er, hob die Schultern und deutete damit an, er persönlich sei zwar auch von der menschlichen Seite der Geschichte betroffen, doch Gesetz sei Gesetz und Griechenland müsse die legalen Rahmenbedingungen der Europäischen Union respektieren.

»Wir stehen schließlich am Ende des zwanzigsten Jahrhunderts«, zog er den endgültigen und unwiderruflichen Schlußstrich unter die Angelegenheit. Der Moderator schloß sich seiner Meinung an und ließ sich in der Folge mit Inhabern von Bestattungsinstituten verbinden, wie *Interfuneral, Mystra* oder anderen, die das Thema eindrucksvoll bereicherten, indem sie Exhumierungen von Nylonstrümpfen inklusive Fußknochen, Reisen über den Atlantik von Särgen mit falschen Toten und andere erbauliche Geschichten zum besten gaben.

Die ganze Angelegenheit wurde von einer Assistenzprofessorin an der Pantion Universität Athen, die aus Nordgriechenland stammte und ihre Doktorarbeit zum Thema der *Familienfehden* verfaßt hatte, wieder etwas ins Lot gebracht. In einer Liveschaltung auf ihren herbst-

lichen Balkon, mit einem Stückchen Akropolis im Hintergrund, erläuterte sie, die hervorragenden Schützen aus Sfakia und die unbeugsamen Bergbewohner Kretas im allgemeinen seien durch die Jahrhunderte für ihre Todesverachtung und ihre unerreichte Tapferkeit hochgeschätzt gewesen – in den unzähligen Aufständen gegen die Türken und andere Unterdrücker, einmal als osmanische Söldner, dann unter Demonakis' Führung am Fluß Prut an der Seite von Ypsilantis während des griechischen Unabhängigkeitskampfes, später als Freiwillige in den Balkankriegen, in der jüngeren Vergangenheit als heldenhafte Kämpfer in der Schlacht um Kreta.
Der Ungehorsam sei ihnen in Fleisch und Blut übergegangen, die Waffen der einzige Luxus des kleinen Mannes und die Selbstjustiz ein von den lokalen Gesellschaften akzeptierter Weg, die Lücken der Gerichtsbarkeit in diesen unzugänglichen und verarmten Gegenden zu schließen. Das klinge bis in unsere Tage nach und nähme sich wie ein Ausscheren aus der Gesellschaft aus, doch die Gewalttäter, die ernst zu nehmende moralische Motive hätten, sähen sich selbst nicht als Verbrecher und könnten nicht begreifen, wieso man sie als Barbaren brandmarke.

Auf Kreta wiederum nahm Tsapas, der Seelenretter, seine Rolle als Informant des Amerikaners sehr ernst, und am Telefon präsentierte er so etwas wie eine Kurzübersicht der diesbezüglichen Pressemeldungen, unter dem treffenden Motto – das Fernsehen ist wilder drauf als wir.
So fügte er hinzu, die Hochebene habe sich mit Übertragungswagen von Fernsehteams gefüllt, doch die Einheimischen gierten nicht nach Interviews wie anderswo. Das Thema sei zu heiß, das Opfer ein gebranntes Kind, Kamena verbrannte Erde, Gouri ein Häufchen Asche, und das Schweigen liege ihnen im Blut.

Sie spendierten den Journalisten einen Schnaps und komplimentierten sie dann aus der Tür.
Um nach so vielen Scheißserpentinen nicht unverrichteter Dinge zurückzukehren, werteten die Journalisten in der Not ihre Reportagen mit Panoramaeinstellungen des Friedhofs und Nahaufnahmen der Familiennamen an den Grabkreuzen auf. Insbesondere aufgrund der Tatsache, daß das Bild des langhaarigen, seelisch zerrütteten Kurzen oder die Aufnahme von Diana und die unkonventionellen Sitten und Bräuche auf Kreta im allgemeinen auf dem Bildschirm gut ankamen und die Quote in die Höhe schnellen ließen.
Doch die Vielzahl der sanft entschlafenen Mitglieder der Familie Roussias verwirrte die Journalisten nun vollends, und so zeigte jeder Sender ein anderes Grab. Es hieß, Maris, volltrunken und todtraurig über die zweiundzwanzig Fehltritte des Kurzen – für ihn zählte einfach alles im Hinblick auf das Guinness-Buch der Rekorde –, habe die Reporter, nachdem die Lebenden den Fernsehkameras entronnen waren, absichtlich zu falschen Gräbern geschickt, was dazu führte, daß sämtliche verstorbenen Roussias auftraten – oder vielmehr ihre Gräber aus Marmor, aus Zement oder mit Mosaiken verziert, mitten unter den letzten Studentenblumen des Septembers.

»Heute haben wir den ersten kühlen Herbsttag, und man kann eine Windjacke vertragen. Maro Roussia, Kyriakos' Ehefrau, hat für ein paar Stunden das Krankenhaus Chania verlassen und ist ins Dorf hochgefahren. Ich habe sie an der Station des Überlandbusses gesehen, gebrochen und kreidebleich. Ich habe sie gefragt, ob sie mit ihrem Mann Kontakt hätte, aber sie tat so, als hätte sie nichts gehört.
Da beschloß ich, ihr diskret zu folgen. Sie ging zum abgelegenen Haus ihrer Schwiegermutter, ein Adler-

horst im wahrsten Sinn des Wortes, und zehn Minuten später trat sie mit einem Paket heraus, in dem offenbar saubere Unterwäsche und Nachthemden waren. Sie ging zu sich nach Hause, ein lieblos gestalteter und heruntergekommener Bau, und zog sich um. Dann trat sie mit frischer Kleidung und gewaschenem Haar wieder heraus. Ich sah, wie sie sich umblickte. Die Hochebene war in leichten Nebel gehüllt, und die ersten Öfen rauchten bereits. Sie entfernte sich raschen Schrittes, und magnetisch angezogen von all den merkwürdigen und mysteriösen Vorkommnissen, heftete ich mich wieder an ihre Fersen. Ich beobachtete, wie sie – mit der rechten Hand in die Höhe gestreckt – einen eigentümlichen Zickzackkurs über die feuchten Felder einschlug, wie sie jäh zur Seite abbog, dann wieder mit einem Mal kehrtmachte, wie sie reglos stehenblieb und an ihr Ohr faßte und dann wieder plötzlich woandershin rannte.

Schließlich sah ich, wie sie den kleinen Hügel zum Friedhof hinaufstieg, da davor keine Übertragungswagen oder andere Autos geparkt waren, die sie davon abgehalten hätten. Als ich mich nun geduckt heranschlich, verborgen hinter dornigen Gräsern, beobachtete ich, wie sie auf einen Apfelbaum kletterte und versuchte, mal auf dem einen, mal auf dem anderen Ast zu balancieren. Schließlich entschied sie sich für einen und blieb aufrecht stehen, während ihre ausgestreckte Hand aus dem vergilbten Blattwerk ragte.

Ich nahm an, daß dieses einsame und rätselhafte Wesen aus der Hochebene von Pagomenou seelisch krank war oder einen Nervenzusammenbruch erlitten hatte. Beides lag unter den gegebenen Umständen nahe. Ich merkte mir vor, auf jeden Fall den Gemeindearzt zu befragen.

So lautlos wie möglich pirschte ich mich noch näher heran, und da hörte ich eine Frauenstimme sagen: Venus im Sternbild Jupiter wird zwar das erste Halbjahr 1999

empfindlich stören, doch ab 2000 sind wichtige Veränderungen auf beruflichem Gebiet zu erwarten. Dieser Zeitraum zeichnet sich als sehr geeignet für große finanzielle Investitionen ab.
Maro Roussia hielt ein kleines Transistorradio in der Hand, und die Sendung der Astrologin Frau Katsimbardi auf 99,7 konnte sie scheinbar nur auf dem nach Westen gerichteten Ast des Apfelbaums auf dem Friedhof störungsfrei empfangen.«
Den Korrespondentenbericht der Reporterin der *Freien Presse* las Kyriakos Roussias im Internet.
Am darauffolgenden Tag wurde die Korrespondentin der Athener Tageszeitung aufgrund höherer Gewalt abberufen.
Die Kalogridaki hatte von der Reportage erfahren, in der Maro nicht gut wegkam, hatte die Journalistin in eine abgelegene Ecke gelockt und nach Strich und Faden verprügelt.

Im Morgengrauen des neunzehnten September dachte Kyriakos Roussias darüber nach, an seinen Heimatort zurückzukehren, sei es auch nur für wenige Tage und unter einem x-beliebigen Vorwand – »Zur Aussaat der Hülsenfrüchte, Mama« oder für einen Vortrag, *Onkogene und Signaltransmission an der Zellmembran*, dort in Kolymbari, in der allseits anerkannten Orthodoxen Akademie Kretas, wo er ständig zu wissenschaftlichen Symposien eingeladen wurde, an denen er doch niemals teilnahm.
Aber so etwas verbot sich von selbst. Man würde ihn nicht verstehen, und sein Verhalten würde die anderen verletzen. Er war so viele Jahre fort gewesen, und nun konnte er nicht zweimal hintereinander in ihr Leben eindringen und all das wieder durcheinanderbringen, wofür sie in ihrem Leben eine Lösung gefunden hatten – wieviel

Distanz sie wahren, wie sehr sie sich auflehnen, an wieviel sie sich erinnern und wieviel sie vergessen wollten.
Über Jahre hinweg war ihr Leben von ihren Toten bestimmt worden, selbst wenn in einigen regnerischen Nächten sowohl Männer als auch Frauen die Last als schwer empfanden und, gotteslästerlicherweise, stillschweigend all jene beneideten, die nicht ständig zwischen Untersuchungsgefängnissen, Strafvollzugsanstalten und Arbeitshäusern hin- und herpendeln mußten. Manche Männer wanderten zehn, zwanzig oder fünfundzwanzig Jahre zwischen Korydallos, Alikaranassos und Korfu hin und her, und ihre Frauen blieben eingeschlossen im Haus, saßen lebenslänglich fest im Gefängnis der eigenen vier Wände.

»Sobald das Opfer tödlich getroffen auf den Gehsteig der Ioannou Drosopoulou-Straße stürzte, beugte sich der Täter hinunter und blickte ihm in die Augen. Der Verwundete flüsterte etwas und starb. Dann streckte der Täter die Hand aus, tauchte sie in das Blut des Opfers und blieb mit dem auf seine triefenden Finger gerichteten Blick reglos stehen, bis ihn der Streifenwagen des 19. Polizeireviers abholte. Die Kugeln haben uns die Auslage zertrümmert, einen Salon im Empirestil und einen dreitürigen Schrank aus Nußholz.« Diese Worte stammten aus der Aussage der Angestellten in der Möbelhandlung der Drosopoulou-Straße vor dem Schwurgericht. Sie nahmen in den Fotokopien eine halbe Seite ein, die Kyriakos im Berufungsgericht Chania heimlich gelesen hatte und an die er sich nahezu im Wortlaut erinnerte.
Er wußte, was der letzte Anblick war, den sein Vater gesehen hatte, und was seine letzten Worte waren. Er hatte den Kurzen im dunkelblauen Hochzeitsanzug gesehen und zu ihm gesagt: Du hast mich erlöst.

Er fuhr nach Frederick und überlegte, daß er nicht einmal Chatsiantoniou erzählen wollte, daß sein Vater einen neunzehnjährigen Jungen wie ein Lamm abgeschlachtet hatte. Es war eine Kugel, würde er sagen, wenn er je darüber sprach, als wolle er das Andenken seines Vaters schützen. Einige Dinge würde er für immer bei sich behalten, da er sich inzwischen an der Seite der Verkannten heimisch fühlte und selbst keine Ausnahme bilden wollte.
Nun wird der Ort auf eine andere Art mit Haut und Haaren verschlungen, dachte Roussias. Ja, Kreta wurde nun anders zugrunde gerichtet.
Das neue Kreta wurde nach dem Ebenbild jedes beliebigen Touristenortes geschaffen. Er konnte das alte, einmalige und andere Kreta nur mehr in seiner Erinnerung am Leben erhalten, wie auch an das andere Trikala, das andere Jannena, das andere Skiathos, die alle irgendwann einmal fraglos existiert haben mußten.

Im April 1970 war alles grün, jeden Nachmittag weichte grüner Regen die Landschaft auf und danach kam ein sanftes, ebenso grünes Lüftchen, um sie zu trocknen. Selbst das Fell der Schafe hatte einen Hauch von Grün angenommen. Dieses Gefühl der Frische wischte die Falten von der Stirn des Vaters und die Griesgrämigkeit aus seinen Mundwinkeln. Er ging zum Umgraben und Schwefeln mit ganz anderer Lust in die Weinberge, an solch schönen Tagen liebte er die Tiere mehr als je zuvor, und die Spendierhosen, die er im Kafenion anhatte, ließen die Abende angenehm verlaufen. So hatte Papa-Koutsoupas, der schon von Berufs wegen die guten Seiten der Mörder suchte und für ihre Seelen betete, Kyriakos erzählt. Damals griff man nicht wegen Haschischplantagen und Viehdiebstahl, der reine Augenauswischerei war, zur Waffe, wie es einige Herumtreiber in den letzten Jahren taten.

»Myron ist zur Beichte gekommen, bevor er gesündigt hat.« So hatte er Kyriakos von seinem Vater erzählt.

Im Büro wurde Roussias über die Tagesordnung informiert, er unterschrieb den Antrag an den Chef, in dem er etwa zweihunderttausend Dollar für den Ankauf eines neuen Fluoreszenzmikroskops beantragte, er erteilte seiner Sekretärin die Anweisung, die Anfrage der Universität Kreta für den kommenden April positiv zu beantworten. Es würde schön sein, im Frühling wieder hinzufahren, vielleicht traf er auch auf das sanfte grüne Lüftchen.

All the best, so endete seine Antwort auf Alan Nossiters E-Mail, sein ehemaliger Mentor hatte mit siebenundsechzig nochmals geheiratet, zum dritten Mal, eine ganz junge Kollegin aus Kolumbien. Den Hinweis auf ihr Alter hätte er sich fast sparen können.

Mit solchen und anderen Dingen füllte er seine Tage. Draußen leerte sich der Parkplatz, nur der Acura blieb stehen.

Die Nacht brach herein, und es kühlte ab, der Wetterumschwung war fühlbar, und er setzte Teewasser auf. Vier Stunden Arbeit konnte er noch vertragen, genauer gesagt, hatten alle zusammen nötig – sowohl er selbst als auch das Protein p53 und die *natural killers*. Er bemerkte nicht einmal, wann es zehn wurde, so konzentriert arbeitete er.

»Wie kommt es, daß man denselben Toten nach so vielen Jahren nochmals begräbt?« fragte er seinen Computer, schaltete ihn dann ab, brühte noch einen Tee und trank zwei Schluck.

Er stellte sich die zweite Bestattung von Sifis' sterblichen Überresten vor, wie einen Segenswunsch und eine Zeremonie, die, kaum begonnen, schon zu Ende war, während der Wind die vergilbten Blätter des Apfelbaums auf

die Trauergäste niederregnen ließ – die Großmutter, den Kurzen, Maro, die Kalogridaki und den Popen.
Er stellte sich vor, wie der Cousin die Maurerkelle nahm und schließlich das Haus verputzte, bevor die ersten Schneestürme hereinbrachen, und wie ihm mit jedem Schwung der Maurerkelle immer deutlicher wurde, daß er von dort nicht entkommen konnte.
Im nächsten Frühling würde es weiß gestrichen sein, das Spülbecken aus Nickel mit den beiden Wasserhähnen und das Bidet würden an Ort und Stelle montiert sein, und ohne den kleinen Sandhaufen und den Stoß Ziegel würde Maro viel bequemer den Hof säubern können, sie würde die Straßen in neuen Holzpantinen entlanglaufen, die auf den Asphalt hämmern würden, und besonders abends, wenn sich die Hochebene in einem Resonanzraum verwandelte, würde sich das Getrommel verstärken, näher kommen, sich wieder entfernen und schließlich verstummen.
»Für ein Kind würde ich eines meiner Augen opfern«, hatte Maris eines Mittags aufgestöhnt, und dieses Opfer würden viele auf sich nehmen, Maro und die Kalogridaki, auch Ann, aber sie würde es anders ausdrücken, Jorgos der Erste, Jorgos der Zweite und sogar Kyriakos Roussias.

In seiner Eigenschaft als Naturwissenschaftler durchforschte er sein Inneres und ordnete methodisch, abwägend und präzise seine Gedanken und Gefühle.
Erstens war er der Sohn eines Mörders. Er wollte seinen Vater nicht entschuldigen. Das Leben, jedes Leben, ist süß. Ihm genügte die Tatsache, daß er begriffen hatte, was es hieß, wenn eine Last einen zu erdrücken beginnt. Als er anfing, die Fehler und die Blutschuld der Familie abzuwägen, die Erinnerung nicht mehr zu verdrängen, Trauer und Schuld zuzulassen und zu teilen, da begann

er eigentlich erst, seine Familienangehörigen zu lieben. Erinnerung ist Freiheit, und Freiheit ist Nachsicht und Liebe, dachte er. Zweitens gab er zu, daß er Maro Kavi in seinen Gedanken für immer fast wie eine Geliebte, wie eine nur durch puren Zufall angeheiratete Cousine empfinden würde. Überhaupt würde sie ihm vollkommen unvergeßlich bleiben. Die erste Liebe ist wie eine Tätowierung, ein bleibendes Mal auf dem linken Unterarm, ein Impfstoff, der das ganze Leben lang wirksam bleibt. Drittens war Kyriakos Roussias, der Cousin mit seiner rudimentären Bildung und seinen fünf Ziegen, der lebenslänglich den Titel des Mörders tragen würde, so etwas wie sein heimlicher Zwilling geworden. Dasselbe Blut floß in ihren Adern, und sie hatten tausend Gründe, füreinander dazusein.

Der kleingewachsene Verwandte hatte ein Leben ausgelöscht, nicht mit einer siegreichen Pose, sondern wie ein Verlierer. Er zählte zu jenen Männern – Kyriakos hatte ihre Gesichter auf den Fotografien in den alten Zeitungen gesehen –, die im Triumph des Sieges vom Schmerz der Niederlage gezeichnet waren und, wenn sie tot waren, aus der Niederlage als Sieger hervorgingen.

Er rief im Krankenhaus Chania an. Athinoula Roussia war drei Stunden zuvor im Alter von siebenundachtzig Jahren verstorben.

Er hatte sich immer noch nicht an das Fehlen seines Kreuzchens gewöhnt, seine Hand fuhr zur Brust, fand aber nichts, woran sie sich festhalten konnte, und glitt zur linken Brust, wo sie seinen kleinen Schmerz streichelte, den Schmerz, der ihn nicht und nicht verlassen wollte.

Athinoula Roussia im achtundachtzigsten Lebensjahr? So alt war sie? Wie hatte sie bloß so lange durchgehalten? Wie oft war sie wohl wegen ihrer Liebschaften öffentlich geschoren worden?

Er hatte keine Zeit, ausführlich darüber nachzudenken und alles abzuwägen.
Er versenkte sich wieder in das amtliche Telefonbuch Kretas. »Schreiben Sie auf die Schleife Zur Heiligen Jungfrau, Schutzpatronin der Ziegen, oder besser gar nichts«, sagte er dem Angestellten der Blumenhandlung in Chania, und er mußte mit einem Scheck über zweihundert Dollar winken, um einen so ungewöhnlichen Grabkranz bestellen zu dürfen, der gleichwohl aus den gewöhnlichsten Blumen der Hochebene und der Friedhöfe bestand, nämlich aus Studentenblumen.
»Nur Studentenblumen?«
»Nur Studentenblumen.«
»Also nur Studentenblumen. Der Kranz wird zweihundert fassen, pro Studentenblume ein Dollar.«
»Geht das?«
»Alles geht. Wie es scheint, sehen die amerikanischen Grabkränze so aus.«
»Wie auch immer.«
»Das ist mir nämlich neu. Diese Mode ist noch nicht bis zu uns vorgedrungen.«
»Sorgen Sie dafür, daß er zeitgerecht abgeschickt wird. Wenn man nachfragt, wie und woher, dann sagen Sie am besten gar nichts dazu«, bat Kyriakos und stockte den Preis auf dreihundert Dollar auf.

»Am dritten November 1968, am Vorabend des Namenstages des heiligen Georg – der den Beinamen der Berauschende trägt, denn an diesem Tag wird der junge Wein verkostet – verbrachte mein fünfzehnjähriger Cousin, der sogenannte *Ungeborene*, einen ganzen Nachmittag an der Theke des Kafenions damit, einen nach dem anderen zu trinken, bis er schließlich stockbetrunken war. Wir sind zusammen nach Hause gegangen, ich war damals zwölf oder dreizehn.

Unterwegs sagte er zu mir, er habe heimlich ein englisches Sturmgewehr gegen ein deutsches getauscht, weil die deutschen Waffen die größte Durchschlagskraft hätten und einen menschlichen Schädel vollkommen zertrümmern könnten.

»Ich brauche es noch, du wirst schon sehen«, sagte er.

Ich habe den Erwachsenen nichts verraten. Wenige Monate später spritzte an der Busstation in Chania das Hirn des alten Roussias auf die Kartoffelsteigen. Schließlich hat er die Sache mit einer Beretta erledigt.

Ein Jahr später, im März '70, war ich vierzehn. Es war Nacht. Der Vater war nach Chania gefahren, um bei einem Schmied einen Ofen und einen Futtertrog zu bestellen. Immer wenn er weg war, konnte ich nicht schlafen. Ich saß beim Fensterchen und schaute hinaus. Da sah ich weit drüben das Haus der Großmutter in Flammen. Ich habe die anderen nicht aufgeweckt, nichts gesagt.

Am nächsten Tag durchkämmten der Leiter der Polizeistation, die Gendarmen, etliche Verwandte aus unserem Dorf und mein Vater, der überstürzt zurückgekehrt war, die Hochebene. Die einen mit dem Wagen, die anderen mit dem Maulesel oder zu Fuß, alle jedenfalls in großer Hast. Ich habe auch einen Rundgang gemacht und die Brandreste aufgesucht.

Auf dem angrenzenden Acker mit den gelben Margeriten, Tausenden von Margeriten, fand ich eine Kuhle zerdrückter Blütenstiele. Zunächst nahm ich an, dort habe die Katze meiner Großmutter gelegen. Dann aber sah ich auf dem feuchten, frisch umgegrabenen Weinberg nebenan einige Fußabdrücke, die bestimmt nicht von Schaftstiefeln stammten, sondern eher von Frauenschuhen.

Mir war klar, daß ein Mann oder eine Frau das Haus der Verbrannten belauert hatte. Ich habe nichts gesagt. Zu niemandem. Weder damals noch später, in Amerika, zur Patentante.

Vieles hatte ich vergessen, nur an weniges konnte ich mich erinnern. Die Arbeit wurde mein ein und alles. Und das perfekte Alibi nicht nur dafür, Ann sträflich zu vernachlässigen, sondern auch dafür, die Frauen aus meiner Familie einfach zu vergessen, die dort unten ganz allein waren, und – in meiner Rolle als brillanter Forscher – rund um die Welt zu reisen. Von Kreta hatte ich mich ganz und gar abgenabelt.

Zugegeben, ich hatte Angst. Aber nicht um mein Leben. Ich konnte das menschliche Klima nicht vertragen. Dort verging kein Tag ohne Haß. Ich wußte von zwei Morden und hatte kein Wort verlauten lassen. Am meisten hatte ich also vor mir selbst Angst. Eines Tages, woran ich mich gut erinnern kann, weil aufgrund eines Erdbebens die Trauben an der Weinlaube der Großmutter zitterten und das Stundenholz der Kirche von allein schlug, begriff ich, daß auch der wenige Haß ausreicht.«

Kyriakos Roussias' des Langen Eingeständnis und kleine Verteidigungsrede fand nicht in einer öffentlichen Sitzung im Gerichtssaal des Schwurgerichts Heraklion statt, sondern in einer Telefonzelle im tiefgrünen Gaithersburg, wo das Gespräch von seiner persönlichen Telefonkarte direkt auf die Telefonrechnung des zitronengelben Hauses umgebucht wurde, mit Chatsiantoniou am anderen Ende der Leitung als einzigem Zuhörer.

Das Telefon klingelte, und der Wachmann am Eingangstor teilte ihm mit, er habe Besuch. Der Wachmann gab den Namen durch, erhielt die Erlaubnis und ließ die Schranke hochfahren.

Roussias zog die Schublade heraus, packte die Kassette, schob sie in den Kassettenrecorder und drehte auf volle Lautstärke. Er zog die kirschrote Strickjacke an, die ewig auf der Kleiderablage hing, und blieb am offenen Fenster stehen. Draußen nieselte es, ganz feiner Staub senkte sich auf die Erde, bald würde der Regen zum dritten Mal das Aufbrühen von Tee fordern.

Ein paar Minuten später raste Chatsiantoniou am Steuer auf das Labor zu, mehr bang als schnittig, und Boubou rannte hechelnd hinter ihm her, ganz außer sich und mit Dreck verschmiert.

Sifis Roussias' Stimme, *der Jüngling und der Tod begegneten sich in den Bergen hoch*, war in der halben Stadt zu hören, und die ungewöhnliche Musik hatte zur Folge, daß viele, auch weit entfernte Fenster aufgingen und der Gartenzwerg vom Eingangsbereich aus anrief, voll Verwunderung, daß er zum ersten Mal etwas anderes als Kalatsis hörte.

Chatsiantoniou parkte ein und rief: »Was für eine Stimme, mein Gott!« Er näherte sich mit großen Sprüngen, um nicht naß zu werden, und trat nach Boubou ein, der er einen wohlwollenden Blick zuwarf. »Nochmals von vorn«, sagte er und legte selbst das Risitiko-Lied auf. Roussias blickte seinen Freund an, er hatte eine leichte Glatze bekommen, vier bis fünf Kilo zulegt, die zwei Jahre, die sie sich nicht gesehen hatten, waren nicht spurlos an ihm vorübergegangen. Am sorgfältig gestutzten Bart und der aufeinander abgestimmten Kleidung war abzulesen, daß sich Nanas Geschmack durchgesetzt hatte. Roussias' Blick fiel auf die Bordkarte des Flugs, die viermal gefaltet unter seinem Ehering hervorlugte, während Chatsiantoniou eine Nähnadel von seinem Kragen nahm und schwarzen Zwirn einfädelte. Stets hatte er ein paar Zwirnspulen in der Jackentasche.

»Bin ich ein amerikanisches Flittchen?« fragte Roussias.

»Du bist voller alter Geheimnisse, voller faulig gewordener, stinkender Wut«, war die Antwort.

Roussias war seinem Freund dankbar, daß er ins Flug-

zeug gestiegen war, um ihm ein wenig Gesellschaft zu leisten. Er reichte ihm das gelbe Kissen vom Sofa, steckte ihm den alten Kalatsis auf einer neuen CD, das Skalpell mit dem schwarzen Griff und dutzende aufgebrauchter Telefonkarten aus dem vergangenen August in die Jakkentasche. »Kann sein, daß ich mehr als dreihundertmal mit dir telefoniert habe«, rechnete er rasch nach.
»Soll ich ins Büro nebenan gehen, damit wir telefonieren können, weil es besser zu uns paßt?« scherzte Chatsiantoniou und fügte gleich hinzu: »Mein Freund, in der letzten Zeit hast du mich erschreckt.«

An jenem Abend sollten sie nur wenig miteinander besprechen, eine erste Rate.
Nicht über das Eingeständnis, nicht über Maro, nicht über den Grabkranz mit den Studentenblumen und auch nicht über die Kirche Zur Heiligen Jungfrau, Schutzpatronin der Ziegen. Und niemals über die Silberpappel, die Tanzfläche und das Messer, das zweihundert Drachmen gekostet hatte.
Sehr wohl sollten sie über Attika reden, das von Waldbränden verheert wurde, und auch von Ann, die mittlerweile schwanger war. Der Neue, einer aus Kalifornien, hatte anscheinend mit laufendem Motor vor dem Haus in Gaithersburg auf sie gewartet. Kyriakos oder Kakos, wie sie ihn nannte, und Ann hatten sich vor viereinhalb Monaten getrennt, und sie war inzwischen nicht nur auf Kreta gewesen, sondern bereits im zweiten Monat schwanger. Sie hatte die Neuigkeit vielen Freunden am Telefon mitgeteilt.
Und würden sie nicht auch über Nana reden? Sie würden Altbekanntes abhandeln – die Tatsache, daß sie ihren Ehemann mit ihren Ausgaben für Teppichschaum finanziell ruinierte, denn sie reinigte und bürstete den Teppichboden, sobald die Besucher aus der Tür waren.

Selbstverständlich sollte das Treffen auch den üblichen mißglückten Versuch beeinhalten, einen Witz zu erzählen. Mit der Zeit amüsierten sie sich weniger über den Witz als darüber, daß keiner dieser Witze jemals weitererzählt wurde.

Doch all das sollte erst später passieren, wenn ihre Anspannung sich löste und die beiden es sich in ihren »Ach ja, Chatsiantoniou« und »Ach ja, Roussias« gemütlich machten, während sie die Zimtkekse knabberten, die Nana rasch noch für Kyriakos gebacken hatte.

Doch vorläufig hatten sie sich gerade erst umarmt.

Die Rakiflasche enthielt keinen Tropfen mehr, also servierte Roussias Tee und Cognac, und die beiden Männer kuschelten sich in die Sofaecken und lauschten dem Lied, *der eine war flink, der andere erschöpft, da sprang der Jüngling dem Tod davon und über den steilen Abhang zu Tal.*

Chatsiantoniou stach beim Zuhören blindlings ins Kissen, das war Diors tägliche Übung für das rasche Vernähen der Operationswunden. Sein Körper und seine Augen blieben starr, doch seine Hand entwickelte eine unglaubliche Gewandtheit, fast so rasant wie eine Nähmaschine übersäte er das gelbe Kissen mit dunklen Mustern.

Als ihm der Zwirn ausging, nahm er die Kassette zur Hand und betastete sie. Sifis Roussias, las er tonlos den Namen.

»Wenn ich damals geblieben wäre, hätte ich auch jemanden töten können«, sagte Kyriakos. »Gegen meinen Willen«, fügte er kurz darauf hinzu. »Das ist auch anderen so ergangen.«

»Du?! Du solltest eine Waffe in die Hand nehmen und auf einen Menschen richten?!«

Chatsiantoniou lächelte als erster, Roussias danach. Die

Innenfläche seiner rechten Hand wurde plötzlich feucht, wie in der Nacht vom vierzehnten August, als er das Metall der Waffe umklammerte, die er auf seinen Cousin gerichtet hielt.
Dann legte er den Kopf in den Nacken, schloß die Augen, träumte vor sich hin und überließ sich der gerechten Traurigkeit, die sein Herz erfüllte, einer späten Trauer über mehr als nur einen Toten.

Er zählte die dreiundvierzig Jahre bis zu seiner inneren Reife, nachdem er seine beiden Heimaten, die Lichtjahre auseinanderlagen, miteinander ausgesöhnt hatte. Doch von Zeit zu Zeit zwangen gemeinsame Geschichten die beiden Orte dazu, zueinander zu finden, sich einander anzunähern, zur Deckung zu kommen, eins zu werden. Das passierte dann und wann. Doch sobald sie wieder getrennt waren, blieb die eine Heimat in tausend Stücke zerborsten zurück – in so viele Stücke, wie es Lebensgeschichten gab, als würden die Menschen ihre Geschichten, ihre streng privaten inneren Reisen, ausbreiten und auf den Landkarten einzeichnen.
Am neunzehnten August 1998 kehrte Kyriakos Roussias nach Amerika zurück und fühlte sich zum ersten Mal wieder komplett. Mit Vater, Cousin und der restlichen Sippe. Mit Gräbern, Elternhaus und Kinderjahren. Mit Tsapas und Maris. Mit einem Geburtsort und einer ersten Liebe. Und alles mit Namen, Farben und Jahreszahlen.
Frederick war kein Ödland mehr voll Wissenschaftler mit Bestnoten und Mehrfachabschlüssen, mit Viren, Versuchsmäusen und Laboraffen. Und er selbst war nicht mehr ein Mensch zwischen zwei Heimaten.
Bis dahin war für ihn, sowohl hier als auch dort, überall, immer der andere Ort die Heimat gewesen.

Manchmal genügt den Sportreportern nicht ein Ausrufezeichen für ein Tor durch den Mittelstürmer, sondern sie setzen gleich drei. Und den jungen Mädchen genügt nicht ein einziges Fragezeichen in Liebesdingen, sondern sie setzen gleich fünf.
So ergeht es auch einigen Fünfundvierzigjährigen oder auch Älteren, die als gebrannte Kinder das Feuer scheuen und sich lieber in ihre Verschwiegenheit versenken, was je nachdem auch länger als drei Pünktchen dauern kann ...
Die Berge sahen sehr schön aus, zum Greifen nah, der Himmel war glasklar und federleicht. So stellten sich die Dinge für das Auge des Langen dar, für das Auge des Kurzen mit dem gelösten Haar zählte der exzellente Appetithappen, Rebhuhnbrust mit Pilaf, speziell ausgegeben vom Haus, und der spezielle Mitesser – am Nebentisch jedenfalls –, der den Schenkel desselben Vogels verspeiste. Es war ein Rebhuhn für zwei im winterlichen Saal von Maris' Kafenion.
Im Radio widmete Che Guevara seiner Tante Paraskevoula Sfinarolaki das Lied *Das Kap von Grambousa* in der Version des Sängers Loudovikos ton Anojion, und draußen auf der Straße, im spärlichen blauen Wind, zupfte Papadoulis Renas Kragen zurecht. Kyriakos würde sie endlich persönlich kennenlernen.
Roussias stellte sich dieses Zusammentreffen nicht so vor wie andere, die niemals stattgefunden hatten, sondern er ahnte es voraus. Es würde stattfinden, vielleicht in zwei, vielleicht in drei Jahren, es würde nicht mehr lange dauern.
Es würde Dezember sein, gerade hatte es geregnet. Die Erde duftete und Bienen umschwirrten die blühenden Erdbeerbäume.